Renate Fabel

Am Tag der Rosen im August

Renate Fabel

Am Tag der Rosen im August

Ein Familienroman
durch drei Generationen

Herbig

Umschlaggestaltung: Hans Fischach
Satz: FotoSatz Pfeifer, Germering
Gesetzt aus: Palatino 10/12p, System CRTronic
Druck und Binden: Ebner Ulm
ISBN 7-7766-1360-2

1

Herbst 1978 – München

Georgina, geborene von Gahlen, geschiedene Freihoff, verwitwete Broich, feierte ihren fünfundsiebzigsten Geburtstag. Am gleichen Tag gab ihr Sohn Joachim die Verlobung seiner Tochter Loraine mit dem jungen Klaus Egon von Metzkow statt. Ein Fest ganz im Sinne der unvermindert lebenslustigen, stark in Familientradition verhafteten Generalstochter. (Motto: »Vergnügen hat mir noch nie geschadet.«)
Ort der Festivität war ein gutbürgerliches Speiserestaurant im Herzen Münchens, dort feierte man in einem holzgetäfelten Nebenraum, der bequem Platz für die über vierzig Gäste bot. Die Direktion hatte für den Blumenschmuck gesorgt – die üblichen grellgelben Nelken mit ein bißchen Schleierkraut auf jedem Tisch, dazu je ein rosa Tulpenstrauß für die Braut und das Geburtstagskind –, außerdem wurden zwei ausländische Kellner zur Verfügung gestellt, die Tabletts mit Sekt und Orangensaft herumtrugen. Dies war der Apéritif, später würde ein dreigängiges Festmenü folgen.
Sibylle versenkte die Hände in die Rocktaschen ihres schwarzen Ripskostüms und preßte sich dichter in die Fensternische, die sie sich als vorläufiges Versteck gesucht hatte. Wegen ihres Schulunterrichts war sie etwas später zum Festempfang gekommen, nicht zusammen mit Joachim, doch, wie sie feststellen mußte, immer noch nicht spät genug. Die Gratulationscour dauerte an. In einer nicht endenwollenden, unaufhörlich schwatzenden Schlange strömten

ältere bis sehr alte Damen mit Blumenhüten und Filethandschuhen (Georginas Freundinnen und Cousinen sowie deren Töchter), begleitet von gichtgebeugten Herren mit Apfelbäckchen durch die offene Tür, küßten das Geburtstagskind auf die Wange, überreichten Blumen und Paketchen. Dies spielte sich rings um Georgina ab, die sich in kerzengerader Haltung, ihren Sohn Joachim neben sich, am Eingang aufgebaut hatte, andere, sehr viel jüngere Gäste eilten zuerst zu dem Brautpaar, um zu gratulieren. Auch hier regnete es Geschenke und Blumen, Blumen und Geschenke, Loraine hatte Mühe, alle Präsente nach ihren persönlichen, sehr eigenwilligen Vorstellungen auf dem Verlobungstisch zu dekorieren. Wie auf das geheime Kommando eines Zeremonienmeisters schwenkten die Jüngeren dann vom Brautpaar zum Geburtstagskind, die Älteren von Georgina zu Metzkow und seiner Verlobten hinüber, so befand sich die summende, plaudernde, festlich gekleidete Menschengruppe in einer einzigen sanftkreisenden Bewegung.
Von Blumenstrauß zu Blumenstrauß blühte Georgina mehr auf, inzwischen leuchtete sie mit ihrem pfingstrosenfarbenen Georgettekleid um die Wette. Dies heute war ihr Tag, ihr ganz großer Tag, mit Ungeduld erwartet, wochenlang darauf hingelebt, das Gesprächsthema der vergangenen und der zukünftigen Teenachmittage. Alle die ihr nahestehenden Freunde und Verwandte sollten mit ihr feiern, der großen, alten Dame die gebührende Reverenz erweisen, dafür wurden sie überschwenglich bedacht mit der großzügigen Geste Gahlen'scher Gastfreundschaft, durften

sich in Georginas Wohlwollen sonnen. Nur ihre Schwiegertochter Sibylle hatte Georgina mit dem üblichen leichten Vorwurf begrüßt. »Da bist du ja endlich. Ich dachte schon, du wärst verlorengegangen.« Eine Antwort wartete sie nicht ab, da im selben Augenblick Detlev Hessenau, früherer Opernsänger und ehemaliger Liebhaber Georginas, sich mit feinem Lächeln über die dick beringte, blaugeäderte Hand beugte. Sibylle war abgemeldet und befehlsgemäß zog sie sich zurück.
Die Fensternische erwies sich als idealer Standort. Von hier aus konnte man nicht nur ungestört beobachten, sondern gleichzeitig ein wenig in der Oktobersonne baden, die heiß gegen die Scheiben brannte. Es war ein goldener üppiger Herbsttag (»Dies ist ein Herbsttag, wie ich keinen sah...« zitierte Sibylle leise vor sich hin), im Grunde viel zu kostbar, um ihn in einem düsteren Raum mit ihr unbekannten, wenig interessanten Leuten zu vertrödeln. Der Starnberger See mit seinem buntgefärbten Ufer bot sich an oder – Sibylle atmete tief durch – viel eher noch die Stoppelfelder im Norden der Stadt mit Godefroy als Begleiter beim wilden Galopp. Aber eben solche Überlegungen – und dabei hatte Georgina keine Ahnung von Rüdiger Godefroy, durfte um Himmelswillen keine haben – waren unter anderem der Grund für das, vorsichtig ausgedrückt, distanzierte Verhältnis zwischen Schwiegermutter und Schwiegertochter. Lena, Sibylles Vorgängerin, hätte solche Gedanken nie gehabt. Früher nicht und heute noch viel weniger. Was fotografierte sie nur in einem fort, Joachims geschiedene Frau? Pausenlos flammte das Blitzlicht auf. Die

farblose kleine Frau mit den flinken Bewegungen eines Wiesels gehörte heute zu den Hauptpersonen, war nicht nur die Mutter der Braut, sondern auch Georginas unausgesprochene Favoritin. Sibylle gönnte ihr die Doppelrolle, allzu oft hatte Lena Freihoff nicht Gelegenheit, im Mittelpunkt zu stehen.

»Nein, Hettychen, wie ich mich freue, daß du unserer lieben Oma...« Das war Lena, und sie trat würdig in die Fußstapfen der alten Dame. Dabei wirkte sie höchstens wie Georginas bescheidene Gesellschafterin (ihr Zöfchen, hatte es Detlev Hessenau, ein exzellenter Beobachter, einmal formuliert), doch perfekt geschult in gesellschaftlichen Floskeln und Unverbindlichkeiten. Das, lächelte Sibylle ein wenig spöttisch, macht eben die gute Familie aus. Und demnächst wurde aus Loraine eine von Metzkow.

Während Lena, Georginas Granatschmuck um den Hals, Tante Hetty den Stock abnahm und sie zu einem Stuhl führte, warf sie aus den Augenwinkeln einen blitzschnellen Blick auf Joachim. Wachsamkeit lag darin, Schmerz und auch tiefe Zuneigung. Lena würde den Verlust ihres Mannes niemals überwinden.

Als Sibylle den Raum betreten hatte, standen Lena und Joachim dicht nebeneinander, wie ein nach wie vor rechtmäßig miteinander verheiratetes Ehepaar, Lena hatte zärtlich den Arm um Loraine gelegt. Ein Bild so ganz im Sinne des Familienoberhaupts Georgina, und Sibylle gab rasch ihre Glückwünsche und Geschenke ab, um die Dreieinigkeit nicht zu stören. Man erwartete von ihr nichts weiter, als anwesend zu sein und dann natürlich, Georginas Lieblingszitat,

»gesellschaftliche Haltung«. Keine Angst, die konnte sie haben. Sibylle hatte den Widerstand allmählich aufgegeben (eine Folge ihrer Beziehung zu Godefroy). Dem festlichen Anlaß zuliebe verzichtete sie sogar auf ihr übliches Sportkleid und hatte sich dieses schwarze Kostüm angezogen, in dem sie sich vorkam wie eine späte Konfirmandin. Joachim hatte dieses Entgegenkommen zu schätzen gewußt und sie mit einem freudigen Blick begrüßt. Doch eigentlich – man mußte gerecht sein – leuchteten seine Augen immer freudig auf beim Anblick seiner jungen Frau.

Eine füllige Dame in einem grünen Taftmodell rauschte vorbei. Das war Alix von Metzkow, Klaus Egons Mutter, ebenso kleingewachsen wie ihr Sohn, aber liebenswerter. Sibylle mochte den jungen Mann nicht, der seine Unsicherheit hinter übertriebener Arroganz zu verbergen suchte, sie hätte der reizenden Loraine etwas Besseres gewünscht. Aber in der Familie war sie mit ihrer Kritik nicht angekommen (von Metzkow! Alter preußischer Adel, man stelle sich vor!), nur Joachim hatte ihr teilweise rechtgegeben. Auf der anderen Seite, so argumentierte er, gehörte die Aufgabe, eine Tochter zu verheiraten, nach wie vor zu den schwersten Pflichten eines Vaters. Immerhin besaß der junge Mann einen Beruf, außerdem etwas Familienvermögen (was man von den Freihoffs respektive Gahlen nicht behaupten konnte). Dazu erklärte Loraine, über beide Ohren in Klaus Egon verliebt zu sein. Es schien zu stimmen, denn zum erstenmal wirkte sie richtig hübsch, wie sie da in ihrem buntgemusterten Rüschenkleid, das gelockte Haar zu einem Zopf gebunden, vor ihrem Geschenketisch

stand und ein paar Rosen ordnete. Wie ein provenzialisches Bauernmädchen ... Vorsicht! Georgina reagierte auf derartige Vergleiche ausgesprochen humorlos.
»Darf ich meine lieben Gäste bitten, Platz zu nehmen.« Georginas Stimme schallte ein wenig grell durch den Raum. Das Gesumme brach augenblicklich ab, jeder suchte sich seinen Platz. Joachim führte seine Mutter zu Tisch, Alix von Metzkow – sie war verwitwet – wurde von ihrem Bruder begleitet, das junge Brautpaar ging zusammen. Übrig blieben von der engeren Familie nur die schüchterne Lena (ihr ewiges Schicksal) und Sibylle, der derartiges selten passierte. Gerade wollte ihr Detlev Hessenau, nach wie vor ein Verehrer schöner Frauen, seinen Arm reichen, da rief ihn Georginas Blick zurück. Bitte sehr, an *ihre* rechte Seite. Auch gut. Sibylle trug rasch Tante Hetty den Stock nach, der an der Lehne hängengeblieben war, dann machte sie sich daran, nach ihrer Tischkarte zu suchen. Wie sie Georgina kannte, würde sie nicht am gleichen Tisch wie Joachim sitzen. Es könnte Lena ja kränken.
Richtig – man hatte die ungeliebte Schwiegertochter mit drei ihr fremden Ehepaaren zusammengesetzt. Den Gesprächen nach zu schließen, handelte es sich um die Tochter und Schwiegersöhne ehemaliger Kränzchenschwestern der Generalstochter, die allesamt lebhaften Kontakt mit der »lieben Tante Gina« unterhielten. Sibylle hatte flüchtig von ihnen gehört. Komisch, warum placierte man sie nicht zwischen die jungen Leute, Loraines Freundinnen zum Beispiel? So alt war sie doch noch nicht mit ihren sechs-

unddreißig. Nun, auch dieses Mittagessen ging einmal vorbei. Hauptsache, man ließ sie einigermaßen in Frieden.

»Reizende Tischkarten.« Sibylles Nachbarin, eine grell geschminkte Fünfzigerin, nahm das gefaltete Kärtchen auf. »Mit soviel Phantasie gezeichnet. Ich wette, das war Loraine. Sie ist das künstlerische Talent in der Familie.«

Sibylle, die sich angesprochen fühlte, nickte. Hatte es sich unter Georginas Freunden nicht herumgesprochen, daß sie, Sybille, die größte Bewunderin von Loraines Zeichenkunst war? Wie schade, daß die Kleine nicht mehr aus ihrer Begabung machte, beispielsweise Geld damit verdiente.

»Ja, hübsch«, beeilte sie sich zu versichern, »wirklich hübsch. Und ich Tolpatsch bringe nicht einmal einen geraden Strich zustande, geschweige denn eine Blume oder ein Ornament.« Dankbar nahm sie den Teller mit goldgelber Flädlesuppe entgegen. Das ersparte ihr die Mühe, sich weiter herabzusetzen, eine Rolle, die man, wie sie sich einbildete, von ihr erwartete.

»Fabelhaft, wie jung unser Geburtstagskind aussieht«, schwärmte ein Herr mit Glatze und Monokel am Nebentisch. Das mußte der »fesche Gustl« sein, einer der frühesten Verehrer Georginas, der als junger Leutnant vom Pferd gefallen war und seither hinkte. »Dabei hatte sie im Sommer diese schwere Grippe.« (Es war nur ein Schnupfen, aber Sibylle ließ es dabei.) »Ja, ja, die Gahlen, eine zähe Rasse, ich habe die alte Frau General noch gut gekannt. Und Joachim, als er so klein war.« Er deutete die Höhe von einem Fußschemel an.

Sibylle lächelte gerührt. So klein, ihr Joachim. Bestimmt war er kein strahlendes Kind gewesen mit seiner verschlossenen Miene und dem trotzigen Mund. Und damals schon treu seiner Mutter ergeben? Oder war das erst mit der zweiten Ehe gekommen? Ein klirrendes Geräusch schreckte sie aus ihren Überlegungen. Ihre Gedanken kreisten eben um denjenigen, der es verursacht hatte. Joachim schlug mit einem Löffel gegen sein Glas. Er wollte eine Rede halten. Als Sohn der Jubilarin und zugleich Brautvater blieb ihm gar nichts anderes übrig. Sibylle hatte die Geburtswehen seiner Ansprache halb und halb miterlebt.

»Mein sehr liebes und verehrtes Geburtstagskind, meine geliebte, kleine Tochter, lieber Schwiegersohn, sehr verehrte und liebe Gäste.« Joachim deutete mehrere kleine Verbeugungen in die verschiedenen Richtungen an. Georgina nickte als einzige anmutig zurück, während Loraine mit geröteten Wangen auf ihrem Stuhl vor Verlegenheit unruhig hin- und herrutschte. Oder war es Glück? »Wir haben uns an diesem wunderschönen Oktobertag zusammengefunden, um gemeinsam...«

Sibylle lehnte sich zurück und schloß halb die Augen. Er sprach gut, ihr Mann, wählte seine Worte sorgfältig, verzichtete auf die üblichen Zitate; aus seiner Rede sprachen Liebe, ehrliche Freude (über Loraines gesicherte Zukunft), Respekt (vor seiner Mutter), dazu Lebensart. Eben doch ein Gentleman und kleiner Dichter, ihr Joachim. Aber – und das war das Untypische und so Bedauerliche – nicht sensibel genug seiner Umwelt gegenüber. Wenigstens nicht, was seine

Frau betraf ... Dabei, Sibylle seufzte, war er das Bild von einem Mann, sie hätte gar keine bessere Wahl treffen können. Schlank und gerade gewachsen wie ein Ladestock, das angegraute Haar sorgfältig gescheitelt, die Züge nicht unbedingt hübsch, aber markant geschnitten. Das zartblaue Hemd, kombiniert zu der marinefarbenen Krawatte mit dem Wappenmuster, stand ihm gut zu Gesicht, unterstrich die leichte Bräune. Eigentlich gehörte der ganze Mann in eine historische Uniform oder wenigstens in die reichdekorierte Jacke eines Flugkapitäns.

Voller Stolz ließ Georgina ihre tiefschwarzen Zigeuneraugen von Tisch zu Tisch wandern. Habe ich nicht einen wohlgeratenen Sohn? schien ihr Blick zu fragen, ein Kind, das weiß, was es seiner Mutter schuldig ist? Ja, ja, zwischen uns besteht eine tiefe Bindung, bestand immer schon, daran konnte auch eine recht dreiste Person mit ihrem unheilvollen Einfluß nichts ändern. Ihr Blick erfaßte Sibylle, wurde schärfer. Trotzdem – die beiden Frauen lächelten sich zu. Sie hielten sich an die Spielregeln, eine wie die andere.

»Und was für ein rührender Vater«, spottete Sibylle still vor sich hin. »Das aber, da könnt ihr sagen, was ihr wollt, ist auf meinen Einfluß zurückzuführen. Ich habe es fertiggebracht, Joachim für seine Tochter zu interessieren. Doch davon spricht niemand.«

Joachim war am Ende seiner Rede angelangt. Er machte eine bedeutungsvolle Pause. »Und nun erhebe ich das Glas und trinke zunächst einmal auf meine Mutter, die mir ein Leben lang mit ihrer sprichwörtlichen Contenance, der Kunst, auch in schwierigen

Zeiten Haltung zu bewahren, Vorbild gewesen ist. Ich danke ihr. Der zweite Toast gilt dem jungen Brautpaar, insbesondere meiner Püppi. Sollen die beiden sehr glücklich miteinander werden, ich könnte mir nichts Schöneres wünschen. Prost!« Er nahm einen tiefen Schluck aus seinem Glas.

»Prost, liebe Gina.« – »Alles Gute, Frau Broich!« – »Prost, Großmama.« – »Meine liebe Loraine.« – »Hallo, Klaus Egon!« – »Mach's gut, Kleiner!« (Das war Hanno von Metzkow, Klaus Egons Onkel, und es war nicht einmal als Anspielung gemeint.) Ein allgemeines Hochlebenlassen und Gläserklirren hob an. Die Kellner eilten mit neuen Flaschen herbei, man trank jetzt einen Württemberger Trollinger. Tante Hetty mit ihrer zittrigen Hand verschüttete dabei die Hälfte aus ihrem Glas, Lena eilte herbei und trocknete mit dem Taschentuch die feuchten Spuren auf dem geblümten Seidenkleid. Dann wandte man sich – schon leicht ermüdet – dem Rehragout mit Kartoffelkroketten zu.

Als nächste Rednerin – das war zwischen Hauptgang und Dessert, einer Mokkacreme – meldete sich Mathilde zu Wort, eine verdrehte kleine Person, viermal verlobt, zweimal verheiratet und immer noch mit dem ungestümen Temperament eines Fohlens. Sie war die Tochter von Georginas ehemals engster Freundin, Rosa, einer Halbjüdin, die – in jenen Zeiten eine Sensation – Jura studiert und erst spät geheiratet hatte. Rosa Herschel lebte nicht mehr. An ihrer Stelle erinnerte Mathilde an die Jugendzeit der beiden Freundinnen, über die sie bestens im Bilde war, lobte Georginas elegante Garderobe (»Mutter schwärmte besonders von einem weißen Spitzenkleid, das Tante Gina zu ihrem zehnten Geburtstag bekam. Dazu trug sie Korkenzieherlocken.«), ihren Humor, ihren Unternehmungsgeist, der sich unter anderem dadurch bewies, daß sie kaum einen Casinoball ausließ. »Doch, vier an der Zahl waren es, zu meinem größten Bedauern«, rief Georgina zurück. »Einmal hatte ich Ziegenpeter, einmal Schnupfen, und zweimal mußte ich die Mama pflegen, die an Migräne litt.« Heiteres Gelächter.

»Wer läßt mich eines Tages hochleben«, ging es Sibylle durch den Sinn. »Joachim wohl kaum, denn er ist viel älter als ich. Außerdem, so wie es jetzt zwischen uns steht, werden wir nicht gemeinsam alt werden ... Und Loraine? Die wird mir nie verzeihen, wenn ich ihren Vater verlasse. Bleiben meine Brüder und – eventuell – deren Kinder. Nun, sehen wir einmal, was aus denen wird. Aber auf die Völkchens ist Verlaß, waren gute Leute, immer schon. Gut und treu, wenn auch ohne Spitzenkleider und Migräne.«

Mathilde beendete ihre Rede mit einem spitzen Jauchzer, einer Spezialität von ihr. Kaum hatte sie wieder Platz genommen, erhob sich Hanno von Metzkow, der eine Art Vaterstelle an seinem Neffen vertrat. Nach umständlicher Vorrede hieß er die kleine Loraine etwas trocken, aber durchaus freundlich in der Familie willkommen. Georgina lauschte mit vorgestrecktem Kinn, den Blick voller Überschwang auf ihr Herzblatt Lorainchen geheftet. Und wenn es das Püppchen auch bisher weder zu glänzenden Zeugnissen noch zu einem Beruf gebracht hatte, was spielte das jetzt noch für eine Rolle anläßlich dieser glänzenden Partie? Sie hatte – im Gegensatz zu ihrem Vater – eine vernünftige Wahl getroffen, sich ihrer Vorfahren als würdig erwiesen. Die Familien mußten zusammenpassen, eine uralte Regel.

Lena, die Fotografin, trat in Aktion. Großmutter mit Enkelin, Großmutter mit Sohn und Enkelin, Großmutter mit Bräutigam und Enkelin, Großmutter mit Sohn, Bräutigam und Enkelin, Sohn mit Tochter, Sohn mit Tochter und Schwiegersohn in spe, Großmutter im Kreise ihrer Freundinnen – jede nur mögliche Variation wurde auf den Film gebannt. Sibylle war keinmal dabei. Das störte sie nicht, sie hatte es nicht anders erwartet. Was sie hingegen störte, waren Georginas nackte weiße Arme. Wie konnte man nur – und das bei Georginas kritischen Ansprüchen! – mit fünfundsiebzig Jahren ein Kleid mit nur angedeuteten Ärmeln tragen?! Einmal war Sibylle, es passierte nach einem Badeausflug, bei ihrer Schwiegermutter im schenkelkurzen Strandhemd aufgekreuzt. Da hatte diese ihr nachgerufen: »Paß auf, daß du nicht auf deinen Saum trittst.« Sibylle hatte sich geärgert, Joachim laut gelacht.

»Sie sind so schön braun. Urlaubsbräune?« Es war die freundliche Tischnachbarin, die Sibylle ansprach. Sie fühlte sich wohl verpflichtet, den stummen Gast ein wenig aufzuheitern.

»Nein, Heimatbräune, vom vielen Aufenthalt an frischer Luft. Wir hatten ja einen schönen Spätsommer und einen noch schöneren Herbst.« Die beiden Frauen tauschten Liebenswürdigkeiten aus, so wie man es tut, wenn man sich nicht kennt, aber ein paar Stunden miteinander verbringen muß. Die anderen Herrschaften schoben ihre Dessertteller beiseite und hörten interessiert zu. Sibylle fühlte sich gemustert. Aha, so also sah die unwillkommene Schwiegertochter aus ..! Im gleichen Moment schämte sie sich für ihr Mißtrauen. Die Ehepaare waren zusammengekommen, um Georgina zu feiern und sich der alten Zeiten zu erinnern, wenn dabei ein bißchen Klatsch und ein paar Sensatiönchen abfielen, würde es ihnen nur recht sein. Menschlich, allzu menschlich.

Die Nachbarin, sie wurde Mucks genannt, erzählte von einem gelungenen Urlaub in Portugal. »Wir hatten einen Strand ganz für uns allein, und jeden Tag gab es frischen Fisch. Die Jungen kamen sich wie die reinsten Piraten vor.« Sie lachte.

»Kann ich mir vorstellen«, nickte Sibylle. Godefroy fiel ihr ein, der ebenfalls eine Woche – sie argwöhnte, mit Sonia – an einem portugiesischen Küstenstreifen Urlaub gemacht hatte. Eine Woche, die kein Ende nehmen wollte.

»Entschuldigen Sie.« Mucks rückte etwas näher an sie heran. Ihr Lippenstift war verschmiert, und sie roch nach einem starken Jasminparfum. »Eine private Frage, haben Sie auch Kinder?«

»Ich?« Sibylle wunderte sich. Ja, wußte man denn in Georginas Kreisen nicht, daß Joachims zweite Ehe kinderlos war? Da hatte die Nachrichtenübermittlung aber schlecht funktioniert. »Nein, ich habe keine.«

Mucks lächelte herzlich. Man konnte ihr nicht böse sein. »Aber einen Mann haben Sie doch?« fragte sie gerade heraus, während sie ein goldenes Döschen aus der Handtasche zog und sich ungeniert die Nase puderte.

Jetzt kannte sich Sibylle überhaupt nicht mehr aus. Unverständlich, daß man hier solche Fragen stellte. Denn nach Art der meisten alten Damen genoß es Georgina geradezu, ihr Familienleben in sämtlichen Details vor allen auszubreiten, das gab Gesprächsstoff und ihr einen zusätzlichen Anstrich von Bedeutsamkeit. »Ja, ich habe einen Mann, den Herrn da drüben mit dem graumelierten Haar, Sohn von Frau Broich. Aber das wissen Sie doch.«
Mucks hörte auf sich zu pudern, so überrascht war sie. »Sie ... Sie sind Sibylle?«
»Ja, natürlich.« Sibylle verstand immer noch nicht. »Sibylle Freihoff. Wer sonst, bitteschön?«
Jetzt mischten sich auch die anderen Tischgäste ins Gespräch, eilten Mucks zur Hilfe. Man druckste herum, wand sich verzweifelt, rettete sich in allgemeines Zigarettenanzünden. Mucks ging nicht darauf ein, sie kämpfte immer noch mit ihrem Schock. »Die sächsische Stute«, flüsterte sie ungläubig. »Sie?«
»Pst, Inge«, wurde sie von ihrem Mann ermahnt, aber Sibylle hatte schon verstanden.
»Die sächsische Stute?« wiederholte sie lachend. »Spricht meine Schwiegermutter so von mir? Ja, ja, meine sächsische Abstammung ist ihr ein gewaltiger Dorn im Auge. ›Sächsinnen putzen gern‹ muß ich mir jedesmal sagen lassen, wenn ich es wage, die Vorhänge zu waschen, und Stute? Bezieht sich wohl auf das Reiten, meine zweite Extravaganz. Aber so neu ist der Ausdruck nicht, den habe ich doch irgendwo schon gehört.« Nachdenklich kaute sie an ihrem Handrücken, eine Unart von ihr.
Mucks war die Situation unendlich peinlich. Warum

hatte sie auch den Mund nicht halten können? »Tut mir leid, ich wollte Sie wirklich nicht kränken, das ist nicht meine Art. Nur – wir haben uns Tante Ginas Schwiegertochter der Beschreibung nach anders vorgestellt, irgendwie härter, energischer, eine richtige Karrierefrau. Ich glaube, das ging allen so.«

»Die sächsische Stute«, sinnierte Sibylle leise weiter, »damit bezieht sie sich nicht nur auf mein Reiten. Es gibt da einen Ausspruch von der preußischen Stute. Hatte er nichts mit unserem Märchenkönig Ludwig zu tun? Wenn ich ein bißchen warte, fällt es mir ein. Aber nicht hier, nicht in diesem Rauch. Entschuldigen Sie mich einen Augenblick, aber ich muß frische Luft schnappen.« Auf einmal hatte sie es satt, sich weiter anstarren zu lassen. War sie das Schauobjekt der Familie? Sollten sie sich doch auf die Hauptpersonen konzentrieren, diejenigen, die heute gefeiert wurden. Außerdem hatte sie wirklich genug von dem Qualm, der sie von allen Seiten einnebelte, zu allem Überfluß fing Hessenau noch an, seine Zigarre genau in ihre Richtung zu paffen. Sie mußte hinaus, weg von alledem.

Auf dem Weg zur Tür kam sie an Joachim vorbei. Er zwinkerte ihr liebevoll zu und versuchte, sie an einer Hand zu sich heranzuziehen. Sie schüttelte unmerklich den Kopf. Nein, nicht jetzt, nicht auf einmal den Mutigen spielen, es gab bessere Gelegenheiten, ihr seine Solidarität zu beweisen.

Im Waschraum roch es nach Pfefferminz, und kühl, pfefferminzgrün waren auch die Kacheln an der Wand. Ein Ventilator surrte, der Boden war in ein rosa Licht getaucht. Sibylle lehnte sich gegen das

Waschbecken aus Marmor und warf einen Blick in den Spiegel. Ein bißchen erhitzt sah sie aus, das mußte das Gespräch mit Mucks gewesen sein. Und die Wimperntusche war wieder einmal ausgelaufen. Der Nachteil, wenn man die tiefliegenden Augen der Völkchen geerbt hatte. Große Brombeeraugen sollte man haben, seelenvoll und unschuldig, so wie dieses junge Mädchen hinter ihr. Es war Loraine, ihre Blicke trafen sich im Spiegel. Loraine wusch sich einen Fleck aus dem Bauernkleid, auffällig schimmerte an ihrer linken Hand der neue Ring.

»Hallo, du frischgebackene Braut«, sagte Sibylle freundlich.

»Hallo, Brautstiefmutter«, gab Loraine ebenso freundlich zurück. »Genießt du die Feier?«

»Nicht so sehr. Aber das hat nichts mit dir zu tun, ganz und gar nicht. Gerade habe ich etwas Komisches erfahren. Sagt dir der Ausdruck ›sächsische Stute‹ etwas?«

Loraine dachte nach. Dann lächelte sie, ganz wie Lena es jetzt getan hätte. Sie hatte von Georgina die dunklen Augen, von Joachim die Stirnpartie und von Lena das entschuldigende Lächeln, Dora Nettles gewaltige Nase war ihr – gottseidank – erspart geblieben. »Irgendwie schon. Großmama nennt dich manchmal so.«

»Ich weiß.« Resigniert verschränkte Sibylle die Arme über dem schwarzen Rips. »Und jetzt fällt mir auch ein, was es mit der ›preußischen Stute‹ auf sich hat. Irgendein bayerischer Minister, seinen Namen habe ich vergessen, nannte die Mutter von König Ludwig II. so. Sie war eine preußische Prinzessin, und der

Minister lastete ihr sämtliche königlichen Erbschäden einschließlich Ludwigs Schwermut an. ›Die preußische Stute hat die Zucht verdorben‹, sagte er genau. Ganz schön kühn, nicht wahr?« Sie machte eine Pause. Dann fuhr sie mit einem halben Lachen fort. »Was für ein Segen, daß ich keine Kinder habe. Ich meine, in Georginas Augen. Deshalb hinkt auch ihr Vergleich. Aber ich nehme an, daß sie mit sächsischer Stute zugleich meine Mutter meint. Kann gar nicht anders sein.«

»Deine Mutter mag sie nicht«, gab Loraine zurück. Der Fleck aus dem Rock war heraus, dafür knitterte nun an der Stelle der Stoff. »Dabei kennt Großmutter sie nicht einmal. Warum also die Abneigung?«

»Warum?« Sibylle sah gedankenvoll vor sich hin. Vor ihren Augen tauchten bunte Bilder auf, eines nach dem anderen, die einen verblichen, düster fast, andere von überraschender Frische und Heiterkeit, sie reihten sich aneinander zu einem unendlichen Fotostreifen, ein richtiges Leporelloalbum. »Der Grund dafür, meine hübsche kleine Braut, liegt viele, viele Jahre zurück, fast zwei Generationen. Es hat mit deiner und mit meiner Familie zu tun, ist eine lange Geschichte. Die Geschichte vom verletzten Stolz einer Frau.«

2

1901–1914 – Eilenburg

An einem sonnigen Septembertag im Jahre 1901 mit stahlblauem Himmel und reichlich Wind feierten zwei Brautpaare Hochzeit. Die eine Hochzeit fand im sächsischen Eilenburg an der Mulde statt, die andere im fränkischen Würzburg. Einmal spielten sich die Festivitäten in einer alteingesessenen Bürgerfamilie ab, das anderemal in Offizierskreisen. Doch bleiben wir vorerst in Eilenburg, wo der zweiunddreißigjährige Schmiedemeister und Wagenbauer Wilhelm Gottlob Völkchen, Mitglied der freiwilligen Feuerwehr, Nichtschwimmer und gelegentlicher Trompetenbläser, die zwanzigjährige Elise Wagner ehelichte. Pfarrer Römer traute das Paar in der Nicolaikirche. Für Völkchen war es die zweite Ehe. Seine erste Frau Martha, eine fleißige, rechtschaffene, wenn auch nicht sonderlich hübsche Schneidertochter, war zu Weihnachten überraschend an Herzschwäche gestorben und ließ dem Witwer drei unmündige Kinder zurück. Wilhelm Gottlob hatte die junge Frau ernsthaft betrauert, doch nun verlangte die Ordnung im Haus und vor allem die Verantwortung seinen Kindern gegenüber, daß eine neue Frau an seine Seite trat. Seine Wahl war auf Elise gefallen, ein sanftes Wesen mit einem bescheidenen Lächeln, die er von Kindesbeinen an kannte. Damals war das kleine Mädchen errötend weggelaufen, wenn der rötlich gelockte Schmiedegeselle mit den Armen wie Stahlseile und den blitzenden blauen Augen sie mit Schneebällen bombardierte. Einer hatte sie durch ein Versehen im Gesicht getroffen, und es blieb eine feine Narbe unter dem Auge.

Doch geschah es nicht, um ein Unrecht gutzumachen, daß Wilhelm Gottlob um Elises Hand anhielt, vielmehr fühlte er sich, soweit das in seiner tragi-

schen Situation überhaupt möglich war, in das Mädchen verliebt. Elise dagegen gab ihm nur mit halbem Herzen ihr Jawort. Das hatte nichts mit dem jungen Witwer zu tun – o nein, sie kannte niemanden, den sie lieber geheiratet hätte –, doch wollte sie viel eher Lehrerin als Ehefrau werden. Es war ihr Herzenswunsch von Kindheit an. Schon als Sechsjährige hatte sie nicht wie ihre Freundinnen die Puppen im Wagen spazierengefahren und ihnen die Windeln gewechselt, sie setzte ihre heißgeliebte Emmy unter den blühenden Birnbaum und rechnete ihr mit Hilfe der Finger das kleine Einmaleins vor. Und wenn die Nachbarn fragten: »Nu, Lieschen, wie viele Kinder willst'n mal haben?«, antwortete das Kind ernsthaft: »Einundzwanzig, und ich bringe ihnen allen Lesen und Schreiben bei.«
Lieschens Mutter, die ihre einzige Tochter über alles liebte, drückte es bei diesen Worten fast das Herz ab. Nach dem Tod ihres Mannes betrieb sie allein die elterliche Gärtnerei, die mit Müh' und Not das Nötigste fürs Leben abwarf; Schulgeld, feine Kleider und Geld für Bücher und anderes Lehrmaterial gehörten nicht dazu. Auf dem Lyzeum hatte Elise einen Freiplatz, den sie sich über sechs Jahre hinweg mit guten bis sehr guten Noten »warmhielt«, auf dem Lehrerinnenseminar würde es eine solche Vergünstigung nicht geben. Im Gegenteil, die Ausbildung kostete ein schönes Stück Geld, das aber war mit Tomatenpflanzen, Geranientöpfen und Samentütchen nicht zu verdienen. Vor allem, nachdem die sparsamen Beamtenfrauen neuerdings einmal die Woche nach Leipzig fuhren und sich dort alles, was sie an Blumen

und Gemüse brauchten, in einer Großgärtnerei holten. Blieb Elise also eine andere Wahl als zu heiraten? Zwanzig Jahre alt und ohne die geringste Aussicht auf eine Erbschaft oder ein anderes Glück? Wohl kaum. Und so nahm sie mit einem lachenden und einem weinenden Auge Wilhelm Gottlobs etwas barsch und ungeschickt vorgebrachten Antrag an.

Jetzt hatte sie zwar keine einundzwanzig Kinder, doch drei waren es für den Anfang einmal. Sie saßen ihr an der Hochzeitstafel gegenüber, Wilhelm Otto, Sophie und Marie, die Mädchen in knöchellangen hellen Kleidern mit Seidenschärpen, die Zöpfe eng geflochten, der Junge im weißen Matrosenanzug. Wilhelm Otto war acht, ein wildes Kind, mit den strahlenden blauen Augen seines Vaters, jedoch ohne dessen Tüchtigkeit und Zuverlässigkeit. Sophie, die Fünfjährige, wirkte ein wenig farblos mit den vielen winzigen Sommersprossen auf der durchsichtigen Haut und dem strohblonden Haar, besaß aber etwas ausgesprochen Kokettes im Blick. Dafür war das vierjährige Mariechen ein ganz besonders reizendes, kleines Ding. Überglücklich, eine neue Mutter zu haben, hätte sie am liebsten Elises Hand gar nicht mehr losgelassen und ihren müden Kopf in den dichten Rüschen des Brautkleids vergraben, doch besaß sie zuviel Respekt und auch Angst vor dem Vater, der manchmal unerbittlich sein konnte. So begnügte sie sich, die Mutter unentwegt mit ihren hellen Sternenaugen anzustrahlen und sie heimlich unter dem Tisch mit ihren Knopfstiefelchen zu puffen. Elise nickte ihr herzlich zu. Sie hatte alle drei Kinder gleichmäßig ins Herz geschlossen.

Die Hochzeit fand im Haus der Völkchens statt. Es war ein behäbiges Haus in der Torgauer Straße, nicht weit entfernt vom Marktplatz, ein stattliches Grundstück mit Schmiede, Stallungen, Sattlerei und Stellmacherei, das sich nach rückwärts bis zur nächsten Straße hinzog und der Familie seit drei Generationen gehörte. Alle ältesten Völkchensöhne waren Schmiedemeister gewesen, Wilhelm Gottlobs Vater davon der geschäftstüchtigste. In den achtziger Jahren hatte er in einem Anfall von Wagemut der ehemaligen Hofschmiede (sie blickte auf die stolze Vergangenheit einer sächsisch kurfürstlichen Schmiede zurück) eine Wagenbauerei angegliedert, die so viel Geld einbrachte, daß er bald zu den reichsten Bürgern von Eilenburg zählte.
Seine leichten Jagdwagen und eleganten Kaleschen, seine Hinterlader und Landauer mit den schmiedeeisernen Laternen und der feinen Lederpolsterung galten bis weit über Leipzig hinaus als Markenzeichen für hochwertige Handwerksarbeit und Qualität, dazu kamen die Schlitten in allen möglichen Variationen, Kutschschlitten, Postschlitten, Transportschlitten mit hellem Schellengeläute. Für die prachtvollste seiner Kutschen – ein stolzes Stück in Schwarz und Gelb – erhielt er auf der Pariser Weltausstellung eine Goldmedaille. Die Urkunde prangte eingerahmt auf der Biedermeiertapete im Wohnzimmer und war das Schmuckstück der Familie.
Der alte Völkchen galt nicht nur als glänzender Geschäftsmann, er stand auch im Ruf eines Genießers. Seine Lieblingsbeschäftigungen waren Essen und Trinken, bis zu vier Stunden verbrachte er täglich da-

mit. Und was er im Laufe eines Abendessens so alles genußvoll in sich aufnahm..! Zum Beispiel zwei Flaschen Rotspon, natürlich vom besten, dazu vierzehn Hefeklöße, in Heidelbeerkompott getunkt und mit heißer Butter übergossen, oder sieben Teller grüne Bohnen mit Hammelfleisch oder zwei Pfund Schweinskarree in Sauerkraut, üppig mit Kartoffeln auf dem Teller, oder ... oder ... Ein richtiger sächsischer Falstaff. Im Laufe der Jahre wurde er so dick, daß ihm die silbernen Knöpfe von der Weste sprangen und er einen Lehrjungen abkommandieren mußte, um ihm aus den Stiefeln zu helfen. Stöhnend rakkerte der sich ab, während der Meister schwer schnaufend im Lehnstuhl saß, liebevoll seinen gewaltigen Bauch betastete und den armen Jungen anherrschte: »Ziehn mußte, du Nichtsnutz, ziehn, nich im Stehn schlafen wie bei der Arbeit.«

Solche Episoden gehörten inzwischen der Familiengeschichte an. Die Zeiten hatten sich geändert. Zwar lief die Wagenbauerei noch immer gut, ernährte seinen Meister mitsamt seiner Familie und Angestellten, goldene Berge wurden damit nicht mehr verdient. Immerhin – es war, wie es so schön heißt, alles vorhanden. Jedenfalls staunte Elise, von daheim nicht gerade verwöhnt, über die Gediegenheit, mit der das ganze Haus eingerichtet war, tastete bewundernd über die rote Samtgarnitur in der sogenannten guten Stube, die auf Hochglanz polierten Biedermeierkommoden mit den Filetdeckchen, die gestickte Bett- und Tischwäsche. Ab morgen würde ihr die Pflege des Hauses unterstehen, war sie es, die sich um Küche und Wäschekammer zu kümmern hatte, heute durfte sie sich noch einmal verwöhnen lassen. Zum festlichen Anlaß war Frau Mattes, die Kochfrau, ins Haus gekommen. Mit weißer Haube und weißer Schürze fuhrwerkte sie in der Küche herum und schalt das Dienstmädchen Paula, nicht dauernd die falschen Schüsseln in die Hand zu nehmen. Frau Mattes Regiment war in ganz Eilenburg gefürchtet, trotzdem konnte man in guten Bürgerhäusern nicht auf sie verzichten. Später, als allmählich ihr Geschmackssinn nachließ und sie jede Suppe versalzte, verlegte sie sich aufs Plätten. Das wirkte sich auch besänftigend auf ihr Gemüt aus, von da an sprach sie nur noch im Flüsterton.

»Prost!« Schmunzelnd hob Wilhelm Gottlob seiner Braut das Weinglas entgegen. Es sollte das einzige Mal sein, daß sie ihren Mann Wein trinken sah. Die Uhrkette über seiner Weste funkelte mit dem geschliffenen Kristall um die Wette. »Prost, Lieschen. Und nun freuen wir uns alle auf die Festtagssuppe, eine Spezialität der guten Mattes. Willy, du ziehst deine Ellbogen ran und hörst mit dem Gungsen uff, aber ein bißchen plötzlich, sonst knallt's. Verstanden?!«

Ein drohender Blick, und Wilhelm Otto verkniff es sich, seine Schwester Sophie weiter in die Rippen zu stoßen. Da hatte er noch einmal Glück gehabt. Normalerweise schlug der Vater, ohne groß zu fackeln, gleich mit dem Gürtelriemen zu. Willy trug noch einen Striemen von der letzten Züchtigung auf dem Unterarm.

Paula servierte die Suppe. Sie war ein gutmütiges Wesen, wenn auch ein bißchen beschränkt, hatte ihr lediges Kind bei Bauern untergebracht und trug zu Ehren der neuen Hausfrau eine blütenweiße Schürze. Höchste Zeit, daß wieder eine Mutter ins Haus kam, mit dem Jungen war manchmal kaum fertig zu werden. Neulich erst hatte er Paulas Reformunterhosen von der Leine stiebitzt und sie für alle Nachbarn sichtbar an seinem Fenster gehißt, der Lausejunge. Dem sollte die neue Frau Völkchen mal gewaltig auf die Finger gucken. »Derfsch ausgeben?« Sie knickste mit der Suppenterrine in der Hand.

Wilhelm Gottlob nickte. Mit zusammengezogenen Augenbrauen achtete er darauf, daß Paula zuerst seiner Schwiegermutter servierte, Frieda Wagner, die in schwarzer Pelerine, mit schwarzem Reiherfederhut und hohem Stäbchenkragen, ihrem gehüteten Sonntagsgewand, zur Hochzeit gekommen war, dann seinen älteren Schwestern, danach Elise und schließlich ihm. Die Kinder kamen am Schluß. So war heute die Reihenfolge. Morgen, wenn das Mittagessen mit den Gesellen und Lehrlingen wieder im normalen Wohnzimmer stattfand, am langen Tisch in der Ecke, würde er es sein, dem man das größte Stück Fleisch auf den Teller legte und auf dessen Wort alles hörte. Fast machte es den Eindruck, als könnte der Meister den Alltag kaum mehr erwarten. Zu lange schon herrschte Unordnung im Haus, hatte er sich um jeden Firlefanz kümmern müssen, die Kunden aber verlangten pünktliche Lieferung.

Nach dem Essen – Hühnersuppe mit Grießklößchen, Kalbsnierenbraten und Götterspeise aus zweierlei Beeren – brach die Hochzeitsgesellschaft zu einem Spaziergang auf. An steif abgewinkeltem Arm führte

Völkchen seine junge Frau durch den Bürgergarten, so wie er es künftig an jedem Sonntagnachmittag tun würde. Der Septemberwind erlaubte sich ein übermütiges Spiel mit Elise. Immer wieder wehte er ihr den Schleier ins Gesicht, so daß sie, halbblind, über ihre Schleppe stolperte, bis sie endlich kurzentschlossen den Rock in beide Hände nahm und auf diese Weise leichter geschürzt weiterlief. Dabei wurden ihre zierlichen Füße in den Spangenschuhen sichtbar, ein ganz bezaubernder Anblick. Mariechen hatte sich bei Elise eingehängt. Stolz über die neue hübsche Mutter stand ihr im Gesicht geschrieben, und sie hatte nur Verachtung für die Geschwister, die sich hinter dem Rücken des Vaters mit Sand bewarfen. Na, die würden schon ihre Keile kriegen. Diesen Triumph erlebte Mariechen allerdings nicht mit, wenig später erbrach sie sich (zuviel Cremetorte!) hinter einem Fliederstrauch und mußte für den Rest des Nachmittags, eine Schüssel neben sich, auf dem Sofa ruhen.
»Gratulation, Frau Völkchen!« – »Derfsch gratulieren, Lieschen?« – »Meine Güte, da kommt ja das Brautpaar!« – Sonntägliche Spaziergänger, darunter die Jähnschens von der Bäckerei, Sektvertreter Feierabend, Dr. Riepen mit Frau, die Apothekerfamilie Böttscher, traten näher, um die Jungvermählten zu beglückwünschen, soweit sie das nicht bereits am Vormittag getan hatten, bei den Völkchens zu Hause, mit einem Glas Portwein zum Anstoßen. Die meisten Eilenburger kannten Elise aus der Gärtnerei und freuten sich über die gute Wahl, die Wilhelm Gottlob mit ihr getroffen hatte. Aber – drei wilde Kinder und

ein großer Handwerkerbetrieb – war das nicht ein bißchen viel für die Zwanzigjährige?

Es wurden noch mehr. Knapp ein Jahr nach der Hochzeit kam ein Sohn auf die Welt, dem Vater wie aus dem Gesicht geschnitten, mit dem gleichen rötlich krausen Haar. Elise drückte das Baby glücklich an sich. Ein eigenes Kind! Wie erschrocken über diesen Gedanken nahm sie sich jedoch im gleichen Augenblick vor, niemals auch nur den geringsten Unterschied zwischen ihrem Franz und seinen Stiefgeschwistern zu machen. Alle Kinder brauchten sie gleichermaßen, alle waren sie ihr anvertraut. Wenn sie auch mit Willy nur schwer fertig wurde und Sophie ihr mit ihrer Gefallsucht und einer gewissen Verschlagenheit manchmal fast wie eine Fremde vorkam – sie wollte allen eine gleichgute Mutter sein, das war sie schon einmal der ersten Frau Völkchen schuldig.

Mit den bescheidenen Vergnügen, die sich Elise noch zu Beginn ihrer Ehe hin und wieder gegönnt hatte – der Feuerwehrball, ein Lampionfest auf der Mulde, Sonntagsausflüge nach Leipzig oder Doberschütz – war es für die nächste Zeit vorbei. Das Baby beanspruchte die Mutter ganz und gar. Dazu kamen ein Stall voller Karnickel, ein halbes Dutzend Gänse und ein Hahn mit seiner Hennenschar, die besorgt und gefüttert werden mußten. Als nächstes war an eine Ziege gedacht, den Pflock dafür gab es bereits, Willy

hatte ihn inmitten des kümmerlichen Rasens zwischen Stellmacherei und Gesellenhaus in den Boden gerammt.
Wilhelm Gottlob freute sich über seinen zweiten Sohn. Sollte sich das Haus nur füllen, in seiner Familie hatte es immer viele Kinder gegeben. Gottseidank waren auch die Zeiten noch gut genug, um alle Mäuler satt zu bekommen. In seinem gewaltigen Lederschurz, Ruß auf Augenbrauen und Stirn, beugte er sich über den kleinen Franz, der vergnügt auf den Knien seiner Mutter schaukelte. Wenn Willy weiterhin so viele Flausen im Kopf hatte – neuerdings sprach er davon, Soldat zu werden –, hier gab es noch jemanden, der später das väterliche Geschäft übernehmen konnte. Bei allem Vaterstolz dachte Wilhelm Gottlob immer auch praktisch.
Zwei Jahre später wurde Lina geboren, vierzehn Monate darauf Friederike. Während Lina von klein auf ein ernstes und besonders verständiges kleines Mädchen war, schlug Friederike mehr in Mariechens Richtung. Als hübscheste der Töchter und immer zu Streichen aufgelegt, war sie der Liebling der Familie – sehr zum Leidwesen von Linchen, die unter dieser Bevorzugung litt. Sehr zu schaffen machte ihr auch, daß sie eine Brille tragen mußte und – wohl ein Erbteil des lebenslustigen Großvaters, wenn auch das einzige – stark zur Fülle neigte. Doch eroberte sie sich eine Sonderstellung bei der geliebten Mutter, indem sie ihr unermüdlich zur Hand ging, ihr mit Rat und Tat zur Seite stand. Keine Entscheidung, die Elise nicht mit Linchen besprach, die Tochter war immer vernünftig, sorgte sich um alles, was man von Riekchen

ganz und gar nicht behaupten konnte. Im Gegenteil – von Jahr zu Jahr entwickelte sie sich mehr zu einem unausstehlichen, verwöhnten Balg.
Da gab es ein Weihnachten, das Linchen ihr Leben lang nicht vergessen würde. Sie hatte von ihrer Großmutter Frieda Wagner ein sogenanntes Wunderknäuel als Geschenk bekommen, das war ein Wollknäuel, in dessen Innern sich eine kleine Überraschung verbarg. Wunderknäuel waren in der damaligen Zeit sehr beliebt. Linchen nahm sich in ihrer überlegten Art vor, der Mutter aus der Wolle einen Topflappen zu stricken und so, Masche für Masche, Reihe für Reihe, der begehrten Überraschung näherzukommen, unter der sie sich eine Glasmurmel, einen Anhänger oder vielleicht sogar eine winzige Puppe vorstellte. Riekchen jammerte. Sie langweilte sich. Ihr eigenes Geschenk – Liebesperlen in einer Puppenflasche – war längst zerbrochen, die Perlen runtergeschluckt, jetzt reizte sie es zu wissen, was in Linchens Wunderknäuel steckte. Als Linchen ihr nur empört den Piep zeigte (»spinnste?«), steckte sich der Quälgeist hinter die Mutter, quakte ihr die Ohren voll. Die Mutter war müde; sie hatte nicht nur sechs eigene, sondern auch zwei Waisenkinder aus der Nachbarschaft sowie Paulas arme Lore beschert und die Nacht davor in der Küche gestanden. Also wandte sie sich seufzend an Linchen: »Meine Guteste, tu Riekchen den Gefallen, laß sie ribbeln, damit Ruhe ist.« Linchen wurde kreidebleich. Nicht so sehr wegen des Knäuels, das hätte sie noch verschmerzt, viel mehr traf es sie, daß die hübsche Schwester wieder einmal ihren Willen bekam. Mit dicken Tränen hinter

der Brille beobachtete sie, wie Riekchen ungeduldig die Wolle aufribbelte, Fäden, die ihr in die Quere kamen, einfach zerriß und sich schließlich triumphierend einen Ring mit grünem Stein an den Finger steckte. »Der gefälltmer.« Eine Welt brach für Linchen zusammen, und schluchzend flüchtete sie sich in die Arme der Mutter. »Nie mehr eine Schwester, nie mehr!«
Das Schicksal erhörte sie – vorerst. Als nächstes Kind kam, fünf Jahre nach Friederike, ein Sohn auf die Welt, ein wahrer Prachtkerl von Sohn sogar. Während sich Franz eher etwas schmächtig entwickelte, verkörperte Wolfgang, genannt Wölfchen, mit seinen kräftigen Gliedern und dem weizengoldenen Haarschopf den strahlenden Siegfried. Elise konnte sich nicht satt an ihm sehen, aus ihm, das wußte sie, würde einmal etwas Großes werden.
Das Nesthäkchen wurde von allen verwöhnt, selbst von Sophie, die inzwischen zu einem blassen Backfisch mit Allüren herangewachsen war. Nach einem kurzen Gastspiel in Delitzsch, wo sie eine Haushaltsschule besuchte und eines Tages aus nie ganz zu klärenden Gründen wieder nach Hause geschickt wurde, half sie daheim der Mutter und verdiente sich ein Taschengeld mit Näharbeiten. Ihre Putzlust bereitete der Mutter manchen Kummer. Nicht nur, daß sich Sophie bereits tagsüber puderte (angeblich, um ihre Sommersprossen zu verdecken), so kaufte sie sich ein Paar Schuhe aus feinstem Saffianleder nach dem anderen, mit denen sie sämtliche Ballhäuser der Umgebung abtanzte. Einmal hatte sie der Vater mit seinem gefürchteten Gürtel versohlt, das war, als er sie

gegen Mitternacht mit einem der Gesellen vor der Haustür erwischt hatte.

»Daß du mir keine Schande über die Familie bringst. Ich schlage dich kurz und klein!« Diese Worte hallten Sophie noch tagelang in den Ohren. Schande war in den Augen des Vaters das, was er am meisten fürchtete, die schlimmste Strafe Gottes überhaupt. Armut, ja, damit konnte man fertig werden, mit schlechten Zeiten auch, nicht aber mit dem Verlust seines ehrlichen Namens. Ehre, Treue, Vaterland hießen die Werte, die der alte Völkchen über alles stellte, er dachte da nicht anders als die meisten Bürger seiner Generation.

Man schrieb das Jahr 1914. Elise, obwohl erst Anfang dreißig, war früh gealtert. Sorgen und die tägliche Plackerei hatten ihre Spuren in das feine Gesicht gegraben, nur die zierlichen Füße mit dem schmalen Spann wirkten wie die einer Prinzessin. Sieben Kinder und ein großer Haushalt, zu dem auch noch mehrere Angestellte gehörten, die beherbergt und verköstigt werden mußten, außerdem Karnickel, Hühner, Gänse – das war selbst für die damalige Zeit keine Kleinigkeit. Zur Seite standen der Mutter bei der Arbeit nur Paula und, wenn es ihnen ihre anderen Pflichten erlaubten, die größeren Töchter.

Manchmal, in den ganz seltenen stillen Stunden, wenn Elise mit einem Korb Flickzeug am Nähtisch saß und sich kein Mucks im Haus rührte, schweiften ihre Gedanken in die Kindheit zurück. Lehrerin zu werden – ihr großer Traum. Sie seufzte. Wie lange das schon wieder alles zurücklag, es kam ihr wie eine Ewigkeit vor. Jetzt fand sie kaum noch Zeit, die Zeitung zu lesen, so sehr hielt sie der Alltag mit seinen Pflichten in Trab. Dabei hatte sie immer soviel lernen, soviel wissen wollen. Sollten ihre Kinder das jetzt für sie übernehmen. Und mit einem wehmütigen Lächeln machte sie sich über ein faustgroßes Loch in Wölfchens Spielschürze her.

Die Zeiten waren unruhiger geworden, es gab vielerlei neue politische Strömungen im deutschen Volk. Um dem immer stärker aufkommenden Sozialismus gerecht zu werden, hatte der Reichstag abermals neue Sozialgesetze erlassen. Mißtrauisch beobachtete man vom Ausland aus den wirtschaftlichen Aufschwung, den Deutschland erlebte. Frankreich galt noch immer als Erzfeind Nummer eins, man ahnte, daß es bei nächster Gelegenheit den nie überwundenen Verlust von Elsaß-Lothringen rächen wollte. Die Schüsse von Sarajewo wurden zum Funken in diesem Pulverfaß. Österreich machte mobil, Deutschland, der Waffenbruder, ebenso. Wilhelm II. war nicht wohl dabei, trotzdem zeigte man sich vom Sieg der deutschen Waffen überzeugt. »Wenn die Blätter fallen, seid ihr wieder zu Hause…«
Wilhelm Otto gehörte zu den ersten jungen Eilenburgern, die sich als Freiwillige an die Front meldeten. Der alte Völkchen ließ ihn ziehen. In der Wagenbauerei taugte der Älteste nicht viel, mochte er draußen seinen Mann stehen. Zur Ehre des Vaterlands. Das erstemal, daß Wilhelm Gottlob fast stolz auf seinen Sohn war.
Die Mutter dagegen bangte. Das hatte sie gemeinsam mit den Millionen anderer Mütter, die ihre Söhne voll

jugendlicher Begeisterung in den Krieg ziehen sahen, nach Belgien, Frankreich, Rußland. »Lieb Vaterland, magst ruhig sein, fest steht und treu die Wacht am Rhein...« Der alte Völkchen summte über dem offenen Feuer das Soldatenlied mit, der Text war so recht nach seinem Herzen.

Kaum ein Tag, an dem Elise ihrem Sohn nicht ins Feld schrieb. Keiner der Briefe wurde beantwortet. Dafür flatterten Schneiderrechnungen ins Haus, eine nach der anderen und eine auch immer höher als die andere, Rechnungen aus einem französischen Damensalon.

»Robe de soir, blouse verte avec des manches longues...« entzifferte die Mutter. Sie versteckte die Rechnungen in ihrem Wäscheschrank, denn sie fürchtete den Zorn des Vaters, der sich – sie hatte es einige Male erlebt und immer war Willy der Grund gewesen – in einem gewaltigen Donnerwetter entladen würde. Außerdem wollte sie ihrem Mann die Enttäuschung ersparen. Lieber verzichtete sie auf die dringend notwendigen Winterstiefel, verkaufte Milch und Eier in die Nachbarschaft, versetzte sogar eine Brosche – alles, um die Rechnungen aus eigener Tasche zu bezahlen. Als die Summe immer noch nicht reichte, legte sie schweren Herzens die Hälfte eines heimlich beiseitegelegten Notgroschens dazu. Besser einen leichtsinnigen, aber gesunden Sohn als einen, der keine heilen Glieder mehr hatte, tröstete sie sich. Im Nachbarhaus trauerte Else Jähnschen um ihren Kurt, dem man einen Arm weggeschossen hatte. Mit einem Glas Pflaumenmus ging Elise zum Trostspenden hinüber. Gemeinsam weinten die beiden Mütter

in ihre Pflaumenmusbemmen hinein. Elise trauerte, als ginge es um ihr eigenes Kind.
Die sechste und mit Abstand höchste Schneiderrechnung flatterte an einem Montag im November ins Haus, exakt dem Tag, an dem Elise ihre Tochter Marlene zur Welt brachte. Diesmal war es das altkluge Linchen, das den Brief abfing. Gewissenhaft stopfte es den Umschlag unter sein Leibchen und schlich sich auf Zehenspitzen ins elterliche Schlafzimmer, um das neue Schwesterchen zu besichtigen, das winzig und rothaarig im Arm der Mutter schlief.
Niemand freute sich so recht über das Kind. (»Mit den Tränen, die mich mein Marlenchen vor ihrer Ankunft gekostet hat, hätte man den Dielenboden aufwischen können«, erzählte Elise später einmal.) Es meldete sich einfach zu spät in der Familie an, keiner hatte mehr damit gerechnet. Nachdem Wölfchen glücklich dem Laufstall entwachsen war, hatte man die vielfach gewaschene und geflickte Babywäsche aufs Land verschenkt, der Kinderwagen litt an einem Achsenbruch, und Riekchens Puppen moderten auf dem Dachboden vor sich hin. Hinzu kam, daß die finanzielle Lage der Familie nicht mehr die beste war. Zwar bestellten die Bauern und Bürger nach wie vor ihre Wagen und Schlitten in der Wagenbauerei Völkchen, doch ließen sie sich neuerdings mit dem Bezahlen Zeit. Die meisten von ihnen hatten für den größten Teil ihres Vermögens Kriegsanleihen gezeichnet, und wenn sie die stattlichen Summen auch eines Tages auf Heller und Pfennig (plus Zinsen) zurückzuerhalten hofften – im Augenblick war Bargeld knapp. Niemand wußte das besser als Wilhelm Gottlob, hat-

te er doch selbst mehr als sechzigtausend Mark, sein gesamtes Vermögen, für das Vaterland bereitgestellt. Andererseits liefen seine Verpflichtungen weiter, die Löhne, die Materialkosten, die Ausgaben für das tägliche Leben.
Zornig schrie der Meister in der Stellmacherei herum. Frieder, der älteste Geselle, war zu spät zur Arbeit gekommen. Und warum? Weil er gestern in der Kirche zu lange Trompete geübt hatte. Trompete blasen – Wilhelms große Leidenschaft. Aber niemals hätte er deswegen seine Pflichten vernachlässigt, Himmelherrgott! Er tobte, daß die Lehrjungen die Köpfe einzogen. Viel stärker wütete jedoch in ihm, das Willy seit Wochen nichts von sich hören ließ. Und was Sophie betraf, das leichtsinnige Ding, so war sie erst gegen Morgengrauen nach Hause gekommen. Er hatte es mit eigenen Ohren gehört. So eine Schande! Schämen mußte man sich vor der ganzen Stadt mit der liederlichen Person. Krebsrot vor Wut schleuderte er sein Werkzeug in die Ecke. Dann machte er sich pflichtschuldig auf, seine Frau im Kindbett zu besuchen.
Das waren die Verhältnisse, unter denen die kleine Marlene mit ihren schmalen blauen Augen das trübe Licht der Welt erblickte. Wie gesagt, es war November, ein naßkalter dazu.

3

1915–1921 Eilenburg

Wenn Marlene später an ihre Kindheit zurückdachte, überwogen zwei Erinnerungen: die Liebe zur Mutter und die Angst vor den Schwestern. Die Liebe war dabei die sehr viel stärkere Empfindung. Das Kind wünschte sich nichts sehnlicher, als sich den ganzen Tag im dunklen Rock der Mutter zu verkriechen, ihre tröstenden Hände auf dem kleinen Kopf zu spüren, alle mütterlichen Gedanken und Gefühle allein auf sich gerichtet zu wissen. Da dies aus naheliegenden Gründen nicht möglich war, versuchte Marlene wenigstens, stets in der Nähe der Mutter zu sein. Wie ein kleines Tier huschte sie hinter Elise die Treppe hinauf und verschwand, wenn man ihr das nicht ausdrücklich verwehrte (was selten vorkam), mit ihr in den Zimmern, hockte zusammengekrümmt unter dem Küchentisch, wenn die Mutter dort Gemüse putzte, folgte ihr in den Keller, in das Gartenhaus, begleitete sie zum Einkaufen, in der Hand stolz den geflochtenen Korb.

Die Mutter ließ es lächelnd geschehen. Wäre sie zehn, fünfzehn Jahre jünger gewesen, mit noch unverbrauchten Kräften und mit Marlene als zweites, drittes, auch noch viertes Kind, sie wäre der Tochter die gewünschte Mutter gewesen, hätte sie eingehüllt in einen dichten Mantel von Aufmerksamkeit und Liebe. So aber war sie zu müde und wohl auch zu alt dazu. Soeben lag der sogenannte Steckrübenwinter mit seinen Hungerrationen hinter ihr, als neuestes hatte man Lebensmittelkarten eingeführt. Wie sollte

man damit ein Haus voller heranwachsender Kinder sattkriegen? Sorgen, die nicht nur an Elises Nerven, sondern auch an ihrer Gesundheit zehrten. Trotzdem versuchte sie, Marlene, diesem besonders zärtlichen Kind, an Zuneigung zu geben, was in ihren Kräften stand.
Inzwischen war noch Elises Mutter, Frieda Wagner, krank geworden, ihr Geist hatte sich verdüstert. Dieser Schlag traf Elise besonders hart. Um wenigstens etwas für die Mutter zu tun, kochte sie ihr täglich das Essen (mit einem Extraklacks Butter und einer Extraportion Zucker, die sie schlechten Gewissens den Kindern abzwackte) und ließ es durch Marlene in die Gärtnerei bringen. Die Vierjährige liebte und fürchtete gleichzeitig diesen Gang. Einerseits schmeichelte es ihrer Eitelkeit, den Topf mit dem Mittagsgericht über den roten Sandweg zu tragen, andererseits war ihr die Großmutter unheimlich. Wie aus dem Ei gepellt, saß sie mit einem Medaillon am Stäbchenkragen, schneeweißem Haar und drei übereinandergetragenen, stark nach Wäschestärke duftenden Unterröcken im Lehnstuhl und starrte aus dem Fenster. Ihre Augen waren erloschen, nur der Mund zuckte.
»Bist du es, Marlenchen?« fragte sie tonlos, und das Kind schlich näher heran, um die Großmutter zu verstehen. »Braves Kind. Nimm dir aus der Dose ein Pfefferminzplätzchen und spiel ein bißchen mit der Emmy. Du weißt ja, wo sie sitzt.«
Emmy war Elises Puppe, die in der Gärtnerei geblieben war. Sie hatte Haare, die man kämmen konnte, und dunkelblau gemalte Schlafaugen mit steifen Wimpern, Vorzüge, die Marlenes eigene Puppenkin-

der nicht besaßen. Brav spielte das Kind ein Viertelstündchen mit Emmy, flocht das Haar, türmte es zu einer Krone auf, ließ Emmy aufwachen und schlafen, aufwachen und schlafen. Eintönig tickte die Standuhr, Großmutters Augen bewegten sich nicht. Das Essen wurde kalt, verdickte unter einer fettigen Soßenschicht, doch Marlene wagte nicht, die Großmutter darauf aufmerksam zu machen.

»Wie war's?« fragte die Mutter als erstes besorgt, wenn Marlene den leeren Topf in der Küche abstellte. »Was hat die Großmutter gesagt?«

»Du sollst dich nicht soviel abrackern.« Immer dieselbe Antwort. Das kaltgewordene Essen erwähnte Marlene nicht. Hatte die Mutter nicht schon genug traurige Gedanken im Kopf? Später hockte sie auf dem Fußbänkchen und beobachtete, das Gesicht in die Hände gestützt, wie die Mutter mit Hilfe der großen Schwestern das Geschirr spülte. Eine Arbeit, die gut eine Stunde in Anspruch nahm. Um das Kind nicht einfach nur dahocken zu lassen, reichte ihm die Mutter ab und zu einen Löffel oder ein Brettchen zum Trockenreiben herunter. Marlene rieb, daß sie ins Schwitzen kam. Linchen, nach wie vor eifersüchtig auf die Gunst der Mutter, ärgerte sich über den Unfug, wie sie es nannte: »Kannste nich verschwinden, Kleene?« regte sie sich auf. »Du siehst doch, daß du Muttern störst. Spiel mit Wölfchen oder räum deine Kramecke auf, die hat's bitter nötig.«

In der nächsten Minute zeterte sie über einen Teller, den Mariechen angeblich nicht gründlich genug gesäubert hatte. Mariechen lachte nur. Sie wohnte seit einiger Zeit in Leipzig, wo sie sich als Krankenschwe-

ster ausbilden ließ, hatte einen festen Freund und kam nur noch an ihren freien Wochenenden ins Elternhaus.
Die Mutter wagte Linchen nicht zu widersprechen. Alle im Haus zitterten vor der strengen Vierzehnjährigen mit der starken Brille, die ein unerbittliches Regiment führte. Selbst der Vater ließ sie gewähren. Man wußte von Linchens Problemen. Da war einmal ihr stattlicher Umfang, den man vor den Verwandten mit Drüsenstörungen entschuldigte, und zweitens schien sie zu ahnen, daß sie die Schule nicht zu Ende machen durfte. Dabei war sie Klassenerste, führte die ordentlichsten Hefte und verstand besonders gut mit Zahlen umzugehen. Doch hatten sich die finanziellen Verhältnisse zu Hause so verschlechtert, daß man bald froh über jedes zusätzliche Gehalt sein würde. Franz hatte bereits die Konsequenzen gezogen. Er lernte in einer Tischlerei und wollte später in das Geschäft des Vaters eintreten, allerdings mit der Absicht, es zu modernisieren. Nur Sophie flatterte zum Kummer der Eltern weiterhin unstet durchs Leben, nicht einmal ein künftiger Ehemann war in Sicht.
Da traf die Mutter beim Kaufmann Breetz mit Frau Oberleutnant Dittmar zusammen, die Mutter wie immer Marlene am Rockzipfel. Gebannt starrte das Kind auf die Tonnen mit Heringen und Sauerkraut, die gleich neben dem Eingang standen, den grünlich schimmernden Schimmelkäse und dann vor allem auf die Gläser mit Soleiern, Gurken und Bonbons, in denen die Breetzin geschäftig hantierte. Viel mehr hatte der Laden zur Zeit nicht zu bieten, es war Anfang 1918, und in den Regalen standen fast aus-

schließlich Verpackungs-Attrappen. Marlene konnte sich an den bunten Bildern nicht sattsehen, besonders gefiel ihr die spielende Katze auf »Hoffmann's Wäschestärke« und das kleine Mädchen mit der Schiefertafel, das staunend »Kathreiners Kneipp-Malz-Kaffee« betrachtete. So ein Mädchen wünschte sich Marlene als Spielkameradin.
Höflich ließ die Mutter der stattlichen Frau Oberleutnant den Vortritt. Offizieren und ihren Angehörigen begegnete man in ihren Kreisen mit einem gewissen Respekt, sie standen im Dienst des Kaisers und hatten, was ihnen eine ganz besonders Aura verlieh, Zugang zum Hof. Mit den Beamtenfrauen war das etwas anders. Wenn die sich auch gern für etwas Besseres hielten und eine Handwerkerfrau mit Vorliebe von oben herab behandelten, genierten sie sich andererseits nicht, wie die galizischen Juden um den Bruchteil eines Pfennigs zu feilschen. Elise ging ihrem Klatsch nach Möglichkeit aus dem Weg.
Frau Oberleutnant – mit einem üppigen Schleier am Hut und cremefarbenen Glacéhandschuhen – verwickelte die Mutter in ein freundliches Gespräch. Sie sprachen von den Söhnen, die im Feld waren (bei Dittmars waren es alle drei, davon lag Richard, der jüngste, mit einem Beinschuß in einem belgischen Lazarett), von den schlechten Zeiten, die sich vorerst wohl kaum bessern würden, von den Lebensmittelkarten (116 g Mehl, 18 g Fleisch, 7 g Fett pro Tag und Person und das oft nicht einmal oder erst nach stundenlangem Anstehen) und schließlich wieder von den Kindern. Dabei entschlüpfte der Mutter ein Seufzer über Sophie. Es war ein Kreuz mit dem Mädchen.

Hatte das leichtsinnige Kind nun zum zweitenmal ihre kostbare Lebensmittelkarte eingetauscht, diesmal gegen ein halbes Dutzend Florstrümpfe. Nichts als Firlefanz im Kopf, die Älteste, und das in diesen schwierigen Zeiten.
Frau Oberleutnant ließ Marlene eine süße Himbeere aus dem Bonbonglas grapschen, nebenbei überlegte sie. Die abgehärmte Frau Völkchen tat ihr leid, es mußte nicht leicht sein, zu haushalten mit acht Kindern und einem Handwerksbetrieb, der langsam veraltete. Zu gern hätte sie geholfen. Da fiel ihr Erika ein. Erika, das Dienstmädchen, das über zehn Jahre bei den Dittmars war, hatte über eine Zeitungsannonce einen Witwer kennengelernt und wollte heiraten. Somit war Frau Oberleutnant in Verlegenheit beziehungsweise in Kürze ohne Mädchen. Wie wäre es also, sinnierte sie, wenn … ja, warum sollte Sophie die Stelle eigentlich nicht antreten? In Haushaltsführung schien sie ja Erfahrung zu haben. Und was die Flausen und hysterischen Überspanntheiten betraf, nun, die würde man ihr schon beizeiten austreiben. Annerose Dittmar, Offizierstochter aus Potsdam, traute sich in dieser Hinsicht einiges zu.
»Ach nee, Frau Oberleutnant, wenn das möglich wäre. Das wäre ein Glück, ein großes Glück!« Fast hätte Elise die elegant behandschuhte Hand geküßt, so erleichtert fühlte sie sich. Jetzt würde mit Sophie alles gut werden, sie wußte es. Gleich morgen sollte sie sich bei der neuen Herrschaft vorstellen und einen guten Eindruck machen.
»Marlenchen, komm, mach deinen Knicks!« Und die Mutter ergriff das heftig kauende Kind, dem der rote

Saft aus den Mundwinkeln floß, und eilte, so schnell es ihr die schwere Einkaufstasche erlaubte (heute war wirklich ein Glückstag, sie hatte alles Gewünschte gekriegt), nach Hause in die Torgauer Straße.
Auf der Treppe kam ihr Linchen mit todernster Miene entgegen, in der Hand trug sie einen Feldpostbrief mit Dienstsiegel und unbekanntem Absender. Linchen brauchte nichts zu sagen, Elise wußte auch so, daß der Brief nur mit Willy zu tun haben konnte. Der Sohn war im Krieg gefallen.
Elises erster Gedanke, bevor sie sich ihrem Schmerz hingab, der sie in einer gewaltigen Welle überschwemmte: Wie bringe ich die Nachricht dem Vater bei? Todesnachrichten sind etwas anderes als Rechnungen aus einem französischen Schneidersalon, sie lassen sich nicht so ohne weiteres unterschlagen oder gar mit Geld aus der Welt schaffen, sie haben etwas Endgültiges.
Elise wartete das Ende des Abendessens ab – es gab saure Eier mit Pellkartoffeln –, bevor sie Wilhelm Gottlob den Brief übergab. Gleichzeitig machte sie den Kindern ein Zeichen zu verschwinden. Während der Vater umständlich seinen Zwicker aus der Schürzentasche kramte und mühsam Wort für Wort auf dem weißen Papier studierte (»… haben wir die traurige Pflicht, Ihnen mitzuteilen, daß ihr Sohn, Wilhelm Otto Völkchen, geboren am 20. August 1893, am 23. Januar 1918 an der Somme bei Cambrai gefallen ist. Er starb wie ein Held …«), zupfte sie die Schondecke auf den Sesseln zurecht, wieder und immer wieder. Die Stille war kaum auszuhalten.
Peng – krachend war die Tür ins Schloß gefallen.

Schwere Schritte polterten die Treppe hinunter, das war der Vater. Eine zweite Tür krachte zu, so heftig, daß das Treppenhaus erzitterte und ein Stück Putz von der Decke fiel. Dann herrschte Totenstille, nur Marlene, die sich an die Beine der Mutter geklammert hatte, schluchzte jämmerlich. Etwas Schlimmes mußte passiert sein, etwas ganz Schlimmes, mit soviel Gepolter hatte der Vater das Haus noch nie verlassen.
»Sei stille, mein Kind«, tröstete die Mutter, während sie den Brief sorgfältig zusammenfaltete und in ihren Rockbund steckte, »niemand tut dir was. Geh lieber Sophie holen, ich warte in der Küche auf sie. Aber halt dich schön am Geländer fest.« Im dämmrigen Treppenhaus mit den viel zu hohen Stufen hatte sich schon jedes der Kinder die Knie aufgeschlagen oder auch noch Schlimmeres getan.
Auf allen Vieren kroch Marlene den letzten Treppenabsatz bis zu Sophies Zimmer hinauf. Das Zimmer – bis vor kurzem hatte es Sophie mit Mariechen geteilt – war das höchstgelegene im Haus, ein richtiges Dachkämmerchen. Von hier aus konnte man die Dächer der Nachbarhäuser überblicken, wo Tauben nisteten und bei dem alten Begander auch eine Storchenfamilie in einem Wagenrad, sah man die Sonne auf- und untergehen. Wenn es regnete, sammelte sich das Regenwasser in der Dachrinne. Sophie benutzte es, um ihre Haut darin zu baden, damit diese so makellos und rosig würde wie die von Schwester Riekchen. Um schön zu sein, war ihr keine Mühe zu groß. »Was willstn? Mußte immer stören?« Der übliche Ton der großen Schwestern Marlene gegenüber.

Die Kleine hörte kaum hin. Wie hypnotisiert starrte sie auf das Wunderwerk aus rosa Rüschen und zartweißen Spitzen, das sich wie ein rieselnder, raschelnder Wasserfall über Sophies eckige Knien ergoß. Sophie bereitete ihr Kleid für den nächsten Feuerwehrball vor, ihre Lieblingsbeschäftigung.
»Meine Güte, is das schön!« staunte Marlene.
»Schön, meinste? Na klar ist das schön, wunderschön sogar.« Lachend schritt Sophie, das Kleid mit beiden Händen dicht an den schlanken Körper gepreßt, vor dem Wandspiegel auf und ab. »Soll es ja auch. Willste auch mal schön sein, Marlenchen, richtig schön?« Das Kind nickte feierlich. Ja, schön sein, das war sein großer Traum. Nicht immer bloß abgewetzte Kleider tragen und geflickte Schürzen und Schuhe, die schon ein paar Schwestern vor ihr abgelatscht hatten, sondern was Neues, Eigenes. Bisher hatte sie das noch nicht geschafft.
»Nu, dann komm her.« Und Sophie steckte ihr mit einer Klemme eine rosa Riesenschleife im Haar fest, mitten auf den Scheitel, der die spärlichen rötlichblonden Strähnen unterteilte. Wie ein exotischer Schmetterling schaukelte die Schleife dort. Marlene hielt den Kopf stocksteif, aus Angst, der Schmetterling könnte davonfliegen. Dann fiel ihr wieder ein, weshalb sie eigentlich gekommen war.
»Muttern will in der Küche mit dir reden, gleich. Ich glaube, es ist was Wichtiges. Derfsch die Schleife behalten?«
»Derfste«, nickte Sophie mürrisch. Die gute Laune war ihr vergangen. Was wollte die Mutter schon wieder von ihr? Wahrscheinlich Vorwürfe machen, ewig

die gleichen Vorwürfe. Obwohl – Sophie überlegte – die Mutter war es, die noch am wenigsten meckerte. Meistens war es der Vater und dann vor allem Linchen. Lustlos stieg Sophie hinter der kleinen Schwester die Treppe hinunter. Was zwischen der Mutter und Sophie gesprochen wurde, erfuhr Marlene nicht, die Mutter zog ihr sanft, aber bestimmt die Küchentür vor der Nase zu. Da war nichts zu machen. Mit hocherhobenem Kopf stolzierte das Kind in den Hof hinaus, um Wölfchen, der mit seinem kleinen roten Richthofen-Dreidecker einen Luftkampf spielte, ihre schöne rosa Schleife zu zeigen. Mit einem kühnen Looping fegt er sie ihr vom Scheitel.

Sophie ging nicht auf den Feuerwehrball. In weißer Fältchenbluse, ungepudert und mit einem schwarzen Hut auf dem Kopf, stellt sie sich am nächsten Morgen bei ihrer neuen Herrschaft vor, wo sie freundlich empfangen wurde und sogar eine Tasse Kaffee bekam. Man wurde sich einig, zu Beginn des zweiten Quartals würde Sophie ihre Stelle antreten. Dreißig Mark Monatslohn, Kost und Logie frei, war das recht so? schlug Frau Oberleutnant vor. Sophie nickte gleichgültig. Der Tod des Bruders hatte ihr einen harten Schlag versetzt. Er war noch einer aus der alten Familie – Sophie unterschied da sehr genau –, der große Bruder, den sie von klein auf bewundert hatte, ein wilder Spielkamerad aus gemeinsamen Kindertagen. Jetzt war da eine Lücke. So verschwand auch das rosa Tanzkleid für die nächste Zeit im Kleiderschrank, Sophie hatte die Lust daran verloren. Dafür stickte sie gewissenhaft Monogramme in ihre Wäsche.

Nicht anders als seine Tochter blieb auch Wilhelm Gottlob, obwohl einer der ältesten Mitglieder der freiwilligen Feuerwehr, seinem Vereinsball fern. Er war nicht der einzige, viele Väter in Eilenburg beklagten den Verlust ihrer Söhne, gerade in den Jahren 1916/17 mußte das deutsche Heer schwere Verluste hinnehmen. Und immer noch war kein Ende des grausamen Kriegs in Sicht, auch an einen deutschen Sieg wagte man kaum mehr zu hoffen. Der alte Völkchen allerdings verlor nicht seine Zuversicht, sein Glaube an das Kaiserreich war unerschütterlich. Auf seinem Nachttisch stand jetzt eine Fotografie von Willy, die den jungen Mann in voller Uniform und mit einem siegesgewissen Lächeln zeigt. Niemand durfte an dem Bild rühren, nur die Mutter schmückte es an jedem Festtag mit frischem Grün.

Marlene war einsam. Trotz ihrer zahlreichen Geschwister, mehrerer Lehrjungen im väterlichen Betrieb und einem Stall voller Tiere war sie nicht weniger allein als ein Einzelkind. Niemand hatte Zeit, mit ihr zu spielen, keiner gab sich mit ihr ab. Die größeren Schwestern sahen mit einem Nasenrümpfen auf das Nesthäkchen herunter, das ihnen dauernd zwischen den Füßen herumstolperte, die Brüder nahmen kaum Notiz von ihr, der Vater arbeitete zwölf Stunden am Tag, und die Mutter – nun, die hatte alle Hände voll zu tun, täglich zwei Mahlzeiten auf den Tisch zu bringen. Im Jahr 1919 gar keine so einfache Sache.

Marlene versuchte, das Beste aus ihrem Schicksal zu machen. Stundenlang spielte sie Mensch-ärgere-dich-nicht mit sich allein, wobei sie sich mit dem größten Vergnügen selbst hinauswarf, erfand einen Freund, der Konrad hieß und rabenschwarze Locken hatte, oder setzte sich zu Liese in den Ziegenstall und erzählte der Hippe selbsterfundene Märchen. Wußte sie keine mehr, holte sie einen Kamm und begann, Lieses struppiges Fell zu entzerren. Solange es nur das Fell war, hielt das Tier still, als sich Marlene in ihrem Eifer dann aber am Kinnbart vergriff, begann Liese fürchterlich zu meckern und schüttete ihrer Peinigerin eine Ladung Kaffeebohnen in die Schürze. Als Strafe wurden ihr die Märchen entzogen. Marlene konnte – ihre ausgeprägteste Eigenschaft – sehr nachtragend sein.
Als nächstes sammelte sie alle Katzenkinder aus der Nachbarschaft ein, putzte ihnen die Ohren sauber und fuhr sie in ihrem Puppenwagen spazieren, die Katzen dick in Schals und Mützen gehüllt. Wehe, ein Kätzchen begehrte gegen die liebevolle Behandlung auf, da hätte man Marlene vielleicht schimpfen hören können, lauter Ausdrücke, die sie bei Paula aufgeschnappt hatte.
»Macht euch bloß heime, ihr undankbaren Bälger«, schluchzte sie los und stieß den Puppenwagen wütend gegen die Kaninchenställe, »Ihr glaubt wohl, mit mir könnt ihrs machen, Bankerte, olle!« Wieder keine Spielkameraden, es war zum-Junge-Hunde-Kriegen (auch so ein Ausdruck von Paula). Schniefend verdrückte sich das Kind vor das Haus, um dort an der Eisenstange, an der man noch zu Großvaters

Zeiten die Pferde festgebunden hatte, eine Rückenrolle zu üben. Aber dort turnte bereits Jähnschens frecher Gerhard herum, und vor dem hatte Marlene Angst. Beziehungsweise weniger vor ihm als vor seiner Steinschleuder.
Als er das sommersprossige Mädchen sah, holte er flugs seine Schleuder aus der Tasche und tat so, als würde er sich nach einem Stein bücken. Zitternd vor Furcht warf Marlene die schwere Hoftür hinter sich zu, ihre Schuhe mit den derben Sohlen klapperten über das Hofpflaster. Ein Pech, das Wölfchen nicht in der Nähe war, seine Stärke und seinen Mut fürchtete die ganze Nachbarschaft. Aber wahrscheinlich trieb er sich wieder einmal unten an der Mulde bei den Booten herum oder – Marlene legte ihre kleine Stirn in angestrengte Falten – mußte dem Vater helfen. Ja, in der Schmiede wollte sie nach ihm suchen, vielleicht, daß sie dort auch jemand fand, der Zeit für sie hatte. Und wenn nicht, konnte man sich immer noch hinter den aufgestapelten Holzbrettern verstecken oder mit den Eisenspänen auf dem Boden spielen. Mit ihrem lächerlichen Fliegengewicht hängte sich die Fünfjährige an die Klinke der rußgeschwärzten Tür.
»Die Tür gehört zu, verdammt nochmal!« Das war der Vater, und es klang zornig. In der Hand hielt er einen rotglühenden Reifen, der um ein Wagenrad gelegt werden sollte, dazu brauchte er eine ruhig brennende Flamme und kein heftiges Feuer wie jetzt, das in der Zugluft zum Lodern gekommen war. Jedes unangemeldete Betreten der Schmiede war daher streng verboten. Alle im Haus hielten sich daran, nur

die kleine Marlene vergaß es immer wieder. So wie jetzt. Es war in dieser Woche bereits das zweitemal. Rasch schlug sie die Tür wieder zu und eilte zur Mutter, um sich trösten zu lassen. Die Mutter wußte immer Rat.

Elise saß im Wohnzimmer am Biedermeiersekretär und addierte in einem schwarzen Wachstuchheft Zahlen zusammen. Einnahmen und Ausgaben, Außenstände, die mit etwas Glück bald beglichen werden würden, und solche, die man wohl endgültig abschreiben mußte. Das Ergebnis war deprimierend. Die finanzielle Lage der Familie hatte sich seit Kriegsende laufend verschlechtert. Nicht nur, daß sämtliche Kriegsanleihen verloren waren – und damit auch die je achttausend Mark, die Wilhelm Gottlob bei der Geburt jedem der Kinder auf ein Sparbuch gelegt hatte –, neuerdings blieben auch die Aufträge weg. Alles sparte, kein Wunder bei den ungeheueren Reparationen, die – so schrieb es der Versailler Vertrag vor – das geschlagene Deutschland an die Siegermächte zahlen mußte. Die bittere Bilanz eines verlorenen Krieges. Dazu kam Völkchens persönliches Pech. Pferdekutschen waren im Zeitalter des Automobils zum entbehrlichen Luxus geworden, man stieg lieber auf die Benzinkutsche um. Zehn Daimlers und drei Horchs knatterten bereits mit viel Gestank und noch mehr Lärm in Eilenburg herum (Sektvertreter Feierabend gehörte natürlich zu den ersten Autobesitzern. Wie ein siegreicher Rennfahrer winkte er aus dem Fenster heraus, wenn er im Staubmantel und mit dicker Brille über den Marktplatz kurvte, die

Töchter Nina und Eloise auf dem Rücksitz), in Leipzig sollten es mehr als zehnmal soviel sein.
Die einzigen Kunden, die in der Wagenbauerei vorsprachen, waren Zigeuner, fahrendes Volk, denen der Schmiedemeister früher sorgfältig aus dem Weg gegangen war. Mit so jemandem verkehrte ein anständiger Bürger nicht. Das war jetzt anders. Wenn sie ihm auch nicht recht geheuer waren, die Vagabunden, mit ihren bunten Kleidern, den goldenen Ohrringen und ihrer Art, den Preis herunterzuhandeln – Geschäft war Geschäft. Wilhelm Gottlob konnte es sich nicht leisten, wählerisch zu sein. Wie nach altem Brauch in der Handwerkerzunft, begnügte er sich auch hier mit einem kräftigen Handschlag, um ein Geschäft abzuschließen. Zwischen Ehrenmännern braucht es keine schriftlichen Verträge, lautete sein Grundsatz. Mochten sich die Zeiten auch ändern, der alte Völkchen blieb seinen Gewohnheiten treu.
»Hammer noch was zu essen?« forschte die kleine Marlene. Trotz ihrer fünf Jahre bekam sie sehr wohl mit, daß das Gesicht der Mutter von Tag zu Tag sorgenvoller wurde. Außerdem hatte gestern das strenge Linchen den sehnlichen Wunsch der Jüngsten nach einem Paar Kniestrümpfen mit Lochmuster mit den knappen Worten abgelehnt: »Brauchste nich, dafür gibts kein Geld, nimmste deine glatten. Du willst doch satt werden, oder nich?«
»Aber ja, meine Kleene.« Liebevoll strich die Mutter Marlene eine dünne Haarsträhne aus der Stirn. »Willste ne Bemme? Mit Griebenschmalz oder Rühmsaft? Das Schmalz habe ich eben frisch ausgelassen.«

Aber Marlene wollte keine Bemme, sie aß überhaupt nicht gern. Viel lieber wollte sie bei der Mutter sitzen und ihr die hübschen Füße streicheln und von der dummen Liese erzählen und von Konrad. Oder ihr auf dem Hof etwas vorrollern, richtig wie eine Erwachsene, mit einem Fuß auf dem Roller und dem anderen zum Anschieben. Oder auch blind, wenn die Mutter das wünschte.
Doch die Mutter wünschte sich nichts anderes als in Ruhe arbeiten zu können. Ihr Soll an Pflichten war noch größer geworden, seitdem es keine Paula mehr gab. Paula hatte eine gute Stelle in Glaucha gefunden, bei einer Professorenwitwe, die das Mädchen wie eine Tochter behandelte und im Sommer mit in die Ferien nahm. Das hatte Paula besonders imponiert. »Mitten an die Ostsee, Frau Völkchen, in eine Frühstückspension, die ›Weiße Möwe‹ heißt. Ich habe das Haus auf einer Fotografie gesehen, richtig herrschaftlich. Und mittags gibts Kurzkonzerte, nicht in der ›Möwe‹, sondern auf der Strandpromenade.« Elise, die in ihrem Leben nicht über Leipzig hinausgekommen war, nickte freundlich. »Das freut mich für dich, Paula, aber vergiß mir deine Lore nicht. Die Kleene braucht doch eine Mutter. Bring sie meinetwegen zu mir, wenn du in die Sommerfrische gehst.« »Tue ich«, nickte Paula. »Wo Lorchen doch wie verrückt an Ihnen hängt.« Die beiden Frauen fielen sich in die Arme. Elise winkte wehmütig nach, als die dicke Paula, in der Hand einen abgeschabten Koffer, auf dem Kopf ihren blumengeschmückten Sonntagshut, zum Bahnhof watschelte. Sie hätte das Mädchen gern behalten. Aber so, wie die Dinge stan-

den, konnte sie ihm kaum den Lohn bezahlen, von Ferien an der See ganz zu schweigen. Blieb nichts andres übrig, als selbst noch ein bißchen fester zuzupacken.
Heute stand Wäschesortieren auf dem Programm. Morgen war Waschtag, und Frau Zembsch, die Waschfrau, die jeden Donnerstag zu diesem Zweck ins Haus kam (wie lange noch? rechnete die Mutter), wünschte die Wäsche fein säuberlich aufgeteilt vorzufinden, bevor sie sich an die Arbeit machte. Marlene liebte die Waschtage, von einer Woche zur nächsten sehnte sie die alte Zembschen mit ihrem geheimnisvollen Drum und Dran herbei. Da quoll dicker, brühheißer Dampf aus der Waschküche, wo das bucklige Weiblein sich über den Kessel beugte und seine Hexensprüche murmelte. Linchen und Riekchen geisterten wie Feen in ihren weißen Schürzen durch den Dunst, Seifenflocken stäubten über den Boden, und – das Schönste – die Mutter schöpfte für Marlene eine Schüssel mit Waschlauge ab, in der sie ihre Puppenkleider einweichen durfte.
Später dann, wenn die gewaschene Wäsche – die große und die von den Puppen – im Hof an der Leine hingen, gab es für Marlene nichts Schöneres, als blitzschnell zwischen den triefenden Stücken hin und herzuwitschen und dabei – darin bestand die Kunst – von keinem Tropfen erwischt zu werden. Paßte sie aber nicht auf oder verfing sie sich in einem Laken, prasselte ein ganzer Regenguß auf sie herab. Dann hätte das Marlenchen eigentlich selbst über eine Leine gehört, so pitschnaß wie es war.
Linchen hatte für solche Späße wenig Verständnis.

Alle Viertelstunde eilte sie in den Hof, um die noch feuchten Laken und Bettbezüge akkurat glatt zu streichen und sich über Riekchen aufzuregen, die wieder einmal ein Tuch falsch herum aufgehängt hatte – darunter verstand Linchen: mit dem Monogramm nach unten. Alle waren sie in großer Eile und hatten klatschnasse Arme bis zum Ellbogen hinauf, und mittags gab es nur eine dicke Suppe, was den Lehrjungen gar nicht schmeckte. Daraufhin holte die Mutter rasch Gänsefett und Brot aus der Speisekammer.
»So, das hättmer geschafft.« Mit einem Seufzer der Erleichterung band sich die Mutter das Kopftuch vom Haar. Das Tuch hatte nicht viel genützt, der graue Knoten hing trotzdem traurig herunter. »Wenn uns der Wind bleibt, können wir morgen zum Mangeln gehen. Die kleinen Stücke plättet uns die Mattes, wenn sie nächstens kommt.«
Linchen schüttelte den Kopf. »Nee, Mutter, das mußte vergessen, dafür hammer kein Geld. Plätten tun Riekchen und ich. Was ist mit Sophie? Kann die nich auch mal mithelfen?« Linchen, die bei einer Bank lernte und die tüchtigste Stütze der Mutter war, beobachtete mißtrauisch, daß sich die ältere Schwester kaum mehr zu Hause sehen ließ. Spielte wohl die feine Dame?
Die Mutter ging auf den Vorschlag nicht ein. »Laß mir bloß die Sophie in Ruhe. Bin schon heilfroh, daß die Frau Oberleutnant zufrieden mit ihr ist. Und das ist sie, hat sie mir selbst neulich gesagt. Nee, nee, Linchen, das bißchen Plätten schaffen wir beide schon allein, meinste nicht?« Sie tätschelte der Tochter den rundlichen Arm, was die sich mit einem feuchten

Schimmer hinter den dicken Brillengläsern gefallen ließ.

Riekchen war knapp siebzehn, als sie sich verlobte. Ein bißchen früh, meinte die Mutter, sollte das Kind nicht besser noch ein paar Jahre warten und etwas Ordentliches lernen? Andererseits war Karl Gentner, der Verlobte, ein so liebenswürdiger und zuverlässiger Mensch, daß man ihm die Tochter getrost anvertrauen konnte. Seine Großmutter und Frieda Wagner waren gemeinsam in die Schule gegangen, so daß also bereits eine Beziehung zwischen den Familien bestand, die Großmutter hatte Karl auch großgezogen. Inzwischen war er technischer Zeichner in einer Zelluloidfabrik und lernte die Völkchentochter in der Tanzstunde kennen. Riekchen war die hübscheste der Schwestern mit ihrem reizenden Lachen, den Wangengrübchen und dem herzförmigen Haaransatz, in der Schule keine Leuchte, dafür – wenn sie wollte – recht geschickt im Haushalt. Aus der Zerre von früher war ein nettes, vernünftiges Mädchen geworden.
Obwohl die finanzielle Lage der Familie alles andere als rosig war – die Inflation ließ die Preise ins Gigantische steigen, was die Leute noch mehr dazu veranlaßte, jeden Pfennig dreimal umzudrehen –, bestand Wilhelm Gottlob darauf, die Verlobung festlich zu begehen. Verlobungen, Hochzeiten und Taufen hatte man bei den Völkchens immer im großen Stil gefeiert,

das war Tradition. Nebenbei eine der willkommenen Gelegenheiten, bei der alle Verwandten zusammenkamen und sich rund um die weißgedeckte Festtafel versammelten. Nur Mariechen hatte eine Ausnahme gemacht. Sie verlobte sich still und heimlich mit ihrem Otto in Leipzig und unterrichtete die Familie erst hinterher davon.

Die Festvorbereitungen nahmen drei volle Tage in Anspruch und beschäftigten die ganze Familie. Ein Schwein wurde geschlachtet (zu Marlenes Entsetzen). Sie versteckte sich, als der Fleischer kam, im hintersten Winkel des Dachbodens und hielt sich mit dem Ausdruck größten Entsetzens eine volle Stunde die Ohren zu. Hinterher aß sie kein einziges Stück Fleisch. Das ganze Haus wurde auf Hochglanz gewienert, Gardinen gewaschen, Teppiche geklopft, die Schonbezüge von den guten Möbeln genommen. Gewaltige Teigmassen wanderten in die Bäckerei Bleischen am Marktplatz, wo sie zu Mohn-, Stachelbeer- und Streuselkuchen verarbeitet wurden und auf riesigen Blechen wieder nach Hause kehrten, süßer Vanilleduft durchzog das Treppenhaus, mischte sich mit dem herben Aroma von gewürfeltem Sellerie und gehackter Petersilie, roter Beete und Senfgurken. Nun fehlte nur noch der Blumenschmuck. Dazu spannten Franz und Wölfchen die Ziege Liese vor den Leiterwagen und zogen mit ihr zur ehemaligen Gärtnerei Wagner, wo sie sich Grünabfälle und übriggebliebene Schnittblumen vom Komposthaufen lesen durften, soviel sie wollten.

Riekchen hatte zunächst alle Hände voll zu tun, daß ihr Verlobungskleid fertig wurde. Als es dann – aus himmelblauem Voile, mit drei schwingenden Rockvolants und einem kleinen, spitzen Ausschnitt – fix und fertig an der Schranktür hing, erbot sie sich, das Familiensilber zu putzen. Weit kam sie damit allerdings nicht, denn beim Kramen im Büfett fiel ihr ein altes Familienalbum in die Hände. Das war nun ungleich spannender als die Beschäftigung mit angelaufenen Messern, und sie zog sich einen Stuhl heran und begann zu blättern.

Nee, was war der Großvater Völkchen doch für ein Fettkloß gewesen, mindestens zwei Zentner schwer, schon damals, als er die zierliche Großmutter heiratete. Stolz und aufrecht stand er für den Hochzeitsfotografen vor der Geißblattlaube, mit gebürstetem Bakkenbart, tief gezogenem Seitenscheitel und dicker Goldkette über dem Bauch.

Ja, ja, das waren die Glanzzeiten der Völkchens gewesen, damals, als Wilhelm Jakob die Eisenbahnlinie zwischen Leipzig und Eilenburg baute und damit den Grundstock für ein Vermögen legte. Über eine Million Goldmark sollte es gewesen sein. Während heute ... Riekchen seufzte. Nicht einmal für eine Aussteuer reichte das Geld. Die Mutter hatte es ihr gestern mit schwerem Herzen gestanden. Na ja, mußte eben auch so gehen.

»Gearbeitet wird hier, nich geträumt«, schimpfte Linchen, die – das Abbild des seligen Großvaters – mit Eimer und Wischlappen hinter der Schwester auftauchte. Ihre Brillengläser blitzten. »Schließlich schuften wir ja hier für *dein* Vergnügen.«

Das klang ein bißchen neidisch und war es wohl auch, denn Linchen hatte bisher wenig Glück bei

Männern gehabt. Da gab es zwar einen armen Studenten, der ihr gefiel, Edgar, doch der machte Feierabends Nina den Hof.
Riekchen legte das Album zurück, so kurz vor der Verlobung wollte sie keinen Streit mit der Schwester. Sie holte sich einen Lappen und das Fläschchen mit Sidol und begann das Silber zu putzen. Neben ihr sah Sophie einen Stoß Damastdecken nach Stockflecken durch. Für den festlichen Anlaß hatte ihr Frau Oberleutnant zwei Tage freigegeben, eine außerordentlich gütige Geste, wie die Mutter fand, und sie nahm sich vor, der gnädigen Frau ein Töpfchen mit ausgelassenem Schweineschmalz zu schicken. Das verlangte der Anstand.
Gemeinsam überlegten die Schwestern, ob man das Alltagsgeschirr, Meißener Zwiebelmuster, bereits jetzt beiseiteräumen und durch das feine weiße Porzellan mit dem Goldrand ersetzen sollte oder erst morgen früh. Sophie überließ Riekchen die Entscheidung, sie hatte es auf einmal sehr eilig. Mit raschen Schritten strebte sie aus dem Zimmer, direkt auf die grüngestrichene Badezimmertür zu. Der Schlüssel drehte sich im Schloß, der Riegel schnappte zu, dann plätscherte Wasser.
»Muß sich wohl neue Farbe ins Gesicht schmieren«, resümierte Linchen, der heute gar nichts paßte. Mit Kontrollblick nahm sie sich die Damastdecken vor. Natürlich, waren lieblos aufeinandergelegt, hatte sie sich doch gedacht. Kante auf Kante gehörten die Tücher, und zwar das ganze Dutzend. War das so schwer zu begreifen? Und so jemand diente nun in einem Herrschaftshaushalt! Linchen machte sich be-

reit, Sophie gehörig die Leviten zu lesen, doch die ließ auf sich warten. Über eine halbe Stunde dauerte es, bis die Schwester wieder auftauchte, und dann war sie so kreideweiß im Gesicht, daß es selbst das unerbittliche Linchen erbarmte. Irgend etwas stimmte nicht mit Sophie. Linchen tippte auf eine verborgene Grippe und verschwand in der Küche, um Lindenblütentee aufzubrühen.

Der große Tag brach an, ein sonnenüberfluteter Maientag wie aus dem Geibel-Gedicht. Ganz Eilenburg hatte sich in einen blühenden, duftenden Garten verwandelt, über den sich ein seidenblauer Himmel spannte. Nicht nur die Bäume schlugen aus, sondern auch die Fliederbüsche im Bürgergarten, Goldregen und Jasmin, späte Veilchen säumten die Ufer der Mulde, Gänseblümchen und Löwenzahn sprenkelten weiß-golden die Auen.
Marlene war in aller Frühe aufgestanden und hatte einen dicken Strauß davon gepflückt, den sie der Braut mit einem verlegenen Lächeln überreichte. Fein sah das Riekchen aus, richtig fremd. Und Karl machte so ein feierliches Gesicht, wie man es sonst nur in der Kirche machte. Eine Verlobung mußte eine schrecklich ernste Angelegenheit sein. Und auch ziemlich traurig. Die Mutter jedenfalls weinte ein bißchen, als sie ihrem Riekchen um den Hals fiel und sie heftig abküßte. Dagegen trompetete der Vater nur in sein Taschentuch.
Aber dann wurde es doch noch sehr lustig, später beim Essen. Neunzehn Personen hatten um die ausgezogenen und aneinandergestellten Tische Platz ge-

nommen, man saß sehr eng, doch wenn man die Ellbogen dicht beieinanderhielt, so wie es der Vater immer befahl, ging es schon. Auch die Großmutter Frieda Wagner war gekommen, Wölfchen hatte sie am Arm in die Torgauer Straße geführt. In ihrem über Jahrzehnte sorgfältig gehüteten Sonntagsstaat, das Kapotthütchen an den Taftbändern hinter sich über die Stuhllehne gehängt, saß sie neben der Mutter und starrte blicklos die Wand an. Doch schien sie zu wissen, was man hier heute feierte, denn sie hatte Riekchen einen silbernen Serviettenring überreicht und ihr flüchtig über die Rosenwangen gestrichen. »Soll dir Glück bringen, mein Kind.«
Neben Bruder Franz saß Elli, genannt die »rote Elli«, das hübscheste Frauenzimmer von ganz Eilenburg. Den Spitznamen hatte sie wegen ihres kupferroten Haars, das sie am Hinterkopf zu einem kecken Tuff aufgesteckt trug, in der gleichen leuchtenden Farbe malte sie sich die Lippen an. Franz betrachtete Elli als seine Braut, obwohl sie seinen Antrag bisher nicht angenommen hatte. Man munkelte, daß sie es mit der Treue nicht so genau nahm. Die Mutter war unglücklich über die Wahl ihres Sohnes. Sie wünschte ihrem Sohn von ganzem Herzen eine liebe Frau, aber nicht unbedingt Elli, die so gar nicht in die Familie paßte. Franz war ein so tüchtiger Mensch. Bis zum Tischlermeister hatte er es bereits gebracht, und er wollte noch höher hinaus. Da er im Geschäft des Vaters keine Möglichkeiten für sich sah, arbeitete er als Werkmeister in einer Möbelfabrik, wo man seine fachlichen Qualitäten außerordentlich schätzte. Pünktlich jeden Monatsersten lieferte er drei Viertel

seines Verdienstes bei der Mutter ab. Sie nahm es, wenn auch mit schwerem Herzen. Linchen und Franz waren die Hauptverdiener der Familie.
Elli, die sich eine Rose ins Haar gesteckt hatte und eine resedagrüne Bluse trug, durch die reichlich weiße Haut durchschimmerte, flirtete ungehemmt mit dem Bräutigam. Ein Glas Moselwein hatte sie in Stimmung gebracht. Mit mahnend erhobenem Zeigefinger warnte sie Karl, sich ja nicht die Ehefesseln zu eng anlegen zu lassen. »Bei uns hat immer noch der Mann die Hosen an, meine ich, und das soll auch so bleiben.« Sie spielte damit auf eine Fotografie in der neuesten Ausgabe der »Illustrirten Dame« an, auf der eine golfspielende Engländerin in Knickerbocker abgebildet war. Sämtliche Damen der Eilenburger Gesellschaft hatten sich heftig darüber erregt, auch Frau Oberleutnant Dittmar, wie Sophie zu berichten wußte.
Verlegen nestelte die Mutter an ihrer Granatbrosche herum. Sie hatte keine Ahnung, wovon Sophie und Elli sprachen. Was sie viel mehr störte, war, daß Riekchen nicht so recht zum Zuge kam. Alles hörte der »roten Elli« zu, die sich eine Zigarette angezündet hatte und mit lebhaften Handbewegungen von einem neuen Tanz namens Charleston erzählte. Dabei war es doch Riekchens Ehrentag, sie sah so reizend aus in ihrem Voilekleid und mit den gekräuselten Schläfenlocken. »Prost, Kindchen.« Elise hob ihrer Tochter die Kaffeetasse entgegen.
Zur großen Erleichterung der meisten weiblichen Gäste verabschiedete sich Elli gleich nach dem Kaffeetrinken. »Verpflichtungen, tut mir leid. Aber unmög-

lich, sie aufzuschieben«, entschuldigte sie sich geheimnisvoll. Franz brachte seine Braut zur Tür.
»*Die* Verpflichtungen kann ich mir vorstellen«, hetzte Lisel, Karls jüngere Schwester, und wandte sich damit an Linchen. »Haben zwei Beine und ein dickes Portemonnaie.« Linchen nickte. Dabei wußte sie nicht, daß Liesel selbst ein Auge auf Bruder Franz geworfen hatte, sie hatte ihr nur aus dem Herzen gesprochen. Wie Franz auf ein solch kokettes Frauenzimmer hereinfallen konnte! Ja, ja, die Männer, ließen sich von jedem hübschen Lärvchen imponieren und wunderten sich dann, wenn sie ausgeschmiert wurden.
Der Vater hatte mit vielen Äh's und Geräusper (er war kein Redner) seine Ansprache gehalten und den Bräutigam in der Familie willkommen geheißen, alles klatschte Beifall und ließ das junge Paar hochleben, dann endlich erhielt die kleine Marlene die Erlaubnis, ihren Platz zu verlassen. Blitzschnell wechselte sie zu Mariechen herüber, ihrer Lieblingsschwester, die mit Otto aus Leipzig gekommen war. Marlene hing mit rührender Anhänglichkeit an ihr. Jedesmal, wenn sie die Schwester am Sonntagabend zum Zug brachte, bettelte sie während des ganzen Weges von zu Hause bis zum Bahnhof: »Und nächsten Sonntag kommste wieder, versprichste das?« Mariechen versprach es. Aber dann hatte sie Dienst im Krankenhaus, oder Otto Blankenheim meldete seine Ansprüche an, und Marlene hing ab Sonntagmittag aus dem Fenster und löcherte die Mutter, wo Mariechen bliebe.
»Guck mal, Mariechen, der Helmerich. Au, jetzt wird's lustig.«

Gustav Helmerich war eingetroffen. Im Hauptberuf Gasableser, übernahm er bei großen Festivitäten die Rolle eines Lohndieners, wozu er in einen schon etwas speckig gewordenen schwarzen Gehrock schlüpfte und weiße Handschuhe überstreifte. Heute hatte ihn Franz als Zeremonienmeister für die vorgesehene Tanzerei verpflichtet, ein Extrageschenk für die Braut.

Zunächst einmal stärkte sich Gustav Helmerich ausgiebig mit Kaffee und Verlobungskuchen, bevor er sich mit feierlicher Miene mitten im Zimmer aufstellte und vielsagend räusperte. Augenblicklich herrschte Stille. »Meine Damen und Herren, liebes Brautpaar, ich hoffe, Sie fühlen sich alle in der Stimmung, ein Tänzchen zu wagen.« Begeistertes Nicken, nur Linchen, die sich zweimal vom Schweinebraten nachgenommen hatte, schnaufte leise. »Alles einverstanden? Dann eröffne ich den Tanznachmittag mit einer Polonaise. Dazu bitte ich die sehr verehrten Herrschaften, sich jeweils einen Partner zu suchen. Wölfchen, biste bereit?« Ein gebieterischer Blick zu dem jüngsten Völkchen-Sohn, der im dunkelblauen Konfirmandenanzug und mit weißem Schillerkragen vor dem Klavier saß und auf seinen Einsatz wartete. Wölfchen nickte, fingerfertig intonierte er den berühmten »Einzug der Gäste«.

»Derfsch bitten, derfsch bitten?« Die wenigen Männer waren schnell verteilt. Wer von den Damen keinen abbekommen hatte, mußte mit einer anderen Dame vorliebnehmen. Nur Frieda Wagner blieb auf ihrem Stuhl sitzen, den die Mutter fürsorglich an die Wand geschoben hatte. Drei Damen waren mit ihrer

Wahl besonders zufrieden: Erstens das Brautpaar, das den Zug anführte, dann Liesel, die sich Franz geschnappt hatte, und schließlich Marlene mit Mariechen an der Seite.

»Ich bitte um allgemeine Aufmerksamkeit. Tatamtatam, tatamtatam.« Herr Helmerich winkte dem Brautpaar, ihm zu folgen, die anderen Paare schlossen sich kichernd an. Wölfchen hatte den Weg der Polonaise ausgetüftelt und exakt mit der Uhr gestoppt. Achteinhalb Minuten brauchte man nach seiner Rechnung, um über die Treppe bis zu Sophies Dachzimmer und gebückt unter den Wäscheleinen hindurch zur Rumpelkammer mit den Apfelgestellen und Regalen mit Eingemachtem zu gelangen, von da aus ging es über die Hintertreppe hinunter in die Küche, durch das Elternschlafzimmer, Linchens und Marlenes Zimmer zurück in die gute Stube und hinaus auf den Hof.

Obwohl Wölfchen großzügig gerechnet hatte, kamen die Gäste mit der Zeit nicht hin. Da wurde zuviel gequietscht und gelacht und auch Unsinn gemacht. Der lange Otto blieb mit seiner Krawatte an einer Wäscheklammer hängen, worüber sich das Marlenchen gar nicht beruhigen konnte, und Franz, der mit seinen Gedanken werweißwo war, bloß nicht bei seiner Tanzpartnerin, rumpelte an einen Stuhl und schlug sich das Bein blutig. Im Hof hatten sich Völkchens Gesellen versammelt, sie schwenkten die Mützen und schrien »Hoch lebe das Brautpaar«, was den Bräutigam veranlaßte, seine Hosentaschen verzweifelt nach Münzen abzusuchen.

»Tatamtatam.« Die Polonaise war beendet. Herr Helmerich klatschte in die Hände, und die Paare flogen im Dreivierteltakt über den gebohnerten Dielenboden. Wölfchen legte sein ganzes Gefühl in den Flohwalzer. »Dadadadada«, sang er aus vollem Hals mit, »dadadadada, dadadadadadadada.«

»Meine Güte, lauter Kratzer auf dem Boden«, stöhnte Linchen. »Die kriege ich doch im Leben nich weg. Aber darüber macht sich kein Mensch Gedanken.« Verbiestert begab sie sich in die Küche, um sich um die kalten Platten zu kümmern.

»Du hast'nen Kriemel am Mund«, flüsterte Wölfchen der Marlene zu, die auf Zehenspitzen an ihm vorbeitanzte. »Vom Streuselkuchen.« Er grinste schadenfroh. Beschämt wischte sich die Schwester den Mund sauber. Das hätte er ihr ja auch früher sagen können. Jetzt hatte sie sich schön vor Mariechen blamiert.

»Wollmers zur Abwechslung mal links probieren?« flüsterte Liesel ihrem Tänzer zu. »Damit uns nich so schwummrig wird?« Franz nickte, das Herz schwer von Elli und ihren so dringenden Verpflichtungen. Die hatten doch hoffentlich nichts mit dem Sohn von Dr. Braun zu tun, der in Leipzig Medizin studierte. Aber nein, so eine war die Elli nicht.

»Meine Herrschaften, ich protestiere.« Empört schlug Herr Helmerich die weißbehandschuhten Hände gegeneinander. Er schien sehr irritiert. »Wir tanzen den Walzer so wie es sich gehört, nämlich rechts herum. Wer sich nich danach richtet, verläßt auf der Stelle das Parkett.« Lisel bekam einen roten Kopf. Wie hatte sie sich nur hinreißen lassen können? Sie waren doch hier nicht in einem öffentlichen Ballhaus, wo Dienstmädchen kreuz und quer durchs Lo-

kal rumsten. Entschuldigend schmiegte sie sich in die Arme von Franz.
Linchen, die in der Küche Brote strich, wunderte sich, daß mit einemmal die Musik aufhörte. Fiel Wölfchen nichts mehr ein? Andererseits war sie nicht unglücklich darüber. Selbst nur mit Sophie herumhüpfen und dabei Riekchens strahlendes Gesicht vor Augen, die mit ihrem Karl in eine gesicherte Zukunft hineintanzte, war nicht gerade zum Totlachen. Vor allem, wenn man in einemfort an einen gewissen Edgar denken mußte. Verbissen schnitt sie Tomaten und garnierte damit die Schinkenbemmen.
»Linchen, Linchen, mit unserer Sophie ist was passiert!« Marlene steckte mit einemmal ihren Kopf durch die Küchentür. »Sie liegt kreideweiß am Boden und gibt keinen Pieps von sich. Wölfchen ist zu Sanitätsrat Braun geradelt. Ach, riecht's hier aber gut.« Neugierig kam sie näher. »Haste 'ne Blonde? Mir ist ganz schlecht vor Durscht.«
»Zu trinken gibt's später«, winkte Linchen ab. »Immer diese Extrawürschte. Nee, was ist bloß mit der Sophie los? Nischt als Sorgen in der Familie, und alle bleiben sie an mir kleben. Als wenn ich nich schon genug am Hals hätte.«
Sie folgte Marlene in die gute Stube, wo man Sophie auf das Sofa gebettet hatte. Ihr Gesicht leuchtete weiß wie Kuhkäse, groß und dunkel standen die Sommersprossen darin. Die Mutter hatte sich über das ohnmächtige Mädchen gebeugt und besprengte es heftig mit Eau de Cologne, das einzige Parfum, das sie besaß. Das schien zu helfen, Sophie begann allmählich mit den dünnen Wimpern zu blinkern.

»Ist nischt Schlimmes«, beruhigte Mariechen, die einen nassen Wickel auswrang. »Mit so etwas habe ich jeden Tag zu tun. Bloß 'ne kleine Ohnmacht. Wahrscheinlich überarbeitet, die Sophie. Muß wohl ganz schön herumspringen für ihre Gnädige.«
»So einen Eindruck macht mir die Frau Oberleutnant nich«, nahm Elise Sophies Gönnerin in Schutz. »Im Gegenteil, sie hat die Sophie richtig ins Herz geschlossen. Ach, Mariechen, sei so gut und reiß die Fenster auf, in diesem Qualm muß man ja marode werden. Hoffentlich dauert's nich so lange, bis der Herr Sanitätsrat kommt.«
Er donnerte eine Viertelstunde später in seinem Automobil heran, das Gesicht noch gerötet vom Nachmittagsschlaf und sichtlich gutgelaunt. »Ich denke, hier wird gefeiert, daß sich die Balken biegen«, polterte er gutmütig los, »dabei sehe ich zwei, nein, drei Bleichgesichter.« Sein Finger deutete auf Marlene, die sich hinter der Mutter versteckte. »Na, werden wir gleich haben.« Sacht zog er die Tür hinter sich zu. Den Likör, den Franz ihm anbot, lehnte er vorerst ab. Danke, danke, vielleicht später. Vorerst befand er sich im Dienst. Es waren keine zehn Minuten vergangen, da hatte der Herr Sanitätsrat gemütlich zwischen dem Brautpaar Platz genommen, ließ Zigarrenasche auf den Boden stäuben und probierte von dem übriggebliebenen Stachelbeerkuchen. Sein Urteil: »Ganz ausgezeichnet.« Was Linchen, ehrfürchtig jedem Titel gegenüber, veranlaßte, weitere Kuchenstücke für die Frau Sanitätsrat einzupacken. Man konnte nie wissen.
Während sich die meisten der Gäste um den Doktor

scharten, der von einem Jagdausflug ins Riesengebirge erzählte, stand die Mutter am Fenster und starrte in die blaue Dämmerung heraus. Eine Wolke von süßem Maienduft schlug ihr entgegen, doch die Mutter achtete nicht darauf, zu sehr war sie mit ihren Gedanken beschäftigt. Mit beiden Händen krallte sie sich am Fensterbrett fest, als suche sie dort verzweifelt Halt. Ihr Rücken war gekrümmt wie der einer ganz alten Frau.

Marlene war vorsichtig nähergeschlichen. Sie spürte, daß mit der Mutter etwas nicht stimmte. Mit den Fingern auf den Lippen blieb sie neben ihr stehen. »Was ist, Muttern? Muß Sophie sterben?« Die Mutter fuhr herum, die Augen weit aufgerissen. »Sterben? Wie kommste da drauf? Sag das nich noch einmal, ich will das nie mehr hören, in alle Ewigkeit nich, hörste?« So streng hatte sie mit ihrer Jüngsten noch nie gesprochen. »Sterben? Nee, so schlimm steht es mit unserer Sophie nich. Und nun komm mit in die Küche, Linchen helfen.«

4

1921–1926 Eilenburg

Die Tage liefen dahin, der Sommer brach an. Zunächst war es aber erst Juni, ein so warmer Juni mit so freundlichen Temperaturen, daß Marlene jeden Nachmittag nach der Schule an die Mulde ging. Nachdem sie jetzt Fahrrad fahren konnte, wollte sie dringend schwimmen lernen oder wenigstens so tun als ob, mit einem sicheren Bein auf dem Grund. An

den Sonntagen wurde sie manchmal vom Vater begleitet. Prustend stand er dann in seinem rotweißgestreiften Badeanzug und mit Badekappe im Wasser, machte sich durch heftiges Armeschwingen warm und kommandierte: »Und nun untertauchen, Puppine, die Nase zuhalten und untertauchen, aber mit dem ganzen Kopf. Eins, zwei, drei.«
Lange hielt er es im Wasser nicht aus, es war ihm zu kalt, und schwimmen konnte Wilhelm Gottlob nicht. Also begab er sich ans Ufer zurück, kramte seinen Kneifer heraus und begann im Schatten einer Weide die Zeitung zu lesen. Während er Seite für Seite umblätterte, sah man ihn immer wieder verständnislos den Kopf schütteln. Das Elend der heimgekehrten Frontsoldaten, die vergeblichen Bemühungen der Regierung, die harten Bedingungen des Versailler Vertrags zu mildern, schleichende Inflation und ein Kaiserhaus, das entmachtet war – nichts stimmte mehr. Da schien es sinnvoller, ein Mittagsschläfchen zu machen. Und mit den aufgeklappten politischen Nachrichten über dem Gesicht sank der alte Völkchen laut schnarchend auf seine Decke zurück.
Marlene sah es aus der Ferne und schämte sich ein bißchen – aber wirklich nur ein ganz kleines bißchen – für den Vater. Hauptsächlich wegen ihrer Schulfreundin Ilse Schliefers mit den Fliegenaugen, deren Mutter, die pingelige Frau Amtsgerichtsrat Schliefers, über Marlene gesagt hatte: »Das Kind hat ein ausgezeichnetes Benehmen, wirklich tadellos. Man könnte sie fast für eine Beamtentochter halten.« Wobei sie das »fast« unmerklich, aber trotzdem betonte. Ilse hatte es Marlene weitererzählt. Daraufhin übte

Marlene an der Teppichstange so lange Klimmzüge, daß sie jetzt in Turnen die Klassenbeste war. Und wenn sie Frau Schliefers grüßte, guckte sie haarscharf an ihr vorbei.

Die Mutter war allein zu Hause, und nichts wäre ihr heute lieber gewesen. Für das, was sie an diesem Nachmittag vorhatte, brauchte sie keine Augenzeugen und schon gar keine neugierigen Frager, von denen es in einer kinderreichen Familie wie der ihren immer welche gab. Aber heute waren sie alle aus dem Haus geschwirrt, die Söhne und Töchter. Franz nach dem thüringischen Zeulenroda, wo er sich eine neuartige Holzverarbeitungsmaschine ansehen wollte, Wölfchen zum Rudertraining an die Mulde, Sophie besuchte Mariechen in ihrem Krankenhaus, und Riekchen – ja, die feierte mit ihrem Karl ein Schrebergartenfest bei Oma Gentner. Sogar eine Bowle stand auf dem Programm. Linchen hatte als einzige nichts vorgehabt. Eben machte sie sich daran, sämtliche Tiegel und Töpfe aus dem Küchenschrank zu räumen und neu mit Ata abzuschrubben, da deutete Riekchen listig an, daß sich unter anderem ein gewisser Student namens Edgar zum Gartenfest angemeldet hätte. »Kannste das nich gleich sagen.« Auf der Stelle disponierte Linchen um. Sie ließ Töpfe Töpfe sein und verbrachte die nächsten fünfundzwanzig Minuten damit, die Plissees ihrer Sonntagsbluse akkurat nachzuplätten, abwechselnd von links und von rechts. Ungeduldig stöckelte Riekchen in der Diele hin und her. Das hatte sie nun von ihrer Zuvorkommenheit. So eine verflixte Mehrerei! Karl wartete doch und dann die Bowle.

Endlich Ruhe im Haus! Die Mutter atmete auf. Ein kurzer Moment nur, dann senkte sich die Zentnerlast, die sie seit Tagen mit sich herumschleppte, wieder in voller Schwere auf ihre Brust. Die Mutter hatte großen Kummer. Er raubte ihr den Schlaf, schnürte ihr die Kehle zu, manchmal glaubte sie daran zu ersticken. Das Schlimmste aber war, daß sie mit niemandem darüber sprechen konnte, nicht mit Frau Jähnschen, nicht mit ihrer Mutter, nicht mit den großen Töchtern und schon gar nicht mit ihrem Mann. Mit dem am allerwenigsten. Der hätte das Unglück noch größer gemacht, hätte geschrien und getobt, daß man es bis ins Gesellenhaus hinein hörte, und im ersten Zorn Sophie aus dem Haus geworfen, die Tochter, die Schande über die Familie brachte.
Sanitätsrat Braun hatte seine erste Vermutung jetzt endgültig bestätigt, es gab keinen Zweifel mehr: Sophie erwartete ein Kind. Der Vater war Reinhard Dittmar – auf das flehentliche Bitten der Mutter hatte sich Sophie endlich dazu überreden lassen, den Namen zu nennen –, der Sohn von Frau Oberleutnant. Fast trotzig hatte sich Sophie zu dieser Liebschaft bekannt. Sie schien es der Mutter übelzunehmen, daß sie sich hier in ihre Privatangelegenheiten mischte. Schließlich sei sie doch alt genug, nicht wahr? Und außerdem – schleuderte Sophie gleich hinterher – wollte Reinhard sie heiraten. Richtig auf dem Standesamt und in der Kirche, mit Gästen und Musik. Jawohl! Gleich, wenn seine Beinverletzung ausgeheilt sei. Erst mußte er sich noch einer Nachbehandlung in Leipzig unterziehen, aber dann wollten sie beide Hochzeit machen.

Einen kurzen Augenblick schöpfte die Mutter Hoffnung. Ja, wenn das so war ... Der arme Junge. War im Gegensatz zu Willy zwar aus dem Krieg heimgekehrt, aber würde wohl aller Wahrscheinlichkeit nach für den Rest seines Lebens ein Krüppel bleiben. Der liebenswürdigen Frau Oberleutnant blieb auch nichts erspart, gerade eben erst hatte sie ihren Zwillingsbruder beerdigt. Doch – meldeten sich bei der Mutter neue Zweifel –, wenn der junge Mann es mit Sophie wirklich ernst meinte, was – sie seufzte – der glückliche Abschluß einer langen, langen Kette von Sorgen und Enttäuschungen wäre, warum begab er sich dann nicht schnurstracks zum Vater und bat um Sophies Hand? So wie das in Bürgerfamilien üblich war.
Auf diese Frage hatte Sophie geschwiegen. Entweder war sie ihr unbequem oder – das wahrscheinlichere – sie wußte keine Antwort darauf. »Laß mich alleine, Muttern, ich bin hundemüde.« Ihre letzten Worte gestern, bevor sie später das Haus verließ und den Zug nach Leipzig nahm.
Die Mutter blieb voller Unruhe zurück. So sehr sie auch versuchte, an eine Hochzeit zu glauben, es gelang ihr nur schwer. Möglicherweise versuchte sich Sophie damit nur selbst zu beruhigen. Andererseits – Reinhard stammte aus erstklassigem Hause, war Offizier, niemals würde er dem Mädchen etwas versprechen, was er nicht zu halten gewillt war. Und – Sophies Leichtsinn hin und her – gelogen hatte das Kind nie, nicht mal als ganz Kleine, höchstens die Wahrheit ein bißchen phantasievoll ausgeschmückt oder auf ihre Art hingebogen. So wie sie von einer

Engelsfeder gesprochen hatte, die auf dem Hof lag, und dann war es nur die von einem Pfau gewesen. Nein, nein, das alles würde schon seine Richtigkeit haben und ein glückliches Ende nehmen. Trotzdem – die Unruhe blieb. Deshalb hatte Elise jetzt beschlossen, dem Rätselraten ein Ende zu machen und persönlich bei Frau Oberleutnant vorzusprechen, sie hielt die Ungewißheit einfach nicht länger aus. Immerhin war Sophie bereits im dritten Monat, lange ließ sich ihr Zustand nicht mehr verheimlichen. Nicht auszudenken, wenn der Vater plötzlich Verdacht schöpfte oder – noch schlimmer – von Dritten darauf angesprochen wurde.

Sorgfältig drückte sich die Mutter ihren einzigen Hut aufs Haar – sie trug nicht gern etwas auf dem Kopf, es brachte ihr, wie sie sagte, die Gedanken durcheinander –, steckte das Medaillon neu am Kragen fest und zog sich die gehäkelten Filethandschuhe über. Annerose Dittmar legte Wert auf Etikette, das war in der Stadt wohlbekannt. Also würde sie auch, redete sich die Mutter Mut zu, ohne zu zögern, einer Heirat zustimmen, damit das Kind ihres Sohnes in geregelte Verhältnisse hineinwuchs.

Es war heiß auf der Straße, fast wie im August. Die Mutter nahm den Weg dicht an den Häusern entlang, dort, wo der meiste Schatten war. Was für ein verrücktes Jahr mit einem verrückten Wetter! Viel Gutes hatte es bislang nicht gebracht, das Jahr 1922, außer natürlich Riekchens Verlobung. Ein paarmal blieb Elise stehen, um sich auszuruhen, ihr wurde so schnell schwarz vor den Augen, das kam in letzter Zeit öfter vor. Heute hatte es wohl mit der Aufregung

zu tun. Einen Grund mehr, die Angelegenheit rasch hinter sich zu bringen. Und die Mutter beschleunigte ihre Schritte.
Rolf, der älteste Dittmar-Sohn, öffnete die Tür. Er schien erstaunt, Elise zu sehen, ließ sich aber nichts anmerken, sondern, im Gegenteil, bat sie sehr höflich näherzutreten. Wollte Elise nicht Platz nehmen? Er würde seine Mutter unverzüglich von dem Besuch unterrichten, sie trank ihren Tee auf dem Balkon.
Was für ein hübscher, großer Sohn, freute sich Elise, und so gut erzogen. In solchen Kreisen würde Sophie also künftig zu Hause sein, vielleicht, daß sie ihrem Bruder Wölfchen damit ein wenig den Weg ebnen könnte. Wölfchen wollte zu gern Offizier werden, dazu brauchte er das Abitur, doch wie die Dinge lagen, würde sich das die Familie nicht einmal bei dem begabtesten ihrer Kinder leisten können. Andererseits wäre es auch für Sophie von Vorteil, mit einem Bruder, der Offizier war, aufwarten zu können...
»Meine liebe Frau Völkchen.« Das war Frau Oberleutnant. In einem schwarzen halblangen Kleid mit weißer Spitzengarnitur an Armbündchen und Kragen stand sie an der Tür und lächelte. Sie wirkte angegriffen, halbmondförmige Schatten lagen unter den Augen, doch hatte ihr preußischer Blick nichts von seiner Klarheit und Kühle verloren. Ein schwacher Hauch von Chypre umwehte sie.
Elise, die hastig aufgestanden war, überlegte, ob sie Annerose Dittmar nachträglich ihr Beileid zum Tod des Bruders aussprechen sollte. Gerade noch rechtzeitig fiel ihr ein, daß Linchen das ja bereits im Namen der Familie erledigt hatte. Also brauchte sie das

traurige Thema nicht mehr aufzugreifen, konnte gleich zum eigentlichen Anliegen kommen. Wenn sich die Frau Oberleutnant doch bloß endlich setzen würde, immer noch stand sie lächelnd an der Tür … Das Stehen fiel der Mutter schwer, sie rang nach Atem, schwarze Pünktchen flimmerten ihr vor den Augen. Um Himmelswillen, sie würde doch hoffentlich nicht ohnmächtig werden?
»Ist Ihnen nicht gut?« Das war die Stimme von Annerose Dittmar, sie klang weit entfernt. »Ja, ja, diese Hitze, macht uns allen tüchtig zu schaffen. Aber nun setzen Sie sich doch, meine Liebe, ich bitte Sie. Hier, nehmen Sie das Möbel mit dem Kissen im Rücken und atmen Sie langsam und tief durch. Ich werde uns inzwischen eine Limonade holen. Wenn Sie mich einen Augenblick entschuldigen wollen.«
Die beiden Frauen saßen sich auf zierlichen Stühlen gegenüber, in den Gläsern leuchtete himbeerrote Limonade, von der die Mutter ab und zu einen vorsichtigen Schluck nahm. Sie hatte sich wieder ein wenig erholt, so weit wenigstens, um einen klaren Gedanken zu fassen. Verlegen knautschte sie ihre Handschuhe zwischen den Fingern. Die vornehme Atmosphäre verwirrte sie, sie wußte nicht recht, wie sie anfangen sollte.
Annerose Dittmar versuchte ihr entgegenzukommen. Mit einem liebenswürdigen Nicken eröffnete sie das Gespräch. »Sie kommen mich besuchen? Das nenne ich eine freudige Überraschung. Einmal etwas anderes als sich immer nur flüchtig zwischen Gurken und Sauerkrautfässern guten Tag zu sagen. Wie geht es der Familie? Ich hoffe, gut.«

»Danke«, nickt die Mutter und beobachtete aufmerksam einen Sonnenkringel, der auf dem glänzenden Parkettboden hin- und hertanzte. »Danke, ja, es geht ihnen gut. Sind alle wohlauf. Bis eben ... Sophie.« Nun war es heraus. Erleichtert nahm die Mutter einen Schluck Limonade.
»Sophie?« Es klang erstaunt. »Das hat doch hoffentlich nichts mit ihrer Stellung hier zu tun. Ich jedenfalls bin sehr zufrieden mit ihr.«
»Das freut mich, Frau Oberleutnant, wirklich«, beeilte sich die Mutter zu versichern. »War ja damals auch zu gütig von Ihnen, das Kind in Ihrem schönen Haus aufzunehmen. Aber jetzt habe ich trotzdem Kummer mit ihr. Sophie ist...« Sie stockte. War es der Sonnenkringel, der sie im Auge kitzelte, oder weshalb füllte es sich plötzlich mit Tränen?
»Ist schwanger. Sprechen Sie es ruhig aus, meine liebe Frau Völkchen.« Ihr Gegenüber schien nicht im mindesten überrascht.
»Sie wissen davon?«
»Seit gut zwei Wochen. Schließlich habe ich Ihre Tochter den ganzen Tag um mich herum, da registriert man jede Veränderung. Außerdem, vergessen Sie nicht, ich habe selbst drei Kinder.« Annerose Dittmar lächelte. »Ja, und da wir nun einmal bei diesem Thema sind, möchte ich Sie gleich fragen, wie das mit Sophie weitergehen soll. Wird sie heiraten? Es wäre natürlich das Beste für das Mädchen und würde Ihnen viel Kummer ersparen.«
»Ja, heiraten«, stimmte Mutter dankbar ein. Wie gütig von der Frau Oberleutnant, selbst davon anzufangen. »Das muß einfach sein. Denken Sie bloß an die

Leute. Und dann das arme Wurm, es braucht doch einen Namen. Deshalb bin ich Ihrem Sohn ja auch so dankbar, daß er auf der Stelle ...«

»Mein Sohn?« wiederholte Annerose Dittmar gedehnt. Sie schüttelte erstaunt den Kopf. »Aber, meine beste Frau Völkchen, was hat mein Sohn – ich weiß nicht einmal, welchen der drei Sie meinen – mit dieser Sache zu tun?«

Der Mutter gab es einen Stich. Wußte die Frau Oberleutnant wohl gar nicht, daß Reinhard ... Sie wurde ganz aufgeregt. »Aber, Frau Oberleutnant. Ihr Sohn war es doch, der Sophie ... Ich meine, Reinhard ist der Vater von dem Kind.« Wie zur Bekräftigung nickte sie ein paarmal heftig mit dem Kopf.

Totenstille, dann ein leichtes Scharren. Annerose Dittmar rückte ihren Stuhl zurück, als wollte sie einen größeren Abstand zwischen sich und der aufgeregten Frau ihr gegenüber bringen. Sie schien eine Spur verstimmt. »Mein Reinhard der Vater?« fragte sie nach einer kleinen Weile. »Aber nein doch, wie kommen Sie darauf?«

»Weil Sophie es gesagt hat«, verteidigte sich die Mutter.

»Mag sie gesagt haben, gewiß.« Ein ungeduldiges Fingerschnipsen in eine der Sonnenbahnen hinein, die durch die nur halbgeschlossenen Vorhänge in den dämmrigen Raum flossen. »Und sogar daran glauben, doch scheint mir das eher ein Akt der Verzweiflung zu sein. Sprechen wir doch offen miteinander, liebe Frau Völkchen. Ihre Tochter wird selbst nicht wissen, von wem das Kind ist. So sehr ich Sophies Arbeit und auch ihren Charakter schätze,

ihr Lebenswandel mißfällt mir stark. Ich habe ihr das einige Male zu verstehen gegeben.«
Die Mutter senkte den Kopf. Ihre Wangen brannten. »Sie meinen …«
»Ich meine«, fuhr Frau Oberleutnant unerbittlich fort, »daß Sophie zu verschiedenen Männern Beziehungen unterhielt. Ein paarmal wurde sie nachts von einem Mann nach Hause gebracht, und ich kann Ihnen versichern, es war nicht zweimal der gleich.« Triumph schwang in Annerose Dittmars Stimme, sie schien wieder völlig Herr der Lage zu sein.
Von Schmerz überwältigt schloß die Mutter die Augen. Bitte, das nicht, flehte sie, alles, aber das nicht. Gewiß, die Tochter war immer flatterhaft gewesen, hatte sich um kein Vergnügen herumgedrückt, aber doch nicht mehr, seitdem sie bei der Frau Oberleutnant war. Das alles lag schon so lange zurück. Und gestern hatte sie von Reinhard gesprochen, von niemand anderem als Reinhard Dittmar. »Aber Ihr Sohn«, versuchte sie es noch einmal.
Ihr Gegenüber zuckte mit den Achseln. »Mein Sohn mag mit Sophie ein Verhältnis eingegangen sein, ich jedenfalls weiß nichts davon. Wobei ich an dieser Stelle betonen möchte, daß ich ein solches Verhältnis ausdrücklich mißbillige. Nur – wer sagt, daß die Initiative von Reinhard ausging? Sophie ist, wie wir beide wissen, ein sehr kokettes Mädchen und mein Sohn durch seine Verletzung im Augenblick etwas vereinsamt…«
Fassungslos beobachtete die Mutter, wie ihr das Gespräch mehr und mehr entglitt. Der Spieß hatte sich umgedreht. Jetzt war es Frau Oberleutnant, die an-

klagte. In kerzengerader Haltung saß sie ihrem Besuch gegenüber, mit wachsamem Gesichtsausdruck, die Arme rechts und links über die Stuhllehne gelegt, eine Füchsin, bereit, ihre Jungen zu verteidigen. Nichts mehr von der gewohnten Leutseligkeit, Frau Oberleutnant hatte sich auf ihre eigentliche Rolle besonnen. Dabei wollte die Mutter doch nicht anklagen, o nein, im ganzen Leben hätte sie das nicht gewagt, nur eben die Sache ins Reine bringen. Wo es doch vor allem um den Vater ging. Niemals würde er es überwinden, daß seine Tochter ihm Schande machte, er, der soviel auf den untadeligen Ruf der Familie hielt.
Die Mutter begann zu weinen. Wie ein Sturzbach drängten die Tränen durch die geschwollenen Lider, überschwemmten die blassen Wangen, tropften auf die Handschuhe, die Mutter weinte und weinte, und es wurde ihr nicht leichter dabei.
Annerose Dittmar war bestürzt. Einen solchen Ausbruch hatte sie nicht erwartet. »Aber beruhigen Sie sich doch, liebe Frau Völkchen, so schlimm ist es doch nicht. Natürlich, ich verstehe Ihren Kummer, Sie haben ja auch noch andere Sorgen, trotzdem, es wird sich alles regeln. Bestimmt findet sich ein junger Mann, der Sophie heiratet, selbst mit einem Kind. Vielleicht wäre es das beste, sie ginge eine Weile aus Eilenburg weg, bis sich die Wogen geglättet haben. Ich habe da in Dresden eine Cousine, eine Witwe, die sie unter Umständen bis zur Niederkunft aufnehmen könnte. Dann hätten die Leute hier nichts zu reden. Glauben Sie nicht, daß es mir leicht fällt, Ihre Tochter herzugeben, erst Erika, jetzt Sophie, aber ich will gar

nicht an mich denken. Was zählt, ist das Wohl der jungen Mutter. Wo habe ich nur die Adresse meiner Cousine?« Sie runzelte die Stirn. Dann erhob sie sich und zog eine Schublade auf.

»Ach, lassen Sie nur«, wehrte die Mutter ab. Sie fühlte sich müde, so unendlich müde. »Das hat doch keinen Zweck. Was soll die Sophie aus Eilenburg weglaufen? Das macht die Schande auch nich kleiner. Oder glauben Sie, mein Mann erfährt nischt von dem Kind? Es geht doch vor allem um ihn, Frau Oberleutnant, um Sophies Vater. Der wird nich damit fertig, daß sein ehrlicher Name durch den Schmutz gezogen wird, zu all den Sorgen, die er mit seinem Geschäft hat, ich kenn' ihn doch. Aber daß da noch andere Männer im Spiel waren, das traue ich unserer Sophie nich zu. So eine ist das Mädchen nich, darauf gebe ich mein Wort. Deshalb, Frau Oberleutnant, ich flehe Sie an, erlauben Sie, daß Ihr Reinhard die Sophie heiratet. Er hat es ihr doch versprochen.« Bittend streckte die Mutter der Offiziersfrau die Hände entgegen, so gedemütigt hatte sie sich in ihrem ganzen Leben nicht.

Annerose Dittmar wich zurück, sie fühlte sich bedrängt. Auf einmal hatte sie nur noch den Wunsch, die weinende Frau sollte schleunigst ihre Wohnung verlassen. Wie kam sie eigentlich dazu, ihr solche Ungelegenheiten zu machen, so gut kannten sie sich auch wieder nicht. Und das alles nur, weil sie, Frau Oberleutnant Dittmar, geborene von Plantin, in ihrer Güte diese Sophie in ihr Haus genommen hatte. Das hatte man nun davon. Verstimmt nestelte sie an ihrer Perlenkette. Sie mußte wohl deutlicher werden.

»Es tut mir leid, Frau Völkchen, aber ich kann Ihnen wirklich nicht helfen. Um ganz ehrlich zu sein, ich wünsche diese Heirat auch nicht. Zu vieles trennt unsere Familien, das könnte auf die Dauer nicht gutgehen. Gewiß, Reinhard mag einiges versprochen haben, doch wäre es töricht, das ernst zu nehmen. Der arme Junge hat viel durchgemacht, da ist man schon einmal zu ein paar Zugeständnissen bereit, die einem jungen Mann seines Standes normalerweise nicht über die Lippen kämen. Sie verstehen, was ich meine?« Das klang wie ein Befehl.
»Nee.« Die Mutter schüttelte den Kopf.
Annerose Dittmar beugte sich leicht nach vorn. Chypreduft schlug der Mutter entgegen und benebelte sie, doch da waren gleichzeitig die Augen, porzellanblau und sehr unerbittlich, die sie erschreckten. »Liebe Frau Völkchen, machen wir uns doch nichts vor. Ein Offizier und Sohn einer Familie wie der unseren heiratet nicht sein Dienstmädchen. Das hat nichts mit Ihnen persönlich zu tun, es ist einfach so. Gewisse Standesgesetze verlieren auch in einer Republik nichts von ihrer Gültigkeit. Oder wollen wir beide, Sie und ich, die Welt auf den Kopf stellen?«
Darauf gab es nichts mehr zu sagen, die Unterhaltung war beendet. Gewiß, die Mutter hätte sich noch auf den Fußboden werfen und der gnädigen Frau die Hände oder auch die Schuhe küssen können. Wäre nur die winzigste Hoffnung auf Erfolg gewesen, die Mutter hätte nicht gezögert, es zu tun. Um dem Vater den Seelenfrieden zu erhalten und Sophie glücklich zu sehen, war sie zu allem bereit. Doch ein Blick in das entschlossene Gesicht der Dame des Hauses be-

stätigte ihr, daß hier nichts mehr zu machen war. Was die Angelegenheit ihrer Familie betraf, da ließ Annerose Dittmar nicht mit sich handeln.
Irgendwie kam die Mutter die Treppe hinunter, irgendwie gab sie auch der Frau Oberleutnant die Hand und bedankte sich für die Limonade, während die Dame des Hauses, wieder sehr verbindlich, es nicht versäumte ihren Gast auf eine verborgene Stufe neben der Schwelle aufmerksam zu machen. Dann war die Mutter allein, auf dem weiten Weg nach Hause stand ihr niemand zur Seite. Das heißt, so weit war der Weg eigentlich gar nicht, gerade dreimal um die Ecke und dann das Stück Torgauer Straße entlang, doch der Mutter kam er wie eine Ewigkeit vor. Mit wieviel Hoffnung hatte sie doch noch den Hinweg angetreten. Und nun? Nichts als Aussichtslosigkeit und endlose Verzweiflung. Ihre Mission war kläglich gescheitert. Mit gesenktem Kopf schlich die Mutter dahin, eine gedemütigte alte Frau.
»Muttern, Muttern, weißte schon? Heute bin ich die beste Zeit vom ganzen Club gerudert.« Wölfchen kam ihr auf seinem Rad entgegen, die Füße auf der Lenkstange. Seine Schülermütze hatte er sich unter den Arm geklemmt. Mit einem jähen Bremsen hielt er vor der Mutter. »Besser noch als der amtierende Studentenmeister. Freuste dich auch? Mensch, wer verpestet uns denn da so gemeine die Luft?« Mitbilligend starrte er auf den dunkelgrünen Horch, der, eine dicke Staubwolke hinter sich lassend, an den beiden vorbeiknatterte. Egon Feierabend saß am Steuer, neben sich seine Tochter Eloise. »So ein Angeber und so 'ne dumme Ziege. Muttern, weißte

was?« Sein sonnenverbranntes Gesicht beugte sich zu ihr herunter, er gab ihr einen Kuß.
»Nee, mein Junge, was denn?« Die Mutter versuchte zuzuhören.
»Eines Tages habe ich ganz viel Geld, und dann kaufe ich auch ein Automobil, das schönste und teuerste von allen, und hole dich damit ab. Die Leute werden sich die Augen ausgucken, wenn ich vor unserem Haus vorfahre, den Schlag mit zusammengeknallten Hacken aufreiße und du wie eine große Dame vorne Platz nimmst. Dann fahre ich dich, wohin du willst, und du kannst aus dem Fenster gucken oder auch schlafen. Da machste doch mit, gelle?« Er klingelte triumphierend mit seiner Fahrradglocke.
»Ja, mein Junge«, sagte die Mutter, während ihr die Tränen über die Wangen liefen. »Wenn du das so willst, fahr' ich mit dir. Und jetzt machen wir uns beide heime, essen. Es ist spät.«
»Juhu! Hier kommt der künftige Ruderweltmeister und Automobilbesitzer. Bahn frei für Wolfgang Völkchen!« Mit wildem Jubelgeschrei raste Wölfchen davon. Eloise, die mit beiden Händen ihren Schleierhut hielt, wandte heimlich den Kopf nach dem hübschen Jungen.

Es sprach sich in Eilenburg wie ein Lauffeuer herum: Sophie erwartete ein lediges Kind. Man spöttelte, tratschte, lächelte schadenfroh, hatte es natürlich schon immer gewußt, aber – da hatte die Mutter zu

schwarz gesehen – man machte keinen Skandal daraus. Dazu gab es zu viele andere Sorgen. Deutschland steckte in einer tiefen Wirtschaftskrise, zu der hohen Inflation kam nun noch die Arbeitslosigkeit. In vielen Familien spielten sich wahre Tragödien ab. Da war die alte Mutter Pleitgen, die über Nacht ihren Verstand verlor, als sie erfuhr, daß ihre Ersparnisse von ein paar tausend Mark nur noch aus einer wertlosen Urkunde bestanden, Emil, der Kellner vom »Schwarzen Adler«, hängte sich aus dem gleichen Grund auf dem Dachboden auf. In der Zelluloidfabrik plante man Massenentlassungen – was kümmerten da groß die Völkchens?
Wilhelm Gottlob war das kein Trost. Er fühlte sich gebrandmarkt, vom Schicksal verfolgt, kaum daß er sich noch aus dem Haus wagte. Von Tag zu Tag steigerte er sich mehr in seine Bitterkeit hinein. Hatte er es nicht schon immer gewußt? »Das Mädchen taugt nischt«, sein ständiger Ausspruch, und nun hatte er sich bewahrheitet. Himmelherrgott! Warum mußte es ausgerechnet ihn treffen, warum? War er nicht streng genug mit dem Balg gewesen? Er haderte mit Gott und der Welt, auszubaden aber hatte es vor allem die Mutter, diejenige, die ihm die Unglücksbotschaft mitgeteilt hatte und nicht aufhörte, Entschuldigungen für die Tochter zu suchen.
In seinem ersten Zorn wollte er sich auf Sophie stürzen und sie trotz ihres Zustands vor die Tür setzen, doch die Mutter hielt ihn zurück. Glaubte er, damit etwas besser zu machen? Nein, nein, Sophie sollte bis zu ihrer Niederkunft zu Mariechen ziehen, später würde man weitersehen.

Es war gar nicht lange nach ihrem Besuch bei den Dittmars, da stieß die Mutter mit der Frau Oberleutnant zusammen, bei Herres im Milchladen. Die Mutter grüßte leise und wandte sich dann zur Seite, die Demütigung brannte noch immer in ihr. Annerose Dittmar dagegen tat, als sei nie etwas zwischen ihnen vorgefallen, im Gegenteil – sie erkundigte sich überaus besorgt nach dem Gesundheitszustand der lieben Frau Völkchen. Fühlte sie sich besser, jetzt wo die Hitze nachgelassen hatte? Hinterher erfuhr die Mutter, daß Reinhard bereits zum fünftenmal am Bein operiert wurde und zum nächsten Quartal ein neues Mädchen bei den Dittmars in Stellung trat. »Eine, die schielt und ein Mal im Gesicht hat«, wußte Frau Herre und fuhr mit dem Schöpfbecher in die schäumende Milch.
Mitte November brachte Sophie einen Sohn zur Welt, er kam drei Wochen zu früh, ein schwächliches Baby, das von Geburt an kränkelte. Marlene, die ihre Schwester im Krankenhaus besuchte, war die einzige von der Familie, die sich über den Neuankömmling freute. Jetzt hatte sie endlich jemanden, den sie nach Herzenslust bemuttern konnte, nicht immer nur launische Katzenkinder und eine dumme Hippe.
Die Geschwister verloren nicht viele Worte über Sophies »Sündenfall«, er war nun einmal passiert, deswegen blieb die Welt nicht stehen. Nur Linchen, die sich inzwischen Edgar geangelt hatte und ihm eifrig das Studium bezahlte, schämte sich für den Bankert, wie sie Martin nannte, während Franz, mit Liesel fest verlobt (die rote Ellie hatte ihn sitzengelassen), sich von seiner neunmalklugen Braut sagen lassen muß-

te, so etwas sei in *ihrer* Familie unmöglich. Dagegen hatte Riekchen mit ihren Hochzeitsvorbereitungen alle Hände voll zu tun, und Wölfchen – ja, der wollte nur rudern, rudern, rudern. Was scherte ihn da Weiberkram?
Die Mutter machte sich Gedanken. Sophie hatte, was ein rechter Glücksfall war, in einem Leipziger Schneideratelier ein Unterkommen gefunden, da konnte sie den Säugling nicht gebrauchen. Wohin also mit dem armen Wurm? Ihn zu fremden Leuten zu geben, das brachte die Mutter nicht übers Herz. Andererseits fühlte sie sich selbst nicht recht wohl, die Schwindelanfälle traten immer häufiger auf, dazu kam ein stechender Schmerz in der Bauchgegend, der sie nächtelang piesackte. Ach was, entschied sie, der Junge bleibt bei uns, auf einen mehr oder weniger kommt es nicht an. Also verlebte der kleine Martin seine ersten Jahre in dem Haus an der Torgauer Straße, in dem schon so viele Kinder groß geworden waren.
Der Junge schien zu spüren, daß er nicht willkommen war, denn er gab keinen Mucksер von sich. Kaum jemals hörte man ihn weinen, stumm guckte er mit seinen rotumränderten Augen vor sich hin oder saugte an seinen Fäustchen. Nur wenn sich Marlene über ihn beugte, lächelte er freundlich und grapschte nach ihren Haaren. Dann wurde es Marlene ganz warm ums Herz, sie wünschte sich doch nichts sehnlicher als ein Baby.
Wilhelm Gottlob weigerte sich, den kleinen Martin zur Kenntnis zu nehmen. Während der ganzen vier Jahre, die das Kind in seinem Haus weilte, schenkte er ihm nicht einen Blick, geschweige, daß er ein Wort

an den Jungen richtete. Er existierte einfach nicht für ihn. Nun hatte Martin leider Gottes auch nicht viel Einnehmendes an sich. Ein bläßliches, etwas schwammiges Kind, das in seinem grauen Kittelchen durch die Küche rutschte und alles, was ihm zwischen die Finger kam, in den Mund stopfte.

»Iiiiiih!« schrie Linchen, als sie ihn mit einem dicken schwarzen Käfer erwischte, und befahl Marlene, das Unglücksgeschöpf auf der Stelle aus der Küche zu entfernen. »Der ißt ja jeden Dreck!« Im Hof war es dann ein Regenwurm, worüber sich Marlene hinter der Hecke erbrach.

Die Jahre gingen dahin, das Schicksal der Völkchens nahm ihren Lauf. Riekchens Hochzeit mit Karl war das einzig Erfreuliche, was passierte, ansonsten löste eine Hiobsbotschaft die andere ab. Die Familie war total verschuldet. Um wenigstens die dringendsten Forderungen zu bezahlen, mußten drei Häuser in Eilenburg-Ost, die noch aus Großvaters goldenen Zeiten stammten, veräußert werden; in der Remise drängten sich Kutschen und Schlitten, die niemand kaufen wollte. Franz machte einen letzten Versuch, den Vater zu einer Modernisierung seines Betriebes zu überreden, doch Wilhelm Gottlob stellte sich stur.

»Nee, nee, da bin ich zu alt dafür. Ich stell' mich nich mehr um.«

Das Ergebnis: immer neue Schulden. Und die einzigen Leute, die dem Vater Geld ins Haus gebracht hätten, die Zigeuner und Schausteller mit ihren goldenen Ohrringen und den gelackten Haaren, entpuppten sich als Halunken. Schriftliche Verträge existierten nicht, also dachten sie nicht daran zu zahlen. Mit einer Tüte gebrannten Mandeln und einem rosa Teddybär kehrte Wölfchen von einem Jahrmarkt in Doberschütz zurück. Das hatte ihm ein Karussellbesitzer als Abgeltung für einen nagelneuen Wohnwagen in die Hand gedrückt, seine Kollegen standen dabei feixend herum. Klöppe könnte er noch haben, das goldhaarige Bürschchen, wenn er die Stirn hätte, sein Maul aufzureißen.

Da machte sich Wölfchen, inzwischen ein hochaufgeschossener Junge von fünfzehn, selbst auf, die Fahrzeuge aus Vaters Bestand zu verkaufen. Nach der Schule fuhr er über Land und bot die wunderschönen Schlitten und feinen Kutschen, die Landauer und Erntewagen den Bauern zu einem Spottpreis an. Der Vater tobte, als er davon erfuhr. »Meine schöne Arbeit, das gute Material, was fällt dem Rotzjungen ein?!« Er entließ sämtliche Angestellte bis auf einen, machte Sattlerei und Stellmacherei zu und beschäftigte sich nur noch mit kleinen Reparaturen.

Marlene litt schwer unter den häuslichen Verhältnissen. Nicht etwa um ihrer selbst willen, o nein – sie hatte sich längst daran gewöhnt, anders als ihre Freundinnen keine neuen Pullover und neuen Schlittschuhe zu haben, dafür warf sie beim Völkerball alle ab –, sie bangte um die Mutter. Hatte sie noch ein paar Groschen im Portemonnaie? Da die Mutter immer nur besänftigte – »Na klar, habe ich, Kind. Und nun geh mit Martin spielen« – begann die Tochter, heimlich in Mutters Einkaufstasche nachzusehen. Ja, tatsächlich, vier Markstücke, vierzehn Groschen und drei Fünfer. Das reichte wenigstens bis morgen. Überglücklich schob sie ab und hängte den kleinen Martin an die Teppichstange. Er jammerte. Nich, nich, lieber Sand spielen. Also hockte sich die Tante mit ihm in die Sandecke und buk Kuchen, die sie mit Knallerbsen und Vogelbeeren garnierten. Rieke sah ihnen meckernd über die Schulter.

Marlene war jetzt zwölf, ein langbeiniges, kräftiges Mädchen mit einem hübschen Lächeln und blonden Zöpfen, die sie sich, so wie früher bei Puppe Emmy, mal um den Kopf schlang, mal zu Affenschaukeln band oder auch als Schnecken über den Ohren feststeckte. Ihr Sonntagskleid war ein roter Rock mit einem schwarzen Mieder, in dem sie wie ein Rotkäppchen aussah, stilecht trug sie dazu einen Weidenkorb über dem Arm, wenn sie nachmittags die Großmutter besuchte. Alle schätzten ihren Gerechtigkeitssinn und ihre Zivilcourage. So war sie auch die einzige, die ihrer Französischlehrerin die Meinung sagte, wenn die sich über die Klassenärmsten mokierte.

»Wascht mal eure Köppe, ihr habt ja Läuse!« herrschte Fräulein Bornemann die Schwestern Anna und Wanda Murkel an, die so arm waren, daß sie im Sommer barfuß gehen mußten. Die Mädchen wurden rot, denn ein paar Kameradinnen lachten.

Da sprang Marlene erbost in die Höhe und rief: »Und Sie, Fräulein Bornemann, haben Schuppen. Man sieht es deutlich auf Ihrem Kleid.« Marlene erhielt einen Eintrag ins Klassenbuch, doch sie hatte ihr Ziel erreicht: die Murkel-Schwestern wurden in Ruhe gelassen. Und Fräulein Bornemann trug von nun an nur noch helle Kleider.

Wölfchen war sehr stolz auf seine »kleine« Schwe-

ster. Hatte er ihr früher bloß verächtlich den Piep gezeigt, wenn Marlene mit ihm Quartett spielen wollte, so fühlte er sich inzwischen richtig verantwortlich für sie.
»So wie du stell ich mir mal meine Frau vor«, behauptete er und schüttelte den Kopf über Mädchen wie Eloise Feierabend, die ihm mit ihrem affigen Getue und den schwärmerisch verdrehten Kalbsaugen schrecklich auf die Nerven gingen. Marlene freute sich über das Kompliment. Wenn sie etwas haßte, dann war es dämliche Herumtuerei. Warum spielten die meisten Mädchen nur dauernd so blöde Rollen, die sie sich von Lilian Harvey oder Marika Rökk abgeguckt hatten? Die Feierabend-Schwestern waren die schlimmsten von allen.
Einmal nahm Wölfchen seine Schwester in den Ruderclub mit. Sie stellte sich beim Rudern so geschickt an, daß man sie künftig für Jugendregatten einsetzte. Da war Marlene in ihrem Element, ruderte, daß ihr das sonnengebleichte Haar an den Schläfen verklebte, schrie sich die Stimme aus dem Leib, wenn Nulpen wie Ilse Schliefers wieder einmal im falschen Takt die Ruder eintauchten. »Mensch, reiß dich am Riemen, wir wollen doch gewinnen.« Bei der anschließenden Siegesfeier lernte sie Dieter Dittmar kennen, den zweiten Sohn aus der Offiziersfamilie. Er studierte in Leipzig Jura, trug ein kariertes Sportjackett und hatte in seinem braungebrannten Gesicht ein Kinngrübchen, an dem sich Marlene nicht sattsehen konnte. Es wirkte so männlich. Sie träumte nachts von dem Grübchen und dann auch in der Schule, was ihr von Fräulein Bornemann eine Rüge

einbrachte. »Völkchen, geschlafen wird zu Hause!« Und dabei lächelte das Fräulein boshaft.
»Muttern, gefallen dir Männer mit einem Grübchen im Kinn?« fragte Marlene abends die Mutter. Sie saßen in der Küche und verlasen grüne Erbsen. Martin spielte auf dem Boden mit den leeren Schoten.
»Ach ja.« Die Mutter zuckte lächelnd mit den Schultern. Darüber hatte sie sich noch keine Gedanken gemacht. »Weiß nicht, kann schon sein. Franz hat ja auch sowas Ähnliches. Wieso, an wen denkste denn?«
Die Tochter seufzte. Am liebsten hätte sie ihr Geheimnis ja für sich behalten, aber nun hatte sie die Mutter schon neugierig gemacht. Sie gab sich einen Ruck. »Dieter, Dieter Dittmar. Den von der Frau Oberleutnant.«
»Dittmar?« Mit einem harten Ruck setzte die Mutter die Erbsenschüssel auf dem Boden auf. Emaille schepperte, und Dutzende von Erbsen kugelten über die Diele. Martin jagte ihnen juchzend nach. »Aber nee, Marlenchen, den doch nich. Jeden, wenn du meinst, aber keinen von den Dittmars, ich flehe dich an.« Sie war weiß wie die Wand.
»Aber warum denn, Muttern?« Marlene war völlig verstört. So aufgeregt hatte sie die Mutter noch nie gesehen, sie zitterte an Händen und Füßen. »Er studiert sogar.«
»Nich diese Familie, mein Kind, ich bitte dich, nich die Dittmars, die nich«, wiederholte die Mutter immer wieder. Sie wollte endlich die schreckliche Erinnerung an diesen heißen Junitag loswerden, als die Frau Oberleutnant sie so kaltlächelnd abgewiesen

hatte. Und war ihr das mit Müh' und Not für ein paar Stunden gelungen, gab es immer noch den kleinen Martin, in dessen Porzellanaugen sie Annerose Dittmar wiedererkannte.

»Ist schon gut, Muttern, ich vergesse das Grübchen. Kannst dich auf mich verlassen«, versprach Marlene und zog den Jungen, der sich an einer Schrankecke gestoßen hatte, tröstend auf ihren Schoß.

Was hatte die Mutter gegen die Dittmars? Ausgerechnet die Mutter, die doch mit jedem auskam und jeder Tratscherei – das unterschied sie deutlich von Linchen – sorgfältig aus dem Weg ging? Die Frage ließ Marlene nicht mehr los. Sie wandte sich damit an Linchen, doch die, mit einer wichtigen Abrechnung beschäftigt, winkte nur ungeduldig ab, dann zu Franz – er hatte keine Zeit, außerdem: die Kleine sollte nicht so neugierig sein! –, schließlich zu Riekchen. Riekchen, in ihrer Ehe noch hübscher geworden, erwartete demnächst ihr erstes Kind. In einem Anfall von Vertrauensseligkeit und wohl auch aus ihrer momentanen Langeweile heraus (sie mußte die meiste Zeit liegen), weihte sie Marlene in Sophies Geschichte ein, schilderte ihr in allen Einzelheiten den Bittgang der Mutter. Ihr hatte die Mutter damals als einzige die furchtbare Demütigung gestanden.

Marlene war wie vom Donner gerührt. Weniger wegen Sophie – das ging sie als jüngere Schwester nichts an – als über das Verhalten der Frau Oberleutnant. Hatte es gewagt, die Mutter wie eine Bettlerin vor die Tür zu setzen! Diese ... diese Kanaille! Deshalb also war die Mutter seit jenem Sommer so verändert, klagte über Schmerzen, hatte sich einmal sogar – was

früher nie vorgekommen war – für ein paar Tage ins Bett gelegt. Das würde sie, Marlene, dieser Annerose Dittmar nie, nie, niemals vergessen, nicht in ihrem ganzen Leben. »Ich hasse euch, ich hasse euch alle!«
Mit geballten Fäusten lief Marlene durch den Hof, murmelte immer wieder dieselben Worte. »Oh, wie ich euch alle hasse, euch Offizierspack!«
Als sie später erfuhr, daß man Reinhard das verwundete Bein abgenommen hatte, triumphierte sie fast. Dem hübschen Dieter aber ging sie von nun an konsequent aus dem Weg. Der sollte mit seinem Grübchen werweißwen becircen, ganz bestimmt aber nicht Marlene Völkchen.

5

1927–1939 Eilenburg

Im Februar des Jahres 1927 starb Martin, kurz darauf wurde die Mutter ins Krankenhaus eingeliefert. Sie hatte sich bis zuletzt dagegen gewehrt. Es war nicht einmal genug Geld da für den Arzt, wie sollte man da das Krankenhaus bezahlen? Doch Franz beharrte auf seinem Entschluß. Ein halbes Jahr hatte er die Mutter aufopfernd gepflegt und dafür sogar seine Arbeit in der Möbelfabrik eingeschränkt, jetzt war der Zustand der Mutter in ein Stadium getreten, wo es nicht mehr ohne fachgemäße Betreuung ging. Dr. Michael Braun, Assistenzarzt im Städtischen Krankenhaus und ehemaliger Bewerber um die rote Elli, diagnostizierte Krebs.
Marlene lief seit Mutters Krankheit wie betäubt her-

um. Gewiß, auch der Tod des kleinen Martin hatte sie erschüttert – er starb über Nacht an einer Lungenentzündung, die er sich beim Spielen im kalten Hof geholt haben mußte. Linchen meinte dazu: »Ist vielleicht das Beste für den armen Wurm, war doch nur im Weg« und sprach damit die Gedanken der meisten Familienmitglieder laut aus. Nur Marlene und die Mutter trauerten ehrlich um den kleinen Kerl –, das mit der Mutter war anders, bedrohlicher, schlimmer. Es überschattete ihr ganzes Leben.

Kaum erklang in der Schule das Klingelzeichen, nahm Marlene ihre Mappe, drückte sich die Sekundanermütze auf die Zöpfe und raste im Eilschritt nach Hause.

»Muttern, was macht Muttern?« Ihre erste Frage an der Tür. Franz, mit einer Tasse Brühe in der Hand, legte mahnend den Finger auf den Mund. Pscht, die Mutter schlief endlich ein bißchen. Aber da konnte man sich immer noch an ihr Bett schleichen und auf der Kante Platz nehmen und ganz, ganz vorsichtig die Hände der Mutter streicheln, die weiß waren und blaugeädert und auf der Innenfläche vom vielen Schrubben schwielig hart. Sie schlief unruhig, die Mutter, ihre Lider mit dem dünnen Wimpernkranz flatterten, ab und zu stöhnte sie auch. Sie mußte schreckliche Schmerzen haben.

Auf der Straße bauten die Jähnschen-Enkel einen Schneemann, während auf dem zugefrorenen See Ilse Schliefers – sie hatte in der Schule damit angegeben – mit ihren Freundinnen Schlittschuh lief, bestimmt immer in Achtern um die Glühweinbude herum, wo sich die Studenten aufwärmten – Marlene

rührte sich nicht von der Stelle. Bis zum Abend harrte sie bei der Mutter aus, kühlte ihr die Stirn mit einem Eisbeutel, flößte ihr ein paar Löffel Suppe ein. Ach, hätte sie der Mutter nur die Hälfte aller Schmerzen abnehmen können, nein, zwei Drittel, sieben Achtel, alle! Marlene richtete sich auf und spannte die Muskeln. Sie fühlte sich so stark, so stark!
Aber all diese durchzitterten Nachmittage waren noch Gold gegen jetzt, wo die Mutter im Krankenhaus lag. Irgendwie hatte Marlene die Entwicklung sogar geahnt. Deshalb war sie auch am Donnerstag besonders hastig nach Hause geeilt, nahm die Torgauer Straße – überall war blankes Eis – in einem einzigen Rutsch. Im Hausflur kam ihr Mariechen entgegen, Mariechen, die ihren Dienst in Leipzig hatte. Schon einmal ein schlechtes Zeichen. »Wieso biste hier? Hat das was mit Muttern zu tun?« Marlenes angstvolle Frage. Dabei schlug ihr das Herz bis zum Hals – beileibe nicht wegen der Rutschpartie.
»Muttern ist im Krankenhaus. Kannste erst morgen mittag besuchen.« Mariechens spärliche Auskunft, ihre Augen waren rotgeweint. Schluchzend warf sich die kleine Schwester über Mutters leeres Bett. Krankenhaus! Die Mutter im Krankenhaus! Das konnte nur das Schlimmste bedeuten.
Und so war es auch. Noch über ein Jahr litt die Mutter im Krankenhaus vor sich hin, wurde ein paarmal operiert, lebte mit einem künstlichen Darmausgang weiter, magerte ab, lag sich wund, war am Schluß nur noch ein elendes, schmerzgepeinigtes Menschenhäuflein von knapp siebzig Pfund. Unaufhörlich fraß sich der Krebs durch ihren Körper, zahlte Eli-

se Völkchen all die Sünden heim, die sie dem Leben schuldig geblieben war, schien geradezu sein teuflisches Vergnügen daran zu haben. Doch die Mutter haderte nicht einen Augenblick, immer nur die gleiche Frage: »Können wir das auch alles bezahlen?« Franz nickte. Ja, der Vater hatte wieder Aufträge, das Geschäft florierte. Eine barmherzige Lüge.
Marlene, über Nacht zu einem ernsten, düsteren Mädchen herangereift, lastete Mutters Krankheit den Dittmars an, insbesondere dieser hochwohlgeborenen Frau Oberleutnant. Körperliche Leiden hatten immer auch eine seelische Ursache, war es nicht so? Demonstrativ wechselte sie auf die andere Straßenseite über, wenn sie der hochgewachsenen Gestalt im schwarzen Sealmantel auf ihrem Schulweg begegnete, was fast täglich vorkam. Einmal spuckte sie sogar kräftig hinter ihrer Feindin aus, zum Entsetzen von Linchen, die sich gern mit jedem gut stand. »Schämste dich nich? Wenn das Muttern wüßte!«
»Kannse ruhig. Die weiß nämlich auch, warum.« Und Marlene warf mit trotzigem Schwung die Affenschaukeln nach hinten.
Am Palmsonntag wurde die Mutter erlöst. Gegen Mittag schlief sie für immer ein, wie der Arzt versicherte, ohne Schmerzen. »Franz« war ihr letztes Wort, sie rief den Sohn, den sie als erstes Kind geboren und der sie so aufopfernd gepflegt hatte.
Marlene verbarrikadierte sich in ihrem Zimmer, als sie vom Tod der Mutter erfuhr. Niemals, so schrie sie durch die Tür, würde sie zum Begräbnis gehen, und sie denke auch nicht im Traum daran, sich konfirmieren zu lassen. Käme gar nicht in die Tüte. Was Pfarrer

Römer von ihr hielte, sei ihr piepegal, schnurzegal, ganz einfach stinkegal ... Ihre Stimme erstickte in einem jämmerlichen Schluchzen. Linchen versuchte, die Tür aufzureißen, doch Marlene hielt von innen dagegen. Sie ließ sich dann doch konfirmieren – auf Zureden von Mariechen, die mit Ehemann und Wölfchen in der hintersten Reihe der Kirchenbänke saß, alle drei in Trauerkleidung –, ein totenblasses Mädchen mit versteinertem Gesicht, das ohne eine Regung die Oblate schluckte und den winzigen Schluck Wein trank, aber der Beerdigung blieb sie tatsächlich fern. So wurde die Mutter in Abwesenheit ihrer Jüngsten ins Familiengrab gebettet, dort, wo schon die erste Frau Völkchen lag und seit letztem Jahr auch Martin.

Sophie war gleichfalls nicht gekommen. Sie hatte in der Zwischenzeit einen Schneidermeister geheiratet, der nichts von ihrer Vergangenheit wußte, und war mit ihm ins Holsteinische gezogen. Man hörte kaum noch etwas von ihr.

Das Haus in der Torgauer Straße war leer geworden, nur der Vater, Linchen und die beiden jüngsten Geschwister wohnten noch darin. Franz hatte außerhalb der Stadt eine Wohnung gefunden, die er sich mit seiner Braut Liesel einrichtete, die Hochzeit war für Pfingsten festgesetzt. Zu gern hätte es ihm Linchen gleichgetan – die Verhältnisse zwischen Edgar und ihr waren geklärt, Edgar hatte auch schon mit dem Vater gesprochen –, doch fühlte sie sich im Augenblick noch den beiden »Kleenen« gegenüber verpflichtet. Sie brauchten, so fand sie, der Junge wie das Mädchen eine strenge Hand, jetzt, wo die Mutter

nicht mehr da war. Außerdem mußte der Vater besorgt werden.
Wilhelm Gottlob war jetzt über sechzig, ein schweigsam gewordener, fast scheuer alter Mann, der dem Leben gegenüber resigniert hatte. Sein einstmals so gefürchteter Zorn war erloschen, niemand hörte ihn mehr toben, dafür hatte er zu grübeln begonnen. Stundenlang saß er im Wohnzimmer am offenen Fenster, Reste von Rasierschaum am Kinn, und starrte auf die Straße hinunter, wo sie vorbeidonnerten, all die stinkenden, qualmenden Autokarossen. Keine feinen Kutschen und Jagdwagen mehr, nicht mehr flinkes Hufgetrappel und das geschäftige Scheppern von Speichenrädern auf Pflastersteinen, seine, des alten Völkchen Zeit war vorbei, man brauchte ihn nicht mehr. Dann war er fast froh, wenn Linchen mit strenger Brille an der Tür auftauchte und mahnte, endlich ins Bett zu gehen.
Linchen führte im Haus ein unerbittliches Regiment. Wenn sie schon – so lautete ihr Standpunkt – ihr persönliches Glück hinter das Wohl der Familie stellte, mußte wenigstens alles nach ihren Vorstellungen gehen. Und darunter verstand sie neben Pünktlichkeit und Sparsamkeit vor allem übertriebene Ordnung (man konnte es auch Putzfimmel nennen). Marlene hatte hauptsächlich darunter zu leiden, Wölfchen war da besser dran. Als fast erwachsener junger Mann, schlanke einsneunzig groß, ein weizenblonder Siegfried, nach dem die Mädchen die Köpfe drehten, und außerdem der beste Ruderer weit und breit, ließ er sich von der großen Schwester nicht mehr viel sagen. Dafür war Marlene das geeignete Opfer. An

ihr tobte Linchen nach Herzenslust ihre Mutterinstinkte aus, immer natürlich mit der Begründung, es geschehe zum Besten des armen mutterlosen Kindes. Kein Sonntagnachmittag, an dem Marlene rechtzeitig ins Bootshaus kam. Nach dem mehr als einstündigen gründlichen Abwasch fiel es Linchen ein, daß die Kleiderschränke wieder einmal das Aufräumen nötig hätten. Waren ihr doch, man stelle sich vor, aus dem Dielenschrank sage und schreibe drei Wollkrümel entgegengefallen. »Wenn das Muttern wüßte!« Ihr Leib- und Magensatz, der Marlene auf der Stelle verstummen ließ. Also scheuerten sie beide, Marlene mit zusammengebissenen Zähnen, die große Schwester dagegen mit wachsendem Vergnügen, den Dielenschrank, Wölfchens Schrank, Marlenes Schrank, den vom Vater und schließlich Linchens eigenen und legten jeden davon mit Seidenpapier aus.
»Und nun noch Sophies Kommode«, ächzte Linchen, die – voller Arbeitseifer – gar nicht mehr aufhören mochte. Sie rieb sich den schmerzenden Rücken.
Da war es auch mit Marlenes Geduld zu Ende, das erstemal, daß sie streikte. »Ohne mich«, erklärte sie laut und band sich die Küchenschürze ab. »Sophie wirste hier nich so schnell wiedersehen und mich auch erst heute abend. Was zuviel ist, ist zuviel.«
Sie eilte ins Bootshaus, wo Hans-Hermann, Student der Germanistik, ihr einen Platz an seiner Seite reserviert hatte. Sie tranken Waldmeisterbowle, aßen Baumkuchen und tanzten gemeinsam zu »Das ist die Liebe der Matrosen«. Abends küßte Hans-Hermann sie zum erstenmal. Der Student mit den gleichmäßigen weißen Zähnen war Marlenes heimliche Liebe.

Jeden Freitag kam er von Dresden her gefahren, dann holte Marlene ihn am Bahnhof ab, mit Riekchens beiden kleinen Söhnen im Kinderwagen, und stellte sich vor, das sei ihre eigene Familie. Leider hatte Hans-Hermann noch nicht vom Heiraten gesprochen, doch zu seiner Entschuldigung sei gesagt: Marlene war nicht einmal sechzehn.
Im Sommer darauf machte sie das Einjährige. Teilweise schaffte sie den Schulabschluß aus eigener Kraft, teilweise mit Hilfe von Schmuzetteln, die sie in ihrem ausgezogenen Pumps von allen Seiten entgegennahm und gewissenhaft verwertete. Diese Art von Nachbarschaftshilfe hatte sie aber nur in den wissenschaftlichen Fächern nötig, in Deutsch und Geschichte gehörte sie zu den Klassenbesten, in Turnen war sie ein As.
Trotzdem war es ausgerechnet eine chemische Fabrik, in der sie ihre Berufsausbildung begann, doch mußte sie froh sein, überhaupt eine Stellung zu finden, denn die Massenarbeitslosigkeit hatte in Deutschland inzwischen ihren Höhepunkt erreicht. Millionen lagen ohne feste Anstellung auf der Straße. Dazu gehörte auch Franz. Seine Möbelfabrik hatte zugemacht, jetzt versuchte er sich mit einer Werkstätte für Matratzen selbständig zu machen. Liesel stiftete das nötige Startkapital.
Marlenes Chef war ein gewisser Dr. Kugler, ein freundlicher Hamburger mit einem runden, rosigen Gesicht, den es, ebenfalls auf Grund der Arbeitslosigkeit, in die sächsische Kleinstadt verschlagen hatte. Er hatte Quartier im »Schwarzen Adler« bezogen und machte sonntags einsame Ausflüge in die Umge-

bung. Als Marlene den Laborchef zum erstenmal sah, mußte sie über ihn lachen, so komisch sah er aus, wie er mit aller Gewalt in ein Reagenzglas hineinblies. Seine Backen spannten sich, als wollten sie jeden Augenblick zerplatzen, dazu machte er angestrengte Glubschaugen. Fräulein Schünemann, die das junge Mädchen zur Laborhilfe ausbilden sollte, bemängelte diese Kicherei.
»Ist das bei Schmiedemeisters so üblich?« erkundigte sie sich spitz. Marlene warf ihr einen bösen Blick aus ihren schmalen Augen zu. So nicht! Nicht mit ihr! Was ihre Familie betraf, da war sie überempfindlich. Sie nahm sich vor, dem gehässigen Fräulein bei Gelegenheit eins auszuwischen.
Die Gelegenheit ergab sich rasch. Erika Schünemann war in ihren Chef verliebt, der allerdings hatte sein sprödes Hamburger Herz für die blutjunge couragierte Sächsin Marlene entdeckt. Das Interesse ging bereits so weit, daß er ihr heimlich nachspionierte, wenn sie Arm in Arm mit Hans-Hermann in den Auen spazierenging.
»Wo waren Sie gestern?« erkundigte er sich streng, als er einmal vergeblich auf sie gewartet hatte. Dabei spürte er in der Herzgegend einen feinen Stich der Eifersucht.
»Wieso?« konterte Marlene keß und so laut, daß Fräulein Schünemann im Nachbarlabor jedes einzelne Wort mitbekam.
»Auf mutterlose Geschöpfe wie Sie muß man ein Auge haben«, erklärte Richard Kugler leichthin und nahm Marlene das Versprechen ab, mit ihm am kommenden Sonntag zu einer »Faust«-Aufführung nach

Leipzig zu fahren. Die Schünemann zerplatzte fast vor Eifersucht, denn sie hatte sich Hoffnung auf die Einladung gemacht.
Es wurde ein lustiger Abend. Marlene trank in »Auerbachs Keller« so viele Gläser Moselwein, daß Richard Kugler ihr bei der Rückfahrt im Zug den Kopf stützen mußte. Dabei kamen seine Lippen – absichtlich oder nicht – mit der zarten, sommersprossigen Haut in Berührung. Im Nebenabteil saßen Herr Apotheker Böttscher und Frau und steckten die Köpfe zusammen.
»Du bist im Gerede«, bemängelte wenige Tage darauf Linchen. Sie war inzwischen glücklich verheiratete Frau Henke, rieb sich aber weiter bei der Arbeit für ihre Bank auf und ging täglich in die Torgauer Straße, um den Vater zu bekochen. »Du und dein Chef. Das gefällt mir nich.«
»Lasse doch reden«, winkte Marlene ab. Aber so einfach war die Sache nicht. Sie lebten nun einmal in einer Kleinstadt, wo jeder jeden mit Argusaugen beobachtete, der Name Völkchen hatte trotz des wirtschaftlichen Abstiegs immer noch einen guten Klang, da gebot es der Anstand, Rücksicht zu nehmen. Ein Fall wie der von Sophie genügte vollauf.
Also sagte Marlene ja, als Dr. Kugler um ihre Hand anhielt. Mit einem lachenden und einem weinenden Auge, denn sie hatte sich die Liebe himmelstürmender vorgestellt. Doch mit Hans-Hermann war in der nächsten Zeit nicht zu rechnen. Er brauchte wenigstens noch drei Jahre für sein Studium, anschließend plante er einen Amerikaaufenthalt. Und Richard Kugler schien die kleine Sächsin wirklich zu lieben.

Es wurde eine stille Hochzeit. Marlene im dunkelgrauen Kostüm mit weinrotem Filzhut vor dem Standesbeamten, danach im gleichen Kostüm mit weißem Velourhut vor Pfarrer Römer, einem alten Vater, der gerührt schluchzte (»Meine Puppine, ist nun auch erwachsen...«), drei weinende Schwestern, drei ernstblickende Schwäger, außerdem Wölfchen, Marlenes Lieblingsbruder, in dessen goldfarbenem Haarschopf sich die schräg durch die bunten Glasfenster hereinfallende Sonne verfing. Nur Franz blieb der Hochzeit fern. Er hielt sich mit seiner Frau in Thüringen auf, wo Liesel bei Verwandten ihr erstes Kind zur Welt bringen wollte.

»Mutter«, dachte Marlene, als Pfarrer Römer sie auf die Pflichten eines liebenden Ehegatten aufmerksam machte, und das Herz tat ihr weh. »Mutter, hörste mich?« flüsterte sie, als die kleine Hochzeitsgesellschaft nach der Trauung das Familiengrab besuchte, und »Muttern, wo biste denn?« seufzte sie, als Dr. Richard Kugler mit feierlicher Gebärde die Tür zur gemeinsamen Wohnung aufschloß. Sie fühlte sich ziemlich verlassen.

»Von wem sprichst du da?« forschte ihr frisch angetrauter Ehemann, der den Dingen gern auf den Grund ging. »Doch hoffentlich nicht von deinen Ruderfreunden? Damit ist es jetzt aus und vorbei.«

»Natürlich«, beruhigte Marlene. Sie hatte sich vorgenommen, eine gute Ehefrau zu sein. Dazu gehörte vor allem auch Aufrichtigkeit. Doch Richard jetzt die ganze Lebensgeschichte der Mutter zu erzählen, hätte beiden nur die Laune verdorben. Der so kühl wirkende Hanseate war überraschend sentimental.

Marlene wirtschaftete sich so durch in ihrer kleinen Wohnung mit dem Mahagonischlafzimmer und den duftigen rosa Gardinen vor den Fenstern. Ihr Leben hatte sich nicht groß verändert. War es zu Hause Linchen gewesen, die korrigierte, drangsalierte, kritisierte, so hatte diese Rolle jetzt Marlenes Ehemann übernommen. Vierzehn Jahre Altersunterschied, das machte sich bemerkbar. Außerdem – hatte Richard nicht dem netten, alten Schmiedemeister versprochen, sorgfältig über seine Tochter zu wachen? An der Achtzehnjährigen gab es noch manches zurechtzubiegen. Diese Ausdrücke, die sie manchmal benützte – Dr. Kugler verzog schmerzlich sein rosiges Gesicht –, dazu die geradezu kindlich-naive Freimütigkeit, allen Leuten ihre Meinung mitten ins Gesicht zu sagen! Nein, nein, nein, so ging das nicht. Das Leben, mein liebes Kind, besteht nun einmal aus einer unaufhörlichen Kette von Kompromissen. Richard belehrte mit erhobenem Zeigefinger.
Kompromisse! Marlene verschluckte ein verächtliches Lächeln. Davon hielt sie überhaupt nichts. Mit Kompromissen und künstlich feinem Getue und dreister ins-Gesicht-Lügerei hielten sich vielleicht sogenannte bessere Kreise über Wasser (und ruinierten damit anderen das Leben, siehe besagte Frau Oberleutnant), sie, Marlene, spu... – nein, sie verbesserte sich hastig – pfiff darauf. Das alles brachte sie aber nur sehr leise hervor, denn ihr Mann liebte keine Widerrede. Doch eines Tages, das schwor sich die junge Frau, wenn sie selbst ein Kind geboren hätte, würde sie ihm ihre Meinung von Anfang an eintrichtern, es ganz in ihrem Sinne erziehen – Mut und Ehrlichkeit

allem voran. Ihre Kinder sollten aufrichtige Völkchens werden, nicht kompromißbereite kleine Kuglers.
Mit ihren Schulfreundinnen hatte Marlene noch losen Kontakt, sie befanden sich gerade in Vorbereitung zum Abitur. In den Pausen ging Marlene sie manchmal besuchen, in hohen Pumps und mit einer feinen Tuchjacke über dem gepunkteten Kleid. Sie beneidete die Kameradinnen ein bißchen um die Freiheit, demnächst in Leipzig studieren zu dürfen und nebenbei (ohne feste Begleitung) Bälle und Studentenfeste zu besuchen, während umgekehrt jedes, aber auch jedes einzelne der Mädchen auf der Stelle mit Marlene getauscht hätte. Ein Goldring an der rechten Hand mit eingraviertem Datum und ein neuer Familienname – das mußte erstmal geschafft sein. Ilse Schliefers, die ihrer Mutter immer ähnlicher wurde, machte ihrem Neid in einem spitzen Ausruf Luft. »Also nee, Marlene, wie du das geschafft hast! *Du* und ein *Doktor*! Alle Achtung!« Von diesem Tag an stellte Marlene ihre Besuche im Schulhof ein.
Eine andere Sache bereitete ihr viel größere Enttäuschung. Wölfchen, der nach seiner kaufmännischen Lehre nach Berlin gegangen war, um dort bei einer Kamerafirma zu arbeiten und nebenbei sein Abitur nachzuholen, schickte eine Verlobungsanzeige. Marlene mußte den Text gleich zweimal lesen, so erschlagen war sie. Eloise Feierabend, die affige Ziege mit den Kalbsaugen! Der also war der angebetete Bruder in die Netze gegangen! Jammerschade. Man konnte diesen Fehlgriff nur mit einer gewissen Verlorenheit Wölfchens in der Fremde erklären (Eloise lernte in

Wilmersdorf das Kochen, war also ein Stück Heimat im großen Berlin) oder aber – die andere Möglichkeit – Wölfchen reagierte, was Frauen betraf, ebenso unverständlich wie die meisten Männer. Trotz ihrer Enttäuschung schrieb Marlene einen herzlichen Brief.

Die politische Situation in Deutschland spitzte sich zu. Nachdem die Weimarer Republik endgültig gescheitert war, kam im Januar 1933 der Führer der Nationalsozialistischen Partei, Adolf Hitler, an die Macht. Die große Masse jubelte ihm zu. Hier war endlich der starke Mann, der versprach, die Arbeitslosigkeit zu beseitigen und Deutschland zu seiner alten Größe zu verhelfen. Josef Goebbels, neuernannter Propagandaminister, schickte als Dauerdroge seine flammenden Reden über die Ätherwellen. Marlene lauschte fasziniert.

»Ein toller Mann«, schwärmte sie abends ihrem Mann vor, »dieses Feuer, diese Ausstrahlung.« Sie war gerade neunzehn.

»Pscht«, dämpfte Richard, der etwas klarer sah. »Ich glaube, wir sollten uns darüber mal in Ruhe unterhalten.«

Doch auch andere Mitglieder der Familie Völkchen schworen auf das neue Regime. Da war zum Beispiel Edgar Henke, der sich als erster Eilenburger bei den Nazis einschreiben ließ und sein Parteiabzeichen auffällig auf dem Rockaufschlag trug. Bruder Franz eiferte ihm nach, während Linchen, die zu ihrem Kummer noch immer kinderlos war und es aller Voraussicht nach wohl auch bleiben würde, eine wichtige Funktion in der NS-Frauenschaft übernahm. Alle

setzten sie ihre Hoffnung darauf, daß es mit dem soliden Bürgerstand wieder aufwärts ging.
Genau drei Tage vor Kriegsbeginn, am 28. August 1939, brachte Marlene ihr erstes Kind auf die Welt, eine Tochter. Sie war rosig wie der Vater und rothaarig wie der Großvater, ein gesundes, wunderhübsches Baby. Die Krankenschwestern waren ganz verliebt in die Kleine, die eifrig an ihren Fäustchen saugte.
»Mutter«, dachte Marlene als erstes, als man ihr das Kind in die Arme legte. »Mutter, könnste das noch erleben.« Sie nannte die Tochter Sibylle Elise.

6

1901–1912 Würzburg

Begeben wir uns von der Mulde an den Main, zurück in den September 1901, als im lieblichen Würzburg der Premierleutnant Arthur von Gahlen die Fabrikantentochter Dora Nettle heiratete. Das Datum war, genau wie bei den Völkchens, der neunte, ein Donnerstag.
Es handelte sich bei Arthur und Dora um eine ausgesprochene Liebesheirat. Zwar hätte – zumindest von seiten des recht unbemittelten Leutnants – Vernunft bei der Wahl seiner Frau eine Rolle spielen müssen, doch waren in diesem glücklichen Fall Gefühl und Vernunft zusammengetroffen. Dora Nettle war eine reiche Erbin. Ihr Vater, Spielkartenfabrikant Hubert Nettle aus Neumarkt in der Oberpfalz, vermochte ohne weiteres die stattliche Summe von dreißigtau-

send Goldmark auf den Tisch zu legen, die in jenen Tagen ein Premierleutnant vorweisen mußte, um die Erlaubnis zur Heirat zu erhalten. Sein eigenes Einkommen war noch zu gering, um ein standesgemäßes Leben zu führen. Das aber erwartete man von einem Offizier.

Nun hätte sich der ruhige, besonnene Arthur ja auch in eine Näherin oder die Tochter eines kleinen Postangestellten verlieben können, doch nein, das Schicksal meinte es gut mit ihm. Es war die vermögende Dora, für die er – es war im Haus eines Regimentskameraden – auf der Stelle entflammte. Er schickte Blumen und mehrere Billets, tanzte mit Dora einen ganzen Abend lang auf dem Frühlingsball und wurde bald darauf zu den Nettles nach Neumarkt eingeladen. Dort benützte er die Gelegenheit, den hocherfreuten Fabrikanten um die Hand seiner Tochter zu bitten.

Dora war keine Schönheit im landläufigen Sinn, doch hatte sie eine erstklassige Erziehung genossen und machte das, was ihr die Natur an lieblichen Reizen versagt hatte, durch ihre stolze Haltung und die Stärke ihrer Persönlichkeit wett. Sie war zum Kommandieren geboren – ihr Papa, früh verwitwet, der seine Einzige über alles verwöhnte, hatte das gelegentlich zu spüren bekommen –, man konnte nur hoffen, daß sie sich gegenüber dem jungen Ehemann mit dieser Eigenschaft etwas zurückhielt. Andererseits brauchte Arthur einen starken Charakter an seiner Seite. Als fünfter von sieben Buben, die alle im väterlichen Forsthaus aufgewachsen waren, hatte er sich bei seinen Brüdern nie so recht durchsetzen können. Er war es, der die Prügel bekam, wenn der Ponywagen unter der Last der vielen lebhaften Kinder zusammenbrach, und er mußte auch als Alleinschuldiger für die zerbrochenen Fensterscheiben geradestehen. Man feierte die Hochzeit im Casino des Infanterieregiments. Dora hatte nichts dagegen einzuwenden. Im Gegenteil. Sie genoß über alle Maßen diesen Wechsel vom eher langweiligen Großbürgerhaus in die aufregende Offiziers-Haute-volée, ein Schritt, von dem sie bereits als kleines Mädchen träumte. Jetzt hatte sie es endlich geschafft. Ein bißchen spät zwar – Dora war bereits fünfundzwanzig und damit sieben Jahre jünger als ihr Bräutigam –, doch war sie inzwischen nicht erfolglos gewesen. Zwei junge Assessoren und ein Fabrikantensohn hatten sich um die kleine Nettle beworben, doch vervollständigte die energische junge Dame lieber ihre Französischkenntnisse oder vertrieb sich die Zeit mit Klavierspielen, als sich mit einer Heirat »zweiter Wahl« zufriedenzugeben. Das Warten hatte sich gelohnt, das Ziel war erreicht. Dora konnte zufrieden sein: Arthur war nicht nur aussichtsreicher Offizier, sondern dazu von Adel.

Immer wieder strich sich die Braut mit spielerischer Gebärde den dichten Tüllschleier zurück, der ihr beim Essen über den Teller fiel, er war auf dem Scheitel mit einem Gesteck aus Myrte und Maiglöckchen festgemacht, das sich oberhalb ihres linken Busens wiederholte. Das hochgeschlossene Kleid war kostbar bestickt, es raschelte und rauschte bei der kleinsten Bewegung und schimmerte, je nachdem wie das Licht darauf fiel, matt oder glänzend, so wie man es manchmal auf alten Gemälden sieht. Dora hatte es in einem Modesalon in München anfertigen lassen, der momentan sehr en vogue war. Die junge Frau war nicht groß, kaum mehr als ein Meter sechzig, selbst wenn sie sich sehr gerade aufrichtete, reichte sie Arthur kaum bis zum Kinn, doch strahlten ihre kohlschwarzen Augen und die kräftig gebogene Nase eine solche Energie und Willenskraft aus, daß sie weit mehr Blicke auf sich zog als ihr eben angetrauter Ehemann. Schweigend saß er neben ihr in seiner Paradeuniform, die blaurot war mit silbernen Achselstükken und silbernem Kragenspiegel. Das Dessert – »Charlotte russe« – hatte seine Spuren in dem dichten Schnurrbart hinterlassen. Arthur wischte mit der Serviette darüber und wartete auf ein Zeichen, mit dem Rauchen beginnen zu dürfen. Er wollte Dora auch noch sein Geschenk übergeben.

»Arthurle, Proscht! Ich wünsch dir Glück. Mehr jedenfalls, als man mir vergunnt hat.« Das war der Schwenk, ein unglücklicher Regimentskamerad, der vorübergehend in Ungnade gefallen war, da seine Schwester ein uneheliches Kind erwartete. Man hatte ihn ab Herbst in eine Grenzgarnison »verbannt«. Seitdem trank er. »Bleib gesund und – wie heischt es gleich? Ja, mehret euch reichlich!« Er »schwenkte« sein Glas mit einer Verbeugung in Richtung Braut. Dora, durchaus nicht ohne Humor, prostete zurück. Arthur hatte ihr von diesem privaten Dilemma erzählt.

»Der arme Kerl«, flüsterte sie ihrem frischgebackenen Ehegemahl zu, »muß den Leichtsinn von seiner Schwester ausbaden. Schau nur, er läßt sich schon

wieder nachschenken. Mein lieber Papa macht ein ganz indigniertes Gesicht. Dabei trinkt er selbst recht gern seinen französischen Kognak. Aber im Augenblick würd' er noch viel lieber einen Mittagsschlaf halten, das seh' ich ihm an der Nasenspitze an. Geht nicht, Papa. Erst mußt du die Reden durchstehen.«
Arthurs Vater, Gregorius von Gahlen, war der erste, der ans Glas klopfte. Mit seinem Backenbart und den lebhaften blauen Augen sah er dem verstorbenen Kaiser Wilhelm I. zum Verwechseln ähnlich, er wußte das auch und pflegte diese Ähnlichkeit. Auf ruhige Art begrüßte er die Gäste, hieß die junge Frau herzlich in seiner Familie willkommen, vergaß auch nicht – unerläßlich für den leidenschaftlichen Forstmann – seinen geliebten Beruf in der Ansprache zu erwähnen. (»Die Ehe ist wie ein junge Schonung. Man muß sie mit geschickter Hand hegen und pflegen...«) Arthur dankte ihm mit einem leichten Neigen des Kopfes. Wenn es der Vater gegenüber diesem sensibelsten seiner Söhne auch manchmal hatte an Gerechtigkeit fehlen lassen, es geschah nicht in böser Absicht. Für den Witwer war es nicht einfach gewesen, sieben Buben allein aufzuziehen. Doch gottseidank hatte ihm dabei die alte Babette treu zur Seite gestanden.
Babette, wo steckte sie nur? Arthur suchte mit den Augen die lange Tafel ab. Ganz am Ende, neben einer alten Tante aus der Nettle-Verwandtschaft und einer von Doras Kränzchenschwestern saß zwar Agnes, Doras Kinderschwester, die mit in den jungen Haushalt einziehen würde, doch Babettes Platz war leer. Sicher war sie schon in den »Schwan« vorausgegan-

gen, wo am Abend zu Ehren des Brautpaars ein Ball stattfand. Eine großzügige Geste von Papa Nettle. Die noch weit kostbarere hatte – außer der Aussteuer von dreißigtausend Mark Nadelgeld plus kompletter Wohnungseinrichtung plus Wäsche und Porzellan – in der wunderschönen Smaragdbrosche bestanden, die der glückliche Vater seiner Tochter gleich nach der Trauung angeheftet hatte. Ein Erbstück von der Mutter, eine alte niederländische Arbeit. Dora war so überwältigt gewesen, daß sie das Schmuckstück nach einem Augenblick der Rührung (und einem zärtlichen Kuß für den »cher Papa«) wieder in das Etui zurücklegte. Juwelen an der Brust – das wirkte im Kreis der überwiegend mittellosen jungen Offiziere protzig. Auf solche Weise aber wollte sich Dora nicht bei den Kameraden ihres Mannes einführen.

Jetzt sprach der Regimentskommandeur. Arthur gehörte zu seinen liebsten Untergebenen – beide spielten nicht nur gelegentlich eine Partie Schach miteinander, sondern gingen auch zusammen auf Rebhuhnjagd.

Ein respektabler junger Mann, dieser Gahlen, mit ausgezeichneten Charaktereigenschaften und einer angeborenen Vornehmheit, der es noch weit bringen würde. An ihm, Oberst Wiedlein, sollte es jedenfalls nicht liegen. Zu der Wahl der jungen Braut konnte man dem Premierleutnant nur gratulieren. Besaß Klasse *und* Geld, das Fabrikantenmädle. Zwei wichtige Tugenden, die leider Gottes viel zu selten beieinander waren.

Die Kerzen auf dem Tisch wurden angezündet, das Zeichen, daß das Rauchen gestattet war. Arthur ent-

nahm seinem silbernen Etui eine Zigarre. Na, endlich! Wenn schon keine frische Luft, dann wenigstens Nikotin. Trotzdem winkte er einem der Ordonnanzen, das Fenster zu öffnen.
Nach dem Kaffee und den Likören (den Champagner hob sich der alte Nettle für den Ball auf) ergab sich endlich für den jungen Ehemann die Gelegenheit, Dora sein persönliches Geschenk zu überreichen. Sie schrie auf (ein wenig zu laut, wie Arthur fand), doch die Überraschung war wirklich groß. Ein Ring mit dem in blauen Lapislazuli geschnittenen Wappen der Gahlen. Das wog ja mehr noch als der Ehering. Diesmal legte Dora das Schmuckstück auch nicht in das weißseiden gepolsterte Schächtelchen zurück, sondern steckte es sich mit sichtbarem Stolz und einem tiefen glücklichen Seufzer an den Ringfinger der linken Hand. Lotte, ihre Kränzchenschwester, erblaßte um mehrere Nuancen. Einen Adeligen als Mann und nun noch das! Manche Menschen wurden geradezu vom Glück verfolgt.
Dafür hatte Lotte dann später die Ehre, von einigen jungen Offizieren zum Tanz geholt zu werden. Das war im »Schwan«, wo im üppig mit gelben und roten Herbstblumen geschmückten Festsaal eine Kapelle spielte und die Hochzeitsgesellschaft sich bei Wein, Bier, Champagner und Polka vergnügte. In diesem Moment hätte Dora am liebsten mit Lotte getauscht. Tanzen war immer ihre Leidenschaft gewesen, wie eine Flocke schwebte sie über das Parkett, den Kopf anmutig zur Seite geneigt; viel lieber aber führte sie noch die Tanzkarte, der Gradmesser, der untrüglich das Maß ihrer Beliebtheit bei den jungen Herren der

Gesellschaft registrierte. Für eine Braut ziemte sich solches nicht mehr. Nicht weiter schlimm, wäre wenigstens Arthur ein aufmerksamer Tänzer gewesen. Aber nein, zum Eröffnungswalzer hatte er sich noch aufgerafft, danach widmete er sich ganz seinen geliebten Zigarren sowie einer eifrigen Unterhaltung mit Oberst Wiedlein. Es ging um ein Pferd, das sich der Kommandeur zugelegt hatte. Dora hörte es über vier Plätze hinweg.

Und was war mit ihr? Hatte man ihr vielleicht die Rolle des Mauerblümchens zugedacht, ausgerechnet an ihrem Ehrentag? Dora setzte sich sehr gerade auf, in ihren dunklen Augen gewitterte es. Nervös zupfte sie sich die Spitzenmanschetten zurecht und spitzte die Lippen zu einem Pfeifen, für den Vater das untrügliche Signal, daß die Zeichen auf Sturm standen. Er kannte sein kapriziöses Töchterchen, das hatte er Arthur voraus. Der unterhielt sich weiterhin prächtig und nickte zwischendurch seiner jungen Frau zu. Doras alte Tante saß neben ihr, da war sie ja bestens untergebracht. Was sagte der Herr Oberst da von seiner »Bajadere«? Scheute vor jedem Graben?

Gerade wollte sich Papa Nettle seines Lieblings erbarmen und sie zum Tanze bitten (was auf Grund mehrerer Gläser Portwein allerdings mit einigen Schwierigkeiten verbunden wäre), da verbeugte sich – buchstäblich in letzter Sekunde, bevor das Gewitter losbrach – Theo vor der erzürnten Dora. Theo, Arthurs jüngster Bruder, außerdem Student der Medizin, war mit Zerevis und Couleursband der bunteste Vogel unter den Gästen. Er galt als Witzkopf unter den Gahlen-Söhnen.

»Darf ich die Frau Schwägerin entführen?« Es folgte eine zweite, übertrieben tiefe Verbeugung. »Wenigstens auf den Tanzboden? Eine Brautentführung ist ja wohl nicht vorgesehen. Ja, ja, typisch das Arthurle, läßt nicht so schnell wieder los, was er sich einmal eingefangen hat. Oh, die Donauwellen. Munter plätschernd und ohne großes Tralala. Genau das Richtige für uns.«

Dora warf den Kopf in den Nacken und lachte klirrend zu dem gutgewachsenen Studenten hinauf. Eine tüchtige Portion Koketterie lag in ihrem Blick, die hatte sie noch nicht abgestreift. »Einverstanden, Schwager Fuchs.« Sie raffte ihre Schleppe.

Von nun an war der Bann gebrochen. Dora war eine begehrte Tanzpartnerin. Einige von Arthurs Regimentskameraden, die erst einmal die Reaktion der Braut hatten abwarten wollen, ehe sie sich in ihre Nähe wagten, kamen an ihren Tisch, schließlich sogar Oberst Wiedlein. Dora schwamm in einem Meer von Seligkeit. Verheiratet sein und dazu noch umschwärmt – so hatte sie sich das Leben immer vorgestellt. In ihrer Euphorie tanzte sie leichtfüßiger denn je, legte den Kopf graziös auf die Schultern, ja, schloß bei einem Geigensolo auch einmal mit verzücktem Gesichtsausdruck die Augen, während sie die Polkas und Ländler handfest und mit gerafftem Rock anging.

Arthur beobachtete von seinem Platz aus die Braut. Ein rechtes Temperamentsbündel, die Dorothea, mit ihr würde es ihm gewiß nicht langweilig werden.

»War's schön, Dorle?« fragte er gegen Mitternacht, als die Musiker ihre Instrumente zusammenpackten

und sich eine letzte Runde Bier schmecken ließen. »Hast du sie dir so vorgestellt, deine Hochzeit?«
»Wunderwunderschön«, seufzte Dora, »der schönste Tag meines Lebens – bisher.«
Wobei sie allerdings für sich behielt, daß ihr das Essen im Casino noch weit besser gefallen hatte als der Hochzeitsball. Dort hatte sie sich richtig heimisch gefühlt zwischen all den alten Schlachtenbildern, den Fotos der einzelnen Regimenter und der im Siebziger Krieg erbeuteten Fahne, die recht verschlissen und trotzdem noch voller »gloire« von der Wand herunterhing. »Nobel und militärisch«, wie sie es nannte, wobei ihr ein Schauer über den Rücken lief.
Währenddessen der Festsaal im »Schwan«, nun, der machte doch einen etwas – plebejischen Eindruck. Vom Tag ihrer Hochzeit an unterschied Dora in diesen Dingen sehr genau.
»Aber nun sollten wir uns wohl um den Papa kümmern, den weinseligen. Ach, ist schon zu spät, Agnes ist uns zuvorgekommen. Die gute Agnes, Papa wird sie heftig vermissen. Doch da geht gar nix mehr. Ab morgen ist die gute, alte Haut im Haus des Premierleutnants Arthur von Gahlen angestellt.« Sie lachte vergnügt.
»Und seiner Gemahlin, der gnädigen Frau von Gahlen«, fügte Arthur galant hinzu.

Innerhalb kürzester Zeit hatte sich Dora in ihre neue Rolle eingelebt. Man hätte fast meinen können, sie sei in eine Offiziersfamilie hineingeboren, so rasch paßte sie sich den Gegebenheiten an, fand den richtigen Ton gegenüber Arthurs Vorgesetzten, pflegte freundschaftlichen Umgang mit seinen Kameraden – eine Offiziersdame comme il faut.

Es war ein Vergnügen, bei den Gahlens zu Gast zu sein. Dora, stets nach der neuesten Mode, dabei aber niemals übertrieben gekleidet, setzte ihren ganzen Ehrgeiz daran, aus jeder Abendeinladung ein kleines Fest zu machen. Da bog sich der Tisch unter dem schweren Silber, dem blendend weißen Porzellan, lockten neben einer Fülle von Blumen vorzüglich zubereitete Speisen und erlesene Getränke, stand auf einem Seitentischchen ein Tablett mit Rauchzeug bereit, animierte die Dame des Hauses, sich von allem reichlich zu bedienen. Kein Wunder, daß sich die blutjungen Leutnants zu Doras Einladungen drängten, bot sich doch hier, einmal abgesehen von der kultivierten Atmosphäre, die Möglichkeit, wieder einmal richtig sattzuwerden. Eine willkommene Abwechslung zu den einsamen Abenden bei Wurst und einem Stück Brot. Nur Blumen für die Dame des Hauses und selbstverständlich das Trinkgeld für das Mädchen, das mußte von dem schmalen Leutnantssold abgezwackt werden, doch dafür gab es überreichlich Entschädigung.

Agnes stand »ihrem« Dorle treu zur Seite. Ganz wurde sie zwar in Würzburg nicht heimisch, in der Garnisonsstadt mit dem vielen Militär, wo es bei Einladungen sehr offiziell herging, da war es bei den Herrenabenden des gnädigen Herrn Nettle mit den Batterien von Burgunderflaschen schon lustiger gewesen (und erst beim Neumarkter Volksfest!), aber was blieb ihr übrig? Allein konnte sie das Dorle nicht wurschteln lassen, dazu verstand das Kind zu wenig von Haushaltsführung, außerdem schickte sich das für eine Frau Leutnant nicht. Und einer anderen das Feld überlassen? Kam erst recht nicht in Frage. Das Dorle konnte mitunter recht launisch sein, man mußte sie schon zu nehmen wissen, wenn sie wieder einmal ihren Motzkopf aufsetzte. Nein, nein, das mit Würzburg würde wohl werden und dann – so rechnete Agnes – würde doch hoffentlich bald etwas Kleines, Lebendiges ins Haus schneien. Allein aus diesem Grund war Doras alter Teddybär mit an den Main übergesiedelt.

Während Dora in der Öffentlichkeit glänzte und repräsentierte, ging Arthur ganz in seinen Dienstpflichten auf, in den Manövern, den Ausbildungsübungen, der Gemeinschaft mit den Kameraden. Er haßte es, wenn man ihn auf Gesellschaften schleppte, wo viel zuviel Unsinn »gewaft« wurde, wie er fand. Reine Zeitverschwendung! Viel lieber ritt er an manchen Vormittagen mutterseelenallein das Mainufer entlang, das waren seine glücklichsten Stunden. Mit frischen roten Wangen und manchmal auch einem Kratzer auf der Nase kehrte er dann zum Frühstück zurück. Der Dunst über dem Fluß, das Knacken der Zweige, wenn die Stute sie streifte, die huschenden Kaninchen in den Niederungen – all das bewegte sein Herz, viel mehr jedenfalls als aufgeputzte Damen mit ihrem Geplapper. Im Grunde seines Herzens war Arthur immer der Förstersohn geblieben.

Dora beobachtete etwas eifersüchtig diese Ausritte.

Nicht etwa, daß sie diese ihrem Mann mißgönnte – o nein, fuhr sie doch selbst häufig genug mit Agnes nach München, um dort bei einer Promenade durch den Hofgarten und anschließendem Besuch im Café Tambosi die neuesten Toiletten der Münchnerinnen zu studieren –, vielmehr verdroß sie der Umstand, daß sie nicht reiten konnte. Das hatte der Papa bei ihrer Erziehung versäumt. Und wenn auch die meisten Offiziersdamen gar nicht oder höchstens recht kümmerlich zu Pferde saßen – eine Dora von Gahlen wollte es lernen. Es verlieh ihr jene gewisse Aura von Amazone und – war apart. Für alles Aparte aber besaß Dora eine große Schwäche.
Soeben hatte sie den geduldigen Arthur von der Notwendigkeit einiger Reitstunden überzeugen können, da war es auch schon passiert: Dora erwartete ein Kind. Etwas früh, fand die junge Frau, damit fiel ihre erste Ballsaison ins Wasser, und was war mit den Toiletten? Mußten sämtlich geändert werden, zu ärgerlich! Arthur dagegen freute sich über den Familienzuwachs, ein wenig männliche Unterstützung konnte nicht schaden.
»Ein Jägerbüble«, sann er heftig rauchend vor sich hin, wenn Dora, was jetzt häufiger vorkam, abends mit einer Handarbeit bei ihm saß. »Das erste von – nun, sagen wir, sieben. Was meinst, Dorle?«
Die gnädige Frau kreischte protestierend auf. O nein, sieben ganz bestimmt nicht, das ruinierte die Figur. Zudem – wenn Papa Nettle auch immer wieder kräftig in die Tasche griff, noch war Arthurs Gehalt viel zu schmal, um eine solche Menge von Mäulern zu ernähren (Dora gefiel sich manchmal in einem etwas

rüden Ton.) Abgesehen davon, daß auch die Wohnung zu klein war, gerade vier Zimmer, Agnes' Kammer nicht mitgerechnet.

Es war kein Jägerbüble, sondern ein Mädle. Und es ähnelte auch viel mehr der Frau Mama als dem Vater. Vier Monate alt war das kleine Wesen, da gab es keinen Zweifel mehr: bei ihm fanden sich Doras riesenhafte dunkle Augen und ihre hervorspringende Nase haargenau wieder. Von nun an stand der gutmütige Arthur unter doppeltem Kuratell, dem seiner Frau und dem von Georgina. Dora hatte diesen Namen ausgesucht. Georgina von Gahlen – das erschien ihr wie der Titel einer gewaltigen Schicksalssinfonie. Sie sollte damit nicht so unrecht haben.

Wenn Georgina – oder Gina, wie sie meistens gerufen wurde – viel später versuchte, sich auf die ersten Eindrücke ihres Lebens zu besinnen, so war da vor allem eine blausamtene Decke, die über das Doppelbett der Eltern ausgebreitet lag. Ihr eigenes Bettchen stand am Fenster. Es war Nacht, die Eltern besuchten das Theater und hatten die Dreijährige vorher ermahnt, ohne großes Lamento einzuschlafen. Um diesen schwierigen Vorgang zu erleichtern, brannte eine der kristallenen Wandleuchten mit mattem Schein, Gina fürchtete sich nämlich im Finsteren. Die Mama war wie immer ein wenig nervös gewesen – der Papa hatte die Karten verlegt oder auch die Manschettenknöpfe –, deshalb beugte sie sich nur flüchtig über

das Gitterbett und hauchte einen Kuß in Richtung Kind. Dabei tanzten ihre Perlenschnüre dem kleinen Mädchen vor der Nase herum. Gebannt folgte es ihnen mit den Augen. Als es endlich jauchzend danach greifen wollte, zog sich die helle Gestalt bereits wieder zurück. Seide rauschte, und eine Tür fiel ins Schloß. Alles, was von der Mama dablieb, war ein kleines Parfumwölkchen.
Das Wölkchen stieg dem Kind in die Nase, reizte zum Niesen und stachelte gleichzeitig die Phantasie kräftig an. An Einschlafen jedenfalls war nicht zu denken. Wütend feuerte das Kind seinen Teddy aus dem Bett, was sollte es damit, der war ihm zu langweilig. Viel interessanter erschien ihm dagegen die blausamtene Decke, die es, wenn es sich weit genug nach vorn beugte, an einem Zipfel erwischen konnte. Mit aller Gewalt zerrte es daran. Endlich hatte sie es geschafft, Gina umkrallte einen dicken blauen Ballen mit der Faust. Damit mußte nun etwas geschehen, aber was? Aufmerksam drapierte sie den Stoff um sich herum, den Blick dabei unverwandt auf den Toilettenspiegel gerichtet. Ja, so war es schön, sehr schööööön. Hier den Samt noch ein wenig über die Schulter gezogen und dort wie ein Krönchen über die weißblonden Locken getürmt. Anmutig warf das Kind den Kopf zurück. Es konnte sich nicht sattsehen an diesem Spiel von Licht und Schatten, das in dem dreigeteilten Spiegel sein bezauberndes Unwesen trieb. Silbern und lachsrosa und königsblau ... Und es selbst mittendrin, eine Prinzessin.
Erst als Agnes in ihren Pantoffeln an der Tür vorbeischlurfte, ließ Gina hastig die Decke los und warf sich

zurück in die Kissen. In der Nacht träumte sie von einem Himmel aus Veloursamt mit vielen silbernen Sternen.
An seinem vierten Geburtstag nahm Dora das Kind mit ins Theater, es gab »Hänsel und Gretel«. Mutter und Tochter saßen in der ersten Reihe Balkon und aßen zwei Schachteln mit »Fedora«-Schokolade leer. Beim Anblick der Hexe bekam Gina hektisch rote Flecken auf die Wangen, vor Aufregung nahm sie nichts mehr um sich wahr. Die bucklige Gestalt verzauberte sie, die da mit einem rabenschwarzen Kater auf der Schulter und langem, gekrümmten Zeigefinger die Kinder lockte, viel mehr, als daß sie ihr Angst machte. Hexe wollte sie auch einmal sein und ebenso Prinzessin und eine Fee mit einem Haartütenhut, an dem ein Schleier hing, und dann vor allem Schneewittchens grausame Stiefmutter. Immer in einem anderen prächtigen Kleid, und alle, alle sollten sie ihr Beifall klatschen, wenn sie, Gina, mit großen Schritten durch den Schloßsaal stürmte und Verwünschungen murmelte.
Arthur beobachtete nachdenklich die Entwicklung seiner Tochter. Diese Weiberleut' mit ihren Hirngespinsten, sie würden ihm ewig fremd bleiben. Bewegten hinter ihren weißen Stirnen so viele Gedanken, die ihm wirr und – das vor allem – reichlich unsinnig erschienen. Das beste Beispiel war sein gutes Dorle. Hatte sie es mit ihrem Starrsinn doch tatsächlich geschafft, einige Reitstunden zu absolvieren. Wenn sie mit ihrer schmächtigen Gestalt auch keine besonders glückliche Figur im Sattel machte, an Kühnheit mangelte es ihr nicht. Dreimal in der Wo-

che mußte der Bursche mit dem gesattelten Pferd vor dem Haus stehen, dann ließ sich Dora in den Sattel heben und trabte durch die Straßen hinunter zum Main. Frau Hauptmann – Arthur war inzwischen befördert worden – mit Reitstock und Zylinder, ein stadtbekanntes Bild, das Anlaß zu mancher Lästerei gab. Arthur litt darunter, Dora fühlte sich eher geschmeichelt.

Am Nachmittag war Musikstunde. Die Mama, eine große Wagner-Verehrerin und auch -kennerin, setzte sich ans Klavier und trommelte die »Gralserzählung«, den »Feuerzauber« oder – ihr Lieblingsstück – den »Walkürenritt« herunter. Gina, wie eine große Gliederpuppe mit Schleifchen und Spitzen in die tiefe Wölbung des Ohrensessels gedrückt, wo sie mit baumelnden Ärmchen und Beinchen saß, lauschte verzückt. Was ihr die Mama da vorsang, erschien ihr ebenso unverständlich wie gewaltig: »Vom Gral ward ich euch daher gesandt. Mein Vater Parzifal trägt seine Krone, sein Ritter bin ich – bin Lohengrin genannt.« Doras dünne Stimme versuchte – vergeblich – zu einem Crescendo anzuschwellen.

»Schluß jetzt mit dem Geisterspuk, Frau Hauptmann. Das Ginele braucht viel dringender frische Luft«, mahnte Agnes, die im Halbdunkel des Salons mit Staubwedel und Mop herumfuhrwerkte. Dora zog in ihrer unnachahmlichen Art die Augenbrauen hoch. Das hieß »Wann Schluß ist, bestimme ich.« Und so schmetterte sie auch noch das Preislied und den Chor der Matrosen, bevor sie der Tochter die Spielschürze vorband und sie in den Garten entließ. Dort trieb Gina anmutig den Reifen über die Kieswege oder huschte in die mit Geißblatt überwucherte Laube, wo sie hoffte, Rosa zu treffen.

Die Gahlens bewohnten eine Herrschaftswohnung in einem sonnengelb gestrichenen Haus, das mitten in der Stadt lag. »Zu eng, diese Kemenätchen, einfach unkommod«, pflegte sich Dora zu beschweren, der einer dieser in Mode gekommenen Jugendstilvillen mit Erkern und einer Glasveranda in der Nase lag, doch Arthur stellte sich taub. »Immer schön die Rösser im Stall lassen.« Sein bevorzugter Ausspruch, den er auch in diesem Fall zur Anwendung brachte. Ihm war die Wohnung bequem, sie lag nur gute hundert Meter von der Kaserne entfernt und war angemessen im Preis.

Im Nachbarhaus wohnte Dr. Amos Herschel, ein jüdischer Rechtsanwalt, mit seiner Familie. Rosa, seine jüngste Tochter, ein zierliches Geschöpf mit rabenschwarzem Kräuselhaar, meerfarbenen Augen, aber leider stark fliehendem Kinn, hatte sich mit Gina angefreundet. Dora sah diese Freundschaft mit Wohlgefallen. Bei nächster Gelegenheit lud sie Rosas Mutter zu einem ihrer berühmten Teenachmittage ein – von Dora selbst als »high tea« bezeichnet, da es trokkene Kuchen und eine Sandwichplatte gab –, um die Familie ein wenig genauer unter die Lupe zu nehmen. Die Besichtigung fiel zu ihrer Zufriedenheit aus. Bis Frau Herschel eines Tages die Torheit beging, folgenden Satz zu formulieren: »Wie gut, daß ihr beiden Mädchen keine Schönheiten seid. Das erspart euch vieles im Leben.« Dabei hatte sie, laut Aussage von Gina, *diese* besonders mitleidig angeschaut.

Dora explodierte, als sie davon hörte. Eine Dreistigkeit sondergleichen! »Was fällt dieser Person eigentlich ein? Auf ihre Rosa mag das ja zutreffen, nicht aber auf *meine* Tochter. Ja, ja, das hat man nun davon, wenn man sich außerhalb seiner Kreise bewegt. Es zahlt sich nicht aus.« Eine Anspielung auf die hübsche Frau Herschel, die in ihrer Jugend ein bekanntes Malermodell gewesen war.

Dieser Zwischenfall beeinflußte die Kinderfreundschaft nicht, im Gegenteil, die beiden Mädchen wurden immer unzertrennlicher. Kaum hatte die kleine Rosa von ihrem Beobachtungsposten, einem steinernen Löwen auf der rückwärtigen Terrasse, festgestellt, daß Gina sich im Garten tummelte, schlüpfte sie herüber zu ihr. Ein Bild wie aus dem Poesiealbum: zwei Mädchen unter dem Blütendach der Laube mit Rüschenschürzen und geschnürten Stiefelchen, ein blonder und ein schwarzer Kopf, die sich so eng aneinanderpreßten, daß die Locken zu einem einzige Schopf zusammenflossen. Vier Wangen glühten. Die Freundinnen blätterten in der neuesten Ausgabe der »Gartenlaube«, »Herzblättchens Zeitvertreib« oder auch einer Moderevue, die sie ihren Müttern abgebettelt hatten. Nein, *diese Eleganz*? Sie schauten sich in die Augen und seufzten abgrundtief. Oh, endlich groß sein und erwachsen und auf Bälle gehen, mit jungen Leutnants tanzen, ins Kurbad fahren ... Ginele, die kokettere der beiden Mädchen, breitete schwärmerisch die Arme aus.

»Aber eigentlich will ich ja studieren, Jus wie der Papa«, überlegte Rosa, die einen messerscharfen, fast männlichen Verstand besaß. »Ihm ist es recht. Stell

dir vor, Gini, dann haben alle Respekt vor mir, selbst die Aristokraten.«
Gina, die nicht genau wußte, ob sie sich zu besagten Aristokraten zählen durfte, schüttelte den Kopf. »Respekt – da pfeif' ich drauf, ich geb' mehr auf Bewunderung. Weißt du, ich möchte die eleganteste Dame von ganz Würzburg sein, so wie heute die Mama.« Eine vornehm verpackte Retourkutsche, Mutter Herschel bevorzugte nämlich grellbunte Farben. »Oder nein, besser noch, ich gehe nach Berlin und spaziere mit drei Windhunden durch den Tiergarten. Der Wind zerrt an meinem Seidenkleid, und alle Leute wenden den Kopf nach uns.«
»Du meinst, nach den Windhunden«, stellte Rosa richtig.
»Ich meine, nach *uns*«, wiederholte Gina und machte ihre beleidigten Augen. »Allen vier. Ein vornehmer Herr fährt in der Kutsche vorbei und verliebt sich in uns, nein, diesmal natürlich nur in mich. Mit einer Verbeugung überreicht er mir seine Visitenkarte. Und dann gibt es eine ganz große Liebe, eine leidenschaftliche, verzehrende Liebe, bei der die Erde bebt. So wie bei der Senta und dem Holländer oder bei der Elsa von Brabant. Vielleicht werde ich aber auch Schauspielerin...«
»Schauspielerin schickt sich für unsereins nicht, hat die Mama gesagt.« Das war Rosa.
»Aber Malermodell!« lag es Gina auf der Zunge, doch sie hielt sich zurück. Ihre gute Laune war verflogen. Immer das gleiche mit der Freundin: erst verstanden sie sich wie Schwestern, dann begannen die Sticheleien, schließlich bekriegten sie sich aufs heftigste.

Unwirsch sprang sie auf und schüttelte sich die Lokken zurecht. Die Mama liebte keine durcheinandergeratene Frisur.
»Mir pressiert's. Die Eltern haben einen Casinoball, und ich darf der Mama bei der Garderobe helfen. Behüt dich Gott!« Weg war sie. »Blöde Kuh«, murmelte das Ginele, als sie die Treppe hinaufstieg, und tippte sich ein paarmal vielsagend auf die Stirn. »Der werd' ich's schon zeigen. Die ganze Welt soll mir zu Füßen liegen, jetzt erst recht.«
Doch erst einmal freute sie sich über den Reisauflauf, dessen süßer Zimtduft das ganze Treppenhaus füllte. Im Kochen von Mehlspeisen war Agnes unübertrefflich. Begehrlich leckte sich Gina die Lippen. Gesellschaftlicher Ehrgeiz hin und her – im Augenblick war sie nichts als ein verschlecktes Naschkätzchen.

Ihren zehnten Geburtstag, er fiel auf einen Sonntag, würde Gina ihr ganzes Leben nicht vergessen. Er bescherte ihr nicht nur einen Traum von weißem Spitzenkleid, sondern prägte sich ihr viel mehr noch durch ein anderes Ereignis ein. Doch immer schön der Reihe nach.
Die zehn rosa Kerzen waren ausgeblasen, die Geschenke – ein Mäppchen mit Farben, Schlittschuhe, Stifters Novellenband »Bunte Steine« – ausreichend bewundert, die Eltern zärtlich geküßt und umarmt, da hielt es das Geburtstagskind nicht länger aus: es mußte das neue Kleid anprobieren.

»Aber nicht so stürmisch, du reißt ja alle Häkchen und Knöpfe ab«, mahnte Agnes und nahm das spinnwebfeine Gebilde mit vier ehrfurchtsvollen Fingerspitzen auf. »Komm, mach einen Katzenbuckel und zieh den Kopf ein. So ist es schön. Oh, wie elegant der Spitzenstoff fällt, grad' wie bei einer Prinzessin. Und jetzt binden wir noch die Schleife fest. Halt doch still, du Zappelphilipp, sonst dauert es doppelt so lang. Mhhm, schaut das vornehm aus, Mädle, das leibhaftige Dornröschen aus dem Märchen. Fehlt bloß noch der Prinz, aber der hat, mein' ich, noch ein kleins bißle Zeit.«
Agnes kam aus dem Staunen gar nicht mehr heraus. Gina hörte es mit Entzücken, fand sie sich doch selbst wunderwunderschön. Mit graziös ausgebreiteten Armen trippelte sie vor dem Biedermeierspiegel in Mamas Ankleidezimmer auf und ab. Die gute Agnes hatte recht, wirklich wie ein Dornröschen. Anmutig schmiegte sich die noble Spitze an die Mädchengestalt, die hochgewachsen war für eine Zehnjährige und fast schon ein wenig weiblich wirkte, unter dem Saum lugten gertenschlanke Fesseln hervor. Nur die Nase, die war eine Kleinigkeit zu groß geraten, doch davon konnte man ablenken, indem man das Köpfchen neckisch auf die Seite legte und die nachtschwarzen Augen lebhafte Blitze schießen ließ. Das hatte das Ginele der Mama abgeschaut. Während der nächsten Stunden war Gina nicht zu sprechen, sie feierte Geburtstag mit sich allein. Das ging entsprechend dramatisch vor sich: Malerisch warf sie sich der Länge lang über das Eisbärenfell, vergrub beide Hände in die mittels eines Brenneisens erzeugte Lok-

kenfülle und versenkte sich in ihren Adalbert Stifter. Da konnte Agnes noch so jammervoll: »Das Kleid, unser schönes Kleid!« schreien, das Geburtstagskind hörte nicht. Es genoß seine effektvolle Pose und dann vor allem – »Brigitta«, die Geschichte der in Liebe und Haß verstrickten Frau. Bis zum Mittagessen war sie fertig damit. Natürlich war nun das Kleid verkrumpelt, und natürlich hatte Hedwig inzwischen ihre allerbeleidigste Miene aufgesetzt, denn ihre berühmten grünen Klöße waren zusammengefallen.
»Macht nichts, Agnes, heute habe ich Narrenfreiheit«, tröstete Gina, der das Köpfchen noch von »Brigitta« rauchte. »Schneidest mir die Klöß' halt in die Pfanne.« Eingeschnitten schmeckten sie, mit Butter übergossen und leicht angebräunt, fast genauso gut.
Am Nachmittag durfte Gina die Eltern auf einen Spaziergang begleiten, sie nahm dazu ihren Reifen mit. Stolz schritt sie neben dem Papa her, der so eindrucksvoll wirkte in seinem langen Überrock und mit untergeschnalltem Säbel und freundlich nach allen Seiten grüßte. Manchmal wurde er auch zuerst gegrüßt, das waren dann Offiziere mit niedrigerem Dienstgrad, die respektvoll die Hand an die Mütze legten und vor der Mama eine Verbeugung machten. Die bedankte sich mit der Würde einer Frau General (was sie auch eines Tages zu werden wünschte. In dieser Beziehung hegte Dora die kühnsten Hoffnungen).
Sie machten Rast im »Rebengärtle«, einem Ausflugscafé am grünen Mainufer, das augenblicklich bei den Offizieren in Mode war. Gina durfte sich einen Eisbecher »japanoise« bestellen. Er quoll über von

bunten Eiskugeln, Schokoladenstreusel und dicker Sahne und war – deshalb japanoise – mit einem winzigen Papierschirm gekrönt. Gina sammelte diese Schirmchen, sie besaß schon neun Stück davon. Dieses hier, grün und rosa, fehlte ihr noch in der Sammlung. Um es nicht zu verlieren, steckte sie es sich hinter das Ohr. Dort piekte es zwar, machte sich aber sehr dekorativ.

»Da ist ja wieder dieser Freihoff«, hörte sie die Mama neben sich sagen. »Wenigstens in Zivil, so wie es sich für ihn gehört. Eigentlich ein recht fescher Mann, aber Arthur, ich bitte dich, mit einer solchen Liaison! Ein Fräulein, das hinter der Ladentheke steht und Zucker abwiegt oder meinetwegen Rosinen. Was denkt sich dieser Mensch bloß?« Kopfschüttelnd setzte die Mama die Kaffeetasse an die Lippen. Ihre Hutfedern zitterten vor Empörung.

»Dabei ist er ein tüchtiger Offizier«, gab der Papa in seiner ruhigen Art zu bedenken. »Einer von den besten, die wir haben. Oberst Wiedlein hat ihn ein paarmal zu sich ins Haus eingeladen. Du weißt, er hat vier Töchter und grad' zu tun, sie eine nach der anderen unter die Haube zu bringen. Aber Kamerad Freihoff beißt nicht an. Sie ist ja auch nicht unhübsch, das Fräulein Verkäuferin.«

»Findest du?« Das klang spitz, Dora ärgerte sich über diese Bemerkung. »Nun, da kann man verschiedener Ansicht sein. Ich würde eher sagen, eine zweitklassige Madonnenkopie.«

Der Papa schmunzelte. »Ihr Weibersleut' mit euren geschliffenen Zungen, vor euch muß man sich hüten. Na gut, wenn du willst, eine Madonna. Nun hat aber«, sein Schmunzeln vertiefte sich, »Raffael zum Beispiel sehr liebliche Madonnen gemalt. Erinnere dich an Florenz.«

Jetzt hielt es Gina nicht länger aus, die Neugier zwickte und zwackte sie. Von welchem Fräulein sprach der Papa, und warum zeigte sich die Mama so unmutig? Vorlaute Fragen zu stellen war ihr jedoch untersagt, also mußte sie es auf andere Weise versuchen. »Ich habe in meinem Lesebuch auch das Bild von einer Madonna«, meldete sie sich schüchtern, »eine Madonna mit Kind, ich glaube, von Coraggio. Aber die hat keinen Mann, schon gar keinen Offizier. Und was meint die Mama mit Zuckerabwiegen?« Das war nun trotzdem vorlaut.

Die Quittung ließ nicht lange auf sich warten. »Nichts, was dich interessieren könnte, Georgina«, befand die Mama streng und schlug mit dem Handschuh nach einer Wespe. »Außerdem heißt es Caravaggio, das solltest du eigentlich wissen. Und jetzt, ich bitte dich, sei ein artiges Kind und laß deine Eltern ein Weilchen allein. Lauf meinetwegen zum Ufer herunter und wink den Ruderbooten zu. Aber, daß mir das neue Kleid nicht leidet.«

Diese letzte, in einem rechten Befehlston ausgesprochene Bitte hörte Gina gar nicht mehr, so eilig hatte sie es, ihren Reifen von dem Kaffeetisch wegzutreiben. Sie wußte inzwischen sehr gut, über wen sich die Mama so abfällig geäußert hatte, es konnten nur die Herrschaften vom letzten Tisch auf der Terrasse sein. Zwei Paare saßen daran, die Herren in dunkelgrauen Anzügen, die Damen in Zartgrau und Lindgrün.

Ginas Reifen rollte und rollte, schneller und immer schneller. Tat er das aus eigener Kraft oder lenkte ihn eine geschickte Hand? Schwer zu entscheiden. Jedenfalls sprach das blondlockige Mädchen mit vorwurfsvoller Miene auf ihn ein, drohte gar mit dem Finger. »Du böser, böser Reifen, willst du mir wohl folgen? Na, wart' nur, dich nehm' ich nie wieder mit.« Die gleichen Worte, die Gina immer von der Mutter hörte. Jetzt war der Reifen an dem Tisch mit den beiden Paaren angelangt. Eine halbe Umdrehung noch, ein bißchen Gekippel, dann fiel er, als wollte er es sich noch einmal überlegen, ganz langsam mit einem hellen Klicken zu Boden. Gina machte einen raschen Sprung nach vorn.
»Da haben wir ihn ja, den Ausreißer.« Einer der Herren, er besaß ein dunkelbraun gebranntes Gesicht mit auffallend schrägstehenden Augen, reichte ihr das Spielzeug zurück. Dabei lächelte er, daß Gina das Herz warm wurde, doch als sie sich mit einem Knicks bei ihm bedanken wollte, merkte sie, daß das Lächeln nicht ihr galt, sondern dem jungen Mädchen am Tisch im hellgrünen Kleid, das sehr still dasaß, mit einem schwermütigen Ausdruck im Gesicht. Der Papa hatte schon recht gehabt, es war eine Madonna, eine Madonna mit einem dunklen Mittelscheitel und sanften goldfarbenen Augen. Also, stellte das Ginele blitzschnell fest, hinter eine Ladentheke paßte die nicht. Das Mädchen hielt einen Sonnenschirm in der Hand, den es abwechselnd öffnete und zuklappte. Der andere Herr machte einen Scherz, alle lachten, da stellte sie den Schirm beiseite und stimmte in das Gelächter ein. Der Wind trug das Lachen über die

ganze Terrasse, die bis auf den letzten Tisch besetzt war. Die Gäste hoben den Kopf, verwundert über die Störung, ein paar Damen, darunter Dora, mokierten sich.

Mit puterrotem Kopf stürzte Gina davon, sie fühlte sich entsetzlich blamiert. Oh, warum war sie bloß ein Kind, das nicht ernst genommen wurde und jetzt bestimmt eine tüchtige Strafpredigt zu erwarten hatte. Da, die Mama setzte sich schon in Positur. Mit niedergeschlagenen Augen baute sich die Tochter vor ihr auf.

»Bist du also wieder einmal unfolgsam gewesen«, begann die Mama so laut, daß man es an den Nebentischen hörte. »Und das an deinem Geburtstag. Siehst du, Arthur, das kommt davon, daß wir so offen vor dem Kind reden. Aber du bestandest ja auf dem degoutanten Thema. Jetzt haben wir den Skandal. Unsere Tochter hat uns alle miteinander vor diesem ... diesem Ladenmädel lächerlich gemacht.« Erregt drehte sie an ihrem Wappenring.

»Aber woher denn?« versuchte der Papa zu begütigen. »Ein harmloser kleiner Zwischenfall, das ist alles. Soll der Freihoff ruhig auch einmal etwas zum Lachen haben. Heiraten kann er dieses Ladenmädel, wie du es auszudrücken beliebst, im Leben nie, es sei denn, er nähme seinen Abschied. Aber dazu scheint er mir wiederum zu ehrgeizig. Und nun, Dorle, mach ein fröhliches Gesicht. Schau, die Sonne schmilzt unserem Geburtstagskind fast die Locken vom Kopf, unten zieht ein Musikboot vorbei, und ich hab' eine Neuigkeit für dich.«

»Warum ist der Freihoff so braun?« platzte das Ginele

heraus. Wenn ihr die Mama auch vor allen Gästen eine schallende Ohrfeige gab, das wenigstens mußte sie noch wissen.

»Weil er lange in Afrika gewesen ist, genau gesagt, bei den Herero-Aufständen in Deutsch-Südwest-Afrika«, klärte der Papa mit Engelsgeduld auf. »Dort hat er sehr tapfer gekämpft. Ist mein Fräulein Naseweis jetzt zufrieden? Sonst holen wir uns den Kameraden an den Tisch. Aber was ist mit meiner Neuigkeit? Seid ihr nicht neugierig darauf?«

»Aber ja«, riefen beide Damen wie aus einem Mund.

»Also dann. Wie mir das Generalkommando gestern mitteilte, bin ich ab ersten November nach Metz versetzt. Als Adjutant des Regimentkommandeurs. Gratuliere, Frau Major.« Augenzwinkernd zündete er sich mit seinem Luntenfeuerzeug eine Zigarre an. Gina durfte, das war ausgemacht zwischen ihnen, die Flamme auspusten.

Oh, wie Dora mit einemmal strahlen konnte, wie ein ganzer Ballsaal voller Kronleuchter. Der Zwischenfall mit dem Reifen war vergessen. Nein, das nannte sich wirklich eine Überraschung, weshalb nur war Arthur damit nicht früher herausgerückt? Nach Metz in Lothringen, also fast ins Französische. Wo sie, Dora, doch seit ihrer Jugend französische Lebensart, französische Mode und nicht zuletzt die französische Sprache über alles verehrte. Da würden sich aber eine Reihe von Damen im gutfränkischen Würzburg kräftig fuchsen...

Agnes mußte natürlich mit und das Wichtigste war, nach einer passenden Wohnung (oder einem Haus?) Ausschau zu halten und dann – ja, eine Schule für Gi-

na … Frau Major war mitten im Plänemachen, am liebsten wäre sie auf der Stelle aufgebrochen.
Gina dagegen schwieg. Sie hatte ihr Papierschirmchen verloren, das betrübte sie. Viel mehr aber schmerzte der Anblick der beiden fröhlichen Paare vom letzten Tisch, die sich erhoben hatten und jetzt dicht an ihnen vorbeischlenderten. Der Ärmel des braungebrannten Herrn berührte sie fast, doch schien er es nicht zu bemerken, so vertieft war er in das Gespräch mit seiner Dame. Dabei hatte sie, Gina, doch heute Geburtstag! »Brigitta« mit ihrem Liebesweh fiel ihr ein, und sie hätte am liebsten laut geweint.

7

1912–1922 Metz und Würzburg

Achtzehn Monate – vom November 1912 bis Mai 1914 – »französisierten« die Gahlens im altertümlichen Metz, es war, wie sie später noch oft betonen sollten, die unbeschwerteste Zeit in ihrem Leben. Nur Agnes stimmte in diesen Lobgesang nicht mit ein. Sie führte einen erbitterten Kampf gegen die französische Sprache beziehungsweise das schlampige Kauderwelsch, das sich viele der zugezogenen »Altdeutschen« zugelegt hatten und ihr beim Markteinkauf mit arrogant heruntergezogenen Mundwinkeln entgegenschleuderten. Es klang, als wenn sie allesamt Polypen hätten oder Dauerschnupfen – einfach gräßlich! Nein, die treue Seele wollte schleunigst nach Würzburg zurück oder lieber noch nach Neumarkt, wo der alte

Nettle seiner Agnes noch immer heftig nachtrauerte. Doch die gnädige Frau alias Dorle hörte auf diesem Ohr schlecht. Mit dem Temperament einer waschechten Französin rauschte sie durch die weitläufigen Räume ihrer Herrschaftswohnung, wünschte »pâté« als Hors d'œuvres und freitags eine Potage in der Terrine, und wenn sie einmal im Monat ihren »jour« veranstaltete, mußte Agnes gar in ein schwarzes Kleid schlüpfen und mit einem weißen Häubchen über dem bärbeißigen Gesicht die Majorsgattinnen und Frau Obersten und Madame de's und so weiter empfangen. Das behagte der aufrechten Oberpfälzerin nun am allerwenigsten. Sie rächte sich, indem sie, wie Arthur es ausdrückte, »Stimmung« machte und grollend mit ihren Tiegeln und Pfannen in der Küche herumschepperte.
Doch das war der einzige Wehmutstropfen in der französischen Zeit, der Rest der Familie fühlte sich sehr wohl. Arthur zum Beispiel hätte es nicht besser treffen können. Er war beliebt bei den Kameraden, stand sich gut mit seinen Vorgesetzten und – ein Extrabonbon – bekam einen gutmütigen Wallach zur Verfügung gestellt, mit dem er, wann immer die Zeit es erlaubte, stundenlang die Weinberge und Mirabellengärten am Moselufer durchstreifte.
Metz stellt, was vielleicht nicht jedem bekannt ist, ein interessantes Stück Kriegsgeschichte dar. Sie reicht zurück bis in die Mitte des fünften Jahrhunderts, als die Stadt von den Hunnen unter Attila zerstört wurde. 1871, nach dem verlorenen Siebziger Krieg, wurde Metz deutsch, zunächst zum großen Mißfallen der Bevölkerung. Doch nachdem die eingeschworenen

Frankreichanhänger der Stadt den Rücken kehrten und Altdeutsche nachzogen, beruhigte sich die Stimmung. Die Hauptstadt des deutschen Bezirks Lothringen – so lautete jetzt die offizielle Bezeichnung für Metz – gehörte zu Beginn des Jahrhunderts zu den stärksten Festungen der Welt. Viele Forts trugen deutsche Namen, so Fort Steinmetz und Fort Voights-Rhetz, die, als die zuletzt errichteten, unmittelbar mit der Stadtbefestigung zusammenhingen. Das alles war natürlich so recht nach dem Herzen eines »alten« Soldaten, und nicht selten kam sich Arthur wie ein mittelalterlicher Feldherr vor, wenn er auf seinem schneeweißen »Maurice« von Feste zu Feste ritt. Erlaubte es das Wetter, galoppierte er bis auf die Schlachtfelder des deutsch-französischen Kriegs hinaus, St. Privat, Gravelotte, Mars-la-Tour und wie sie alle hießen. Dann kehrte er hungrig und staubbedeckt in der beginnenden Dämmerung nach Hause zurück, wo ihn seine Damen mit heiteren Mienen empfingen.

Dora hatte sich überraschend schnell eine führende Rolle in der Metz'schen Offiziers-Haute-Volée erobert. Ihr Witz und ihre Offenheit amüsierten, und auch, was ihre Garderobe betraf, konnte sie durchaus mithalten. Mais oui! Zwischen Metz und Würzburg war gar kein so großer Unterschied, beiden haftete der biedere Touch des Provinziellen an, und beide reichten sie, trotz heftigen Bemühens, bei weitem nicht an die Eleganz einer Großstadt wie Paris oder München heran. Also trug Dora mit der größten Selbstverständlichkeit ihre Würzburger Roben, höchstens, daß sie das Dekolleté um ein paar Zentimeterchen nach unten verrückte und mehr Tüll statt der ewigen Seidenrüschen verwendete – das Diktat von Paris. Schnell hatte sie den Spitznamen »Madame de Gala« weg, was ihren Mann köstlich amüsierte.

Lag es am milden Klima, am Ortswechsel oder an Agnes' üppiger Küche, daß Georgina von Woche zu Woche mehr in die Höhe schoß? Wenn das in diesem Tempo weiterging, würde sie bald den Papa eingeholt haben. Ihm war es ein Anliegen, daß sich sein Töchterchen schön gerade hielt, und so gewöhnte er es sich an, ihr beim Spazierengehen seinen Knaufstock waagerecht unter die Achseln durchzuschieben – ein Mittel, das man bei ihm selbst mit Erfolg angewandt hatte.

Gina besuchte das Lyzeum der Stadt, wo sie ohne große Mühe ein brauchbares Französisch lernte. Sie benutzte die Zeit in Metz vor allem, um sich in den schönen Künsten zu bilden. Lautespielen gehörte dazu – ein Wunsch der Mama –, sie begleitete sie dabei mit einer volltönenden, wenn auch etwas grellen Stimme, dann gab es an der Schule eine Laienspielgruppe, der sie sich voller Begeisterung anschloß. Noch immer träumte Gina davon, Schauspielerin zu werden. Die Mama dämpfte diesen Überschwang. »Nicht eine Gahlen. Das überlassen wir anderen. Viel wichtiger ist eine gute Partie.«

Doch das eilte ja nicht gar so sehr. Also spielte das Ginele erst einmal Theater, den Romeo (wegen ihrer Größe gab man ihr in der Hauptsache Hosenrollen), den Malvoglio, den Franz Moor und – ihre Sternstun-

de – den Marquis Posa, den sie sich auf Grund seiner edlen Gesinnung als Liebling erkoren hatte. »Geben Sie Gedankenfreiheit, Sir!« schmetterte sie dem König Phillipp – dargestellt von ihrer neuen Busenfreundin Claire – entgegen und warf sich ihm dramatisch vor die Füße. Hinterher hatte sie einen Tränenausbruch und mußte einen Tag lang das Bett hüten.
In diesem Sommer geschah es auch, daß Gina die Bekanntschaft von Louis Hagel machte. Ein etwas spröder junger Mann, dieser Hagel (wenn auch aus ausgezeichneter Familie), Offiziersaspirant, Botaniker aus Neigung und treuer Besucher der »jours« von Mama. Die fand seine dozierende Art mit der Zeit etwas anstrengend, so daß sie ihn an die Tochter »abschob«, beziehungsweise Dora fragte höflich an, ob »cher Louis« dem Ginele nicht ein bissele Nachhilfeunterricht in Biologie erteilen wolle – Ginas weitaus schwächstes Fach. Louis war einverstanden, und auch die Tochter sperrte sich nicht, konnte sie sich damit doch gegenüber Claire behaupten, die bereits einen festen Heiratskandidaten besaß.
Also begleitete Louis von nun an die Elfjährige regelmäßig zum Blumenpflücken. Während sich das launische Kind auf einer Decke räkelte und Gänseblümchen zupfte, gab Monsieur l'Instructeur mit knochentrockener Stimme knochentrockene Erklärungen ab, über die Familie der Hahnenfußgewächse (Ranunculacae), der Lippenblütler (Labiaten) und der Schachtelhalme (Equisetinae).
»Und was isch das, Ginette?« forschte er streng und hielt seiner Schülerin, die mit einem Gähnen kämpfte, ein wildes Stiefmütterchen unter die Nase.

»Viola tricolor«, triumphierte Gina, die ihren Theodor Storm meisterlich beherrschte. Weil sich der gute Louis aber gar so freute und die Sonne so heiß vom Himmel brannte, gab sie ihm mitten auf die Wange einen Kuß. Von da an schlich Louis wie ein verwundeter Hund herum. Er hatte sich, wie er der Mama gestand, in ihr Töchterchen verguckt.

»Ein kleiner Wildfang, la petite«, pflegte er mit einem schmerzlichen Lächeln zu sagen, »und oh là là, sie weiß, wie man mit den Männern spielt.«

Die Mama hörte das mit Wohlgefallen, entwickelte sich das Kind doch nicht zu der großen Schönheit, die sie erhofft hatte. Doch Gina glich den Mangel an äußeren Reizen durch eine Reihe anderer Tugenden aus: sie war schlagfertig und amüsant, sie besaß Disziplin und eine für ihr Alter geradezu erstaunliche Haltung und – sie hatte Humor. Die besten Voraussetzungen, um eines Tages in der Gesellschaft eine führende Rolle zu spielen. Außerdem wartete im Hintergrund neben dem Nettle'schen Vermögen noch ein recht ansehnliches Sparbuch auf sie, das sogenannte Aussteuer-Sparbuch. Dora hatte es bei der Geburt der Tochter angelegt.

Gina genoß die Verehrung des jungen Hagel mit wechselnden Stimmungen. Manchmal war er ihr lästig, dann tyrannisierte sie ihn, spickte seinen Hosenboden mit Kletten oder ließ ihn im Garten nach ihr suchen, dann wieder umschmeichelte sie ihn wie ein Kätzchen und schleppte ihn zu ihrer Schaukel, wo er sie mit voller Kraft mitten hinein in den reifen Kirschbaum stoßen mußte. Bei einer dieser Gelegenheiten erfuhr er wie nebenbei, daß dies das letzte gemeinsa-

me Unternehmen sei. Die Gahlens gingen nach Würzburg zurück, bereits am kommenden Montag.
»Der Papa bekommt dort ein Bataillon, weißt du«, erklärte Gina wichtig. »Das ist eine große Ehre für ihn. Du kannst dir nicht vorstellen, wie sich die Mama freut ...«
»Und du?« forschte Louis und schüttelte sich die Kirschen aus dem Haar. Er war traurig. Ohne die Gahlens sah er einen langweiligen Sommer vor sich, die beiden Damen hatten endlich etwas Farbe in sein Leben gebracht. Außerdem war er nach wie vor in Gina vernarrt.
»Ich freue mich für den Papa.« Eine salomonische Antwort, die ihr Louis wirklich nicht übelnehmen konnte. Gina hatte seine Gefühle respektiert. Sie gaben sich die Hand und schworen sich zu schreiben, und irgendwann würde Louis auch nach Würzburg kommen, im Rang eines frischgebackenen Leutnants.
»Dann ziehst du deine Paradeuniform an und lädst mich im Rebengärtle zum Eisbecher ein. Damit die gnädigen Damen etwas zum Tuscheln haben«, rief das Ginele übermütig und rutschte von der Schaukel. Sie hatte es auf einmal sehr eilig, in ihr Zimmer zu kommen. Rosa fiel ihr ein, die liebe Rosa, die noch gar nichts von ihrer Heimkehr wußte. Ob sie wohl noch immer studieren wollte und auf die Männer pfiff? Da würde ihr Gina aber etwas erzählen.
Sie schnipste etwas ungeduldig mit den Fingern, und Louis beeilte sich, den Strohhut aufzuheben, der dem übermütigen Kind vom Kopf gerutscht war.

Das Leben der Georgina von Gahlen hätte bis zum Datum ihrer Hochzeit aus einer unaufhörlichen Folge von Tanzstunden, Bällen, Flirts, dem Austausch kleiner roséfarbener Billets doux, Wochenendausflügen und nicht weiter ernstzunehmenden Reibereien zwischen Mutter und Tochter bestanden, wäre da nicht etwas dazwischengekommen: der Erste Weltkrieg nämlich.

Dabei lief er für die Gahlens sogar noch glimpflich ab. Weder gab es Söhne, die sich im jugendlichen Überschwang zu den Waffen meldeten, ohne zu wissen, was sie dort erwartete, noch mußte die Familie um ihr Einkommen bangen. Und wenn man sich für sein Geld auch nicht mehr alles kaufen konnte – Agnes brachte, was die Küche betraf, schier Unmögliches zustande. Aus dunklem Mehl und Kunstmarmelade zauberte sie die delikatesten Palatschinken, ihre Sauerkrautsuppe war in der ganzen Umgebung berühmt.

Major von Gahlen rückte mit seinem Bataillon nach Frankreich aus. Bei Lagarde erfuhren sie die Feuertaufe, dabei gelang es ihnen, die ersten französischen Fahnen zu erbeuten. Kurz und knapp berichtete er in seinen Feldpostbriefen davon. Gina jubelte, als sie von seinem Sieg erfuhr. Der liebe, tapfere Papa! Sie vermißte ihn sehr mit seiner Ausgeglichenheit, der bedächtigen Art, die ganz im Gegensatz stand zu den unberechenbaren Temperamentsausbrüchen der Mama. Jetzt mußten drei Frauenspersonen daheim miteinander auskommen, was, wie sich herausstellte, gar keine so einfache Sache war. Die Stimmung war recht explosiv. Immer öfter zupfte die Mama nervös an den Spitzenmanschetten und fegte mit gespitzten Lippen durch die Wohnung (es war noch die alte, und sie erwies sich mehr denn je als viel zu eng!), immer öfter verbarrikadierte sich das Ginele in seinem Zimmer, und immer öfter auch »glotzte« Agnes. Und weit und breit kein Mann, der vermitteln konnte.

Die Atmosphäre besserte sich, als beide Damen, Mutter wie Tochter, in den Dienst des freiwilligen Roten Kreuzes traten. Das war in ihren Kreisen jetzt so üblich, da wollten sie nicht zurückstehen. Nebenbei hatte der Gedanke, mit ihren bescheidenen Kräften dem geliebten Vaterland nützlich zu sein, etwas Berauschendes an sich. Sie kauften grobe graue Wolle und dicke Nadeln und fertigten bei kleinen Nachmittagstees im Kreise anderer »Freiwilliger« ganze Berge von Pulswärmern, Ohrenschützern, Schals und Socken an. Die armen Soldaten in Rußland und Polen sollten, solange es noch deutsche Frauen gab, in diesem bitterkalten Winter nicht frieren müssen. So mancher sentimentaler Gedanke, der in die Liebesgaben miteingestrickt wurde.

Gina gab sich mit dem Wirken im stillen Kämmerlein nicht zufrieden, es drängte sie in die Öffentlichkeit. So stellte sie sich an schulfreien Nachmittagen mit Freundin Rosa und Cordula Lautenschläger, der Tochter eines Sanitätsrats, am Bahnhof auf und empfing einfahrende Lazarettzüge mit heißem Kaffee. Da war sie in ihrem Element. Graziös hantierte sie mit der Riesenkanne, lachte und plauderte mit den verwundeten Soldaten, die ihre Freude hatten an dem hochgewachsenen Mädchen in der Rotkreuztracht.

Es regnete nur so Komplimente für das blonde Kind. »Grüßt mir den Papa«, winkte das Ginele dem langsam sich in Bewegung setzenden Zug nach. »Und werdet rasch wieder gesund. Das Vaterland braucht euch.« Die Soldaten winkten zurück, einmal fiel sogar ein Sträußchen mit Margeriten vor Ginas Füße. Rosa sah es, und es wurmte sie. Wie brachte es die Freundin nur immer fertig, im Mittelpunkt zu stehen? Bestimmt würde sie auch als erste von ihnen beiden heiraten. Schon jetzt empfing sie laufend Briefe von einem Verehrer aus Lothringen.
Bei einem dieser Nachmittage traf Gina mit der schwarzgescheitelten Madonna damals vom »Rebengärtle« zusammen, Fräulein Niedermayr, wie sie inzwischen wußte. Die junge Frau war unter ihrer Schwesterntracht ganz in Schwarz gekleidet, was ihr, zusammen mit dem dunklen Haar und dem melancholischen Gesichtsausdruck, etwas unsagbar Düsteres gab. Gina wunderte sich. Da mußte etwas passiert sein. Aber was? War ihr Freund, Hauptmann Freihoff – nach einigem Nachdenken fiel Gina der Name wieder ein – vielleicht gefallen oder hatte er ihr den Laufpaß gegeben?
Da sie mit dem Fräulein offiziell nicht bekannt war, wagte Gina nicht zu grüßen. Andererseits hielten sie sich hier für den gleichen guten Zweck auf, das verband. Also nickte sie der jungen Frau, als diese zufällig in ihre Richtung sah, einmal herzlich zu. Fräulein Niedermayr nickte ernst zurück. Dabei fiel Gina an ihren Augen eine Besonderheit auf. In ihrer rechten Pupille leuchtete – etwas, was Gina noch nie gesehen hatte – ein kohlschwarzer, etwas ausgelaufener

Punkt, fast wie von einem flüchtigen Federstrich. Das gab dem blassen Gesicht einen seltsamen Reiz.
»Ist der Freihoff tot?« überfiel das Ginele die Mama, kaum hatte sie zu Hause die Armbinde abgestreift. »Oder hat er sich von seiner Freundin getrennt?«
Dora, die gerade letzte Hand an die Teetafel anlegte (alles sollte so sein wie in Friedenszeiten) sah unmutig auf. »Was sprichst du da? Gewöhn dir doch bitte ab, immer so mit den Gedanken umzuspringen, eine schreckliche Unart. Außerdem – deine Frisur ist durcheinander.«
Gina ließ sich nicht beirren. »Ich spreche von dem Madonnengesicht«, rief sie aus dem Bad heraus, wo sie sich vor dem Spiegel die Haare richtete, »du erinnerst dich? Das Fräulein, das eine Mésalliance ist. Der Papa hat damals im Café davon erzählt. Ich habe sie getroffen, und sie schaut in die Welt wie ein düsterer Uhu.«
»Diese Vergleiche!« Die Mama schüttelte mahnend den Kopf. »Du solltest lernen, deine Ausdrucksweise zu mäßigen. Im übrigen, ich weiß nicht, was sich in dieser Sache zugetragen hat. Liebeleien von Ladenmädchen, mein teures Kind, pflegen mich im allgemeinen nicht übermäßig zu interessieren.« Das klang recht herzlos, war aber nicht so gemeint. Dora haßte es nur, wenn man sie bei ihrer Arbeit störte. Dann wurde sie ungehalten.
Wie Gina, deren Neugier bei weitem nicht befriedigt war, später beim Damentee durch geschicktes Fragen herausbrachte, bestand das Liebesverhältnis zwischen dem feschen Offizier und Fräulein Niedermayr nach wie vor. Der Freihoff war auch weder verwun-

det noch gefallen, er kämpfte derzeit in Galizien. Die Trennung schien seiner Freundin jedoch so arg zuzusetzen, daß sie sich seit dieser Zeit von Kopf bis Fuß in Schwarz kleidete. »Ein besonders sensibles Seelchen, die junge Frau«, lächelten die Damen etwas von oben herab.

»Ja, ja, die Liebe«, seufzte Frau General Schlüter, die bereits zum zweitenmal verheiratet war, und drohte Gina scherzhaft mit einem gichtgekrümmten Finger. »Paß nur auf, Mädle, wenn es dich eines Tages erwischt.«

»Mich doch nicht«, rief das Ginele keck und fischte sich unter den Bergen von belegten Broten eine Schnitte mit Sardellen heraus. Die schlang sie in drei Happen herunter. Später blätterte sie wieder einmal stundenlang in Storm-Novellen. Das gab ihr viel Anlaß zum Nachdenken. Aber um einen Mann ihr Leben vertrauern wie all diese zarten Mädchengestalten, Elisabeth, Angelika und wie sie hießen, würde sie ganz bestimmt nicht. Da war sich der Backfisch sicher.

Die Zeiten verdüsterten sich, selbst im friedlichen Garnisonsstädtchen Würzburg. Das bekamen auch Dora und Gina zu spüren. Der Papa war seit langem nicht mehr zu Hause gewesen, immer weiter zog er nach Frankreich hinunter, wo schwere Kämpfe tobten, damit kamen auch seine Briefe spärlicher (und Siegesmeldungen waren gar nicht mehr darunter). Das Geld wurde knapp in Deutschland. Das erstemal in seinem zweiundsechzigjährigen Leben, daß auch der alte Nettle finanzielle Sorgen hatte. Nachdem sei-

ne Spielkartenfabrik seit Beginn des Krieges nicht mehr so recht lief, hatte er sich einen Teilhaber in die Firma genommen. Der trieb – wie sich bald herausstellen sollte – ein doppeltes Spiel, fälschte die Bücher und wirtschaftete in die eigene Tasche hinein. Als Hubert Nettle hinter den Betrug kam, war es schon zu spät, die Fabrik stand vor dem Bankrott. Vor Schreck erlitt Doras Vater einen Herzanfall.
Dora nahm die Nachricht ohne sichtbare Regung entgegen, nur ihre schmalen Finger, die unruhig mit dem Lorgnon spielten, ließen ahnen, wie erregt sie war. Immer wieder zerrte sie an der Kette aus dünnem Eisen, die sie anstelle der ehemaligen Goldschnur um ihren Hals trug. Das kostbare Schmuckstück war dem Aufruf »Gold gab ich für Eisen« zum Opfer gefallen, ebenso wie einige Ringe und ein Türkisarmband. Dora machte sich nichts daraus, im Gegenteil – mit der Würde einer Herzogin stellte sie die Kollektion ihres Eisenschmucks zur Schau.
Am nächsten Morgen reiste sie nach Neumarkt, wo sie den Vater in einer miserablen Verfassung vorfand. Hier konnte nur noch eine helfen, Agnes. Also wurde der gute Hausgeist zu ihrem alten gnädigen Herrn abbeordert. Gina brachte sie zum Zug, in der einen Hand den Eimer mit selbsteingelegten Senfgurken, die Agnes dem Herrn zugedacht hatte, in der anderen ein Päckchen, das einen Strickschal enthielt. Es war ihr recht weh ums Herz. Nichts als Abschiede, Schreckensnachrichten und nichtendenwollende Verlustlisten in der Zeitung, höchste Zeit, daß in die Welt wieder Frieden einzog. Sie winkte dem Zug so

lange nach, bis Agnes' Taschentuch nur noch ein winziges weißes Pünktchen war.

Der Krieg war vorbei, für Deutschland verloren. Dafür aber war, so freute sich Gina, der Papa wieder zu Hause, im Range eines Obersten und wohlbehalten bis auf eine kleine Blessur am Oberarm. Die Tochter konnte sich nicht satt daran sehen. Dort hatte ihn also eine feindliche Kugel gestreift. Brrrr! Sie schüttelte sich. Was aber, wenn sie mitten durch den Knochen gegangen wäre? Dann hätte er wohl jetzt einen steifen Arm, der geliebte Papa? War aber nicht durchgegangen, beruhigte Arthur, und mit einer wahren Engelsgeduld rollte er (zum wievielten Mal?) den Hemdsärmel auf, damit sich Gina selbst davon überzeugen konnte. Sie wurde ihrer Mama immer ähnlicher, das Fräulein Tochter, auch was die kleinen Exaltiertheiten betraf. Wie gut nur, daß er, Arthur, von der Natur mit recht strapazierfähigen Nerven ausgestattet war.
Ginas kleine Welt befand sich wieder im Gleichgewicht. Gewiß, Lebensmittel waren knapp, in den Geschäften gab es kaum etwas zu kaufen, und Großvater Gahlen hatte seine gesamten Ersparnisse im Krieg verloren, was für ihn natürlich eine Tragödie war, doch was kümmerte das schon ein knapp achtzehnjähriges und dazu besonders lebenslustiges Mädchen? Die Hauptsache war doch, daß nicht mehr geschossen wurde, nicht wahr? Um Geld hatte sich das

Ginele nie Sorgen gemacht, das gehörte sich nicht, wie die Mama sagte. Es hatte ganz einfach genügend vorhanden zu sein. Wobei man in einem Offiziershaushalt unter »genügend« gerade soviel verstand, wie man brauchte, um standesgemäß leben zu können. Standesgemäß aber lebten die Gahlens. Jedenfalls gab die Mama nach der Rückkehr des Papas wieder ihre Abendgesellschaften und trug die neuesten Hüte, und an Opernkarten für München und Bayreuth wurde auch nicht gespart.
Gina genoß ihr junges Leben. Soweit ihr die Schulpflichten Zeit dazu ließen, eilte sie von Ball zu Ball, nahm teil an lustigen Maskeraden und ausgelassenen Geburtstagsfeiern, sammelte einen kleinen, aber ausgesuchten Strauß von Verehrern um sich. Der Märchenprinz war zu ihrem Bedauern nicht dabei. Das betrübte sie manchmal, und sie malte sich aus, wie sie eines Tages als verrunzelte alte Jungfer enden würde, ohne jemals die himmelstürmende Liebe erfahren zu haben, doch dann scherzte sie anderen Abends mit Leutnant Langenbein, der ein Glasauge trug und nach Juchten roch, und amüsierte sich, auch ohne verliebt zu sein, herrlich dabei.
Überraschend tauchte Louis Hagel wieder auf. Er stand jetzt im Rang eines Hauptmanns, diente, nachdem Metz an die Franzosen zurückgefallen war, im westfälischen Münster und hatte es trotz einiger kleiner Amouren nicht fertiggebracht, die kleine Ginette zu vergessen. Aber was hieß hier klein? Groß war sie inzwischen geworden, um ganze vier Zentimeter überragte sie ihn. Doch ein Wildfang war sie immer noch und kokett wie eh und je. Eine solche Frau an

seiner Seite würde ihm wohl gefallen. Also nützte er die Gelegenheit und machte Georgina von Gahlen anläßlich ihres Abiturballs einen Heiratsantrag. Das Ginele trug ein mimosengelbes Georgettekleid mit einem plissierten Oberteil und war, wenn auch nicht die lieblichste Erscheinung, so zweifellos doch eine der stattlichsten von dem ganzen Mädchenflor.
Mehr aus Verlegenheit denn aus Überzeugung nahm Gina den Antrag an. Zwei Überlegungen bewogen sie vor allem dazu. Erstens fühlte sie sich geschmeichelt, daß ein so reifer Mann wie der Hagel um sie warb, und zweitens wußte sie nicht so recht, was sie nach der Schule anfangen sollte. Natürlich, sie konnte eine Kochschule besuchen oder sich auch daheim von der Mama in die Kunst der Haushaltsführung einweisen lassen, doch das eine wie das andere machte erst den richtigen Spaß, wenn man auch wußte, wofür, sprich, für welchen Mann. Dieses Problem schien jetzt mit Louis Hagel gelöst.
»Ich weiß nicht so recht. Du und der Hagel?« machte sich die Mama Gedanken, als sie davon erfuhr. Sie hatte an eine etwas glänzendere Partie gedacht, schließlich war das Kind von adliger Herkunft. Doch der Papa zerstreute ihre Bedenken. Der Hagel war ein tüchtiger Soldat und ehrenwerter Mann, das hatte er durch seine Anhänglichkeit beweisen, zudem – je eher man eine Tochter unter die Haube brachte, desto besser. Das alte Lied. Mit Töchtern war es etwas anderes als mit französischem Kognak, sie gewannen nicht unbedingt durch lange Lagerung. Wobei es natürlich – er legte Dora, die aufbrausen wollte, begütigend die Hand auf den Arm – auch Ausnahmen gab.

Aber zum Beispiel der arme Wiedlein. Gerade eine aus seinem Mädchenquartett war er mit Mühe losgeworden, Luise, die Älteste, hatte sich bereits zum zweitenmal entlobt.
Die Verlobung stand von Anfang an unter einem Unstern. Das hatte mit mehreren Dingen zu tun. Es lag nicht an der Feier, die in bewährter Familientradition in den »Schwan« verlegt wurde, mit Vormittagsempfang zu Hause, vielen Reden und Geschenken, auch nicht am alten Nettle, der mitten in die Vorbereitungen hinein starb, was natürlich die Stimmung drückte, und schon gar nicht an Gina, dem Idealbild einer »Gartenlaubenbraut« mit ihren pfirsichroten Wangen und den strahlenden Augen. Nein, die Mama und der Bräutigam waren die Alleinschuldigen.
Zunächst die Mama. Am Abend vor der Verlobung hatte sie dem Papa wie nebenbei mitgeteilt, daß sie leider in der letzten Zeit einige Male gezwungen gewesen war, das Aussteuer-Sparbuch der Tochter anzugreifen. Er sollte bitteschön nicht den Erstaunten spielen. Wie, um alles in der Welt, hätte sie sonst die Empfänge und Abendessen, die nun einmal zu den Repräsentationspflichten eines Obersten gehörten, finanzieren sollen? Vor allem, nachdem die Zuschüsse des armen Papa – sie führte ihr Taschentuch an die Augen – so kurzerhand weggefallen waren. Wie, lieber Arthur, bitte, erkläre mir, wie? Ihre großen Augen blickten unschuldsvoll zu ihm hinauf. Er selbst hätte sich um diese Dinge doch nie gekümmert.
Trotz dieses Vorwurfs, der durchaus seine Berechtigung besaß, war Arthur entsetzt. Wie stand er jetzt da vor dem jungen Hagel, dem er bei einer vertrauli-

chen Unterredung Ginas Mitgift, die vor allem aus diesem Sparbuch bestand, in allen Einzelheiten klargelegt hatte? Der junge Mann mußte ihn für einen Lügner halten. Zu peinlich. Das erstemal in ihrer bald zwanzigjährigen Ehe, daß es zwischen den Eltern zu einer Szene kam. Es war dann Gina, die vermittelte. Spontan bewies sie ihr großes Herz. So eilig hätte sie es gar nicht mit dem Heiraten, versicherte sie dem verärgerten Papa, und außerdem wollte der Louis doch sie, seine Ginette, heiraten und nicht ein dummes Sparbuch. Sie würde ihm das schon zu erklären wissen.

Louis mußte nach Münster in seine Kaserne zurück. So oft es ihm die Zeit erlaubte, kam er nach Würzburg, um seine Braut zu sehen. Das wurde seltener und seltener, aber merkwürdig, dem Ginele machte es nichts aus. Er wurde ja immer trockener, der Hauptmann Hagel, wenn er auf diese Art weitermachte, war er bald nichts weiter als ein vertrockneter Halm, so wie die Ringelblumen, die sie in ihrem Poesiealbum preßte. Ein dürres Gewächs aus dem Herbarium aber wollte sie nicht. Sie fing an, die Casinobälle wieder ohne ihn zu besuchen, und tanzte bei dieser Gelegenheit auch mit dem Hauptmann Freihoff. Von dieser Stunde an brachte sie seine schrägstehenden Augen und die braune Gesichtsfarbe nicht mehr aus dem Kopf, es wurde ihr ganz heiß und weh ums Herz, wenn sie nur daran dachte.

Was schrieb da der Louis in seiner langweiligen Handschrift? Er beabsichtigte, seinen Abschied vom Militär zu nehmen und sich auf eine wissenschaftliche Exkursion nach Madagaskar zu begeben? In der

Biologie sah er das endgültige Ziel seines Lebens. Bitte sehr, Gina war nicht die Frau, die ihn davon abbringen wollte. Damit erledigte sich die Sache mit dem angegriffenen Sparbuch ganz von selbst.
Die Verlobung wurde ohne viel Aufhebens gelöst. Das war im Jahr 1922. Gina feierte ihren zwanzigsten Geburtstag und hatte sich über beide Ohren in Maximilian Freihoff verliebt.

8

1922–1923 Würzburg

Hauptmann Maximilian Freihoff stand vor der schwersten Entscheidung seines Lebens. Sein Privatleben und, wie es sich ihm darstellte, auch seine berufliche Karriere waren in eine Sackgasse geraten, aus der er keinen Ausweg mehr sah. Kein Wunder, daß er sich niedergeschlagen fühlte und keine rechte Lebensfreude mehr aufbrachte. Da eröffnete sich ihm, sozusagen aus heiterem Himmel, die Möglichkeit, dies alles mit einem Schlag ändern zu können. Vermutlich die letzte Gelegenheit für einen Mann in seinem Alter und in seiner Situation – er war jetzt sechsunddreißig und fühlte sich seit seinem Afrikaaufenthalt nicht mehr ganz gesund. Und da sollte er nicht zugreifen? Ein Problem, daß ihm keine Ruhe ließ.
Wäre nur nicht Marianne, seine Nanni gewesen. Seit nun fast fünfzehn Jahren liebte er sie, teilte er sein Leben mit ihr, obwohl beiden von Anfang an klar gewesen war, daß diese Liebe keine Zukunft hatte. Ma-

rianne Niedermayr arbeitete als Verkäuferin, ein Offizier aber konnte kein Mädchen heiraten, das in einem »offenen Laden« stand und Kunden bediente. Dazu kam, daß Marianne aus einfachen Verhältnissen stammte, ihr Vater, der alte Niedermayr, trug in Würzburg die Briefe aus, während seine Frau für die Familie des Bürgermeisters und andere Honoratiorinnen die Wäsche besorgte.
Marianne hatte sich mit der Tatsache abgefunden, niemals Maximilians Ehefrau zu sein. Aber hatte sie das wirklich oder spielte sie ihm das nur vor, überlegte Maximilian ab und zu, wenn er einen ihrer sehnsüchtigen Blicke auffing, mit denen sie Frau General von Schlüter musterte, wenn diese, prächtig herausgeputzt und ihren rotgesichtigen Gatten zur Seite, bei offiziellen Paraden repräsentierte, oder auch Dora von Gahlen, die gelegentlich – allerdings zur peinlichen Verlegenheit ihres Herrn Gemahls – hoch zu Pferd sein Bataillon in die Kaserne zurückbegleitete. Diese Blicke schnitten Maximilian ins Herz. Litt seine Nanni also doch unter ihrem Schattendasein und hoffte insgeheim, alles würde sich eines Tages zum Guten wenden?
Das würde es nicht, wenigstens nicht, solange Maximilian Offizier war, und er hatte nicht vor, diesen Status zu ändern. Was hätte er auch sonst tun sollen, er kannte nichts anderes und war mit Leib und Seele Offizier. Doch tat es ihm leid für die junge Frau, die er von Herzen liebte. Seit jenem gewissen Donnerstag, an dem er Marianne in einem Delikatessengeschäft erblickt hatte, wo sie – Dora hatte es mit typisch weiblicher Intuition richtig erkannt – Zucker abwog, war

der junge Leutnant für den Rest der Frauenwelt verloren. Ihr anmutig zur Seite geneigter Kopf mit dem strenggescheitelten Haar bezauberte ihn, außerdem das sanfte Lächeln, das an alte italienische Heiligenbilder erinnerte. Dabei hatte er zunächst diesen merkwürdigen Punkt in ihrer rechten Pupille gar nicht bemerkt, Mariannes »Augenmal«, sie hielt es unter sittsam gesenkten Wimpern verborgen. Erst als sie Maximilian voll in die Augen sah, entdeckte er diese Eigenart und war entzückt. Sie schien gleichfalls von dem stattlichen Offizier beeindruckt zu sein, denn sie setzte zweimal an, um ihn nach seinen Wünschen zu fragen – es waren süßsaure Zwiebeln. Später beim Kassieren blieb sie dann – war es Eile oder die Aufregung? – mit ihrer Kattunschürze an der Ladenkasse hängen. Maximilian befreite sie augenblicklich, trotzdem entstand in der Schürze ein Riß. Ein Zwischenfall, an den sie sich später noch oft lachend erinnerten.

Fünfzehn Jahre lang hatte Maximilian treu zu seiner Liebe gestanden, war jedem Gedanken an eine standesgemäße Heirat sorgfältig ausgewichen, jetzt schienen seine Gefühle an einem Wendepunkt angelangt. Das hatte nichts eigentlich mit Marianne zu tun, die ihn bekochte und benähte und vergötterte wie am ersten Tag, es war die Aussichtslosigkeit dieser Verbindung, die ihn bedrückte. Auch seine militärische Karriere schien ins Stocken geraten. Noch immer sah er den Generalstab als Ziel seiner Wünsche, doch die Kommandierung ließ seit langem auf sich warten. Lag der Grund dafür womöglich an seiner Mésalliance? Es machte ganz den Eindruck.

Trotzdem wäre dies alles zusammen noch kein ausreichender Grund für einen Sinneswandel gewesen, hätte er nicht bei einem Liebesfest (ausgerechnet!) mit der kleinen Gahlen getanzt.
Ihre Jugend und Koketterie amüsierten ihn. »Diesmal brauche ich wohl keinen Reifen, um Ihre Aufmerksamkeit zu erregen«, sagte sie dem Hauptmann keck ins Gesicht, als er sie zum Wiener Walzer holte. Seine schlechte Laune – in letzter Zeit ein Dauerzustand – verflog, und er tanzte zu seiner eigenen Verwunderung sogar einigermaßen leichtfüßig. »Ich bin das nämlich gewesen, damals im ›Rebengärtle‹. Doch an die Zehnjährige im weißen Spitzenkleid erinnern Sie sich gewiß nicht mehr.«
»Aber ja«, flunkerte er. Teils, um sie nicht zu enttäuschen, teils, weil das reizende Mädchen die Tochter des soeben verabschiedeten Generals von Gahlen war. Das Glück blieb ihm treu. Gina erzählte mit ihrem klirrenden Lachen von dem japanischen Papierschirmchen, das sie damals verloren hatte, und – was für ein Zufall! – Maximilian, von Natur aus sparsam, hatte es aufgehoben und zwecks gelegentlicher Weiterverwendung in eine Schublade gelegt. Bei der nächsten Gelegenheit überreichte er Georgina das zerknitterte Schirmchen mit einer artigen Verbeugung.
Großer Jubel, Gina war überwältigt. Nein, so etwas! Ihre überschwengliche Phantasie gaukelte ihr vor, der Offizier mit dem braungebrannten Gesicht und den Kalmückenaugen hätte sich an jenem sonnenüberfluteten Sonntag im Jahr 1912 auf der Stelle in das anmutige kleine Geburtstagskind verliebt. Was

für ein Kavalier und – das vor allem – welch ein Unterschied zu dem strohtrockenen Hagel. Umgehend lud sie Maximilian zum Tee bei der Mama ein. Er nahm dankend an.

»Und was ist mit seiner Freundin?« wandte Dora ein. *Eine* geplatzte Verlobung in der Familie genügte ihr, das Fräulein Hitzkopf sollte gefälligst ihre Entschlüsse in Zukunft ein wenig genauer überdenken. »Ich habe es erst gestern gesehen, das Fräulein Niedermayr, in ihrem Kaufmannsladen beim Dekorieren, und es erschien mir reichlich blaß.«

»Ach, das hat für den Freihoff keine Bedeutung mehr.« Gina warf herausfordernd den Kopf in den Nacken. Dieses Thema behagte ihr nicht. »Jedenfalls erwähnt er mir gegenüber die Person mit keinem Wort.« Sie verschwand in ihrem Zimmer, um eine neue Frisur auszuprobieren. Der Hauptmann hatte die anmutige Wölbung ihrer Nackenlinie gelobt, das wollte sie nützen.

Maximilian erschien pünktlich zum Tee und entpuppte sich als überaus kurzweiliger Unterhalter. Gina, die eigens für ihn das wohlerzogene, sehr häusliche Töchterchen spielte (sie überzog ihre Rolle ein wenig über das erträgliche Maß heraus, was die Mama leicht irritierte), kam aus dem Lachen gar nicht mehr heraus. Nein, wie witzig er seine Tanzstundenerlebnisse beschrieb, mit Hilde Müllenau, der heutigen Apothekersgattin, die damals schon so kurzsichtig war, daß sie nie erkannte, mit wem sie gerade tanzte, und dann seine wilden Abenteuer in Afrika. Bei dieser Schilderung begann auch Dora aufzuhorchen. Sie hatte sich ihrem Gast gegenüber zunächst sehr reserviert verhalten, und das mit voller Absicht. Er sollte sich keine falschen Vorstellungen machen, der Herr Hauptmann, man war über seine privaten Verhältnisse durchaus im Bilde. Wenn Dora von Gahlen ihn trotzdem in ihrem Haus empfing, dann erstens, um die gesellschaftlichen Regeln nicht zu verletzen, und zweitens, um ihrer Gina einen Gefallen zu tun. Es war ja ganz aufgeregt, das Kind, der Portwein hatte ihm die Wangen dunkelrot gefärbt, und es drehte und wendete den freigelassenen Nakken lebhaft nach allen Seiten. Beide Damen lauerten begierig, ob der Name Marianne Niedermayr fiel, doch – zu ihrer großen Erleichterung – kein Wort davon.

Am späten Nachmittag stieß Arthur zu der Runde, er kam von der Jagd. Seitdem er sich im Ruhestand befand, frönte er wieder seiner alten Leidenschaft, überdies hatte er zu zeichnen begonnen. Ein ganzes kleines Buch über ein Füchslein namens Rudimir war bereits entstanden, jetzt bastelte er an einer Entengeschichte herum. Die beiden Männer begrüßten sich freudig. Maximilian war dem inzwischen pensionierten General immer schon mit großem Respekt begegnet, und Arthur – nun, der hatte sich niemals von der privaten Affäre des Freihoff beeinflussen lassen. Der Mann war ein ausgezeichneter Offizier, damit basta. Im Handumdrehen waren die Männer in ein militärisches Gespräch vertieft, Zigarrenqualm hüllte sie ein, und Agnes wurde in den Keller um eine gute Flasche Spätlese geschickt.

Es war dunkle Nacht, als sich der Hauptmann verabschiedete. Sein umgeschnallter Säbel klirrte ein paar

Male auf dem Trottoir, als er die Straße hinunterschritt. Gina, die sich mit aufgelöstem Haar und auch sonst ganz durcheinander, in die Geißblattlaube geflüchtet hatte, preßte beide Fäuste gegen die heißen Wangen. Sie hatte sich verliebt, so unsagbar verliebt. Schade nur, daß sie sich Rosa nicht anvertrauen konnte, doch die studierte in Frankfurt und kam nur noch in den Ferien nach Hause.

Schwerer Duft strömte aus den Fliederbüschen, die Amseln schwatzten verschlafen, und eine durchsichtige Mondsichel hing am Junihimmel, gerade so wie damals im lothringischen Sommer, als Gina bei der Schülervorstellung den Romeo spielte. Doch inzwischen war sie erwachsen und mußte sich nicht mehr bloß mit lyrischen Worten begnügen. Und mit Hosenrollen schon gar nicht! »Drei Worte, Romeo, dann gute Nacht! Wenn deine Liebe, tugendsam gesinnt, Vermählung wünscht, so laß mich morgen wissen durch jemand, den ich zu dir senden will«, deklamierte sie leise und bewegt durch die Nacht. Als Antwort tönte aus der Ferne eine kleine Explosion, das war der Auftakt zu einem Feuerwerk oben auf der Festung. Später strahlte der Himmel in den betörendsten Farben, Sternengarben ergossen sich in das dunkle Blau. Dazu spielte ein einsames Horn.

Die nächsten Wochen und Monate bestimmten die Zukunft wenigstens dreier Personen in Würzburg, brachten Freude und Leid, durchgrübelte Nächte und heitere Tage, Aussprachen, Liebesschwüre, leidenschaftliche Ausbrüche der verschiedensten Art und – ja, auch Tränen, ganze Tränenfluten sogar. Marianne war es nicht entgangen, daß sich Max, wie sie zärtlich den Geliebten nannte, verändert hatte. Immer häufiger ging er aus, ohne zu sagen, wohin, gab sich einsilbig, fast abweisend, bis sie ihn eines Nachmittags – das war der schwärzeste Tag in ihrem Leben – mit einem großgewachsenen blonden Mädchen im Stadtpark spazierengehen sah.

Maximilian, wie er sich am liebsten zeigte: in seiner khakifarbenen Schutztruppenuniform (die er in Mariannes Beisein nicht tragen konnte, diese nicht und keine andere Uniform), eine Erinnerung an seine Afrikazeit. Das schmerzte fast noch mehr als die Begleiterin, in der Marianne Georgina von Gahlen erkannte, das kapriziöse Offizierstöchterchen, mit dem sie damals auf dem Bahnhof gemeinsam Kaffee ausgeschenkt hatte. Ihr wurde es schwarz vor Augen, und sie lehnte sich an einen Baum, um nicht ohnmächtig zu werden. Wie sollte sie gegen solche Konkurrenz bestehen? Der alte von Gahlen war bei seiner Verabschiedung zum General ernannt worden, so etwas machte Eindruck auf Max, dazu war das Mädchen wenigstens zehn Jahre jünger als sie selbst und galt als gute Partie.

Marianne weinte die ganze Nacht. Als Max sie am nächsten Tag besuchen kam, vermied sie es jedoch, den Vorfall zu erwähnen. Sie kochte ihm seinen geliebten Pichelsteiner, nähte ihm einen abgesprungenen Knopf an die Schutztruppenuniform und rang sich – was sie ein gewaltiges Stück Selbstbeherrschung kostete – zu der spaßigen Bemerkung durch, dieses Prunkstück sei neuerdings verdächtig oft in Benützung. Maximilian ging mit keiner Silbe darauf ein, seine festaufeinandergepreßten Lippen zeigten

an, daß er kein weiteres Wort über dieses Thema wünschte. Marianne nahm es schweigend hin. Bis sie eines Tages die ganze Komödie nicht länger ertrug.
Es war ein Sonntag, und das Liebespaar hatte, wie seit Jahren eingeführt, gemeinsam in Mariannes Wohnung gefrühstückt. Für den Nachmittag war eine Autofahrt zum Wasserschloß nach Mespelbrunn geplant. Friedrich Schlegel, ein Kamerad von Maximilian und genau wie er nicht standesgemäß liiert, hatte sich vom väterlichen Erbe einen Horch gekauft, den er den Freunden vorzuführen wünschte. Für Marianne war es die erste Autofahrt ihres Lebens, sie sah dem Unternehmen mit Ungeduld und auch ein wenig Angst entgegen. »Meinst du, es passiert etwas?« sagte sie mehr zu sich selbst als zu Max, der sich mit abwesendem Gesichtsausdruck ein Honigbrötchen strich. Er gab keine Antwort, seine Gedanken schweiften in eine andere Richtung.
Marianne ahnte, welche Richtung das war, die Richtung Friedensstraße wohl. Dort gab Frau General von Gahlen heute ihren Geburtstagsempfang, man hatte im Laden davon gesprochen, und es war anzunehmen, daß Maximilian zu den Eingeladenen gehörte. Deshalb also seine Schweigsamkeit.
»Meinst du, es passiert etwas?« sagte Marianne ein zweitesmal, dabei erstickte ihre Stimme halb in einem Schluchzen. Oh, wie fühlte sie sich unglücklich!
»Was, bitte, sollte passieren?« Max war endlich aufmerksam geworden. Er legte sein Honigbrötchen beiseite, schaute Marianne ins Gesicht und bemerkte zu seiner Bestürzung, daß es tränenüberströmt war.

Fluten von Tränen stürzten aus ihren Augen, überschwemmten die Wangen bis zum Kinn herunter, neue drängten nach; mitten in diesem glänzenden Naß aber leuchtete, schwarz und unverrückbar, wie eine Insel im Ozean, der dunkle Punkt in der Pupille. Ein Wunder, ging es Maximilian durch den Kopf, daß er nicht auslief wie ein Tintenklecks. Eine lächerliche Überlegung und mehr als unpassend in diesem Augenblick – in seiner Hilflosigkeit klammerte er sich daran. Erst dann nahm er seine Nanni tröstend in die Arme.
»Da ... da mußt du deine Generalstochter, diese Georgina, fragen.« Jetzt war es heraus. Das erstemal, daß Marianne den gefürchteten Namen ausgesprochen hatte. Max erstarrte, aber er leugnete nicht. Gewiß, es wäre ihm ein Leichtes gewesen, Marianne seine unverbrüchliche Treue zu versichern, ihr eindringlich und mit viel Geduld sämtliche Zweifel zu zerstreuen – sie hätte ihm alles geglaubt. Doch er brachte es nicht fertig. Viel zu sehr schon hatte er sich in den Gedanken an eine Zukunft mit Georgina verrannt. Das Mädchen gefiel ihm mit seiner Frische, seinem Optimismus, seiner unbezähmbaren Neugier aufs Leben, während Marianne – nun, die Beziehung zu ihr hatte sich ein wenig totgelaufen. Jahr für Jahr das gleiche Versteckspiel, die täglichen Affronts, die Ablehnung der Kameraden – kein Wunder, daß sich Marianne zuletzt in eine Art Schwermut geflüchtet hatte, die beide belastete.
Er schwieg also, und dieses Schweigen sagte Nanni mehr als jede noch so wortreiche Erklärung. Sie steigerte sich in einen hysterischen Anfall hinein, bei

dem sie fast die Besinnung verlor. Weinend lag sie auf dem Bett und schrie Max, der hilflos neben ihr saß, wie von Sinnen ins Gesicht: »Dann heirate sie doch, deine Generalstochter!«
Damit war sie zu weit gegangen. Immer noch schweigend griff Maximilian nach seinem Mantel und verließ die Wohnung. Marianne hatte das ausgesprochen, was ihn seit längerem beschäftigte. Er verübelte ihr das. Wer hat es schon gern, wenn man seine geheimsten Gedanken errät? An diesem Sonntag fand keine Autofahrt statt, auch keine Versöhnung, doch Hauptmann Freihoff ging ebensowenig zum Geburtstagsempfang. Er zog es vor, den Nachmittag im Casino zu verbringen, wo er unlustig vor sich hinrauchte und mit zusammengezogenen Brauen ruhelos auf und abging.

Die Dinge entwickelten sich, die Kugel rollte in die vom Schicksal vorgegebene Richtung. Marianne beobachtete das, was sich um sie abspielte, mit Fassungslosigkeit, unfähig, etwas dagegen zu tun. Es gab keinen Zweifel mehr, sie hatte verloren. Nun kam es nur noch darauf an, die nächste Zeit mit der notwendigen Haltung zu überstehen. Max sollte sie in guter Erinnerung behalten. Wie es allerdings *danach* (damit meinte sie: nach seiner Hochzeit) mit ihr weitergehen sollte, das wußte sie nicht.
Am achtundzwanzigsten November 1923 verlobte sich Hauptmann Maximilian Freihoff mit der Gene-

ralstochter Georgina von Gahlen. Da es bereits die zweite Verlobung der jungen Braut war, verzichtete man darauf, ein großes Fest zu machen, die Feier fand im engsten Familien- und Freundeskreis statt. Gina kümmerte das nicht, sie schwamm in einem Meer von Glückseligkeit und führte das den Gästen recht bildhaft vor Augen, indem sie jeden, der ihrem überschwenglichen Herzen nahestand (und das waren nicht wenige) so ungestüm umarmte, daß er hinterher nach Atem rang. Die alte Agnes gehörte zu den so Malträtierten und Rosa, die sich gerade auf ihr erstes Examen vorbereitete und mit den Männern immer noch nichts im Sinn hatte, und natürlich der Opa von Gahlen, inzwischen über neunzig, und die liebe Frau General von Schlüter und ... und ... Maximilians Familie dagegen nicht, und zwar aus einem ganz einfachen Grund: seine Eltern waren seit langem tot, und Geschwister besaß er nicht.
»Ginele, ich hoffe, es ist das letztemal«, schmunzelte die betagte Frau von Schlüter und überreichte der Braut einen silbernen Becher. »Allmählich gehen mir die Becher aus. Silber aber, du weiß es selbst, wird langsam unerschwinglich.«
»Das allerletztemal«, schwor Gina und bedankte sich bei der Patentante mit einem zusätzlichen herzhaften Kuß. Gleich morgen wollte sie den Becher zum Gravieren bringen, wobei ihr allerdings das Gahlen'sche Wappen als Schmuck vorschwebte. Es machte sich mit seiner fünfzackigen Krone doch wirkungsvoller als dieses komische Durcheinander von Taube, gekreuzten Schwertern und einer Schlange, das die Freihoffs in ihrem Wappen führten. Obwohl sie na-

türlich – das hätte sie Maximilian mehrfach beteuert – seinen bürgerlichen Namen mit Stolz tragen würde, war es doch der Name des Mannes, den sie aufrichtig liebte (was sie jedoch nicht davon abhielt, auf den frisch gedrucken Visitenkarten *beide* Namen und *beide* Wappen aufzuführen. Schließlich sollte man auch in Zukunft wissen, mit wem man es zu tun hatte).

Dora hatte ihre Bedenken gegen den neuen Schwiegersohn beiseitegeräumt. Sie stellte auf ihre trockene oberpfälzische Art ein paar Überlegungen an, die, zusammengenommen, mehr für Freihoff sprachen als gegen ihn. Der Hauptmann war ein stattlicher Mann und, wie Arthur immer wieder hervorhob, ein begabter Offizier. Nachdem nun momentan kein anderer Bewerber für Gina in Sicht war, wäre es eine Torheit, sich diesen Kandidaten entgehen zu lassen, besonders nachdem er, wie er glaubwürdig versicherte, keine Beziehung mehr zu dieser Verkäuferin unterhielt. Wie schnell hatte sich ein junges Mädchen müde getanzt auf diesem unablässigen Reigen von Bällen und Gesellschaften, wartete vergeblich auf den Märchenprinz und stand dann eines Tages, selbst nicht mehr taufrisch, mit leeren Händen und einem enttäuschten Zug um die Lippen da. Dora erlebte es ringsherum. Nein, nein, so schlecht war Freihoff wirklich nicht, ein reifer Mann, der das Ginele schon bändigen würde.

Die Fürsprache des künftigen Schwiegervaters hatte bereits ihre Früchte getragen. Maximilian würde nach der Hochzeit, die für den April angesetzt war, nach München gehen und dort an einem Generalstabslehrgang teilnehmen. Damit waren die Weichen für eine aussichtsreiche Zukunft gestellt. Gina jubelte – vor allem über München. Endlich Großstadt! Als erstes müßte ein Opernabonnement her und eine gute Schneiderin und dann ... ja, dann auch irgendwann ein Kind. Maximilian sollte schon mit ihr zufrieden sein.

Alles schien aufs beste geregelt – sieht man von der armen Marianne ab, der fast das Herz brach bei all diesen Nachrichten, die man ihr täglich in den Laden trug. Um künftig davon verschont zu bleiben, hatte sie mit Max ausgemacht, nach Frankfurt zu ziehen und dort ihrem Bruder den Haushalt zu führen –, alles schien also bestens geregelt, da fanden im Laufe des März zwei Aussprachen statt, die, jede auf ihre Art, recht beunruhigend wirkten. Einmal war es Generalmajor Reinhold Wiedlein, der seinen ehemaligen Schützling von Gahlen aufsuchte, und das anderemal Maximilian Freihoff, der seine Schwiegermutter um eine Unterredung bat. Beide Ereignisse lagen in der gleichen Woche, es war die letzte im März, und es schneite heftig.

Arthur zeigte sich hocherfreut über den Besuch seines ehemaligen Kommandeurs, der sich nicht gerade häufig sehen ließ. Bereitwillig räumte er seine Zeichnungen beiseite und klingelte nach Agnes um frischen Kaffee. Wiedlein hatte es sich inzwischen in einem grünen Ledersessel bequem gemacht. Arthur ließ sich ihm gegenüber nieder und schlug die Beine übereinander. Was machten die Pferde? Bei ihm war leider mit dem Reiten nicht mehr viel los. Das dumme Rheuma ließ sich nicht vertreiben. Ja, ja, man wurde eben nicht jünger. »Und bei mir ist es eine Venenentzündung«, konterte Wiedlein lachend. »Im rechten Bein. Keiner weiß so recht, woher sie kommt. Vom Rauchen jedenfalls nicht, wie mir meine liebe Alice dauernd einzureden versucht, deshalb lasse ich mir von ihr auch nicht die Zigarren verbieten. Aber versuch dich mal gegen eine Frau durchzusetzen.« Er ließ sich von Arthur Feuer geben.

»Apropos Frauen«, fuhr Wiedlein nach einer kleinen Pause fort, während der er genußvoll an seiner schweren Importe zog. »Wie geht es deiner Tochter? Ihretwegen habe ich dich nämlich in der Hauptsache aufgesucht. Ja, tatsächlich, auch wenn dich dieses Geständnis enttäuschen sollte.«

»Wegen dem Ginele?« wunderte sich Arthur. »Unserem ewigen Backfisch, der bald heiraten wird? Na, wie wird's ihr schon gehen. Glücklich ist sie halt, das gute Kind. Kann man ihr auch nicht verdenken bei diesem Verlobten. Nur bei uns daheim wird's künftig halt recht einsam sein. Der Lauf der Welt.« Er reichte seinem Besucher die Kristallschalen mit Sahne und Zucker.

»Glücklich«, griff Wiedlein das Stichwort auf. »Das hört man gern, nur – entschuldige die Frage – ist sie das wirklich? Und vor allem – wird sie's bleiben? Du weißt, ich gönne der Gina nur das Allerbeste. Unglückliche Töchter, das ist ein Schicksalsschlag, fast so schlimm wie ein schlechtes Regiment, nur daß man sich für die Mädchen noch ein bißchen mehr verantwortlich fühlt. Schließlich ist es das eigene Fleisch und Blut.« Er wußte, wovon er sprach mit seinem Mädchenquartett. »Um die Katze aus dem Sack zu

lassen, ich spreche von deinem künftigen Schwiegersohn, Hauptmann Freihoff.«
»Ja, dem Maximilian«, nickte Arthur, ohne eine Miene zu verziehen. Etwas unbehaglich war ihm trotzdem zumute. Der junge Mann hatte doch nicht etwa Schulden?
Reinhold Wiedlein wurde noch deutlicher. »Du weißt, daß er seit Jahren mit einem gewissen Fräulein Niedermayr ein Verhältnis hat?« Er nahm einen Schluck aus einer Tasse.
»Weiß ich, weiß ich.« Diese Frage überraschte Arthur nicht einmal. »Ist ja stadtbekannt. Manchmal habe ich den Maximilian allerdings in Verdacht, daß er sich dieses Fräulein ausgesucht hatte, damit er partout nicht heiraten mußte. Aber jetzt hat ihn das Ginele am Schopf, und ich schwör' dir, die läßt ihn nimmer los.« Er lachte, doch es klang nicht so recht überzeugend.
»Arthur.« Wiedlein hatte sich erhoben und schritt mit den Händen auf dem Rücken erregt im Zimmer auf und ab. An den Fenstern rüttelte ein frischer Märzwind. Eine dunkle Wolke hatte sich vor die Sonne geschoben, es würde jede Minute wieder zu schneien beginnen. »Du darfst mit Rücksicht auf deine Tochter den Kopf nicht in den Sand stecken. Über fünfzehn Jahre ist der Freihoff mit der Marianne Niedermayr befreundet, es war damals die größte Liebe hier in Würzburg, wie es meine liebe Alice mit einem sentimentalen Seufzer auszudrücken beliebt. So etwas verschmerzt sich nicht im Handumdrehen. Schon gar nicht von einem Ehrenmann, und wenn er sich hundertmal für den glücklichsten Bräutigam unter

der Sonne hält. Entschuldige, daß ich so deutlich werde, aber deine Ginele ist mir zu schade für ein solches Spiel.«
»Spiel?« Arthur zog erstaunt die Augenbrauen in die Höhe. »Nun, von Spiel kann man gewiß nicht reden, sondern nur von einer baldigen Hochzeit. Danach gehen die beiden nach München, wo Maximilian zu einem Generalstabslehrgang angemeldet ist. So sehen die Tatsachen aus und, ehrlich gesagt, ich bin nicht unzufrieden damit. Das Ginele hätte es schlimmer treffen können. Sehr aufmerksam von dir, dich um unsere Familienangelegenheiten Gedanken zu machen – ich weiß deine Sorge aufrichtig zu schätzen –, aber in diesem Fall glaube ich, du siehst zu schwarz. Wo kämen wir hin, wenn wir jedem jungen Mann seine Jugendtorheiten vorrechnen würden?« Er erhob sich, um die Stehlampe mit dem Seidenschirm anzuknipsen.
Wiedlein war immer noch nicht zufrieden. »Jugendtorheit? Nein, nein«, murmelte er vor sich hin und schüttelte den Kopf. Doch da sich der gute Arthur absolut nicht überzeugen lassen wollte, wechselte er das Thema und wandte sich dem nicht viel erfreulicheren der Politik zu. Ein blutleerer Verein, diese Weimarer Republik mit ihrem ständigen Hüh und Hott, da lobte er sich doch – Gott habe es selig – das alte Kaiserreich und den Wilhelm dazu. Eingehüllt in dichte Tabakschwaden redeten sich die beiden gedienten Soldaten die Köpfe heiß. Draußen ging inzwischen ein heftiger Schneesturm nieder, der den Garten innerhalb kurzer Zeit in eine weiße Wüste verwandelte. Der Schnee lag zentimeterhoch.

Dick mit frischen Flocken eingepudert war auch Maximilian, als er bei seiner Schwiegermutter vorsprach. Da er nachdrücklich darum gebeten hatte, mit ihr unter vier Augen zu sein, wählte Dora den Donnerstag. Es war der Tag, an dem Gina mit dem Papa nach München reiste, um sich nach einer Wohnung umzusehen und – was ihr fast noch aufregender erschien – nach einem Brautkleid Ausschau zu halten.

Dora, immer noch eine sehr elegante Frau, hatte sich für den Schwiegersohn besonders herausgeputzt. Sie war beim Friseur gewesen und empfing Maximilian in einem neuen taubenblauen Kleid, dessen Kragenbänder zu einer Art Matrosenknoten geschlungen waren. In dem Knoten steckte eine Nadel mit grauer Perle.

»Ich bin sehr erfreut über deinen Besuch«, begrüßte sie Maximilian in ihrer leutseligen, aber gleichwohl auf Abstand bedachten Art. Distanz erschien ihr heute besonders am Platz, denn ein wenig erstaunte sie seine Bitte nach einer vertraulichen Unterredung doch. »Ist dir kalt? Du hast ja ganz verfrorene Hände. Kein Wunder bei diesem Hundewetter. Daß du dir bloß keinen Schnupfen holst. Agnes soll am besten gleich Feuer machen, wenn sie vom Einkaufen zurück ist.«

Mit hocherhobenen Händen wehrte Maximilian ab. Bitte, keine Umstände seinetwegen, er könnte ein bißchen Schnee durchaus vertragen, vielleicht nur, daß man seinen Mantel zum Trocknen über den Herd in der Küche hängte. Während er sich die Hände rieb und, mehr aus Verlegenheit denn aus Notwendigkeit, seinen Uniformrock nach einem Taschentuch absuchte, musterte er verstohlen sein Gegenüber. Eine wirkliche Dame mit tadelloser Haltung, die Schwiegermutter. Wie selbstverständlich hatte sie sich in die Rolle der Frau General eingelebt, nichts erinnerte mehr an die oberpfälzische Kaufmannstochter aus Neumarkt (Maximilian wußte über die Verhältnisse im Haus genau Bescheid). So also würde Gina später auch einmal aussehen, war sie doch ihrer Mama heute schon wie aus dem Gesicht geschnitten, nur die Größe, die hatte sie vom Papa. Er, Maximilian, konnte wirklich zufrieden sein mit seiner Wahl, war es auch, glaubte sich verliebt, recht verliebt sogar ... Trotzdem, es durfte nicht sein. Verdammte Zwickmühle. Entschlossen steckte er sein Taschentuch wieder ein. Es hatte keinen Zweck, er mußte sich stellen.

»Sicher bist du verwundert über meinen Besuch, liebe Mama«, begann er und sah Dora dabei fest in die Augen. »Um es frei heraus zu sagen, er hat einen betrüblichen Grund. So gern ich bisher in euer Haus kam, wo ich stets überaus liebenswürdig empfangen wurde, diesmal tat ich es mit schwerem Herzen. Die Wahrheit ist: ich kann Gina nicht heiraten. Es hat nichts mit ihrer Person zu tun, sie ist ein prächtiges Mädchen, und jeder Mann der Welt würde sich glücklich schätzen, sie zu seiner Frau zu machen, nur – ich kann dieser Mann nicht sein. So leid mir das tut, es geht einfach nicht.« So, nun war es wenigstens gesagt. Maximilian senkte den Kopf. Das Geständnis war ihm schwerer gefallen, als er sich das in den zahlreichen durchgrübelten Nächten vorgestellt hatte.

Nichts rührte sich in Doras Gesicht, obwohl sie tief erschüttert war. Sie hatte manches erwartet, die Frage nach Ginas Mitgift, nach den Gründen für ihre Entlobung mit Louis Hagel, das jedoch nicht. Doch besaß sie genügend Selbstbeherrschung, um sich nichts von ihrem Schock anmerken zu lassen. Nur ihre Hand tastete wie hilfesuchend an die Frisur, um ein paar Strähnen zu ordnen, an denen es nichts zu ordnen gab, das Haar saß wie gemauert unter dem feinen Netz. Im Korridor fiel eine Tür ins Schloß, das einzige Geräusch in der beklemmenden Stille. Nein, Pepi, der Wellensittich, den man angeschafft hatte, damit es nach Ginas Auszug nicht gar so still in der Wohnung wurde, rutschte unruhig auf seiner Stange hin und her. Dora besänftigte ihn mit einem leisen Zischen.

»Maximilian, ich nehme an, dich nicht richtig verstanden zu haben«, sagte sie schließlich nach einer kleinen Weile mit dem Versuch eines Lächelns. »Wie könnte ich auch?« Das klang beinahe kokett, wären da nicht die riesengroßen dunklen Augen gewesen, aus denen jede Herzlichkeit verschwunden war. Dora war auf der Hut.

»Es tut mir so leid, liebe Mama«, beeilte sich Maximilian zu versichern. »Ich kann mir keine größere Ehre vorstellen, als in eure Familie aufgenommen zu werden, doch es darf nicht sein. Eine Heirat mit Georgina würde eine dritte Person, deren Namen ich hier nicht nennen möchte, so tief verletzen, daß ich es mit meinem Gewissen nicht vereinbaren kann. Das allein ist der Grund für meinen Entschluß. Selbstverständlich werde ich mit Gina selbst darüber reden, doch wäre

ich dir sehr verbunden, verehrte Mama, wenn du sie ein wenig auf die veränderten Umstände vorbereiten könntest. Es würde mir die Aussprache erleichtern.« Immer noch hielt er den Kopf gesenkt. Die Generalin machte es ihm nicht gerade leicht.
Dora biß unmerklich die Zähne zusammen. Aha, dieses kleine Ladenmädel! Hatte sie es doch geahnt. Und dessentwegen sollte sich eine Offiziersfamilie in der ganzen Stadt lächerlich machen?! Nicht mit mir, Maximilian, murmelte Dora in sich hinein, nicht mit mir. Das hättest du dir früher überlegen müssen, einer Zuckerverkäuferin räumt eine Gahlen nicht das Feld. Laut aber sagte sie: »Du kannst von mir nicht im Ernst verlangen, Maximilian, daß ich mich für eine solche Rolle hergebe. Schließlich warst du es doch, der auf eine Verlobung bestand, nicht wahr? Und das sollte auf einmal vergessen sein? Ich denke jetzt vor allem an die Ehre meiner Tochter, wenn ich dir antworte, nein, lieber Schwiegersohn, so geht es nicht. Du hast Gina dein Wort gegeben, also erwarten wir – ich spreche auch im Namen meines Mannes –, daß du dich daran hälst.« Damit erhob sich Dora und ging zur Tür. Für sie war das Gespräch beendet.
Maximilian, der ebenfalls aufgestanden war, zögerte. Diesen hartnäckigen Widerstand hatte er nicht erwartet. Im Gegenteil, Dora versäumte keine Gelegenheit, ihn ab und zu recht deutlich merken zu lassen, daß er nicht unbedingt der Schwiegersohn war, den sie sich für ihre Tochter erhoffte. Man fand sich quasi mit ihm ab. Und nun diese Haltung? Er versuchte es ein letztesmal. »Und wenn ich trotzdem allerhöflichst ersuche…«

»Ich appelliere an deine Ehre als Hauptmann und zukünftiger Generalstabsoffizier«, tönte Doras Stimme mit leichter Schärfe durch den Raum. Wie ein Feldherr stand sie vor dem schweren geschnitzten Buffet aus schwarzgebeiztem Eichenholz, den Kopf in den Nacken geworfen, das Kreuz kerzengerade durchgedrückt. Pepi stieß (Zufall?) einen durchdringenden Pfiff (der Bewunderung?) aus. »Das sollte eigentlich genügen, meinst du nicht auch?«
Schweigend folgte Maximilian seiner Schwiegermutter in die Diele, immer noch schweigend ließ er sich von Agnes in den Mantel helfen (sie hatte ihn sorgfältig abgebürstet, ein kleiner Liebesdienst an den geschätzten Herrn Hauptmann, dem sie von allen Verehrern Ginas den Vorzug gab). Als Agnes wieder in der Küche verschwunden war, wandte sich Dora noch einmal an den Schwiegersohn. »Ich möchte dich bitten, Gina nichts von dieser Unterredung zu erzählen, es würde sie nur verletzen. Ganz aufgeregt ist sie heute nach München gefahren, um für euch nach einer Wohnung zu suchen. Für euch beide, verstehst du? Ich kann mich auf dich verlassen?« Es klang wie ein Befehl.
»Voll und ganz, liebe Mama.« Maximilian beugte sich tief über die Hand, die Dora ihm gnädig überließ. Zu seinem eigenen Erstaunen fühlte er sich nicht einmal so unglücklich. Wenn seine Mission auch kläglich gescheitert war, er hatte wenigstens versucht, diese Heirat zu verhindern, damit hatte er seiner Pflicht Marianne gegenüber Genüge getan. Im flotten Tempo schritt er, die Mütze in die Stirn gedrückt, die Straße zur Kaserne hinunter. Es hatte in der

Zwischenzeit mit dem Schneien aufgehört, dafür nieselte es.
Hinter dem Fenster in der Beletage stand Dora und folgte der hohen Gestalt mit den Augen. Ihre Hände zitterten. Jetzt konnte sie es sich ja eingestehen: die letzte Stunde hatte sie einen großen Teil ihrer Kraft gekostet. Aber es – sie atmete tief durch – es war ja noch einmal gutgegangen.

9

1923–1932 Würzburg und München

Maximilian hielt sich an die Abmachung. Gina erfuhr nichts von seinem Besuch bei der Mama, und auch Dora verkniff sich jede Andeutung ihrem Mann gegenüber, während Arthur ihr seinerseits die Zweifel des alten Wiedlein verschwieg. So erlebte Gina ihren Hochzeitstag, ohne zu ahnen, daß er um ein Haar gar nicht stattgefunden hätte. Das Schicksal erlaubte ihr, ganze sechseinhalb Stunden eine strahlende Braut und glückliche Ehefrau zu sein. Sechseinhalb Stunden, wie gesagt, dann zogen die ersten Wolken auf.
Ginas Besuch in München war erfolgreich gewesen. Sie hatte nicht nur eine Dreizimmerwohnung im Norden der Stadt gefunden, sondern auch einen, wie sie es auf ihre theatralische Art auszudrücken pflegte, Sommernachtstraum von Brautkleid. Nachdem Maximilian für die Miete würde aufkommen müssen, war die Wohnung recht bescheiden ausgefallen, das Kleid dagegen zählte zu den Geschenken der Eltern und wirkte entsprechend prächtig. Fast konnte man

es ein wenig herausfordernd nennen, das bodenlange cremefarbene Gewand mit den zwei Reihen schmaler Zipfel um Halsausschnitt und Ärmel, die aus der Ferne wie Marabufedern aussahen und damit etwas bühnenhaft wirkten, doch hatte Gina bereits angekündigt, daß sie das Kleid später in der Oper tragen würde, wo es zweifellos auch hingehörte. Eine stolze Erscheinung, die da am Arm des ernstblickenden Maximilian durch das Kirchenportal schritt und sich für den Fotografen in Positur stellte. Genau in diesem Augenblick passierte ein Malheur. Maximilian hatte, wie es Brauch war, eine Handvoll Münzen unter die Kinder geworfen. Als Anna, die kleine Schleppenträgerin, versuchte, auch einen Groschen davon zu erhaschen, stolperte sie in ihrer Hast über eine der Steinstufen und schlug sich böse die Nase auf. Blut tropfte über das Brautkleid.

»Ein böses Omen«, murmelte Agnes, der es den ganzen Tag über nicht recht wohl war. Bei Dorles Hochzeit war die Stimmung ausgelassener gewesen, so wie es sich für einen solchen Tag gehörte, aber vielleicht lag es auch an den besseren Zeiten damals. »Wenn das nur kein Unglück bringt!«

»Unsinn«, lachte Gina sie aus und legte den Arm um Rosa, die ihre Brautjungfer war. Rosa zwang sich zu einem Lächeln. So lustig war es nicht, ringsherum die Freundinnen heiraten zu sehen, während man selbst zwar das Doktordiplom in Aussicht hatte, dafür aber nicht den winzigsten Verehrer.

»Darf ich ihn umarmen?« flüsterte Rosa und deutete mit den Augen auf Maximilian. Gina zuckte mit den Achseln. Ehrlich gesagt, das wußte sie selbst nicht so genau. Wenn sie jetzt auch mit Maximilian offiziell verheiratet war, und er den verliebten Ehemann spielte, sie wurde ihm gegenüber eine gewissen Befangenheit nicht los. Er konnte manchmal so unnahbar wirken, fast eisig, vielleicht – so tröstete sie sich – hatte das aber auch mit seinem ungewöhnlichen Gesichtsschnitt zu tun, vor allem mit den schrägstehenden Augen. Nun, Gina vertraute darauf, ihn schon noch zum Schmelzen zu bringen, den geliebten Mann. Sie war mit den allerbesten Vorsätzen in die Ehe gegangen. Es kam also zu keinem Kuß, was Rosa dem Bräutigam irgendwie verübelte. Prompt setzte sie sich beim Essen neben seinen Freund, Major Schlegel, und würdigte Maximilian mit keinem Blick. Um es ein letztesmal festzustellen: sechseinhalb Stunden dauerte Ginas ungetrübtes Eheglück. Um zehn Uhr war die Trauung angesetzt, um zwölf Uhr dreißig fand das Essen im »Schwan« statt, und um sechzehn Uhr dreißig saß das Hochzeitspaar in der Eisenbahn und winkte einem betrübten Papa und einer gerührten Mama zu, die zu Hause mit den Gästen noch ein wenig weiterfeiern wollten. Die Fahrt ging nach Wien, wo im Hotel Sacher für sieben Tage ein Zimmer gemietet war (gleichfalls ein Hochzeitsgeschenk des guten Papas). Gina hatte sich für die Reise umgezogen, sie trug jetzt ein graues Schneiderkostüm, eine gepunktete Bluse und einen langen Seidenschal mit dichten Fransen. Leicht verschüchtert saß sie ihrem Gatten gegenüber und knotete die Fransen zu kleine Zöpfen. Zu dumm – immer wenn sie mit Maximilian allein war, ging ihr der Gesprächsstoff aus.

Maximilian schien das nicht zu merken, nervös zog er seine Uhr aus der Tasche. »Ob sie es jetzt schon weiß?« dachte er laut vor sich hin und studierte mit zusammengezogenen Brauen das Zifferblatt. Es zeigte fünf vor fünf.
»Wer, bitteschön, soll was wissen?« Gina machte runde, fragende Augen.
»Nun, wer schon«, fuhr ihr Mann sie etwas ungeduldig an. »Marianne natürlich. Ich habe ihr das Hochzeitsdatum verschwiegen, aber so verklatscht, wie dieses Würzburg ist, hat man es ihr bestimmt zugetragen.« Verbissen brütete er vor sich hin.
Gina schwieg. Was hätte sie auch darauf antworten sollen? Sicher war es für das Fräulein nicht angenehm, daß sich ihr langjähriger Freund mit einer anderen Frau verheiratete, andererseits ... das alles lag doch nun schon einige Zeit zurück, ein abgeschlossenes Kapitel. Um nicht ganz untätig dazusitzen, sah Gina aus dem Fenster. Ortschaften flogen vorbei, Wiesen, Felder, in der Ferne glänzte ein Fluß. »Da«, sagte sie, um ihn abzulenken, »die Donau.«
Ihr Mann hörte nicht. »Sie weiß es, ich fühle es, sie weiß es ganz genau. Oh, wie sehr muß es sie treffen, wie wird sie sich verletzt fühlen. Das arme, gute Kind!« Er streifte seine junge Frau mit einem fast wütenden Blick, als sei sie an allem schuld.
Ein Ehepaar ging an der Abteiltür vorbei. Das waren Bekannte der Mama, die ebenfalls nach Wien reisten, Gina hatte davon gehört. Sie wollten das junge Paar in seinem Glück wohl nicht stören, deshalb winkten sie nur grüßend durch die Glasscheibe und entfernten sich wieder.

Gina winkte zurück. Oh, wenn die Brahmers wüßten, wie es in diesem Augenblick um ihr angebliches Glück bestellt war. Maximilian kam aus dem Jammern und Seufzen und Bemitleiden gar nicht mehr heraus. »Die arme Nanni« und »Was habe ich ihr bloß angetan«, so und ähnlich stöhnte er in einemfort und verbarg das Gesicht in den Händen. Gina wußte allmählich nicht mehr, was sie dazu sagen sollte, das Herz wurde ihr schwer und schwerer. Bei jedem anderen wäre ihr längst die Hutschnur gerissen, hätte sie sich diese Disziplinlosigkeit (um nicht zu sagen Taktlosigkeit) energisch verbeten – Maximilian gegenüber fühlte sie sich wie gelähmt. In ihrer Verzweiflung tröstete sie sich mit Wien. Angesichts des Steffls, des Burgtheaters und des grünen Wienerwalds, angeregt vielleicht auch durch ein paar Gläser Wein, würde er schon seinen Gram vergessen und sich der Reize seiner jungen Frau erinnern. Also hielt sie tapfer durch.

Im Hotel kam es dann noch schlimmer. Kaum im Zimmer angekommen, einem richtigen Hochzeitsboudoir mit schummrigem Licht und dicken rosa Samtvorhängen, holte Maximilian ein Bild von Marianne aus dem Koffer und stellte es auf seinen Nachttisch. »Das bin ich ihr schuldig«, kommentierte er knapp und verschwand im Bad, um seine Toilettensachen auszupacken. Entnervt setzte sich Gina auf die Bettkante. Eine bezaubernde Situation. Zwei schwermütige goldfarbene Augen, die mit einem Ausdruck unendlicher Traurigkeit auf ihr ruhten, dazu ein Ehemann, dessen Gedanken einzig und allein bei eben diesen Augen weilten –

genauso hatte sie sich ihre Hochzeitsreise immer vorgestellt.
Sie bewältigte die Situation mit dem ihr angeborenen Humor und der ihr eigenen Selbstbeherrschung, doch leicht fiel es ihr nicht. Zwischendurch fing sich Maximilian dann auch wieder, scherzte mit dem Fiaker, der sie mit seinen beiden Rappen durch Wien kutschierte, tanzte mit seiner jungen Frau um Mitternacht vor dem Hotel einen Wiener Walzer und überreichte ihr mit zusammengeschlagenen Hacken ein Bund Veilchen – es blieb bei diesen kurzen Momenten. Die übrige Zeit spielte Marianne die Hauptrolle. Selbst bei den ehelichen Zärtlichkeiten, wo sich Gina ins Gesicht hinein sagen lassen mußte, wie wenig Vergnügen sie ihm doch bereite, im Gegensatz zu seiner langjährigen Geliebten. In diesem Augenblick liefen ihr zum erstenmal die Tränen die Wangen hinunter, bisher hatte sie ihren Kummer tapfer heruntergeschluckt. Doch was half's? Nachdem sie diesen Mann nun einmal hatte haben wollen, blieb nichts übrig als durchzuhalten. Er würde sich schon noch besinnen, der Maximilian.
In München wartete eine düstere Wohnung auf das Ehepaar. Sie ging auf einen ebenso düsteren Hof hinaus, wo eine kleine Birke vor sich hindorrte und schreiende Kinder auf einem Kohlenhaufen spielten. Gina beobachtete das zweifelhafte Idyll durch das Küchenfenster. Welch ein Gegensatz zu dem Garten in der Friedensstraße mit seiner Geißblattlaube, den bunten Blumenrabatten und dem Vogelgezwitscher, in dem sie jeden ihrer gefiederten Freunde erkannte. Doch dies war ja erst ein vorläufiger Kompromiß,

eines Tages würden sie es schon zu einer Herrschaftswohnung bringen, am Englischen Garten vielleicht oder in Bogenhausen. Dann wollte sie, Gina, an schönen Tagen ihren Tee am Chinesischen Turm trinken, und Maximilian hätte Gelegenheit, durch den Park zu reiten.
Bis dahin war allerdings noch etwas Zeit, die frischgebackene Ehefrau erwartete erst einmal ein Kind. In der Tat – weder Ginas Kummer noch Maximilians zeitweilig unritterliches Verhalten hatten dieses Ereignis verhindern können. Gina würde im Hochsommer Mutter werden.
Der künftige Vater nahm die Nachricht mit Gleichmut entgegen. Viel mehr beschäftigte ihn sein Generalstabslehrgang, außerdem meldeten sich seine Malariaanfälle – ein altes Leiden aus Afrika – wieder intensiver. In regelmäßigen Abständen suchten sie ihn heim. Dann lag er auf dem Sofa, zitternd vor Schüttelfrost, während Gina auf seine Anweisung hin rings herum den Parkettboden feucht aufwischte, es brachte ihm angeblich Erleichterung. Ihm vielleicht schon, der werdenden Mutter jedoch fiel das Bücken von Tag zu Tag schwerer.
Hatte die Mama aus den Briefen der Tochter herausgelesen, daß bei Gina nicht alles zum Besten stand, oder war es schlicht die Großstadt, die lockte – jedenfalls stand Dora eines Tages vor der Tür in der Destouchesstraße, in einem jagdgrünen Reisekostüm und mit ein paar Gläsern von Agnes' Eingemachtem.
»Glücklich schaust nicht aus«, sagte sie der Tochter unverblümt ins Gesicht, die leidend wirkte, was aber – man muß gerecht sein – auch mit dem Münchner

Föhn zusammenhing, der den Himmel nun seit mehr als einer Woche weißblau färbte. »Das muß geändert werden.«

Im ersten Zorn wollte sie sich den Schwiegersohn vornehmen, doch der krümmte sich wieder einmal auf dem taubenblauen Polster, bleich wie der leibhaftige Tod. Also mußte dem Elend von anderer Seite zu Leibe gerückt werden. Kurzentschlossen führte Dora das Ginele an zwei aufeinanderfolgenden Abenden in die Oper, einmal in »Rienzi«, das anderemal in den »Rosenkavalier« (Mutter und Tochter hatten seit einiger Zeit ihre Neigung zu Richard Strauß entdeckt, er konkurrierte in ihrer Gunst bereits mit Wagner), dann kommandierte die Mama: »Die Agnes muß her. Wenigstens bis das Kleine da ist. Der Papa und ich kommen schon eine Weile allein zurecht.«

Gina war mit allem einverstanden. Obwohl knapp zweiundzwanzig und normalerweise von robuster Gesundheit, litt sie sehr unter ihrer Schwangerschaft, doch lag dies wohl vor allem an ihrem seelischen Zustand. Maximilian zeigte sich noch immer nicht von seiner besseren Seite, seit dem Tag ihrer Hochzeit hielt er sie sorgfältig vor seiner jungen Frau versteckt. Hatte das nur mit seinem schlechten Gewissen gegenüber dem Fräulein Niedermayr zu tun? Ihr Bild stand jetzt, für jedermann sichtbar, auf dem Biedermeiertisch neben der Couch, sonst erwähnte er die Freundin mit keinem Wort. Er schien gealtert, seine Gesichtszüge wirkten hart, die braune Haut spannte sich über die ausgeprägten Wangenknochen, unter den Augen lagen dunkle Schatten.

War es ein Fehler, diesen Mann zu heiraten? überleg-

te Gina hin und wieder, wenn sie sich erschöpft auf einem Küchenstuhl ausruhte. Diesen Eigenbrötler mit seinen Junggesellenmarotten und dem überempfindlichen Gewissen einer vergangenen Liebe gegenüber? Aber sie liebte ihn doch, zitterte noch immer vor jungmädchenhafter Erregung, wenn sie seine drahtige, aufrechte Gestalt in der hellen Uniform sah. Wäre er doch nur ein klein bißchen weniger zugeknöpft, weniger unleidlich gewesen! Neulich erst machte er ihr einen Riesenkrach, als Gina ein paar Stück Torte zuviel gekauft hatte, und das in Gegenwart ihrer neuen Bekannten Gerda de l'Atour, die ganz entgeistert schaute.
An einem Freitag im Juni kam der kleine Joachim Arthur zur Welt.
Am selben Tag beendete sein Vater, Hauptmann Freihoff, seinen Lehrgang mit Erfolg und war damit dem ersehnten Berufsziel einen Schritt nähergekommen. Von nun an war es ihm erlaubt, karmesinrote Streifen an der Hose zu tragen, außerdem standen ihm alle Wege zu einer höheren Offizierslaufbahn offen. Wog das für einen leidenschaftlichen Soldaten, wie er es war, nicht ein wenig mehr als ein schreiender Säugling?
»Aha, ein Bub«, sagte er nur, als ihm die alte Agnes stolz das weiße Bündel entgegenhielt. Gina beobachtete die erste Begegnung zwischen Vater und Sohn von ihrem Bett aus. Es hätte gerade noch gefehlt, daß er eilig hinzufügte: »Hoffentlich erfährt die Nanni nichts davon«, dann wäre es aber um ihre Beherrschung geschehen. Doch er sagte nichts dergleichen. Dafür erfuhr Gina hinterher, wie er sich erfreut ge-

genüber einem Kameraden äußerte, daß sich Ginas Figur endlich wieder in normalem Zustand zeigte. Ihr gewaltiger Umfang hatte ihn schon arg gestört, den Herrn Generalstabsoffizier und Ästheten.

Kaum hatte der kleine Joachim die ersten unsicheren Schritte getan, so konnte er getrost der Obhut von Agnes überlassen werden (auf eigenen Entschluß war sie nun doch in München geblieben. Man brauchte sie hier dringender als bei den alten Herrschaften), stürzte sich Gina mit Eifer ins Münchner Gesellschaftsleben. Die Mutterrolle hatte ihr Selbstbewußtsein neu gestärkt. Sie sah gar nicht ein, daß sie an der Seite eines mißgelaunten, kränklichen Mannes ausharren sollte, während draußen das Leben mit all seinen Freuden lockte. Dies hier waren ihre besten Jahre, und sie wollte sie nützen.

Durch Vermittlung der Gerda l'Atour hatte es endlich mit einem Opernabonnement geklappt. Gina sah die »Salome« und »Capriccio«, beide Aufführungen von Richard Strauß persönlich dirigiert, und für die legendäre »Ring«-Inszenierung mit Paul Bender harrte sie vier Abende hintereinander im Balkon der Münchner Staatsoper aus (was ihr Agnes allerdings ein wenig verübelte. Schließlich gab es da noch ein Kind). So mancher Operngucker richtete sich auf die stattliche junge Frau, die mit lebhaftem Lachen und leicht koketter Allüre den Kopf nach allen Seiten drehte, stets darauf bedacht, ihre ausgeprägte

Nase nicht allzu unvorteilhaft zur Geltung zu bringen. Dafür wußte sie die goldblonde Haarflut und die großen ausdrucksvollen Augen umso wirkungsvoller zu betonen. Da Ginas Budget begrenzt war, hatte sie angefangen, sich ihre Garderobe selbst zu nähen. Sie zeigte sich darin geschickt und stand bald in dem Ruf, eine hochelegante Frau zu sein. »Eine Erscheinung«, wie es allgemein hieß.

Maximilian beobachtete den gesellschaftlichen Ehrgeiz seiner Frau mit Mißfallen. Er spielte den Eifersüchtigen. Gina in die Oper begleiten wollte er nicht, dafür mußte sie sich bei ihm zeigen, bevor sie in großer Toilette die Wohnung verließ. Wie eine Tanzpuppe drehte sich Gina um die eigene Achse. Sah sie in ihrem mohnroten Kleid mit dem schwarzen Kordelbesatz nicht wie die Marschallin Werdenberg persönlich aus?

Maximilian murmelte etwas Unverständliches und zupfte an ihrem Ausschnitt herum. Mußte sie sich denn unbedingt vor aller Welt entblößen und das als junge Mutter? Seine Rache folgte auf dem Fuß. Als Gina beim nächsten Casinoball von einem schmukken jungen Offizier aufgefordert wurde, schüttelte ihr Mann entschieden den Kopf. Nein, nein, kam gar nicht in Frage. Schluß mit der Fremdgeherei, wie er es nannte, sie gehörte an seine Seite und sollte das gefälligst auch in der Öffentlichkeit zeigen. Zornig fuhr Gina nach Hause und drückte den schlafenden Joachim fest an sich.

Joachim war ein auffallend braver Junge, der an seine Mutter keine großen Ansprüche stellte. Stundenlang hockte er unten im schattigen Garten und beschäftig-

te sich mit seinen Soldaten, vergrub sie unter der Erde, ließ sie marschieren oder von einer Granate (Kastanie) treffen, bis Agnes ihn dann holte und zum Einkaufen mitnahm. Die Liebe zum Soldatenspiel hatte er von seinem Vater geerbt (und seinem Großvater, beharrte Gina), desgleichen dessen tiefliegende graublaue Augen und das unzugängliche Wesen. Er haßte es, wenn man ihn auf den Arm nahm und starrte abweisend zur Seite, wenn fremde Tanten an ihm herumzupften und ihn anlächelten. Seine Agnes liebte er heiß, gleich darauf folgte seine Mutter, die ihn herzte und küßte und zu festlichen Anlässen als modischen kleinen Herrn herausputzte, was ihm nun wiederum gar nicht gefiel. Mit seinem Vater kam er selten zusammen. Der war zwar recht stolz auf seinen Sohn und machte sich gelegentlich den Spaß, ihm seine Offiziersmütze über die Ohren zu stülpen, ab und zu teilten sich die beiden auch eine Tafel Pfefferminzschokolade, ansonsten wußten Freihoff senior und junior nicht viel miteinander anzufangen. Joachim machte sämtliche Kinderkrankheiten durch, Maximilian hatte mit seiner Malaria zu tun. So verlangten beide Ginas Fürsorge, die Hauptlast ruhte auf ihren Schultern.
Im Jahre 1927 passierten ein paar Dinge, die Ginas Leben von Grund auf ändern sollten. Zunächst kam es zu immer häufigeren und heftigeren Auftritten mit ihrem Mann. Der wollte es endgültig nicht länger dulden, daß seine Frau von einem Vergnügen zum anderen eilte und darüber, wie er mit finsterer Miene bemängelte, Mann und Kind vernachlässigte. Bekam sie nicht auch Briefe von einem fremden Mann?

»So etwas nenne ich Untreue!« Mit lautem Türknallen verließ Maximilian die Wohnung und kehrte erst am übernächsten Tag zurück. Gina wußte nicht, was sie davon halten sollte. Sie beschloß, keine neugierigen Fragen zu stellen, nahm statt dessen weitere Briefe eines Oberst Markwort entgegen. Sie waren ganz harmlos, schwülstige Komplimente eines einsamen Witwers, der die junge Frau aus der Ferne verehrte.
Von nun an verschwand Maximilian in unregelmäßigen Abständen, blieb ein oder zwei Tage weg, einmal sogar ein ganzes Wochenende. Selbst Agnes brachte es nicht länger fertig, das Benehmen des gnädigen Herrn zu entschuldigen. »Bei dem Herrn General wäre das nicht passiert, aber er ist halt krank, der Herr Hauptmann.«
»Ist das ein Grund?« fragte Gina zurück und musterte sich besorgt im Spiegel. Tatsächlich, das erste graue Haar schimmerte an der Schläfe. Und das im Alter von nicht einmal fünfundzwanzig!

Heitere Abwechslung versprach der Besuch der Freundin Rosa. Sie wohnte noch immer in Frankfurt und arbeitete dort in einer Anwaltskanzlei als Spezialistin für Wirtschaftsrecht, war also eine richtig emanzipierte Frau. Die Hoffnung auf einen Ehemann hatte Rosa Herschel zu den Akten gelegt, es war schon ein bißchen zu spät dazu, außerdem – war Gina nicht der beste Beweis, was daraus werden konnte?! Eine schwere Fron, dieses Ehejoch. Nach wohlmeinender Freundinnenart stocherte Rosa genüßlich in der Wunde herum. Immerhin hatte Gina einen reizenden Sohn, den sie ihr nur mit halbem Herzen gönnte. Die beiden Frauen saßen im Café Teichlein in der Ludwigstraße, beliebter Treffpunkt pensionierter Offiziere. Rosa aß eine Schwarzwälderkirschtorte und hatte ihre Baskenmütze neben sich auf den Stuhl gelegt. Sie trug neuerdings einen flotten Bubikopf, der mittels einer Hornspange gebändigt war, dazu ein nur kniekurzes Kleid mit einem Flatterschal. Gina in ihrer damenhaften Eleganz sah dagegen fast altmodisch aus.

»Weißt du, wer in Frankfurt die Wohnung neben mir hat?« eröffnete Rosa das Gespräch und tupfte sich einen Sahneklecks von den geschminkten Lippen.

Gina schüttelte den Kopf. Wie sollte sie? In Frankfurt kannte sie keinen Menschen.

Rosa legte eine wirkungsvolle kleine Pause ein, bevor sie mit ihrer Überraschung herausrückte. »Nun, das Fräulein Niedermayr, du weißt schon, die Marianne. Ich habe sie zwar erst einmal auf der Treppe gesehen, aber ihr Name steht auf dem Türschild.«

Gina beugte sich gespannt nach vorn. Die Sache begann sie zu interessieren. Natürlich, nach Frankfurt zu ihrem Bruder war das Fräulein damals gezogen, sie erinnerte sich.

»Und hören kann ich sie auch«, fuhr Rosa nicht ohne Genuß in ihrer Erzählung fort. Mit spitzen Fingern entnahm sie ihrem Silberetui eine Zigarette, klopfte ein paarmal darauf herum und ließ ein Streichholz aufflammen. »Fast jeden Abend, da weint und schluchzt sie zum Gotterbarmen. Täte sie mir nicht so leid, ich würde mir die Ruhestörung energisch verbitten.«

»So.« Ginas einzige Reaktion. Es reichte ihr. Mehr wollte sie von diesem Thema nicht wissen, das ihr schließlich die ganze Hochzeitsreise verdorben hatte. Doch die Freundin ließ nicht locker.

»Das Bild deines Mannes scheint auf ihrem Sekretär zu stehen. Die Hausmeisterin erzählte mir davon. Ein nicht mehr junger Offizier mit Malaienaugen, wie sie ihn beschrieb. Könnte auf Maximilian zutreffen.«

Gina zuckte mit den Schultern. Dort sein Bild, bei ihr zu Hause Mariannes Bild. Deren Sache, wenn beide eine derartig sentimentale Art von Treue pflegten. Sie hatte sich notdürftig damit abgefunden.

»Neulich ist er sogar zu Besuch gewesen, dieser Herr«, fuhr Rosa unerbittlich fort und scheitelte mit gespreizten Fingern ihren Bubikopf. Maximilians frostiges Benehmen bei seiner Hochzeit hatte sie nie verziehen. »Wenigstens meint das Frau Kerler, die Hausmeisterin.«

»Maximilian bei dieser Person?« fuhr Gina auf. Eine glühende Pfeilspitze bohrte sich in ihr Herz, nahm ihr fast den Atem. Sie wurde blaß bei dem Gedanken, daß er sie hinterging. War das also der Grund für seine dauernde Abwesenheit ..?! Heimliche Liebesreisen nach Frankfurt, während sie daheim mit dem kranken Jungen...

»Ob es dein Mann war, ist natürlich nicht bewiesen«, versuchte Rosa einzulenken. Daß der ins Blaue abgesandte Pfeil so schnell und so genau sein Ziel erreicht hatte, überraschte sie selbst, und es tat ihr leid. »Ich spreche nur Vermutungen aus. Trotzdem der ernstgemeinte Rat einer alten Freundin: Behalte deinen Göttergatten zukünftig genau im Auge. Männern ist nicht zu trauen, den alternden schon gar nicht. Und nun schlage ich vor, daß wir das Thema wechseln. Erzähl mir von der Reinhardt-Inszenierung des ›Sommernachtstraums‹. Die Zeitungen überschlagen sich ja vor Begeisterung. Bäume und Büsche, die sich in Elfen verwandeln, dafür Kostüme von fast barocker Pracht. Ist das alles wahr?«

Gina nickte. Ja, die Aufführung war überwältigend gewesen, das Phantastischste, was sie je auf der Bühne gesehen hatte. Mühsam schilderte sie der Freundin ihre persönlichen Eindrücke von diesem Stück. Theseus und Hippolyta in Purpurgewändern mit goldenen Helmen, flankiert von großen weißen Windhunden ... Hinter ihrer Stirn aber stürmte es. Ein Ladenmädchen – Gina schürzte verächtlich die Lippen –, eine hergelaufene Verkäuferin, die sich erdreistete, in eine fremde Ehe einzubrechen. Und das ihr, einer geborenen von Gahlen, der Tochter eines Generals. Ein Skandal, nein, schlimmer noch, eine Unverschämtheit allerersten Ranges. Aber das würde sie sich nicht bieten lassen. Ihre Empörung war so groß, daß sie nicht merkte, wie Oberst Markwort an ihren Tisch trat. Er hatte am Nebentisch gesessen und die beiden Frauen durch seinen Kneifer beobachtet.

»Ist es mir gestattet, die Damen zu einem Mandellikör einzuladen?« Hingebungsvoll war sein Blick auf die bleiche Gina gerichtet.

Die schüttelte zuerst den Kopf. »Nein, vielen Dank, im Augenblick nicht. Wir sind in Eile.« Obwohl seine Aufmerksamkeit Balsam für ihre wunde Seele war, erst einmal mußte sie ihre häuslichen Verhältnisse in Ordnung bringen.

Die Gelegenheit ergab sich noch am gleichen Abend. Joachim, ausnahmsweise fieberfrei, schlief friedlich in seinem Gitterbett, einen bayerischen Zinnkürassier an die Wange gepreßt, Agnes war eine Cousine besuchen gegangen. Das Ehepaar war also ungestört. Gina begann von Rosa zu erzählen, wobei sie sich nicht lange bei Unwichtigkeiten aufhielt, sondern sogleich auf das Fräulein Niedermayr zu sprechen kam. Sie fragte ihren Mann offen heraus, ob es wahr sei, daß er das Fräulein in Frankfurt besucht hätte. Mit der Teetasse in der Hand lief sie erregt auf und ab.

Maximilian wirkte verdutzt, leugnete aber nicht. Ja, sie hätten sich einige Male gesehen, weil Marianne darum gebeten hatte. Sie litt immer noch schwer unter der Trennung, da sei es seine Kavalierspflicht, ihr beizustehen. Ganz rein schien sein Gewissen aber nicht zu sein, denn unversehens drehte er den Spieß um und begann Gina anzugreifen. Diese vermaledeite Amüsiersucht seiner Frau, die ihn zum Gespött seiner Kameraden machte, er hätte den Zirkus endgültig satt. War sie sich denn nicht zu gut, mit dieser abgetakelten de l'Atour herumzuziehen, die den miserabelsten Ruf von ganz München hatte und die Männer wie die Hemden wechselte? Er schrie und tobte so laut, daß Joachim aufwachte und weinend nach Agnes rief.

Ein objektiver Beobachter hätte Maximilian zugebilligt, daß es sich bei ihm um einen tiefunglücklichen, innerlich zerrissenen Menschen handelte, der von seiner alten Schuld nicht loskam. Das machte ihn auch so ungerecht. Doch Gina war von der Angele-

genheit zu sehr betroffen, um das zu erkennen. Sie fühlte sich verraten, gedemütigt, an der Nase herumgeführt. In aller Eile machte sie sich daran, ihre Sachen zusammenzupacken. Keine Stunde länger wollte sie in der Wohnung bleiben.
Ein Malariaanfall von Maximilian hielt sie zurück. Es war der schwerste, den er je erlebt hatte, und er entwickelte sich so dramatisch, daß Gina Angst bekam und den Arzt holte. Der runzelte die Stirn und konstatierte ein Leberleiden. Hatte Gina nicht bemerkt, daß die Gesichtshaut und Augäpfel ihres Mannes seit längerem gelblich verfärbt waren? Nein, hatte sie nicht, doch sie versprach, ihn nach Kräften zu pflegen. So verging ein halbes Jahr.
Seine Krankheit hinderte Maximilian nicht daran – Rosa hielt ihre Freundin auf dem laufenden –, weiter mit Fräulein Niedermayr in Verbindung zu bleiben. Als Gina ihm das erregt vorhielt, schwenkte er wortlos ein Bündel Briefe, Oberst Markworts Verehrerpost. Gina war erbost. Nicht so sehr, daß er den – harmlosen – Inhalt der Briefe kannte, vielmehr kränkte es sie, daß Maximilian es fertiggebracht hatte, das Kästchen, in dem sie ihre Korrespondenz aufbewahrte, kaltblütig aufzubrechen. Sie nannte das Vertrauensbruch. Eines kam zum anderen, die Situation spitzte sich zu. Eine unerfreuliche Atmosphäre, in die der kleine Joachim da hineinwuchs.
Am letzten Tag des Jahres 1929 schied Hauptmann Maximilian Freihoff aus dem Offiziersdienst. Seine Karriere im Generalstab war nur kurz gewesen, gesundheitliche Gründe zwangen ihn, vorzeitig seinen Abschied zu nehmen. Am gleichen Abend sprach er

vor seiner Frau den folgenschweren Satz aus: »Jetzt könnte ich ja die Nanni heiraten.«
Darauf antwortete Gina: »Dann heirate sie doch, die Briefträgerstochter« und rauschte aus dem Zimmer. Wie sich der Kreis schloß! Hatte Marianne nicht damals ähnlich gesprochen? Der Papa, der von Würzburg aus die Ehe seiner Tochter mit Besorgnis verfolgte, bot sich an, den Schwiegersohn zur Rechenschaft zu ziehen, doch Gina lehnte ab. Maximilian hatte sie zu sehr gekränkt, eine Versöhnung kam nicht in Frage. Stärker noch war aber ihr Haß auf diese Person Niedermayr, die Maximilian mit ihren Tränen und Seufzern so lange unter Druck gesetzt hatte, daß er darüber seine Familie verriet.
Gina hatte das Haus verlassen, als ihr Mann begann, seine wenigen Sachen zusammenzupacken, er brauchte kaum eine Stunde dazu. Danach trat er ans Fenster und sah auf den Hof hinunter, wo sein Sohn Joachim mit ein paar Freunden spielte. Sie spielten Eisenbahn und ahmten mit Zischen und Gestampfe die typischen Zuggeräusche nach. »Ich bin ein Güterzug«, rief der Anführer, ein Feuerkopf, »vollbeladen mit Kisten und Säcken. Tutututututut. Und was bist du?« »Ich bin ein D-Zug«, tat sich ein winziger Knirps groß, »mit Speisewagen und Salonwagen und Erste Klasse-Abteilen. Und du, Joachim?« Das Kind überlegte. Die Freihoff'schen Augen zogen sich zu schmalen Schlitzen zusammen, in seiner blauen Bluse mit dem weißen Spitzenkragen hob sich Joachim deutlich von seinen Spielkameraden ab. »Ich bin ein Luxuszug«, sagte er dann mit leiser, aber fester Stimme. Die Worte drangen bis zu Maximilian hinauf. Trotz seiner

unguten Stimmung mußte er lächeln. Das Bild auf dem Hof nahm er als Andenken an seinen Sohn mit. Die tatsächlichen Gründe, weshalb Maximilian Freihoff endgültig zu Marianne zurückkehrte, liegen im Dunkeln, er kannte sie wohl selber nicht. Eine ganze Reihe von Dingen trafen hier zusammen. Sicherlich hatte sich Gina nicht als die Frau erwiesen, mit der Maximilian sein Leben zu teilen wünschte. Von Nanni her war er ein sanftes, fügsames Wesen gewohnt, Gina aber zeigte ihren eigenen Kopf und liebte es, hofiert zu werden – Dinge, die man einer so jungen Person nicht einmal zum Vorwurf machen kann. Maximilian aber nahm sie zum Anlaß, um den Bruch herbeizuführen. Was ihn nach wie vor belastete und sich allmählich zum massiven Schuldkomplex entwickelte, war die Gewißheit, einen unschuldigen Menschen, nämlich Marianne, für den Rest ihres Lebens unglücklich gemacht zu haben. Der Gedanke daran ließ ihn nicht mehr los. Nun aber spielte ihm der Zufall zwei Trümpfe in die Hand: Ginas angebliche Untreue, worunter er ihren Briefwechsel mit einem fremden Mann verstand, und seinen Abschied vom Militär. Beides ebnete ihm den Weg zu einer Heirat mit Marianne. Also zog er die Konsequenzen.
Das Ehepaar wurde in beiderseitigem Verschulden geschieden. Joachim blieb bei seiner Mutter, Maximilian verpflichtete sich, die Hälfte seiner Pension an seine geschiedene Frau zu bezahlen. Gleich nach der Scheidung heiratete er Marianne Niedermayr und zog zu ihr nach Frankfurt.
Gina kehrte für die nächste Zeit ins Elternhaus zurück. Joachim erzählte sie, sein Vater sei gestorben.

Das Kind vermißte ihn kaum, umso enger schloß er sich an den Großvater an. Die Pakete mit Pfefferminzschokolade, die Maximilian in unregelmäßigen Abständen grußlos an seinen Sohn schickte, gab Gina ungeöffnet an einen Kindergarten weiter. Nichts sollte mehr an ihn erinnern. Einmal war es auch eine Spielzeugeisenbahn, viel zu teuer und aufwendig für einen fünfjährigen Jungen, sie ging den gleichen Weg.

Marianne hatte nicht viel von ihrem Glück. Zwei Jahre nach der Hochzeit starb Maximilian, er war die ganze Zeit über bettlägrig gewesen. Gina erfuhr von dem Tod, als sie auf einem Ball tanzte. Ihr Tischherr, Sohn eines ehemaligen Regimentskameraden von Maximilian, verbreitete die Nachricht im Flüsterton. Auf der Stelle brach die junge Frau den Tanz ab und ließ sich nach Hause bringen. Ein Kapitel ihres Lebens schien abgeschlossen.

Doch dem war in Wirklichkeit nicht so. Georgina dachte gar nicht daran zu vergessen. Von nun an konzentrierte sich ihr ganzer Haß auf das Ladenmädchen Marianne, das ihr den Mann weggenommen hatte. Die Ehebrecherin, wie Gina sie zu titulieren pflegte. Wehe, ihr Sohn würde eines Tages in die Netze einer solchen Person geraten. Dann würde sie, seine Mutter, wie eine Löwin um ihr Junges kämpfen.

10

1932–1966 Würzburg und München

Nach eigenem Eindruck verlebte Joachim eine wunderschöne Kindheit. Gewiß, er hatte keine Geschwister, und die Erinnerung an den Vater verblaßte auch mehr und mehr, doch dafür gab es den geliebten Großvater, der den Hauptteil seiner Zeit dem Enkel widmete, mit ihm zeichnete und nachmittagelang durch den Wald streifte, und dann natürlich die beiden Damen – Dora und Georgina. Agnes lebte nicht mehr im Haus. Kurz nach ihrem achtzigsten Geburtstag war sie in ein Diakonissenheim übergesiedelt, wo sie sich bis zuletzt beharrlich weigerte, heimisch zu werden, und Sonntag für Sonntag auf die gnädigen Herrschaften wartete.

Bei einem der Besuche passierte es, daß der treuen Seele vor Joachim die Bemerkung entschlüpfte, er sei das Kind aus einer geschiedenen Ehe. Diese Mitteilung erstaunte Joachim viel weniger als daß sie Mutter und Großmutter entsetzte. Man war sich einig gewesen, mit dieser Eröffnung bis zur Konfirmation des Jungen zu warten, und nun hatte Agnes dazwischengepfuscht! Doch Joachim zeigte sich wenig beeindruckt. Einzig zwei Fragen interessierten ihn: Wie viele Orden hatte sich der Vater verdient und wo befanden sich die Reste seiner Uniform.

Gina kniff die vollen Lippen zusammen. Bravo, nun war es glücklich geschafft, man befand sich mitten im Thema. »Nicht in unserem Haus, mein Kind, dafür hat Frau Marianne Freihoff schon gesorgt«, pfiff sie nach Art der lieben Mama recht indigniert durch die

Zähne. »Doch wenn du glaubst, daß ich mich mit dieser Person auseinandersetze, befindest du dich im Irrtum. Nicht solange ich lebe. Obwohl dir als einziger Sohn natürlich einiges an Erbgut zustehen würde.«

Es gab also außer einer Gina Freihoff, seiner von ihm sehr verehrten Mutter (sie spielte mit dem Gedanken, ihren Mädchennamen wieder anzunehmen), noch eine Marianne Freihoff. Wieder eine Tatsache, die Joachim kaltließ. Nur hätte er zu gern ein paar militärische Erinnerungsstücke an seinen Vater besessen, so wie er sie bei anderen Buben gesehen hatte. Doch seine Mutter untersagte ihm, in dieser Angelegenheit nach Frankfurt zu schreiben. Es hatte weiß Gott genügt – ihr immer wiederkehrendes Argument –, daß sie gezwungen gewesen war, wegen der Witwenrente und einiger persönlicher Papiere mit dieser Frau in Korrespondenz zu treten. Zu ihrer großen Verwunderung hatte Marianne sogar freundlich geantwortet.

»Aber wenigstens ein Bild wird es doch von meinem Vater geben.« Joachim ließ nicht locker. Seine Hartnäckigkeit war mütterliches Erbteil. Ansonsten geriet er immer stärker nach Maximilian, besonders, was seine extreme Verschlossenheit betraf, die manchmal direkt unhöflich wirkte. (»Freihoff'scher Charme« nannte es seine Mutter, wobei ihr süffisantes Lächeln keinen Zweifel darüber ließ, was sie von dieser speziellen Art von Charme hielt.)

»Ein Bild wenigstens«, beharrte Joachim mit niedergeschlagenen Augen. Die Mutter schüttelte den Kopf. Zum letztenmal nein, und nun Schluß mit dem

Thema, sonst würde er in seinem Zimmer zu Abend essen.
Joachim beschloß, sich selbst um die Sache zu kümmern. Das Glück half ihm dabei. In seinem Kinderalbum, das ihn normalerweise wenig interessierte, fand er zwei Fotos, die ihm im engen Zusammenhang mit seiner Familiengeschichte zu stehen schienen. Auf dem größeren identifizierte er die Mutter neben einem freundlich lachenden Mann vor dem Würzburger Kirchenportal, der Mann in Uniform mit blankgestriegeltem Haar und spitzzulaufenden Augenbrauen, die Mutter in einem pompösen Brautkleid. Das mußte das Hochzeitsbild der Eltern sein. Mehr beeindruckte ihn noch das andere Foto. Es zeigte den gleichen Mann, der an einem Gartentisch saß und sich mit einem Ausdruck unendlicher Zuneigung zu einem etwa vierjährigen Kind in Lederhosen herunterbeugte, in dem Joachim sich selbst erkannte. So gleichgültig konnte er also dem Vater nicht gewesen sein. Aber nein, die Mutter bestand darauf, daß der sich keinen Deut um seinen Sohn geschert habe. »Nur seine Verkäuferin, die hatte er im Kopf. Als Vater ein hundertprozentiger Versager. Aber tröste dich, ich habe am meisten darunter gelitten.«
Joachim verlor die Sache aus den Augen, es gab Wichtigeres für einen Elfjährigen. Am meisten war er erschüttert, als der Großvater starb. Wie schlafend fand ihn Dora eines Morgens im Bett, ein Blatt Papier in der Hand, auf das die ersten Striche eines gewaltigen Hirschgeweihs gezeichnet waren, Spuren von Farbe an den Fingerspitzen. Ein friedliches Lächeln verschönte sein feines Gesicht. So unaufdringlich

und rücksichtsvoll, wie er sechsundsechzig Jahre lang durchs Leben gegangen war, verließ Arthur von Gahlen jetzt auch die Welt.
Sein Verlust veränderte im Handumdrehen die Familienatmosphäre. Hatte Arthur stets begütigend auf seine beiden temperamentvollen Frauen eingewirkt, so gerieten sich Mutter und Tochter jetzt immer öfter in die Haare. Eine der Hauptursachen war, daß sich Gina finanziell abhängig von der Mutter wußte. Während diese die stattliche Pension einer Generalswitwe einstrich und davon sehr gut leben konnte, mußte Gina sich mit der Hälfte einer Hauptmannswitwenpension begnügen – und das mit einem Kind! Um wenigstens einigermaßen über die Runden zu kommen, war sie gezwungen, Näharbeiten anzunehmen, die sie mit viel Sorgfalt und unter großem Seufzen erledigte.
Gina war noch jung, gerade dreißig, und die Enge der Kleinstadt zu ertragen, fiel ihr nun doppelt schwer. Auch Dora fühlte sich ohne Arthur in Würzburg nicht mehr so recht wohl, zu vieles im Haus und in der Stadt erinnerte an ihn. Die Damen beschlossen, nach München umzuziehen. Dort besaß Gina einen großen Bekanntenkreis (zu dem unter anderem die skandalumwitterte de l'Atour gehörte, aber auch Künstler und Offiziere), dort spielte sich das Gesellschaftsleben in einem glanzvollen Rahmen ab, dort gab es Oper und Konzerte.
Joachim kam in ein Knabeninternat – so hatte die Mutter entschieden. Sie hätte ihm keinen größeren Gefallen tun können. Schon als kleiner Bub war Joachim kein »homme à femmes« (das änderte sich

auch mit den Jahren nicht), sah sich zu seinem größten Unbehagen jedoch ausschließlich von Frauen der verschiedensten Altersstufen umgeben (außer der Mutter und der Großmutter gesellten sich nach Großvaters Tod noch Tante Hetty, Cousine Nela sowie unzählige Freundinnen des Hauses dazu), die alle überschwenglich auf ihn einredeten, seine Wangen tätschelten und ihm partout eine Puppe in den Arm legen wollten. »Sieht er mit seinen goldigen Wellen nicht aus wie ein Mäderl?« Wütend schnitt er sich mit der Schere die Haare kurz und kämmte sie mit viel Verdruß und mit viel Wasser nach hinten. »Eine Fußballerfrisur«, bemängelte die Mutter und führte einen schnurgeraden Seitenscheitel ein.
In der Schule am Starnberger See nun fand Joachim die Bubengesellschaft, die er immer vermißt hatte. Durch Fürsprache eines Bruders des Papas sowie durch Einsatz ihres nicht unbeträchtlichen Charmes war es Gina gelungen, für Joachim einen Freiplatz zu erwirken, so daß er ihr nicht länger auf der Tasche lag. Dieses Problem hatte sich also erledigt. Gina war frei und konnte sich endlich wieder auf ihr eigenes Leben besinnen, was sie auch unverzüglich und mit wahrer Leidenschaft tat. Keine Opernpremiere, keine Maskerade im »Deutschen Theater«, keine größere Abendgesellschaft in den »Vier Jahreszeiten«, auf der die attraktive Witwe fehlte, oft war sie dabei von Dora begleitet oder der eine oder andere elegante Herr leistete ihr Gesellschaft. Joachim kam nur in den Ferien nach Hause. In der Zwischenzeit schrieb er zärtliche Briefe und legte Heldengedichte bei, aus denen die Großmutter eine erstaunliche Bega-

bung herauslas. Sie sammelte die Blätter in einer Schatulle.
Man schrieb das Jahr 1933. Es gab keine Weimarer Republik mehr, die Nazis hatten in Deutschland die Macht übernommen. Dora und Gina waren zu wenig politisch aufgeklärt, um die heraufziehende Gefahr zu erkennen, möglicherweise wollten sie diese auch gar nicht sehen. Was sie an dem neuen Regime vor allem störte, war sein »völkischer Anstrich«, wie es Dora ausdrückte, der plötzliche Aufstieg der sogenannten kleinen Leute, die, bisher wenig beachtet, mit einemmal das große Sagen hatten und darin auch noch von der Nationalsozialistischen Partei unterstützt wurden. Die Klassenunterschiede verwischten sich, aus dem Bürger wurde ein Volksgenosse. Eine Gesellschaftsordnung wie bisher existierte nicht mehr.
Es war der 1. September 1939, der Tag, an dem Deutschland Polen den Krieg erklärte. Die Familie saß bei einem Abendschoppen im gemütlichen Weinhaus »Neuner«, Gina mit Detlev Hessenau an ihrer Seite. Der Opernsänger war ihre neue große Liebe, hatte sich aber zu Ginas Leidwesen noch nicht erklärt, was wiederum Doras Vorurteile gegenüber dem gutaussehenden Detlev nur bestätigte. Ihre Tochter ein loses Verhältnis und das als Mutter eines halbwüchsigen Sohns! Ein gesellschaftlicher Faux pas ersten Ranges! Wie gut, daß der Papa das nicht mehr erlebte! Ging es jedoch um Freikarten für die Oper, war Dora nicht gar so pingelig. Kerzengerade und mit dem Nettle'schen Familienschmuck behängt, saß sie dann in einer der Logen oder im Par-

kett und sparte keineswegs mit Beifall, wenn Hessenau alias Baron Ochs dem Kammerkätzchen seine tölpelhaften Avancen machte. Doch gerade exakt bis zum letzten Takt des »Rosenkavaliers« – alsbald fiel Frau General in ihre alte Ablehnung zurück. Joachim dagegen war unbefangen. Er sah in Detlev einen älteren Freund, mit dem er lange und ernsthafte Gespräche führte.

Soeben nahm Gina einen Schluck vom süßen Traminer, da stürzte ein Zeitungsjunge in den Raum. »Deutschland hat Polen den Krieg erklärt! Krieg mit Polen!« posaunte er seine Schlagzeile durchs Lokal. Alles saß wie erstarrt, der Schock war zu groß. Damit hatte keiner gerechnet. Bis Gina sich als erste faßte. »Krieg! Krieg!« jubelte sie mit sich überschlagender Stimme und warf die Arme dramatisch in die Höhe. »Wir haben Krieg, wir haben Krieg! Jetzt wird Deutschland noch größer, noch mächtiger. Wir werden es unseren Feinden schon zeigen.« Sie war völlig außer sich vor Begeisterung. Es fehlte gerade noch, daß sie auf den Tisch sprang und vor Freude tanzte. Während Detlev Heesenau sich damit begnügte, seine Freundin lange und nachdenklich zu mustern, zeigte sich Dora empört. Wie konnte man sich als erwachsene Frau nur derart backfischhaft benehmen? »Ich bin sehr erstaunt, Georgina«, rügte sie laut, während sie in typischer Manier an ihren Manschetten zupfte und sie richtete. »Dein Bub wird in diesen Krieg ziehen müssen, und du brichst hier in Jubel aus. Ein merkwürdiges Benehmen, das muß ich schon sagen.«

Doch Gina hörte nicht. War es die halbe Flasche Traminer, die Gegenwart des Geliebten oder das Soldatenblut in ihr, was sie derart euphorisch machte? Joachim ihr gegenüber blieb still. Dieser Abend, soviel verstand der Sechzehnjährige, war kein gewöhnlicher Abend. Von jetzt an gehörte er zu den Erwachsenen.

Joachim war bisher ein Träumer gewesen, ein spröder, eigenwilliger Romantiker, der trotz der engen kameradschaftlichen Bindung zu seinen Mitschülern gern seiner eigenen Wege ging. Als Vorbild hatte er sich Rudolf Binding gewählt, Rittmeister und gefeierter Dichter, der – welch ein Zufall – genau gegenüber auf der anderen Seite des Starnberger Sees wohnte. Ein paarmal war Joachim um sein Haus gestrichen, ohne den Hochverehrten allerdings zu Gesicht zu bekommen. Dafür kannte er jede Zeile aus der »Reitvorschrift für eine Geliebte« auswendig, und einen Teil aus dem »Opfergang« konnte er auch zitieren. Offizier sein und zugleich Verse schreiben – so etwa stellte er sich seine Zukunft vor.

Mit einem Reiterregiment klappte es zwar nicht, aber eine Panzereinheit war es immerhin, zu der sich Joachim sofort nach dem Abitur meldete. Später kam er auf die Kriegsschule nach Dresden. Vielleicht gehörte er nicht zu den begabtesten Anwärtern, der modisch extravaganteste war er bestimmt. Obwohl die Vorschriften streng waren, brachte Joachim es fertig, seine Uniform auf unverwechselbare Art aufzuputzen (Kniff in der Mütze, »Sam Smith Belt« statt des vorschriftsmäßigen Koppels), darin ließ er seinen Vater erkennen. Und dann – der stolzeste Augenblick in seinem Leben – der Tag, an dem man ihm sein Offizierspatent überreichte. Niemals wieder – weder vorher noch nachher – spürte er dieses überwältigende Gefühl aus Glück und Triumph wie an jenem regnerischen Apriltag in der Reihe seiner Kameraden. Nicht bei der Hochzeit mit Lena, nicht bei der Geburt von Loraine, nicht einmal, als er Sibylle heiratete. Jetzt hatte er sich der Familientradition als würdig erwiesen, sein Großvater und ebenso sein Vater hätten stolz auf ihn sein können.

Der Krieg weitete sich aus, er hatte Freihoff durch halb Europa verschlagen – nach Frankreich, Griechenland, Rußland, bis ans Schwarze Meer. 1944 – das war sein schlimmstes Jahr – kämpfte er an der Invasionsfront in der Normandie und wurde bei einem Luftangriff schwer verletzt. Ein Granatsplitter fuhr ihm so heftig ins Bein, daß er ohnmächtig am Boden liegenblieb. Man operierte ihn sofort, doch der Unterschenkel blieb steif. Joachim würde für den Rest seines Lebens hinken.

»Leicht lädiert, aber lebendig«, telegrafierte er seiner Mutter, die aus Sorge um den Sohn die geplante Hochzeit mit einem gewissen Eugen Broich aufgeschoben hatte. Erst mußte der Sohn gesund zu Hause sein! Darauf hatte vor allem die Großmutter bestanden. Die beiden Damen hatten sich so recht und schlecht durch den Krieg gebracht, das Belastendste war der Gedanke an den Sohn und Enkel gewesen, der irgendwo in den vordersten Reihen kämpfte. Man konnte nicht viel anderes tun, als in Gedanken bei ihm zu sein und reichlich Feldpostpäckchen zu schicken.

Die Sorge um Joachim hatte Gina altern lassen, trotzdem war sie – inzwischen Anfang vierzig – immer noch eine ansprechende Frau. Das fand auch Rechtsanwalt Dr. Broich, ein Witwer, bei dem Mutter und Tochter nach einem Bombenangriff Unterschlupf gefunden hatten, und er machte Gina einen Heiratsantrag.

Dora reagierte leicht pikiert. Erst dieser Hessenau, der sich gottseidank in der Zwischenzeit verzogen hatte, und jetzt also der ältliche Jurist. Nun bitte, wenn es Georgina so wollte, sie, ihre Mutter, hatte bestimmt nicht vor, dem jungen Glück im Wege zu stehen. Aber erstmal ging es um den Jungen.

Kurz vor Weihnachten stand er dann überraschend vor der Tür, abgezehrt, das Gesicht voller Bartstoppeln, sie hatten ihn im Lager hungern lassen. Er stützte sich auf einen Stock. Umarmen ließ er sich von der Großmutter noch, doch als sie dann anfing, ihn wortreich zu bedauern, wehrte er ab. »Ich habe verdammt nochmal Riesenschwein gehabt im Gegensatz zu den meisten meiner Kameraden«, meinte er fast barsch und humpelte über die Türschwelle.

Seine Mutter stutzte. Es war nicht nur das schmale Augenpaar, das schräg über den hohen Wangenknochen eingebettet lag, als hätte kurz einmal eine tatarische Großmutter die Ahnenreihe gekreuzt, vor allem seine grimmige Art zu sprechen, erinnerte verblüffend an Maximilian. Ein echter Freihoff war nach Hause gekehrt.

Doch vor allem war es ihr Bub, und sie führte ihn ins Wohnzimmer, wo unter einer tiefhängenden Lampe ein behaglicher Abendbrottisch gerichtet war. Joachim atmete tief durch. Der summende Teekessel,

Offiziersschnittchen, blauweiß gerautete Servietten mit dem Gahlen'schen Wappen, dazu ein Päckchen Spielkarten auf der Anrichte – er war wieder daheim. Am Tisch saß ein untersetzter Mann mit freundlichem Gesicht und studierte die Zeitung. Bei Joachims Eintritt setzte er umständlich seine Brille ab und erhob sich. Gina machte ihren Sohn mit ihrem zukünftigen Ehemann bekannt.

Joachims Kriegstrauma machte ganz allmählich oder, wie es die Mama auszudrücken beliebte, peu à peu der unbändigen Lebensfreude Platz, die in den Endvierziger Jahren die junge Bundesrepublik überschwemmte. Fort mit den düsteren Erinnerungen, den Gewissenskonflikten, den Alpträumen, man war dabei, wieder jemand zu werden, und arbeitete mit fieberhaftem Eifer daran, die vielen verlorenen Jahre nachzuholen. Joachim ließ sich von dem Strudel mitreißen. Nächtelang durchfeierte er den Fasching in den berühmten »Thermen« des Hotel »Regina«, landete dann – die nächste Etappe – mit einer spärlich bekleideten Schönen beim Weißwurstfrühstück im »Donisl«, um ihr schließlich in der Abgeschiedenheit seiner Studentenbude Heldenepen vorzutragen. Die Sommertage verbrachte er – wieder mit anderen spärlich bekleideten Schönen – vorwiegend beim Baden an der Isar oder in den Biergärten.
Binding war noch immer sein Vorbild, doch würde es wohl mit dem Dichterberuf nichts werden. Außer sei-

nen Jugendgedichten und ein paar Tagebuchaufzeichnungen im Felde hatte Joachim nichts Rechtes mehr zustandegebracht, er studierte jetzt Germanistik und hoffte, eines Tages als Lektor oder Redakteur unterzukommen. Um sein Studium zu finanzieren, schrieb er nebenbei Werbetexte, die ihm sogar abgekauft und gut bezahlt wurden.

Joachim besaß also allen Grund, optimistisch in die Zukunft zu schauen, doch in Wirklichkeit war das nicht so: er litt unter seinem steifen Bein. Mit seinen fünfundzwanzig Jahren kam er sich wie ein Krüppel vor. Das tat seinem Erfolg bei den Frauen zunächst keinen Abbruch, im Gegenteil, er konnte sich über mangelnde Rendezvous (mit den hübschesten Mädchen) weiß Gott nicht beklagen, aber – überlegte er manchmal – war es nicht vielleicht Mitleid oder eine Art verquere Heldenverehrung, was die jungen Mädchen veranlaßte, sich mit ihm zu verabreden? Wenn er auch keinen Stock mehr brauchte, das Handicap bestand für ihn, und er hatte Mühe, damit fertigzuwerden.

Daher war Joachim fast dankbar, als ihn seine Mutter mit Lena Curzius bekanntmachte. Es war bei einem ihrer Teenachmittage, die Georgina in ihrer Wohnung am Nymphenburger Kanal eingeführt hatte, und sie lud gern junge Leute dazu ein. Ein unscheinbares Wesen, war Joachims erster Eindruck von Lena, die ihm mit dem Kuchenteller in der Hand gegenübersaß, etwas blutleer, temperamentlos und von ziemlicher Langweiligkeit, aber mit Sicherheit eine, die einem nicht davonlief. Für einen Hinkefuß, wie er es war, kein unwichtiger Aspekt.

»Lena stammt aus einer ausgezeichneten Familie«, hatte ihm die Mama vorher anvertraut. »Ihre Mutter ist eine geborene von Recke, der Vater bürgerlich, aber Akademiker mit doppeltem Doktortitel. Und Lenas Großvater, stell dir vor, jagte früher zusammen mit deinem Großvater, meinem lieben Papa, im Frankenwald Perlhühner. Das Mädel ist selbst so ein kleines Perlhuhn, nein, das klingt böse, lassen wir das Hühnchen weg. Eine Perle ist sie und dabei hochmusikalisch. Keine von diesen überdrehten Pferdeschwanzdingern, wie sie jetzt dutzendweise herumlaufen, sondern eine junge Dame von feiner Lebensart.«
Kein Zweifel – Gina war sehr daran gelegen, ihren Sohn unter die Haube zu bringen. Das hatte seinen guten Grund: Ihre neue Ehe beschäftigte sie so gründlich, daß für die übrige Familie wenig Zeit übrigblieb. Joachim mit seinem feinen Gespür hatte bereits die Konsequenzen gezogen und sich bei einem Fräulein Schäfer, einer pensionierten Oberpostsekretärin, eingemietet, während Dora grollend zurück nach Würzburg zog.
Um die Mama nicht zu enttäuschen, verabredete sich Joachim mit der vielgepriesenen Lena. Das Unvermeidliche geschah: das schüchterne Hühnchen verliebte sich in ihn. Ein so großer und so gutaussehender Mann, der sich um sie bemühte (den Gehfehler registrierte Lena kaum, beziehungsweise sie machte ein interessantes kleines »Offiziersdelikt« daraus, das Joachims Unwiderstehlichkeit in ihren Augen noch erhöhte) – das war unfaßbar für sie. Lena studierte seit mehreren Jahren an der Musikhochschule

Geige, war aber nur allzugern bereit, den Geigenbogen mit einem Kochlöffel zu vertauschen. Joachim zog zunächst nicht so recht. Da waren immer noch diese »überdrehten Pferdeschwanzdinger«, die da vor dem Café »Capri« ihre Eistüten leckten und sich in ihren Petticoats kokett in alle Himmelsrichtungen drehten, die Lippen bonbonrosa angemalt, anbetungswürdige Wesen also, um die seine Phantasie ständig kreiste. Bis eines Tages der anfechtbare Gedanke in ihm auftauchte: Mußte eine Ehe denn ewig dauern? Man konnte doch in Gottes Namen eine Verbindung legalisieren und das weitere dann der Zukunft überlassen. Damit war zumindest seiner Kavalierspflicht gegenüber Lena Genüge getan.
»Wie wär's, wenn wir heiraten?« fragte er also eines Tages leichthin. Innerlich hoffte er, Lena würde ablehnen. Wer war er denn schließlich – ein Student ohne Geld? Aber nein, weit gefehlt – Lena, sonst nicht gerade spontan in ihren Reaktionen, fiel ihm überglücklich um den Hals. Vierundzwanzig Stunden später hatte sie bereits alle notwendigen Papiere zusammen, die Gästeliste war aufgestellt, drei Hochzeitsmenüs standen zur Auswahl. Joachim mußte nur noch die entsprechenden Kreuzchen machen und die Ringe besorgen.
»Du hast vernünftig gehandelt, mein Sohn«, lobte die Mama. »Ich bin sehr zufrieden mit dir. Lena ist eine Schwiegertochter, wie man sie sich vortrefflicher nicht wünschen kann. Ihr werdet sehr glücklich miteinander sein.« Sprach's und eilte in die Küche, um ihrem Mann die geliebten Bratkartoffeln in Butter zu schwenken.

»Du hast in eine erstklassige Familie hineingeheiratet«, bestätigte die Großmutter, ließ es sich jedoch nicht nehmen, einen kleinen Pfeil in Richtung Georgina abzuschießen: »Ich wünschte, deine Mutter hätte das gleiche getan.« Welchen der beiden Ehemänner – Maximilian oder Eugen Broich – sie damit meinte, konnte Joachim nur raten. Er verzichtete darauf. Die Großmutter gefiel sich seit einiger Zeit in ungerechten Äußerungen, das machte wohl das Alter.
Also heiratete Joachim die scheue Lena. Ganz gewiß tat er das nicht aus einem unwiderstehlichen Verlangen heraus – dazu fehlte es ihr schlichtweg an Glamour –, genau wie im Feld erfüllte er auch hier nur seine Pflicht, tat das, was man von ihm erwartete.
Die Ehe schien ihm Glück zu bringen. Zwei Wochen später trat Joachim eine Stellung als Texter in einer Werbeagentur an. Siebenhundert Mark jeden Ersten bar auf die Hand – das war für das Jahr '52 ein sensationelles Gehalt. Joachim liebäugelte als erstes mit einem Auto – ein schwarzer Opel schwebte ihm vor –, Lena nickte. Sie war wie immer mit allem einverstanden. Was sie betraf, so hegte sie einen ganz anderen Wunsch. Es war ein durchaus verständlicher und befremdete ihren Mann doch im höchsten Maße: sie wünschte sich ein Kind von ihm.

Diesmal ließ sich Joachim Zeit. Drei Jahre dauerte es immerhin, bis sie ihn endgültig überredet hatten, seine drei Frauen, Lena, Gina und die Großmutter. »Du

kannst deiner Frau ein Kind nicht verweigern« – das ständige Argument der Mama, das sie mit leicht vorwurfsvollem Blick und in ihrem Befehlston vorzubringen pflegte.
Warum eigentlich nicht, dachte er trotzig. Doch es blieb bei dem Gedanken. Denn da war der Anblick von Lena, und der sagte ihm, daß er sich ihr gegenüber geradezu unanständig herzlos verhielt. Von Jahr zu Jahr litt sie mehr unter der mangelnden Zuneigung ihres Mannes, seinem Desinteresse gegenüber ihren Wünschen und Hoffnungen, wagte jedoch nicht dagegen aufzubegehren, sondern fraß allen Kummer in sich hinein. Das Perlhühnchen wurde immer schmaler und blasser.
Loraine kam gegen Ende der fünfziger Jahre auf die Welt, ein braves kleines Ding, an dem es nichts auszusetzen gab, außer, daß der Strick, der Joachim von nun an an seine Ehe band, aus vier unzerreißbaren Stricken bestand und nicht wie bisher – was auch schon genügte – aus nur drei.
»Lebenslang«, murmelte er manchmal vor sich hin, wenn er die Wochenenden am Starnberger See vertrödelte, den Blick melancholisch auf seine ehemalige Schule gerichtet, ein vollgekritzeltes Stück Papier in der Hand.
»Lebenslang oder Minimum fünfzehn bis zwanzig Jahre«, seufzte er, betrachtete er Loraine, die sich als typischer Spätzünder entpuppte. »Ja, und dann – dann ist es erst recht unmöglich. Lena wird sich niemals allein zurechtfinden. Und erst recht nicht die Kleine.«
Verbissen versuchte er seinen vagen Wunschtraum

von einer schönen jungen Frau voller Abenteuerlust und mit einer ungestillten Sehnsucht nach Romantik in ein paar Novellen und einem Roman zum Leben zu erwecken. Das Ergebnis befriedigte weder ihn noch den Verlag, dem er sein Werk zur Prüfung vorlegte.

»Mein lieber Herr Freihoff«, der Lektor schüttelte den Kopf, »um über ein Thema schreiben zu können, muß man es wenigstens in Andeutungen erlebt haben. Sie aber phantasieren nur munter darauflos.«

Joachim nickte. Der Mann hatte recht. Natürlich, die Frau, die er ersehnte, würde immer ein Wunschbild bleiben. Und damit konnte er wohl auch seinen Traum vom erfolgreichen Poeten endgültig begraben. Die Familie hatte gesiegt, wieder einmal.

11

1942–1977 Eilenburg und München

Sibylle Elise blieb nicht lange allein. Drei Jahre nach der Geburt der Tochter brachte Marlene noch ein Zwillingspärchen zur Welt, Willy und Richard junior. Während die Jungen akkurat dem Vater nachgerieten – die gleichen rosigen Gesichter, das gleiche spärliche Haar und auch die gleiche verbindliche Art wie Richard Kugler –, war Sibylle das genaue Abbild ihrer Mutter. Hübscher zwar oder, besser gesagt, aparter mit rauchgrauen statt der Völkchen-blauen Augen und kastanienfarbenem Haar, doch was die Kompromißlosigkeit betraf und den ausgeprägten

Sinn für Gerechtigkeit, da stand Sibylle der Mutter in nichts nach.

»Zivilcourage, Billchen, ist das A und O im Leben«, hämmerte Marlene ihrer Tochter von klein auf ein. »Gäbe es mehr davon auf der Welt, ginge es uns allen besser. Für sich selbst und mehr noch für Schwächere eintreten, höflich, aber bestimmt seine Meinung sagen und niemals und vor niemandem katzbuckeln, das ist es, was ich dir beibringen möchte. Sieh vor allem zu, daß du was Ordentliches lernst, dann brauchst du dir von niemandem etwas gefallen zu lassen. Muttern hatte leider nicht die Möglichkeit.«

Sibylle kannte das Schicksal der Großmutter Elise in allen traurigen Einzelheiten. So sehr Marlene auch in Fürsorge für ihre temperamentvolle Familie aufging, die Mutter blieb unvergessen. Wenn sie den Kindern – was alle paar Tage vorkam – von Elise erzählte, ihrer Güte und Selbstlosigkeit, die so weit ging, daß sie lieber ohne ärztliche Betreuung zu Hause sterben wollte, als ihrer Familie Krankenhauskosten zu verursachen, verwandelte sich ihr abgespanntes, mit Sommersprossen übersätes Gesicht, wurde ganz weich und jung. Kam sie dann aber auf die gnädige Frau Oberleutnant Dittmar zu sprechen, mit ihrem Familienclan und dem überzogenen Standesdünkel, blitzten die Augen hart wie Stahl. Auch die Stimme nahm eine metallische Schärfe an. »Hört mir bloß auf mit diesem Offiziersklüngel. Schwingen große Töne von Ehre und Vaterland, halten angeblich ihren Kopf für die anderen hin, und geht es dann einmal darum, einem Menschen zu helfen, rühren sie keinen Finger. Nee, nee, mit denen bin ich fertig.«

»Aber vielleicht sind sie nicht alle gleich.« Die kleine Sibylle versuchte gerecht zu sein. Da kam sie aber schlecht an bei ihrer Mutter. »Alle sind sie gleich, verstehste, alle. Fang du mir bloß nicht auch noch an, alles und jedes zu entschuldigen. Das reicht mir bei deinem Vater und den Jungen.« Im nächsten Augenblick aber lachte sie zärtlich, denn sie liebte sie von Herzen, ihre drei Männer.

Die Kinder wurden allesamt in eine schwierige Zeit hineingeboren. Als Sibylle auf die Welt kam, stand der Krieg vor der Tür, bei der Ankunft der Zwillinge gab es dann bereits Lebensmittelkarten und endlose Schlangen vor den Geschäften, außerdem jede Nacht Fliegeralarm. Während Richard Kugler draußen im Feld mehr schlecht als recht seinen Dienst versah (so begabt er als Wissenschaftler war, so wenig eignete er sich als Soldat), blieb es Marlene überlassen, ihre Kinder in den Luftschutzkeller hinauf und hinunterzuschleppen. Ihre Wohnung war dann auch die erste in Eilenburg, die lichterloh brannte. Lange Gesichter bei den Schwestern Linchen und Riekchen, als »die Kleene« mit einem Packen geretteter Federbetten und ihren rußverschmierten Kindern vor der Tür stand. Aber nee doch, das paßte nun gar nicht in den Kram! Riekchens drei Rangen hatten die Läuse und Linchen – ja, der war doch, man höre und staune, das Malheur passiert, daß ihr ein Granatsplitter die zweite Kellerscheibe von rechts zerdepperte. Darüber kam sie nicht hinweg. Gab es denn nicht, erkundigte sie sich vorsichtig, ein Auffanglager für Ausgebombte?

Gab es, in der ehemaligen Schule. Marlenes Gesicht,

eben noch erschöpft, nahm in Sekundenschnelle diesen gewissen harten Ausdruck an, der Sibylle so erschreckte. Die Mutter zog kurz Bilanz: So, mit diesem Teil der Geschwister war sie erstmal fertig. Die sollten sie noch kennenlernen, eines Tages, wenn sich die Verhältnisse wieder normalisiert hatten und sie es war, die im Warmen saß. Aber bis dahin hieß es weitermachen. Marlene gab nicht auf. Sie brachte ihre Kinder heil durch den Krieg, sie brachte ihren Mann und ihre Kinder heil durch die Nachkriegsjahre, und als die Kuglers dann zu Beginn der fünfziger Jahre heimlich nach München ausrückten, war sie es wieder, die für Richard eine Stellung herbeischaffte und für alle eine Wohnung. Im Spiegel des Badezimmers – das erste eigene seit zehn Jahren – entdeckte sie als Lohn für ihre Mühe eine handbreite weiße Strähne im Haar, eine Art Leidensband, das sich sogar recht attraktiv machte in dem rötlichblonden Gelock. Resigniert setzte sie sich auf den Badewannenrand. Allmählich, so fand sie, wurde es Zeit, daß der bessere Teil ihres Lebens begann.

Sibylle war zu dieser Zeit dreizehn, ein hochaufgeschossenes Mädchen mit einer eigenwilligen Mischung aus Sehnsucht und Erwartung in den grauen Augen, die erst allmählich einer kühlen Skepsis wich. Zunächst jedoch durchträumte sie noch die Tage, erfand einen blondgelockten Jüngling, der zwischen Farnen Multebeeren für seine Prinzessin suchte, die auf einem Stein saß und gelangweilt mit ihrem Reitstock spielte. »Victoria«, Sibylles Lieblingsbuch, hatte seine Spuren hinterlassen. Männer wie Joachim Freihoff dagegen hätten sie kaltgelassen. Wäre er ihr

zu dieser Zeit mit seiner reservierten Offiziersmiene begegnet, sie hätte ihn nicht einmal angeschaut. Und wie stand es um Joachim? Nun, Sibylles lange Beine in den Ringelsöckchen waren schon etwas, was einem Mann wie ihm ins Auge stechen konnte, andererseits war die Besitzerin derartiger Reize noch ein Kind und er ein Mann mit Familienpflichten, die nach wie vor schwer auf ihm lasteten.
Fünfzehn Jahre mußten vergehen, ehe die beiden sich treffen sollten. Es geschah in der lieblichen Szenerie des Starnberger Sees, an einem Septembertag.

»Hat etwas Offiziersmäßiges an sich, der Herr«, war Sibylles erster Gedanke, als sie Joachim am Dampfersteg von Possenhofen sitzen sah. Trotzdem kam sie nicht umhin, ihn anzusprechen, denn Rowdys hatten den Fahrplan der Schiffahrt verschmiert, und Joachim war der einzige Mensch weit und breit, den man hätte fragen können.
Sie spricht sächsisch! Mein Gott, ist denn sowas möglich? Ein so nettes Mädchen und spricht sächsisch! Joachims spontaner Eindruck von Sibylle. Diese Entdeckung erschütterte ihn so sehr, daß er sich an den Holzplanken festhalten mußte.
»Um finf Uhr finfzig gommd die Dudzing«, sagte er nach einer kleinen Weile mit leicht spöttischem Grinsen, während er die Sonnenbrille auf die Stirn schob. Sächsisch hin, sächsisch her, dem Hörensagen gab es in Sachsen die schönsten Mädchen, und dieses hier gehörte zweifellos dazu.

»Dankeschön«, gab Sibylle prompt zurück und nahm neben ihm auf dem Steg Platz. Das Holz war sonnengewärmt. »Für die Auskunft und für die entzückende Parodie meiner Person. Wenn Sie das als Sächsisch bezeichnen, was ich spreche, dann müßten Sie erstmal meine Mutter hören. Die sächselt, daß es Ihnen die Schuhe auszieht.«

»Ojemine.« Mehr wußte Joachim nicht zu sagen. Die Nähe des großen Mädchens beunruhigte ihn. Oder war sie nicht schon eine Frau, verheiratet sogar? Verstohlen warf er einen Blick auf ihre Hände, aber nicht einmal Modeschmuck blitzte daran, gleichmäßig braun waren sie. Die Bräune ging weiter die Arme hinauf bis zu den Schultern, die sich kräftig und durchtrainiert unter dem weißen Blusenstoff abzeichneten, die Sächsin schien eine tüchtige Schwimmerin zu sein. Das brachte ihn auf einen Gedanken. Er war der aberwitzigste und auch kühnste, der ihm in der letzten Zeit durch den Kopf gegangen war, aber er biß sich daran fest und sprach ihn sogar aus.

»Fünf Uhr fünfzig wie gesagt, bis der nächste Dampfer anlegt, das bedeutet anderthalb Stunden Wartezeit. Wie wär's, wenn wir sie gemeinsam verbringen würden, mit Schwimmen zum Beispiel? Seit Mittag sitze ich jetzt glücklich am See und habe mir kaum die Zehenspitzen naß gemacht. Eine Schande, finden Sie nicht auch? Aber es fehlte wohl an der richtigen Gesellschaft.«

»Mit aufrechten Franken schwimme ich immer gern, sie haben so etwas Beschützendes.« Sie lachte, und augenblicklich erschien eine schmale Krause weißgestrichelter Fältchen am unteren Wimpernrand. »Jetzt versuchen Sie bloß nicht zu behaupten, Fränkisch klänge besser als Sächsisch.«

»Viel besser«, behauptete er im Brustton der Überzeugung, »gar kein Vergleich. Außerdem, vergessen Sie nicht – das stolze Frankenland hat eine Reihe bedeutender Männer hervorgebracht. Ich denke da an Albrecht Dürer oder Hans Sachs, die beide – da möchte ich wetten – ein lupenreines Nürnbergerisch sprachen, während ich bei Adam Riese mehr auf ein kerniges Oberfränkisch tippe...«

»August der Starke war ein Sachse und was für einer, der Thomaskantor Bach schuf in Leipzig seine hervorragendsten Werke, wobei ich nicht unbedingt seine Kinder meine«, fiel sie ihm ins Wort, »ganz zu schweigen von meinem hochverehrten Richard Wagner, für den ihr hochnäsigen Franken doch besonders dankbar sein müßt. Auf Ehre und Gewissen, wer würde schon Bayreuth besuchen, wenn es ihn nicht gäbe!«

»Aha, auch ein Wagner-Fan«, stellte er befriedigt fest und streckte die Hand aus, um ihr beim Aufstehen zu helfen. Fast beängstigend, wie diese kecke Person seinen Idealvorstellungen von einer Frau entsprach. Nun, noch konnte es Zufall sein. Erst wollte er einmal abwarten, ob sie es wagte, mit ihm, dem Unbekannten, die vierhundert Meter zur Roseninsel hinüberzuschwimmen. Lena würde tausend Tode dabei sterben, und auch Loraine ließ sich lieber von der Mutti im Gummiboot übersetzen, stumm, die Spielzeugente ängstlich ans Herz gedrückt. Dabei gehörte der Badeausflug zur Insel des Märchenkönigs zu Joachims

bevorzugten Jugenderinnerungen, an jedem schönen Sommertag hatte er sie früher mit seinen Freunden besucht und dort viele Stunden in ausgelassener Runde verbracht.
Sibylle kannte die kleine Insel nur aus der Ferne, zeigte sich aber begierig, sie kennenzulernen. »Obwohl ich heute mein Pflichtsoll an Bewegung schon absolviert habe. Na, macht nichts, die letzten Sommertage müssen genützt werden.«
Kompliziert war sie also nicht, wieder ein Pluspunkt für die junge Dame. (Hier jedoch irrte Joachim. Was beispielsweise ihren Stolz und ihre Selbstachtung betraf, da reagierte Marlenes Tochter ausgesprochen empfindlich.)
Im raschen Schritt bewältigten sie den Fünfundzwanzigminuten-Fußmarsch bis nach Feldafing, von dort aus ließ es sich am besten zur Insel hinüberschwimmen. Beim Gehen stellte Joachim fest, daß Sibylle (er hatte inzwischen ihren Namen erfahren) kaum kleiner war als er selbst, sie besaß Gardemaß. Das imponierte ihm abermals, und ausgelassen begann er vor sich hinzupfeifen. Spätestens in diesem Augenblick nahm er sich vor, daß sie den nächsten Dampfer unter keinen Umständen erreichen durfte. Wenn Sibylle einverstanden war, konnte er sie ja mit dem Wagen nach Hause fahren, später, wenn die Nacht angebrochen war. Sie neben ihm, ihr roter Rock über den Sitz gebauscht, die nackten Beine noch feucht vom Wasser ...
Sie trug einen einteiligen weißen Schwimmanzug unter ihrem Kleid. Das enttäuschte ihn zunächst, hatte er doch gehofft, mehr von ihrem Körper zu er-

fahren, der, wie die Anzeichen verrieten, ebenso braun sein mußte wie ihre Hände, doch dann stellte er fest, daß ihr der Anzug ganz hervorragend stand. Nicht weniger aufreizend als ein Bikini und dazu von metallischem Glanz, hob er seine Trägerin heraus aus dem Meer der langweiligen Bikinischönheiten, gab ihr etwas Damenhaftes.

Exakt zwölfeinhalb Minuten – Joachim kontrollierte die Zeit – brauchten sie bis zur Insel. Dabei ließen sie sich Zeit, schwammen die zweite Hälfte der Strecke gemächlich auf dem Rücken, um die letzten Strahlen der Septembersonne auszukosten, den klagenden Schrei der Wildenten im Ohr. Dicht neben ihnen schoß in flotter Fahrt ein Segelboot vorbei, ein Mann in roter Öljacke am Steuer. Die Wellen überschwappten ihre Gesichter, sie prusteten und lachten. Noch war das Wasser von trügerischer Wärme, zwei, drei Stunden später, und es würde empfindlich abkühlen.

Die Rosen, die der Insel ihren Namen gaben (ganz früher einmal hieß sie Wörth), waren verblüht, dafür wucherten Astern. In ihrer nassen Badekleidung durchstreiften Joachim und Sibylle das winzige Paradies, das bis auf einen einsamen Angler verlassen war, nur ein paar seltene Wasservögel nisteten am Strand. Vor dem verlassenen Schlößchen hielten sie an.

»Und hier bat der unselige König Ludwig also seine geliebte Sissy zum Tee«, sann Sibylle laut vor sich hin, während sie ihren Blick über das bräunliche Gemäuer streifen ließ, das bei seiner Baufälligkeit sehr romantisch wirkte, »traf der Adler die Taube. So nannten sie sich doch gegenseitig, nicht wahr? Wahrhaftig ein königliches Plätzchen für ein Rendezvous, direkt beneidenswert. Trotzdem wurde kein Glück daraus, im Gegenteil – beide kamen auf grausame Weise ums Leben.«

Joachim musterte sie heimlich von der Seite. Ihr Profil wirkte streng; wären da nicht die vollen Lippen gewesen und die weitauseinanderstehenden Augen mit dem dichten Wimpernkranz, man hätte es fast männlich nennen können. Und doch war da etwas sehr Weiches um das Mädchen. Weich, verletzlich, sehnsüchtig – eine ganze Menge von Begriffen fielen ihm bei ihrem Anblick ein. Sehnsüchtig traf den Ausdruck wohl am besten, er hielt daran fest. Doch wonach Sehnsucht? Eine selbstbewußte junge Frau, die wie ein Profi schwamm, ihm knapp bis zum Scheitel reichte und sich nicht scheute, einem Fremden auf die Insel zu folgen? Er beschloß, sie auf die Probe zu stellen.

»Wenn uns jetzt nichts drängte und die Nacht nicht zu kalt wäre«, begann er listig, »nein, viel dramatischer, wenn jetzt ein Orkan aufkäme und den See in ein tobendes Meer verwandeln würde, dann – ja, dann bliebe uns wohl nichts übrig, als Ludwig und Elisabeth zu spielen und hier zu übernachten. In allen Ehren selbstverständlich, dafür garantiere ich. Was hielten Sie von einem solchen Gedanken?« Das klang wie ein Flirt und war auch genauso gemeint.

Sie ging nicht darauf ein. »Ehrlich gesagt, wenig. Sie wissen doch, Unbequemlichkeit ist Gift für jede Art von Gefühl, außerdem kann ich mir keinen Schnupfen leisten. Nein, nein, schlagen Sie sich solche Ideen

besser aus dem Kopf, obwohl ich«, sie lächelte, »manchmal geradezu hoffnungslos romantisch bin. Und nun schwimmen wir, meine ich, rasch zurück, sonst überfällt uns noch die Dunkelheit, und Ihre schlimme Vision wird Wirklichkeit.«
Er folgte ihr durchs aufgeweichte Gras ins Wasser. Sie hatte recht, es war höchste Zeit aufzubrechen. Soeben verschickte die Sonne ihre letzten Strahlen über den See, durch die schimmernde Silberfläche zog ein Schwanenpaar majestätisch seine Bahn, als gehorche es der Anweisung eines Regisseurs. König Ludwig hätte die Szene nicht effektvoller arrangieren können.
»Herbstlich helles Leuchten über dem See«, zitierte Joachim, während er bis über beide Schultern ins Wasser eintauchte, »einer treibt dahin, sich Schwanenlaub zu brechen. Lotos lächeln, möchten mit ihm sprechen. Dem im Boote bricht das Herz vor Weh.«
Sie sah ihn überrascht an. »Stammt das von Ihnen?«
»Nein, von Li tai-pe, Tang-Dynastie, China. Mir fehlt diese graziöse Art zu schreiben. Leider.«
»Aber immerhin – Sie schreiben?«
»Täglich, aber wenig erhebendes Zeug, reine Brötchenarbeit. Persönlich trachte ich nach Höherem, doch es gelingt mir nicht. Heute war wieder so ein verlorener Tag. Nein«, er verbesserte sich, »verloren natürlich nicht. Es müssen nicht immer nur schöne Worte sein, die einem zufliegen.«
Sie sah ihn an, mit einem solch strahlenden Blick ihrer klaren Augen, daß er erschauerte. Das hatte nur zu einem geringen Teil mit der Herbstkühle zu tun. Stumm schwammen sie nebeneinander her, sie ihm

dabei ständig um eine knappe Länge voraus. Obwohl er an Geschwindigkeit zulegte und einige Zeit sogar unter Wasser schwamm, um rascher vorwärtszukommen, gelang es ihm nicht, sie einzuholen. Das erstemal, daß ihm das bei einer Frau passierte.
Je näher sie dem Ufer kamen, umso grüner verfärbte sich das Wasser, Land und See schienen in einem einzigen leuchtenden Nixengrün zusammenzufließen. Es hätte ihn nicht gewundert, wäre Sibylle mit Tang um ihre braunen Glieder und eventuell sogar einem Fischschwanz aus dem Wasser geklettert (komisch, in ihrer Nähe schossen ihm die poetischsten Gedanken durch den Kopf!). Aber nein, behende lief sie mit ihren langen Beinen ans Ufer, als wäre der Grund mit Sand gepolstert und nicht etwa, wie in Wirklichkeit, mit spitzen Steinen. Verdammt, schon wieder hatte sich einer in seine Fußsohle gebohrt. Joachim fluchte und humpelte.
»Ihr armen Männer«, spottete Sibylle, der sein Schmerzensschrei nicht entgangen war, »so stark und doch so schwach. Aber nein, entschuldigen Sie«, sie wurde rot, »ich wollte nicht taktlos sein, wirklich nicht. Natürlich, es muß Ihnen ja weh tun.«
»Ach, wegen meines steifen Beins?« Er lachte. »Das reagiert auf die Steine nicht anders als das gesunde, nämlich sehr, sehr empfindlich. Was beweist, daß ich ein sensibles Mannsbild bin.«
»Was den Körper betrifft oder die Seele?«
»Ich fürchte, beides gleichermaßen. Das beschämende Geständnis eines ehemaligen Frontsoldaten. Doch inzwischen bin ich Zivilist und erlaube mir gewisse Schwächen.«

Was den sensiblen Körper anging, so hatte er nicht die Wahrheit gesagt, denn er reichte Sibylle sein Hemd, damit sie sich damit abtrocknen konnte, und begleitete sie dann, nur mit seiner Leinenhose bekleidet, zu dem Platz, wo sein Auto parkte. Sibylle bemühte sich, langsam zu gehen. Das tat sie mit Rücksicht auf ihn, sie wollte wohl ihre Unüberlegtheit von vorhin gutmachen. Er war gerührt und schritt so dicht neben ihr her, daß sich ihre Arme hin und wieder wie zufällig streiften. Keiner hielt es für notwendig, dies zu erwähnen oder gar zu ändern.
Im Auto fragte er sie nach ihrem Beruf. Sie wollte es ihm nicht sagen, er sollte raten. Gar nicht so einfach. Nachdenklich zog er den Zündschlüssel ab, lehnte sich zurück und überlegte.
»Studentin?«
»Nein. Aber danke für das Kompliment. Ich meine wegen des Alters.«
»Stewardeß?«
Sie schüttelte den Kopf.
»Dolmetscherin?«
»Um Gotteswillen. Bei meiner Sprachbegabung! Sächsisch ist das einzige, was ich einigermaßen beherrsche.«
»Hosteß.«
»Wie bitte? Wirke ich auf Sie so zweifelhaft?«
»Ganz und gar nicht, im Gegenteil, aber es gibt doch auch ehrenhafte Hostessen, in adretten Kostümen, mit Käppchen und so. Jetzt bin ich am Ende meiner Weisheit. Nein, ich glaube, ich hab's. Schönheitskönigin oder Athletin oder Amazone, natürlich nicht so gräßlich verstümmelt, wie diese eisernen Jungfrauen

einstmals in den Krieg zu ziehen pflegten, gottseidank...«
»Fast.«
»Was heißt fast?«
»Sie haben es beinahe erraten. Athletin hat ein klein bißchen gestimmt.« Sie spannte lachend ihre Armmuskeln.
Er staunte. »Aber Athletinnen sind heutzutage doch halbe Männer, und ich hatte ja das Vergnügen, bei Ihnen das nicht feststellen zu müssen.«
»Vorurteile, nichts als Vorurteile. Entschuldigen Sie, darf ich?« Während er noch überlegte, was sie damit wohl meinte, beugte sie sich zu ihm herüber und kurbelte sein Autofenster herunter. Ihr Duft nach Wasser und Sommergras machte ihn benommen. »Mir ist nämlich ganz schön heiß. Um nun auf meine Person zurückzukommen, so bin ich keine Athletin, sondern schlicht und einfach Sportlehrerin. Sehr enttäuscht?«
»Aha.« Mehr sagte er nicht. Die Vorstellung von Sibylle als Sportlehrerin behagte ihm, behagte ihm sogar sehr. Im Geiste sah er sie im blauen Trainingsanzug vor sich, eine Trillerpfeife im Mund, stellte sich vor, wie sie ihre Schüler beim Völkerball anfeuerte. Bestimmt sprang sie auch als erste über den Bock, die Hände fest aufgestützt, die Beine bis zu den Zehenspitzen durchgestreckt... Eine Sportlehrerin, sieh mal an. Er lächelte. Jetzt wurde ihm auch klar, weshalb sie ihm vorhin davongeschwommen war. Und Lena konnte nicht einmal einen Stein richtig werfen...
Jetzt war sie an der Reihe, Fragen zu stellen. Sie machte es kürzer und auch unerbittlicher, doch er wich ihr nicht aus.

»Verheiratet?«
»Ja.«
»Kinder?«
»Eines, eine Tochter.« Er holte tief Luft. Ihr Tempo überrumpelte ihn. »Darf ich Sie jetzt nicht wiedersehen?« Es klang kleinlaut. Sie dachte nach. »Doch«, sagte sie dann, »doch, sehr gern sogar.« Damit war die wichtigste Frage geklärt, und beruhigt fuhr Joachim sie nach Hause.

Joachim stand in Flammen. Die Begegnung mit Sibylle hatte in ihm einen Sturm der Gefühle ausgelöst, wie er ihn in dieser Heftigkeit niemals für möglich gehalten hätte. Alle seine Gedanken, seine gesamten Empfindungen kreisten um das »große, starke Mädchen«, wie er Sibylle nannte, nach Jahren des Wartens und der Resignation war ihm nun doch noch ein Lebenstraum in Erfüllung gegangen: er hatte seine Wunschfrau getroffen. Da er sich während der Zeit seiner Ehe nicht mit billigen Liebschaften verzettelt hatte, schöpfte er jetzt aus einem gewaltigen Reservoir der Gefühle, der niemals zu versiegen schien, im Gegenteil – je mehr er daraus entnahm, umso rascher erneuerte er sich. Eines wußte er sicher: Sibylle würde ihm zum Schicksal werden. Und damit auch für Lena und Loraine. Den Gedanken an seine Mutter – es war ihm der unbehaglichste – schob er vorerst beiseite.
Zweimal hatte er sich mit Sibylle getroffen – jedesmal

am Starnberger See, unwillkürlich zog es sie beide an den »Tatort ihrer Liebe« zurück –, da sagte ihm Lena auf den Kopf zu: »Jo, du bist nicht mehr der alte. Hat das mit einer anderen Frau zu tun?«
Sie sagte es traurig, doch ohne jeden Vorwurf, und sah dabei auf ihre Hände, die mit Altersflecken übersät waren. Hätte sie getobt oder gedroht oder mit Messern nach ihm geworfen, es wäre für ihn leichter gewesen. So senkte er nur den Kopf und nickte. »Ja.«
Sie sprachen eine volle Stunde über die neue Situation. Loraine war in der Ballettschule (ein Herzenswunsch ihrer Mutter, den Joachim mißbilligte. Ihm wäre ein Turnverein lieber gewesen), und so waren sie ungestört. Lena zeigte sich sehr verständnisvoll. Sie spielte immer wieder auf sein Alter an – er war jetzt vierundvierzig –, das sie das gefährliche nannte, und versprach, Geduld mit ihm zu haben. Dafür versicherte Joachim, mit Rücksicht auf das Kind das Glück der Familie nicht zu zerstören. (Eine Lüge, niemand wußte es besser als er, aber Lena bestand auf dieser Zusage.) Nur sollte Lena ihn nicht drängen, das vor allem nicht. Als Loraine in ihrem schwarzen Trikot das Gartentor öffnete, saßen die Eltern wie immer auf der Terrasse und tranken Kaffee. Ungewohnt war nur, daß sich der Papa freundlich nach Loraines Fortschritten erkundigte.
Lena hielt sich an die Abmachung, sie drängte Joachim nicht. Dafür beging sie die Unvorsichtigkeit, ihrer Schwiegermutter von Joachims neuerlichen Herzensangelegenheiten zu erzählten. Sie tat es nicht in böser Absicht, es ergab sich so. Als Georgina, die, seit ihr Mann an Asthmaanfällen litt, nur noch

selten aus dem Haus kam – was sie heftig beklagte –, eines Tages unangemeldet an der Tür ihres Sohns läutete, öffnete ihr eine tränenüberströmte Lena.
»Mein liebes Kind.« Georgina war völlig konsterniert. In diesem Zustand hatte sie die sonst so beherrschte Schwiegertochter noch nie gesehen. »Was ist denn passiert? Ich bin es doch, die zu Hause einen kranken Mann hat, während ihr gottseidank alle wohlauf und munter seid. Ist etwas mit Loraine?«
Da brach es aus Lena heraus, die ganze tragische Geschichte. Joachim verbrachte mit seiner jungen Freundin das Wochenende in Salzburg, während sie hier mutterseelenallein für Loraine eine Geburtstagsparty vorbereitete. Joachim, der stets vorbildliche Ehemann, war verliebt, verblendet, verhext, wie immer man es nennen wollte. Acht Wochen ging die Affäre schon …
Georgina war wie vom Donner gerührt. Alles hätte sie erwartet – neue Sorgen mit der Enkelin in der Schule, Depressionen bei Lena oder eine Steuernachzahlung für Joachim –, das jedoch nicht. Ihr Sohn ein Verhältnis? Unerhört! Ein kleiner Seitensprung, gut und schön, so etwas kam in den besten Familien vor, ein Kavaliersdelikt, über das man nicht viele Worte verlor (obwohl der Papa auch in dieser Hinsicht untadelig gewesen war), aber gleich eine handfeste Liaison! Was fiel dem Jungen eigentlich ein?! Hatte er den Verstand verloren? Da sollte er seine Mutter aber kennenlernen. Nichts an Georgina verriet, welcher Sturm in ihr tobte, nur in den dunklen Augen gewitterte es gefährlich. Zunächst aber beeilte sie sich, die Schwiegertochter zu trösten.

Als Joachim am nächsten Abend die Tür aufschloß – erfüllt von zwei unendlich schönen Tagen und deshalb voll des schlechten Gewissens gegenüber seiner Familie –, lauerte dahinter eine Nemesis im braunen Biberfell. Georgina. Sie hatte sich nicht einmal die Zeit genommen, ihren Mantel auszuziehen, so erfüllt war sie von ihrer Mission. Bevor Joachim sie noch begrüßen konnte, fiel sie mit einem Schwall Vorwürfe über ihn her, kanzelte ihn in Gegenwart von Lena derart ab, daß sie danach völlig entkräftet war und nach einem Kognak verlangte.

Joachim schenkte sich gleich einen mit ein. Der Auftritt seiner Mutter hatte ihm erheblich mehr zugesetzt als seine Aussprache mit Lena. Dazu kam heftiger Ärger. Was fiel der Mama eigentlich ein, ihn hier wie einen Schuljungen maßzuregeln? Wenn jemand von seiner Liebe zu Sibylle betroffen war, so doch vor allem Lena und Loraine. Sie sollte sich also bitteschön – mit blitzenden Augen baute er sich vor Georgina auf und hob die Stimme – künftig aus Dingen heraushalten, die sie zu allerletzt etwas angingen. Hatte er sich deutlich genug ausgedrückt? Das erstemal in seinem Leben, daß er sich gegen seine Mutter auflehnte. Lena staunte.

Georgina, gestärkt durch den Kognak, richtete sich zu ihrer vollen Größe auf. Wie sie da so stand, über ein Meter siebzig groß, mit üppigem Busen und schlanken Beinen, das Gesicht leuchtend geschminkt mit Puder und Lippenstift, war sie noch immer eine imponierende Erscheinung.

»Das wagst du mir, deiner Mutter, zu sagen?« Sie holte tief Luft. »Ich kann das, wenn überhaupt, nur mit deiner augenblicklichen Unzurechnungsfähigkeit entschuldigen. Immerhin möchte ich dich bitten, nicht zu vergessen, was du deinem Namen schuldig bist. Ich meine damit nicht den Namen deines Vaters, o nein, aber schließlich und endlich bist du auch ein Gahlen. Von deinem Vater – ja, da hast du dir wohl die Treulosigkeit abgeschaut. Aber ich werde diese Affäre nicht dulden.« Sie umarmte Loraine, die sich weinend hinter die Couchgarnitur geflüchtete hatte, und eilte aus dem Haus.

Georgina machte ihre Drohung wahr. Während der nächsten Wochen war ihr jedes Mittel recht, um Joachim und sein »Persönchen«, wie sie Sibylle im Unterschied zur ehemaligen Rivalin Marianne Niedermayr titulierte, auseinanderzubringen. Dabei schreckte sie auch vor Verleumdungen nicht zurück.

»Joachim, ich muß dich sprechen, sofort«, schluchzte Sibylle ins Telefon. Eigentlich war es zwischen ihnen ausgemacht, daß sie nicht bei ihm zu Haus anrief.

»Was ist los, Kleines?« Joachim war erschrocken. Derart verzagt hatte er sein starkes Mädchen noch nie erlebt.

»Erzähl ich dir später. Deine Mutter …«

Stockend kam es heraus. Georgina hatte sich mit Dr. Kugler in Verbindung gesetzt und ihm, der ahnungslos war von Sibylles Verbindung zu Joachim, dieses Verhältnis in den haarsträubendsten Details geschildert. Richard Kugler war ein besonnener Mann, der sich normalerweise nicht so schnell aus der Ruhe bringen ließ (das überließ er Marlene). Was er hier allerdings erfuhr, beunruhigte ihn nun doch. Sibylle, seine Tochter, die Geliebte eines verheirateten Mannes, der nicht im Traum daran dachte, sich scheiden zu lassen …

»Stimmt das?« Sibylle starrte Joachim erregt ins Gesicht. Wenn seine Mutter die Wahrheit gesagt hatte, waren Joachims Versprechungen eine einzige Lüge gewesen.

»Bitte, beruhige dich, Liebes.« Joachim kochte vor Wut. Jetzt reichte es aber. Hatte seine Mutter denn noch immer nicht begriffen, daß sie mit diesen ewigen Attacken gar nichts erreichte. Im Gegenteil, sie schmiedete die beiden Liebenden noch fester zusammen.

»Glaube mir, im Augenblick zählt nur eines, meine Liebe zu dir.«

»Und wenn dieser Augenblick vorbei ist?« Sibylle ließ sich nicht so schnell beruhigen, obwohl sie warm und sicher in Joachims Armen lag. Er hatte das Auto in einer ruhigen Villengegend geparkt. Regen strähnte gegen die Scheiben, das Radio spielte leise.

»Dann kommt ein nächster und dann wieder einer und noch viele, viele Abermillionen, und alle drehen sich nur um dich.« Er bedeckte ihr Gesicht mit Küssen. Sie lächelte unter Tränen.

Die beiden liebten sich, liebten sich mit einer Innigkeit, wie man es wohl nur einmal im Leben tut. Sibylle liebte an Joachim den geradlinigen Charakter, die Tiefe seiner Gefühle, die ihn in ihren Augen weit über andere stellte, außerdem natürlich jeden Millimeter seiner hochgewachsenen Gestalt, und Joachim – ja, der wußte vor lauter Verliebtheit manchmal nicht mehr, was es nun hauptsächlich war, das ihn an seinem Mädchen so begeisterte. War es ihre Kühn-

heit, die Unerschrockenheit, mit der sie die meisten Dinge anging, oder war es nicht genauso das fast kindliche Vertrauen, mit dem sie ihre Zukunft in seine Hände legte, ihre Sensibilität? Er wandelte wie auf Rosenpfaden, war über beide Ohren verliebt wie kaum in Studententagen.
Und doch mußte er seiner Geliebten eines Tages ganz schrecklich weh tun, die Realität hatte die beiden Traumwandler eingeholt. Georginas Druck war so massiv gewesen – »Denk an deine Frau, dein Kind. Sie bezahlen mit ihrem Leid für dein angeblich neues Glück« –, Lenas Kummer so offensichtlich, die kleine Loraine so verstört über das, was sich täglich zu Haus an Szenen abspielte, daß er kapitulierte. Er würde sich von Sibylle trennen. Ein Zitat aus dem Mund seiner Mutter war es vor allem, das den letzten Anstoß zu dieser Entscheidung gab. »Ein Offizier«, sie sprach jedes einzelne Wort langsam und mit deutlicher Betonung aus, »ein Offizier und Ehrenmann bricht niemals ein gegebenes Wort.«
Das war auf seine Ehe mit Lena gemünzt und traf ihn mitten ins Herz. Ein Offizier ... Ja, er fühlte sich noch immer als ein solcher, auch wenn diese Episode seines Lebens fast ein Vierteljahrhundert zurücklag. Sie trennten sich, sie hielten die Trennung nicht aus, sie trennten sich wieder, drei Tage später stand Joachim vor der Schule und nahm Sibylle in die Arme, beide zitternd vor Sehnsucht und ausgestandener Qual. Das Spiel begann von neuem. Fortan aber unter einem anderen Aspekt. Joachim hatte sich endgültig entschieden: er würde Sibylle heiraten. Alles andere wäre Lüge gewesen.

Ein furchtbarer Schlag für Georgina. Hatte sie in den letzten Wochen noch gehofft, daß Joachim endlich zur Besinnung gekommen war, so sah sie sich in ihren Erwartungen betrogen. Sie versuchte es ein letztesmal.

»Ich habe mich über deine Freundin erkundigt.« Während Joachim bei seiner Mama zu Abend aß, eine Tradition, die sie trotz ihres gespannten Verhältnisses und Eugen Broichs Krankheit weiterhin aufrecht hielten (wenn der Abend auch meistens mit einem Mißklang endete, und war es nur ein Hustenanfall Eugens), rückte sie mit ihren Informationen heraus. »Sie kommt, wie ich ohnehin annahm, aus recht kleine Verhältnissen. Dabei möchte ich nichts gegen ihren Vater sagen, er machte am Telefon einen sehr vernünftigen Eindruck und hat immerhin einen Doktortitel, während die Mutter ...« Georgina legte eine beziehungsreiche Pause ein, ohne Zweifel genoß sie ihren Auftritt. »Sie ist eine Handwerkerstochter, wußtest du das? Der Vater war ein sächsischer Schmied, meinetwegen auch Schmiedemeister, irgendwo in einem Kuhdorf bei Leipzig. Nicht gerade das, was ich mir für meinen Sohn vorstelle. Doch was wundere ich mich? Der Apfel fällt eben nicht weit vom Stamm. Bei deinem Vater mußte es eine Briefträgerstochter sein, du zeigst ähnliche Ambitionen. Über Geschmack läßt sich bekanntlich nicht streiten.« Mit spitzen Fingern ordnete sie ein paar Weißbrotkrümel auf dem Damast zu einem undefinierbaren Muster.

Joachim reagierte nicht. Er hatte Sibylles Mutter kennengelernt und schätzte ihre offenherzige Art, wenn

ihm auch das starke Sächseln manchmal arg auf die Nerven ging. Doch besaß sie eine so mitreißende Herzlichkeit, wie er sie aus der eigenen Familie nicht kannte, dort hielt man seine Gefühle unter Kontrolle. Was hatte nun Sibylles Familie mit seiner Liebe zu dem Mädchen zu tun? Heiratete er die Tochter oder das Stammbuch? Außerdem – in welcher Zeit lebten sie eigentlich? Wortlos löffelte er sein Kirschkompott. Sein Schweigen reizte Georgina. Sie hüstelte.
»Willst du dieses Persönchen nun tatsächlich heiraten?« Es klang ungläubig. Passend dazu zog sie die Augenbrauen in die Höhe.
»Ja.« Seufzend legte Joachim den Löffel beiseite. Immer wieder das gleiche Thema, das und kein anderes, als wenn es zwischen Mutter und Sohn nichts anderes und vor allem Angenehmeres zu besprechen gäbe. »Bitte, Mama, lassen wir das. Zwischen Lena und mir ist alles geklärt.«
»Und dein Kind?«
»Das bleibt mein Kind, nach wie vor. Niemand wird daran etwas ändern können und vor allem – niemand beabsichtigt es.«
Georgina tat, als höre sie nicht. »Ein Kind, das ohne Vater aufwächst. Diesen Fall hatten wir bereits in der Familie, nämlich dich. Und warum? Weil dein Vater, nicht anders als du, seinen persönlichen Egoismus über seine Pflichten stellte.« Pfeifend zog sie den Atem durch die Lippen, sie war sehr erregt.
»Ich kenne meine Pflichten«, gab Joachim ebenso erregt zurück, »besser als du glaubst. Und ich lehne es endgültig ab, mich dauernd über diese Pflichten belehren zu lassen. Ist das klar?«

In diesem Ton hatte er zu seiner Mutter noch nie gesprochen. Sie schnappte nach Luft. Dann holte sie zu ihrem letzten, ihrem gewaltigsten Schlag aus.
»Manchmal ertappe ich mich dabei«, sie sprach nachdenklich, wie zu sich selbst, obwohl sie Joachim, der zornig den Rest seiner Kirschen zusammenkratzte, nicht eine Sekunde aus den Augen ließ, »daß ich die Mütter beneide, die ihre Söhne auf den Schlachtfeldern verloren haben. Sie können ihnen wenigstens ein ehrenvolles Andenken bewahren.«
Minutenlange Stille, nichts rührte sich. Dann hörte man ein Klirren – Joachim hatte seine Kompottschale umgeworfen. Dunkelrot floß der Kirschsaft über den Damast. Er war aufgesprungen, leichenblaß im Gesicht.
»Das ... das wagst du mir zu sagen, deinem Sohn?« Er schrie, daß man es bis auf die Straße hinaus hörte. Einen Moment war er versucht, die Suppenschüssel zu nehmen und sie mitsamt dem Rest Linseneintopf an die Wand zu werfen, so groß war sein Zorn. Doch er zog es vor, die Wohnung zu verlassen. Krachend fiel die Tür ins Schloß, Schritte polterten die Treppe hinunter.
Georgina blieb in kerzengerader Haltung auf ihrem Stuhl sitzen, unbewegt. Nur ihre knochigen Finger huschten wie selbständige Wesen über die Tischdekke, kneteten und glätteten Falten und Fältchen, die sie zu ertasten glaubte. Die Uhr schlug sieben, schlug acht, die alte Dame rührte sich nicht. Erst als ihr Mann zwischen zwei Hustenanfällen nach ihr rief, erhob sie sich, um nach ihm zu sehen.
Joachim ließ drei Wochen nichts von sich hören.

Georgina litt, linderte aber ihren Schmerz, indem sie sich in einen leidenschaftlichen Haß gegenüber diesem sächsischen Emporkömmling hineinsteigerte. Niemals würde sie den Sproß einer Handwerkerfamilie als Schwiegertochter akzeptieren, niemals! Eine Marianne Niedermayr hatte ihr gerade genügt. Inzwischen war sie durch Erfahrung klüger geworden.

Joachim und Sibylle heirateten. Es war eine stille Hochzeit, die bei den Kuglers gefeiert wurde. Nach Rücksprache mit Sibylle hatte sich Joachim entschlossen – auch mit Rücksicht auf Lena –, seiner Mutter den Hochzeitstermin zu verschweigen, man konnte nicht wissen, wie sie darauf reagierte. Lena jedenfalls würde sich getroffen fühlen und jede Minute des Tages voller Bitterkeit durchleben. Das wollte er ihr ersparen.

Sibylles Familie nahm Joachim mit offenen Armen auf, besonders Marlene war hochzufrieden mit dem Schwiegersohn.

»Könnte mir für mein Billchen gar nichts Besseres wünschen«, vertraute sie ihm beim Kaffeetrinken zwischen den hellen Biedermeiermöbeln an. »Wenn ihr auch in Zukunft nicht gerade auf Rosen gebettet seid durch deine enormen Unterhaltszahlungen. Tut mir leid für die Kleene, aber wofür hat sie schließlich ihre Muskeln? Muß sie eben genauso zupacken wie ich das mein Leben lang auch getan habe. Ein unglückliches Herze ist schlimmer, meinste nicht auch?

Halt, Willy, du Rübe! Was fällt dir Lausejungen ein?!« Sie scheuchte den übermütigeren Teil ihrer Zwillingsjungen beiseite, Willy, der sich gerade am Randstück vom Hochzeitsigel vergreifen wollte. Der sogenannte Igel war Marlenes Kuchenspezialität, eine köstliche Leckerei aus Löffelbiskuits und Mokkacreme, die aus Sachsen stammte. Mit Mühe schaffte man zwei Stück davon, ganz selten drei, so schwer lag er im Magen mit der vielen Butter und den Stacheln aus gerösteten Mandeln. »Das beste ist für den Bräutigam.« Sie legte Joachim das zurückeroberte Stück mit einem Augenzwinkern auf den Teller.

Joachim lächelte höflich. Konnte denn Sibylle der Schwiegermutter nicht beibringen, daß ihm die Creme viel zu süß war? Er bevorzugte die weniger belastenden fränkischen Spezialitäten.

Aber nein, Sibylle dachte nicht daran. Erstens wollte sie die geliebte Mutter nicht enttäuschen, und zweitens sollte sich ihr mindestens ebenso geliebter Joachim nicht so anstellen. Beschwichtigend legte sie die Hand auf seinen Arm. Joachim drückte dagegen. Er war unendlich stolz auf seine junge Frau, die sehr damenhaft wirkte in ihrem Hemdblusenkleid aus nußfarbener Seide, das Haar mit zwei Kämmen nach hinten gesteckt. Um den Hals trug sie eine schmale goldene Panzerkette, sein Hochzeitsgeschenk. Natürlich, ein richtiges Brautkleid wäre attraktiver gewesen, hätte mehr »hergemacht«, aber erstens war dies hier keine ganz unproblematische Hochzeit, zweitens war Sibylle keine zwanzig mehr, und drittens wäre es Verschwendung gewesen. Außerdem – was hatte ein Kleid mit ihrem Glück zu tun? Glücklich aber war Sibylle, so verboten und unverschämt glücklich, daß sie immer wieder fürchtete, man könnte ihr aufgeregtes Herzklopfen bis zum Ende der Tafel hören (wo Bruder Willy saß, ausgerechnet!, mit seinen flotten Sprüchen). Joachim war ihr Mann, ihr amtlich angetrauter Ehemann; der einzige, den sie je gewollt hatte, gehörte jetzt auch vor dem Gesetz zu ihr.

»Meine Kleene.« Gerührt musterte Marlene ihre Tochter von der Seite. Hatte tüchtig um ihr Glück kämpfen müssen, das gute Kind. Aber nun war es ja geschafft. Ein Prachtexemplar von Tochter, das Billchen, auf sie wäre Großmutter Elise, würde sie noch leben, mächtig stolz gewesen. Marlene seufzte. Ja, ja, die Völkchens waren nicht zu unterschätzen, hatten an Vitalität und Lebenstüchtigkeit vielen einiges voraus, auch die feinen Adelsfamilien konnten davor nur den Hut ziehen.

Obwohl die beiden Mütter bisher nicht zusammengetroffen waren – Joachim hatte eine Begegnung aus gutem Grund vermieden –, wußte Marlene über Georgina genau Bescheid. Und was sie wußte, reichte ihr. Die gleiche Kategorie wie die alte Dittmar, vornehmes Getue und nichts dahinter. Nahm sich die Kühnheit heraus, die bienenfleißige und charakterlich untadelige Sibylle wie ein lästiges Insekt zu behandeln. Nicht gut genug für die Familie, lautete das hochwohlgeborene Urteil. Was bildete sie sich überhaupt ein?! Gottseidank schien Joachim wenig von seiner Mutter zu haben. Kam wohl ganz auf den Vater heraus, den man ja auch – Sibylle hatte ausführlich berichtet – wie den letzten Hund behandelt hatte.

»Mein liebes Brautpaar, liebe Familie.« Richard Kugler hatte sich erhoben. Wie er so dastand, die graue Sonntagsweste zum Nadelstreifenanzug kombiniert, eine Nelke im Knopfloch sowie ein verbindliches Lächeln auf den Lippen, war er das typische Abbild des würdigen Brautvaters (Embonpoint eingeschlossen, aber er aß doch so gern). Er wollte ein paar Worte zu dem Brautpaar sprechen, so wie sich das bei einer Hochzeit gehörte, vielleicht auch, daß es ihm gelang, die eine oder andere seiner Pointen unterzubringen. In einer so unruhigen Familie wie dieser hatte er dazu nicht oft Gelegenheit.
Ausnahmsweise hörte Marlene ihrem Mann bis zum Schluß zu. Wenn er auch gern ein bißchen ausschweifend wurde, der gute Richard, heute wollte sie ihm das nachsehen. Genauso wie sie war er heilfroh, daß Sibylles Affäre mit einem verheirateten Mann einen so versöhnlichen Abschluß gefunden hatte. Um Töchter machte man sich immer ein paar zusätzliche Sorgen, besonders wenn sie hübsch waren.
»... und so wünsche ich dem jungen Paar von Herzen alles Gute und ...« Der Vater machte eine bedeutungsvolle Pause. Sibylle ahnte, was kommen würde. Natürlich, sie hatte recht, Richard Kugler blieb sich immer treu. »Ja, und sehe künftigen Neuigkeiten mit ... nun, sagen wir, mit großväterlichem Interesse entgegen. Prost!« Er strahlte über das ganze rosige Gesicht und hob sein Glas. So, das wäre erledigt, damit hatte er seinen Pflichten Genüge getan. Jetzt konnte er allmählich beginnen, den untersten Knopf seiner Weste zu öffnen und von Marlenes Butterkuchen zu probieren.

Joachim suchte den Blick seiner Frau. Kinder? Eigentlich doch keine, da waren sie sich einig gewesen. Sibylle nickte ihm beruhigend zu. Nein, keine Kinder, nur sie, nur sie beide allein, jetzt, immer, bis zum Ende ihres Lebens, in Liebe und Frieden.

12

Die Hochzeitsreise führte sie nach Österreich, gleich hinter die Grenze, in ein kleines Dorf nahe Seefeld. Viel lieber hätte Joachim seiner Frau natürlich die Riviera gezeigt oder das Tessin, doch beides war zu kostspielig. Es blieb nichts übrig, als der Tatsache ins Gesicht zu blicken: sie würden sich künftig ganz hübsch einschränken müssen. Sibylles Gehalt an der Schule deckte kaum die Summe, die Joachim an Lena zu zahlen hatte. Der Preis einer verbotenen Liebe.
»Das macht mir gar nichts aus«, beteuerte Sibylle immer wieder. Auf Luxus hatte sie nie Wert gelegt. Hatte sich ihre Mutter als Kind nicht viel mehr einschränken müssen? Außerdem – von irgend etwas mußten Lena und Loraine ja leben. Dazu gefiel es ihr in Mösern, ihrem Urlaubsort, wirklich gut. Der gleiche eindrucksvolle Ausblick auf das Bergmassiv wie in Seefeld, nur zu einem weit günstigeren Preis. Minutenlang stand sie abends am Fenster und sah auf den untergehenden Sonnenball, der die grauen Felsspitzen rötlich erleuchtete, während gleichzeitig im Tal, rechts und links von der Loisach, die sich wie ein silbernes Band durch die Felder und Wiesen schlängelte, die Lichter angingen. Durch das offene Fenster

strömte der süße Duft von Heu, betäubte Sibylle, machte sie liebesbedürftig. Mit rückwärts ausgestreckten Armen umfaßte sie Joachim, der hinter ihr stand und eine Zigarette rauchte. »Glücklich?«
Er nickte. Etwas zögernd, wie Sibylle fand. Das erschien ihr empörend, und sie bohrte nach. »Stimmt etwas nicht?«
»Mit uns beiden alles, das weißt du doch. Es könnte gar nicht besser sein. Nein, was mich ein wenig belastet, ist der Gedanke an den anderen Teil meiner Familie. Ob Lena inzwischen über uns Bescheid weiß? Natürlich, es könnte mir egal sein, wir sind seit fünf Monaten geschieden, und daß ich irgendwann einmal meinen Scheidungsgrund heiraten werde, liegt auf der Hand. Trotzdem – es wird sie verletzen. Und wie reagiert Loraine auf die Tatsache einer Stiefmutter?«
Seine Mutter erwähnte er mit keinem Wort. Dabei – Sibylle beobachtete es genau – zuckte er jedesmal zusammen, wenn in ihrem kleinen holzverkleideten Zimmer mit dem Geranienbalkon das Telefon klingelte. Joachim hatte Georgina seine Urlaubsadresse hinterlassen. Immerhin war sie über siebzig, so erklärte er das vor Sibylle, die gar keine Erklärung erwartete – da konnte es vorkommen, daß sie Hilfe brauchte. Bisher war dieser Fall nicht eingetreten, doch bei Georgina war man nicht sicher.
Um ihr Gewissen zu beruhigen, fuhren sie am nächsten Vormittag nach Seefeld und kauften dort Geschenke ein. Für Lena ein französisches Seidentuch, für Georgina ein halbes Dutzend handbemalte Schnapsgläser und für Loraine nach endlosem Hin

und Her eine Granatbrosche in einem Antiquitätengeschäft. Sibylle hätte einen flotten Modeschmuck passender gefunden, aber in diese Dinge ließ sich Joachim nicht hineinreden.
»Glaub mir, ich kenne meine Tochter besser.« Zweifellos, niemand wollte das bestreiten. Doch, fand Sibylle, machte er nicht ein bißchen zuviel Aufhebens um den Geschmack eines knapp siebzehnjährigen Mädchens? Sie, Sibylle, hatte sich als Kind über jedes Mitbringsel ihres Vaters gefreut, und meistens waren sie recht bescheiden ausgefallen.
Auf dem Rückweg nach Mösern kamen sie an einem Parcours vorbei. Ein paar Reiter tummelten sich dort mit ihren Pferden, unter ihnen eine blutjunge Amazone mit blondem wehendem Haar und einem Profil, wie man es manchmal auf alten Münzen findet. Fasziniert beobachtete Sibylle, mit beiden Armen auf das Gatter gestützt, mit welcher Sicherheit sie ihr Pferd, einen Schimmel, auf das Birkenhindernis hinlenkte und ihm dann im richtigen Moment beim Absprung half. Es mußte mit einiger Anstrengung verbunden sein, denn das Gesicht des jungen Mädchens war stark gerötet. Es atmete heftig. Jetzt nahmen zwei andere Reiter die Amazone in die Mitte, und im Galopp ging es zu dritt über ein extrem breites Hindernis aus rotweißen Stangen, einmal, zweimal. Das Mädchen lachte mit zurückgeworfenem Kopf und tätschelte seinen Schimmel, der mit übermütigen Bocksprüngen über die Wiese fegte.
»Reiten«, sagte Sibylle sehnsüchtig, »Reiten wäre etwas, was mir auch gefallen könnte. Sich mit einem Pferd beschäftigen, seine Eigenarten kennenlernen

und es sich dann zum Freund machen – wunderschön. Es muß ja nicht gleich ein eigenes Pferd sein«, fügte sie hastig hinzu, als sie Joachims Betroffenheit spürte. »Außerdem – das war nur ein Gedanke. Mit meinem täglichen Soll an Schulsport bin ich, glaube ich, mehr als ausgelastet.« Sie dehnte und streckte ihre Arme.

»Nein, nein, du hast schon recht«, stimmte Joachim ihr zu. »Es gibt keinen edleren Sport als Reiten und keinen erzieherischeren. Du würdest dich ganz hervorragend dafür eignen. Für mich kommt er wohl weniger in Frage.« Er lächelte, es wirkte mühsam.

Sibylle biß sich auf die Lippen. Du lieber Himmel, würde sie es denn niemals lernen! Immer wieder vergaß sie in ihrem jugendlichen Leichtsinn, daß er mit diesem steifen Bein behaftet war, redete unüberlegt darauflos. Lena war ein solcher Faux pas bestimmt niemals passiert.

Doch Joachim hatte seinen Kummer bereits weggewischt. Seine Gedanken wanderten. Der Anblick der Amazone hatte Jugenderinnerungen in ihm wachgerufen, die ihn mit fast schmerzlicher Heftigkeit überfielen. Herbsttage am Starnberger See, Reiter im roten Rock, den er bei Schulspaziergängen begegnete, Rudolf Binding, der dichtende Rittmeister mit seinem unvergänglichen Werk »Reitvorschrift für eine Geliebte«. Der Text stand ihm Wort für Wort wieder vor Augen.

»Das Pferd ist ein Tänzer an deiner Hand: ein Tänzer in die Unendlichkeit. Aus dem Schwung, den du ihm mitteilst, folgt die Leichtigkeit, folgt das Schweben. Alle Kraft fühlst du sich unter deinem Sattel vereinigen. Das Land bleibt hinter dir zurück ...« zitierte er feierlich, während sie Hand in Hand durch die weiß und gelb blühenden Wiesen schlenderten, einen enzianblauen Himmel über sich. Und: »Deines Pferdes Bild verfolgt dich bei Tag und Nacht, im Wachen und im Schlaf, wie das Bild deines Freundes dich verfolgte.«

Sibylle hörte schweigend zu, einen Grashalm zwischen den Lippen. Zuhören hatte sie bei Joachim gelernt, er liebte es, stundenlang aus seiner Jugend zu erzählen, wobei er jede ihm wichtig erscheinende Einzelheit mit fast pedantischer Detailtreue ausmalte. Ihr Wunsch, reiten zu lernen, wurde stärker.

Joachim beschäftigte der gleiche Gedanke. Ja, sein großes Mädchen sollte sich unter die Reiter begeben, sollte seine Amazone werden. Sibylle mit ihrer schlanken, geraden Figur auf einem Pferderücken – so würde er sie noch mehr lieben, sofern das überhaupt möglich war. Er beschloß, sich gleich nach ihrer Rückkehr nach einer Reitmöglichkeit für sie zu erkundigen.

Soeben hatten sie daheim die Koffer abgestellt und die spärliche Post durchgeblättert, da läutete das Telefon.

»Georgina«, dachte Sibylle unwillkürlich und gab Joachim mit den Augen einen Wink. Er murrte, denn er haßte es zu telefonieren. Meistens erfuhr man Unerfreuliches.

So auch diesmal. Sibylle hatte richtig geraten, seine Mutter war am Apparat. Ohne ihrem Sohn Gelegenheit zu geben, sie zu begrüßen, überschüttete sie ihn auf der Stelle mit einer solchen Flut von Vorwürfen, daß er blaß wurde unter der Urlaubsbräune und nach einem Stuhl griff. Seine Befürchtung hatte sich bewahrheitet, sie war über seine Heirat im Bilde. Merkwürdigerweise richtete sich ihr Zorn jedoch weniger auf das »Persönchen«, das nun seine Frau war und damit notgedrungen zur Familie gehörte; was sie viel mehr erboste, war die Tatsache, daß man sie von dieser Eheschließung nicht offiziell in Kenntnis gesetzt hatte. Sie tobte.

»Hält es mein Sohn also nicht für nötig, seine Mutter zu seiner Hochzeit einzuladen. Ich empfinde das als eine Demütigung ersten Ranges. Die Eltern deiner Frau« – er hörte genau hin, aber sie sagte tatsächlich »deine Frau« – »waren doch sicher dabei. Das sieht ja aus, als wenn du mich verstecken müßtest.«

»Mama«, begann Joachim. Sie überfuhr ihn mit einem donnernden »Unterbrich mich nicht dauernd, ich verbitte mir das. Wie, glaubst du, kam ich mir vor, als ich mir von Frau Major Aventin höhnisch ins Gesicht hinein sagen lassen mußte: ›Oh, da kann man ja gratulieren. Ihr Sohn hat wieder geheiratet, wie ich höre.‹ Eine reizende Situation.«

»Es war mit Rücksicht auf Lena«, verteidigte sich Joachim. Nervös kramte er in seiner Hosentasche nach einer Zigarette. Sibylle, die abwartend im Hintergrund stand, eilte mit einem Aschenbecher herbei. »Ich wollte vermeiden, daß Lena ...«

»Lena? Die hat mehr Format, als du ahnst. Eine feine

Frau. Gelächelt hat sie, als sie von deiner Hochzeit erfuhr. Ja. Tapfer gelächelt und dir alles Gute gewünscht. Und Loraine, der Goldschatz, begann sich sogleich heftig für ihre neue Stiefmutter zu interessieren. Ob sie sich ihre Kleider selber näht, in welcher Schule sie unterrichtet und was sie von dieser modernen Hottentottenmusik hält. So steht es um deine eigentliche Familie. Aber die kümmert dich ja nicht mehr, was für dich zählt, sind deine neuen Schwiegereltern, besonders diese ... diese Mutter deiner Frau.« Echte Eifersucht klang aus ihrer Stimme. In Georgina mußten sich heftige Kämpfe abgespielt haben.

»Du meinst, ich bewege mich neuerdings in nicht angemessenen Kreisen?« gab Joachim halblaut und scharf zurück. Mit einem Blick über die Schulter vergewisserte er sich, daß Sibylle in der Küche verschwunden war. »Das willst du doch damit sagen. Aus diesem Grund habe ich dir auch die Bekanntschaft von Sibylles Familie erspart. Ich erinnere mich deutlich an deine Formulierung von der Tochter eines Schmiedemeisters, womit wohl meine Schwiegermutter gemeint war.«

»Das war früher«, rettete sich seine Mutter elegant über das heikle Thema hinweg. »Jetzt seit ihr rechtmäßig miteinander verheiratet, da halte ich es für meine Pflicht, mich mit den Gegebenheiten abzufinden, ob sie mir nun passen oder nicht. Deine lieben Großeltern hätten es nicht anders gehalten, das ist in unseren Kreisen so üblich. Wenn du, beziehungsweise deine Frau, allerdings vorhabt, mir Steine in den Weg zu legen ...«

»Davon kann keine Rede sein«, beeilte sich Joachim zu versichern, »im Gegenteil.« Er war gerührt und zugleich erleichtert. Brachte es die Mama doch tatsächlich fertig, über ihren Schatten zu springen, was ihr weiß Gott nicht leichtfallen durfte, und er hatte sie so falsch eingeschätzt. Georgina nicht zur Hochzeit einzuladen, war, wenn er es recht bedachte, Sibylles Vorschlag gewesen. Ein nicht sehr glücklicher, wie sich jetzt herausstellte. Er stürzte sich in eine Flut von Entschuldigungen und verabredete mit der Mama, sie am kommenden Dienstag zu besuchen, auf ihren ausdrücklichen Wunsch hin mit seiner Frau. Dann wollte er die beiden miteinander bekanntmachen beziehungsweise – so war es richtiger – Sibylle seiner Mutter vorstellen.
»Muß das sein?« murrte Sibylle. »So etwas nenne ich eine Farce. Deine Mutter kann mich nicht ausstehen, das hat sie oft genug zum Ausdruck gebracht. Erinnere dich nur an den Anruf bei meinem Vater! Weshalb sich jetzt also gegenübersetzen und sich falsch ins Gesicht lächeln? Nur weil wir in der Zwischenzeit miteinander verschwägert sind? Ich hasse Heuchelei.«
»Tue es mir zum Gefallen, bitte«, drängte Joachim, der glücklich wie ein kleiner Junge wirkte. Ihm war ein Stein vom Herzen gefallen. Wenn er auch jeden Augenblick seiner Hochzeitsreise intensiv genossen hatte, irgendwie war da immer ein Druck gewesen. Jetzt erst fühlte er sich richtig befreit. »Mama ist eine alte Dame und durch die Krankheit ihres Mannes ziemlich vereinsamt. Außerdem bestand von jeher eine sehr enge Bindung zwischen uns.«

»So«, machte Sibylle und dachte an ihre eigene Mutter, die stets nur an das Fortkommen ihrer Kinder gedacht hatte, sich selbst aber bescheiden im Hintergrund hielt. So stellte sie sich das Idealbild einer Mutter vor. Der Abend bei der Schwiegermutter paßte ihr nicht. Vor allem durfte sie Marlene nichts davon erzählen. Die hätte die Hände über dem Kopf zusammengeschlagen und ihrer Tochter Inkonsequenz oder, schlimmer noch, Charakterschwäche vorgeworfen. Womit sie nicht einmal so unrecht hatte.
Georgina hatte die Tafel sehr festlich gedeckt mit Nymphenburger Porzellan, Blumengestecken und Kerzen in silbernen Leuchtern. Über dem schweren Eichenbuffet prangten unübersehbar zwei prächtige (frisch geputzte) Blaken mit dem Wappen der Gahlen, es fand sich in den gestickten Servietten wieder, den (frisch geputzten) Messerbänkchen und an dem schweren Ring mit dem Lapislazuli, den die Schwiegermutter – ebenfalls unübersehbar – an ihrer sonst schmucklosen linken Hand trug. Das alles erfaßte Sibylle mit einem einzigen Blick, es schien ihr nicht zufällig arrangiert. Hier sollte Familiengeschichte und Klassenbewußtsein demonstriert werden, sehr massiv und imponierend, und das allein ihr »zu Ehren«. Nun, sie, Sibylle, litt nicht an Minderwertigkeitskomplexen, schon gar nicht ihrer Familie wegen, also war dieser Aufwand umsonst. Daß sie sich hier dem Urteil dieser kühlmusternden Augen stellte, hatte einzig und allein mit ihrem Gefühl für Joachim zu tun, war sozusagen ein Liebesbeweis. Dieser Unschuldsengel, natürlich ahnte er nicht, welche Kraftprobe sich zwischen den beiden Frauen abspielte. Im Ge-

genteil. Mit sichtlichem Behagen lehnte er sich auf seinem Stammplatz, einem Stuhl mit geschnitzter Lehne und Sitzkissen, zurück und ließ sich von seiner Mutter weißes Kalbfleisch mit heller Soße auflegen. Er langte zu, wie er bei Sibylle bisher nicht zugelangt hatte.

»Schmeckt ausgezeichnet, einfach unnachahmlich. Siehst du, Sibylle, genau diese Farbe muß die Sauce haben, milchig weiß.«

Hätte er nicht einen kurzen, bedeutungsvollen Blick von Sibylle aufgefangen, er wäre noch ausführlicher auf das Thema eingegangen. Doch Georgina hatte das Kompliment bereits auf ihre Habenseite gebucht. Es stärkte ihre Position, soweit das überhaupt noch nötig war, hatte sie mit mütterlichem Instinkt doch bereits in den ersten Minuten erkannt, daß Joachim gekommen war, um Frieden zu schließen. Nachdem er erreicht hatte, was er wollte, Sibylle zu heiraten nämlich, wünschte er nichts sehnlicher als die Versöhnung mit der Familie. Georgina beschloß, die Gelegenheit zu nützen.

Sie begann von Loraine zu erzählen, immer nur von Loraine. Zwischendurch kam sie kurz auf ihren lieben Eugen zu sprechen, der nun bereits die dritte Woche im Krankenhaus lag, und von der Großmama, die man in ein Würzburger Pflegeheim eingeliefert hatte (Joachim machte ein schuldbewußtes Gesicht, beides war ihm neu), kehrte dann aber unverzüglich zu der Enkelin zurück. Sie hatte – man stelle sich vor – einen Satz Platzdeckchen für die Oma gehäkelt, in Blaßlila und Grège, und das trotz ihrer vielen Schulpflichten. Das alles brachte Georgina in

einem halb anklagenden, halb triumphierenden Tonfall heraus, ihr ausdrucksvoller Blick wanderte zwischen Joachim und Sibylle hin und her, vermied es jedoch sorgfältig, Sibylle in die Augen zu sehen. Es hatte den Eindruck, als verzichte sie darauf, sich über die Schwiegertochter ein Urteil zu bilden.
Joachim löffelte weiße Sauce und hörte aufmerksam zu. Immerhin ging es hier um seine einzige Tochter, das arme Ding, das von seinem Vater so böse im Stich gelassen worden war. Aber das würde er wieder gutmachen, gleich morgen wollte er anrufen und Loraine in ihre kleine Wohnung einladen. Sibylle würde bestimmt nichts dagegen haben, vielleicht könnten die beiden sogar Freundinnen werden. Was sagte die Mama da von Lena?
»Ich bewundere Lena, sie ist so tapfer.« Diesmal überwog die Anklage in Georginas Stimme. »Eine richtige kleine Heldin. Dabei steht ihr der Schmerz im Gesicht geschrieben. Doch sie scheint entschlossen, das Beste aus ihrem Leid zu machen, schon einmal wegen Loraine. Kurz und gut, Joachim, sie will deine Frau kennenlernen, auch um den Kontakt zu dir nicht zu verlieren. Eine nicht alltägliche Situation, gewiß, doch unter Erwachsenen mit der entsprechenden Erziehung und einer gewissen gesellschaftlichen Gewandtheit«, ein unbestimmter Blick in Richtung Sibylle, »sollte sie sich meistern lassen. Ich hoffe, du schlägst der Mutter deines Kindes diesen Wunsch nicht ab?« Das war ganz die alte Georgina, die keinen Widerspruch duldete.
»Aber niemals, wie könnte ich!« beeilte sich Joachim zu versichern. Guter Gott, was war er doch für ein

Glückspilz! Hatte die Personen, die ihm am nächsten standen, so tief ins Unglück gestürzt, und es wurde ihm verziehen. Mit langen Schritten, die Hände auf dem Rücken, lief er durch das Zimmer, betrachtete die Familienfotos an den Wänden, mit denen er aufgewachsen war, rückte hier und dort etwas zurecht, summte unbekümmert vor sich hin.

Sibylle saß derweil stocksteif aufgerichtet auf ihrem Stuhl. In ihr kochte es. Ein schöner Hinterhalt, in den sie da geraten war! Plädoyers für Lena, leidenschaftliche Liebesbekenntnisse an die Adresse von Loraine, nichts anderes hatte die Schwiegermutter im Kopf gehabt, als sie so nachdrücklich darauf bestand, die neue Schwiegertochter kennenzulernen. Der ganze Abend – eine Demonstration der Macht und Herrlichkeit derer von Gahlen, zu denen – da hatte Georgina keinen Zweifel gelassen – Sibylle mit Sicherheit nicht gehörte, niemals gehören würde. Nun, damit ließ es sich leben. Wäre da nur nicht Joachim gewesen, der geliebte Mann und fügsame Sohn, der nicht merkte, in welche Falle er da tappte. Das erstemal, daß Sibylle enttäuscht von ihm war. Die Enttäuschung schlug sich auf ihre Stimmung nieder, sie sprach nur noch das Nötigste und beschränkte sich darauf, sich in regelmäßigen Abständen ein Lächeln abzuzwingen. Am liebsten wäre sie gegangen.

»Nun sag mal, war das nicht ein netter Abend?« fragte Joachim zu Hause in ihrer Villenetage, während er sein Jackett über einen Bügel hängte.

»Ja, sehr nett.«

Sibylle hatte ihm den Rücken zugewandt. Sie bürstete ihr Haar.

»Das klingt nicht gerade überschwenglich. Dabei hat die Mama dich wirklich herzlich aufgenommen.«
»Ja, herzlich«, echote Sibylle, die unter Herzlichkeit etwas anderes verstand, und ging aus dem Zimmer. Nur keine Auseinandersetzungen jetzt, sie wollte Joachim um Himmelswillen seine Illusionen nicht zerstören. Voller Sehnsucht dachte sie an ihre Mutter. Wie jammerschade, daß sie nichts von dem Besuch bei Georgina wissen durfte. Marlene wäre die einzige gewesen, die das Erlebnis dieses Abends richtig zu deuten verstand und vor allem – sie hätte ihre Tochter in die Arme genommen und getröstet, wie früher, als Sibylle noch ein ganz kleines Mädchen war. In dieser Nacht kaute sich Sibylle den Handrücken wund.

Lena war reizend und Loraine war besonders reizend, wenn auch etwas verschüchtert, und das Häuschen, in dem die beiden wohnten, war mit soviel Geschmack eingerichtet und das Essen so hübsch vorbereitet, daß Sibylle immer verzagter wurde und auch immer kleinlauter. Sie fühlte sich gar nicht wohl in ihrer Haut. Eine Frage vor allem ließ sie nicht los: Warum nur war Joachim zu ihr übergewechselt? Allein auf Grund ihrer Jugend? Dafür aber besaß sie nicht die Hälfte von Lenas hausfraulichen Qualitäten, würde sie niemals besitzen. Ein Mangel, der nicht zu unterschätzen war.
»Ich liebe dich und bin stolz auf dich«, flüsterte Jo-

achim seiner Frau ins Ohr, als sie zufällig einmal allein im Raum waren. Die Zweisamkeit und damit der Trost hielten nicht lange vor, denn gleich darauf kam Lena in ihrer grauen Seidenbluse wieder ins Zimmer gehuscht und bot gebackene Schinkenhörnchen an. Sie hatte Joachim und auch Sibylle gegenüber etwas betont Demütiges, als wolle sie ausdrükken: »Ja, da haben sich nun die beiden Liebenden für ein Happy-End wie im Märchen gefunden. Ich gratuliere von Herzen. Aber – bitte – laßt die arme, kleine Lena und die arme kleine Loraine nicht im Stich.«
Eine überzeugende Rolle und – das war das Fatale – nicht einmal gespielt. Joachim fiel mit seinem schlechten Gewissen voll und ganz darauf herein, was ihm Sibylle diesmal nicht einmal verübelte, ging es ihr doch kaum anders. Nur – sie fühlte sich nicht wohl in dieser Rollenverteilung. Unglücklich biß sie in ihr Hörnchen und wandte sich Loraine zu, die mit dicken Ballettstulpen unter ihrem langen Bauernrock auf der Couch saß und strickte, wohl, um etwas zu tun.
»Was wird denn das?« erkundigte sich Sibylle höflich und setzte sich neben Loraine. Achtung, daß sie das Mahagonitischchen mit den vielen bunten Glastieren nicht zur Seite fegte, einige davon schienen recht wertvoll zu sein.
Loraine wagte vor Schüchternheit kaum die dunklen Augen zu heben. Verlegen strich sie sich eine Haarsträhne hinters Ohr. »Oh, ein Fransentuch«, sagte sie dann leise.
»Wie hübsch«, lobte Sibylle, die keinerlei Geschick für Handarbeiten besaß. »Wohl für die Schultern?«

»Nein, um es um die Taille zu wickeln«, kam es kaum hörbar zurück.
»Aha.« Sibylle zeigte sich beeindruckt, leider war sie nun auch am Ende ihres Gesprächsthemas. Unwillkürlich stellte sie sich Loraine mit bloßen Füßen vor, einem dicken Haarkranz sowie dem Stricktuch über dem Bauernrock – ein Bild, das ihr gefiel. Nur schade, daß das junge Mädchen so blaß aussah, richtig krank, wahrscheinlich kam es kaum an die frische Luft.
»Schwimmen Sie gern, Loraine?« fragte sie aufs Geradewohl. Wie sie so halb und halb durch die Tür mitbekommen hatte, war Joachim mit Lena in den Keller hinuntergestiegen, um dort nach einem Manuskript aus seiner Jugendzeit zu suchen. Der Besuch würde sich also hinziehen.
Loraine schüttelte den Kopf. »Nein, gar nicht«, gestand sie. »Ich habe Angst vor Wasser.«
So unglaublich das auch klang in einer Zeit, wo fast jeder sich sportlich ertüchtigte, zumal im Schwimmen: Wasserscheue gab es nach wie vor. Sibylle erlebte es fast täglich in ihrem Schwimmunterricht.
»Wenn Sie möchten, nehme ich Ihnen diese Angst«, schlug sie munter vor. »Ich kenne da eine todsichere Methode, die noch bei jedem angeschlagen hat. Wir fangen schlicht und einfach bei einem Waschbecken an, gefüllt mit kaltem Wasser.«
»Tatsächlich?« Loraine ließ beeindruckt das Strickzeug fallen. In ihren riesigen Augen, die sie von der Großmutter geerbt hatte, glomm ein Anflug von Interesse auf. »Meinen Sie, es wirkt auch bei mir? Das wäre wunderbar, ganz wunderbar. Dann könnte ich meinem Vater endlich einmal imponieren.«

Sibylle war gerührt. Dieser gestrenge Joachim – o ja, sie konnte sich sehr gut vorstellen, mit welchem Nachdruck er sein Mißfallen ausdrückte, darin war er ganz seine Mutter –, wie ungeschickt behandelte er doch seine Tochter. Und Lena selbst schien zu hilflos, um diese väterliche Härte auszugleichen. Doch jetzt gab es ja Sibylle, die große starke Sibylle, die Joachim nur liebte, aber nicht die Spur fürchtete, und sie würde die Vermittlerin spielen.

Sie verabredete mit Loraine, in Kürze mit der Waschbeckenprobe zu beginnen, am besten bei Sibylle zu Hause im Rahmen einer Teeinladung. Das Mädchen stimmte eifrig zu. Es hatte soviel Vertrauen zu der »Stiefmutter« gefaßt, daß es ihr sogar eine Mappe mit Scherenschnitten vorlegte, die im Laufe des Sommers entstanden waren.

Als Joachim wenig später seinen Kopf durch die Tür steckte, um zum Aufbruch zu mahnen, sah er die beiden in angeregter Unterhaltung. So fröhlich hatte er Püppi lange nicht gesehen. Freudig überrascht zog er sich wieder zurück. Seine Hoffnung hatte ihn nicht getrogen: Sibylle und seine Tochter waren Freundinnen geworden und das schneller als erwartet.

Loraine kam zum Tee, aber nicht allein, sie wurde von ihrer Mutter begleitet. Damit hatte Sibylle nicht gerechnet. Rasch legte sie ein Gedeck dazu und flüsterte Joachim ins Ohr, sich um Lena zu kümmern, während sie mit Loraine die versprochenen Tauchübungen machte.

Die Kleine stellte sich ausgesprochen ungeschickt an, sie schnaufte und prustete und erstickte fast an einem Hustenanfall, vielleicht lag das aber auch an Sibylles übermächtiger und sehr energischer Gegenwart. Die, ehrgeizig von Natur aus, gab nicht so schnell auf. Immer wieder füllte sie das Waschbecken mit handwarmem Wasser und machte Loraine vor, wie sie ihr Gesicht da hineinstecken sollte. Hinterher hatten sie beide hochrote Köpfe, aber der erste Schritt war geschafft: Loraine hielt es zehn Sekunden – Sibylle zählte laut mit – mit geschlossenen Augen unter Wasser aus. Als nächstes wollten sie in einem Hallenbad weiterüben, vielleicht, daß es Loraine einrichten konnte, an einigen von Sibylles Schwimmstunden teilzunehmen.
Alles in allem ein erfolgreicher Tag, dieser letzte Sonntag im Oktober. Doch jetzt wurde es draußen dunkel, und Sibylle wäre zu gern mit Joachim eine halbe Stunde durch die Villenstraßen gelaufen, außerdem hatte sie für den nächsten Tag einiges herzurichten. Das einzige war nur: ihre Gäste brachen nicht auf. Das sprach einerseits für die Gastgeberin, andererseits konnte Sibylle nicht verhehlen, daß sie von Minute zu Minute nervöser wurde. Und kein Joachim, der dies vielleicht verstehen konnte. Im Gegenteil: Als sie hinter Lenas Rücken auf die Armbanduhr tippte und fragend die Schultern nach oben zog, rief er herzhaft lachend durch den Raum: »Oh, meine kleine Ungeduldige! Will wieder einmal die Zeit anhalten, die ihr, wie sie meint, viel zu schnell durch die Finger rinnt. Die ewige Angst der Jugend, etwas zu versäumen. Aber sie wird auch

noch ruhiger, das Sibyllchen. Oder was glaubst du, Lena?«
Lena nickte. Ja, ja, die Jugend ... Sie lächelte und brachte eine ihrer unzähligen Lebensweisheiten an, die sie bei Bedarf gern und häufig einstreute. Diese Bedarfsfälle – fand Sibylle – traten ausgerechnet jetzt etwas zu häufig auf. Gerade fing sie an, sich eine Kleinigkeit zu ärgern, da läutete das Telefon. Georgina. Selbstverständlich war sie über Lenas und Loraines Besuch bei Joachim informiert, und unter dem Vorwand, einen Buchtitel zu erfragen, versuchte sie nun in Erfahrung zu bringen, wie der Nachmittag so verlaufen war.
»Nun, wie fühlst du dich im Kreise deiner Großfamilie?« neckte sie ihren Sohn, heiter wie seit langem nicht. Der lachte pflichtschuldig.
»Großartig, könnte gar nicht besser sein. Das nächstemal bist du aber mit von der Partie«, schlug er vor. Musik in Georginas Ohren. Sie stimmte lebhaft zu. Ja, gern, sobald es Eugen besser ging. Erst einmal hatte sich sein Asthma so sehr verschlechtert, daß sie ihn nächste Woche in ein Kurbad in den Schwarzwald bringen wollte. Hatte die Familie nicht Lust mitzufahren?
»Stell dir vor, wir begleiten alle zusammen Eugen und die Mama in den Schwarzwald«, empfing Joachim Sibylle, die im Bad ein bißchen Make-up aufgelegt hatte – ihre kleine innere Erregung blieb trotzdem nicht verborgen. »Und holen ihn gemeinsam wieder ab. Wolltest du nicht schon immer einmal den Schwarzwald kennenlernen, Liebling? Wir müssen uns nur überlegen, wie wir das am besten mit den

Autos machen. Eugen soll nach Möglichkeit nicht fahren, also nehme ich meinen Wagen und Lena ihren.«

Der Ausdruck »Liebling« war Sibylle vor Lena unangenehm, mehr aber bedrückte sie noch der Gedanke an einen Gemeinschaftsausflug. Diese Art der Familienzusammenführung war ja äußerst lieb und nett, wirkte sehr menschlich, ja, beinahe sozial, nur – wann, um Himmelswillen, würde sie mit Joachim wieder einmal allein sein? Soviel Zeit füreinander ließ ihnen ihr Beruf nicht, außerdem hatten sie eine Menge nachzuholen aus der Zeit, als Joachim ihr nur »leihweise« gehörte. Nein, wirklich, jetzt war sie, Sibylle, an der Reihe.

Sibylles Befürchtungen bewahrheiteten sich, der Familienkontakt wurde eng und enger, manchmal so eng, daß es ihr fast die Luft abschnürte. Schuld daran war vor allem Lena, die über ungeheuere Mengen freier Zeit verfügte, aber kaum Freunde, mit denen sie diese teilen konnte, und dann – um der Wahrheit die Ehre zu geben – auch Joachim. Ihm, dem »flüchtigen Ehemann«, war diese Entwicklung nur recht. Natürlich, er liebte Sibylle, niemanden so heiß und innig wie seine Sibylle, und es verging kein Tag, an dem er ihr das nicht sagte, beim Aufstehen, beim Zubettgehen, bei einem flüchtigen Kuß auf dem Korridor, er überraschte sie mit kleinen Geschenken, überschüttete sie mit Aufmerksamkeiten, andererseits gab es da seine früheren Bindungen. Konnte sich Sibylle überhaupt vorstellen, was es bedeutete, mit einem permanent schlechten Gewissen belastet zu sein? Nein, konnte sie nicht, woher auch, also sollte

sie ihn bitte gewähren lassen. Ihr ging doch deswegen nichts ab. Besonders war ihm daran gelegen, den alten Kontakt zu seiner Mutter wieder herzustellen, der aber – daran ließ Georgina keinen Zweifel – führte nur über Lena und das Kind. Joachims Ehe mit Sibylle, fatal genug, war von ihr zwar zur Kenntnis genommen worden, Folgerungen daraus zog sie nicht. Zur offenen Konfrontation kam es dann, als Dora und Eugen starben. Beides passierte im gleichen Monat. Dora, die in den letzten Jahren sehr zurückgezogen gelebt hatte (sie war weit über neunzig) und weder von Joachims Scheidung noch seiner Wiederverheiratung wußte, starb an einer an sich harmlosen Grippe, während Eugen aus seinem Kurbad nicht mehr nach Hause kam. Georgina war untröstlich, besonders über den Tod ihres Mannes. Mit der Mama hatte sie sich inzwischen zu sehr auseinandergelebt – Dora weigerte sich bis zuletzt, Eugen Broich das Du anzubieten –, trotzdem gedachte Georgina, das Begräbnis im Stil Gahlen'scher Tradition zu begehen.
Im Mittelpunkt standen dabei in erster Linie sie selbst, ihr Sohn und Loraine. Bei den Schwiegertöchtern fiel die Wahl nicht schwer. Lena war zuerst dagewesen, hatte sich außerdem der besonderen Gunst von Dora erfreut (was Sibylle, selbst bei bestem Bemühen, nie fertiggebracht hätte. Dazu stand ihr neben ihrem Querkopf vor allem die Herkunft im Weg. Doch das dachte Joachim nur, laut sprach er es nicht aus.) Also verzichtete man auf Sibylle, denn, so überlegte Georgina, wie sah es vor der Verwandtschaft aus, wenn sie auf einmal mit zwei Schwiegertöchtern auftauchte? Sie machte sich nicht gern lächerlich.

»Sei doch froh«, tröstete Joachim, während er seine Sachen für die Fahrt nach Würzburg herrichtete. »Was willst du junge Frau bei all diesen Leuten, sie sind doch aus einer anderen Generation. Mach's dir gemütlich und denk an mich. Morgen abend bin ich wieder zurück. Ich freue mich jetzt schon darauf.«
Sibylle zwang sich zu einem Lächeln. Schweigend stand sie am Fenster und winkte, als Lena in ihrem flaschengrünen Opel vorfuhr, Georgina und Loraine auf dem Rücksitz, und alle drei bei Joachim zustiegen. Georgina, tiefverschleiert, in schwarzem Persianer und mit Pelzstiefeln, winkte hoheitsvoll zurück, während Loraine mit ihrem blassen Gesichtchen unter der Baskenmütze ihr zuzwinkerte. Das war lieb gemeint, und Sibylle zwinkerte zurück, so schwer ihr auch die Situation ankam. Unglücklich beobachtete sie, wie sich der vollbesetzte Wagen in Bewegung setzte.
In diese traurige Stimmung hinein platzte der Anruf ihrer Mutter. Marlene hatte länger nichts von ihrer Tochter gehört und machte sich Sorgen.
»Ganz alleine, meine Kleene?« wunderte sie sich und ermahnte nebenbei Willy, seine Musik leiser zu stellen. »Ich verstehe kein einziges Wort bei dem Geplärre. Geht's dir gut, Billchen?«
Sie fragte so zärtlich und gleichzeitig so ernsthaft besorgt, daß Sibylle nicht anders konnte: sie mußte ihr das Herz ausschütten. Und wenn ihr die Mutter auch hundertmal übelnahm, daß sie so vieles verschwiegen hatte, den Besuch bei Georgina, die Freundschaft mit Loraine, Lena, die sich allzusehr an Joachim hängte, jetzt war der Zeitpunkt, um sich Luft zu ma-

chen, sonst zerplatzte sie noch vor Wut. In ihrer Aufregung begann Sibylle heftig zu sächseln, sang im allerschönsten Eilenburger Dialekt – Joachim hätte sich mit allen Anzeichen des Entsetzens die Ohren zugehalten. Aber, trotzte Sibylle, was kümmerte sie Joachim? Der fuhr doch in der original Gahlen'schen Besetzung zu einer original Gahlen'schen Beerdigung, während man sie, die Außenseiterin, vorsätzlich und wohlweislich zu Hause gelassen hatte.

Marlene hörte schweigend zu, dabei brach ihr fast das Herz. Ihr armes Mädchen! Da hatte man in aller Unschuld geglaubt, jetzt sei die Kleene endlich heraus aus dem Schlamassel, genoß ihr junges Eheglück, und nun diese Entwicklung! Himmelherrgott, hörten denn die Sorgen niemals auf?! Ihre Wut richtete sich vor allem gegen Georgina, in der sie die Anstifterin dieses Familienkomplotts sah, gleich danach folgte Joachim. Das erstemal, daß sich Marlene kritisch über den Schwiegersohn äußerte. Was fiel dem guten Mann bloß ein, die junge Sibylle, ein Mädchen aus grundanständiger Familie, in diese »verkerschten« (das war sächsisch und hieß soviel wie verkorkst) Verhältnisse hineinzuziehen? Sollte er doch allein damit fertigwerden. Aber das hatte man nun davon – Marlenes Stimme hob sich triumphierend –, daß man in eine solche ... solche nachgemachte Generalsfamilie hineingeheiratet hatte.

»Wieso nachgemacht?« erkundigte sich Sibylle und putzte sich die Nase.

»Das fragste noch?« Marlene klang enttäuscht. »Ja, du willst doch nicht im Ernst behaupten, daß der alte Gahlen ein echter General gewesen ist. Bei seiner

Pensionierung wurde er, sozusagen als Trostpflaster, zum Generalmajor befördert.« Sie hatte sich mit äußerster Gründlichkeit durch die Geschichte der Gahlen gewühlt. »Nee, wirklich, das zählt für mich nicht. Aber du scheinst ja gewaltig beeindruckt zu sein. Daß du mir bloß nicht auch noch anfängst, dir auf diesen falschen Titel was einzubilden.«

»Tue ich doch gar nicht«, verteidigte sich Sibylle, jetzt erst recht den Tränen nahe. Ungerechtigkeit konnte sie im Augenblick am wenigsten vertragen. »Im Gegenteil. Wenn du wüßtest, wie oft ich Joachim von deinem Vater vorgeschwärmt habe, diesem Musterexemplar eines aufrechten Menschen, der seinen Sohn und sein Vermögen dem Vaterland opferte und das als seine Pflicht ansah.«

»Ja, ja, dein guter Großvater.« Die Tochter hatte Marlenes verletzlichsten Punkt getroffen: ihre Kindheit und die Völkchen-Familie. »War viel zu anständig für die Welt wie auch deine Großmutter und, wenn ich's mir genau überlege, ebenso du und ich. Lassen uns von jedem Kümmerling die Meinung ins Gesicht sagen und mucken nicht auf. Aber damit ist jetzt Schluß, haste gehört? Du wehrst dich deiner Haut und zwar ein bißchen plötzlich. Sonst mache ich mich höchstpersönlich auf den Weg und sage den verehrten Herrschaften, deine Schwiegermutter vorneweg, einmal tüchtig meine Meinung. Die werden aber Augen machen.«

»Bitte nicht«, flehte Sibylle, die sich an ähnliche und ihr stets sehr peinliche Auftritte aus der Schulzeit erinnerte. »Ich werde noch einmal mit Joachim in Ruhe sprechen, bestimmt. Vielleicht hat er ja recht, und

ich sehe manches überspitzt. Was soll ich zum Beispiel auf einer Beerdigung?«
»Zeigen, daß es dich auch gibt, Menschenskind!« hämmerte Marlene zurück. Himmel, seitdem die Tochter ihrem Einfluß entzogen war, schien ihr ehemals so klarer Verstand leicht getrübt. »Schon einmal um meinetwillen. Glaubst du, mich kränkt es nicht, mitansehen zu müssen, wie mein Kind, daß ich unter so vielen Entbehrungen großgezogen habe, so mir nischt dir nischt von ein paar sogenannten gnädigen Frauenzimmern zur Seite gepufft wird. Das hast du nicht nötig, verstehste? Schließlich bist du die einzige von denen, die im Leben ihren Mann steht. Und, vergiß das niemals, du bist die rechtmäßige Ehefrau.« Marlenes donnernder Schlußkommentar. Jetzt mußte sie einhängen. Vor dem Haus wartete mit laufendem Motor der Vater, der seinen Liebling übrigens grüßen ließ (»ich erzähle ihm nichts von deiner Misere, sonst regt er sich auch noch auf«), sie wollten zum Friseur fahren. »Bleib meine Beste und halt die Ohren steif. Versprichste das?«
Sibylle versprach es. Einerseits hatte ihr die Aussprache mit der Mutter gut getan, andererseits fühlte sie sich jetzt erst richtig verwirrt. Was war sie nun eigentlich – eine Gahlen-Freihoff oder eine Kugler? Und zu wem gehörte sie – zu Joachim oder nach wie vor zu ihrer Mutter?
Um besser nachdenken zu können, rückte sich Sibylle einen Sessel heran, lagerte die Beine hoch und schenkte sich ein Glas Rotwein ein. Es war ein Burgunder, und sie trank in kleinen Schlucken. Draußen wirbelte ein heftiger Wind die letzten Blätter von den

Bäumen. Eine richtige Allerseelenstimmung. Kaum dazu geeignet, allein zu sein. Vor allem nicht mit trüben Gedanken.

Joachim kehrte aus Würzburg zurück, Joachim ging auch in der bekannten (und anscheinend bewährten) Besetzung auf die nächste Beerdigung – es war die von Eugen Broich, und sie fand auf dem Perlacher Friedhof statt –, hinterher trank die Familie Kaffee und Likör miteinander, begrüßte alte Bekannte. Sibylle wurde zu alldem nicht aufgefordert.
Sie sprach mit Joachim darüber, zunächst ruhig, später erregt und mit einem nervösen Zucken um den Mund, er sah sie verwundert an und verstand nicht. Ja, das Unfaßbare geschah: Joachim, Sibylles Ehemann, verstand nicht, was seine Frau so außerordentlich bedrückte. Litt sie neuerdings an Verfolgungswahn oder, schlimmer noch, an Komplexen? Sie, sein großes, starkes Mädchen? Er faßte sie an den Handgelenken, hielt sie weit von sich, schüttelte verwundert den Kopf. Alle waren sie doch so reizend zu ihr, sprachen in den höchsten Tönen von seiner jungen Frau (Georgina nicht, widersprach Sibylle stumm, die ganz bestimmt nicht), wollten nur ihr Bestes. Loraine, das Herzchen, hatte ihr sogar Mandelplätzchen gebacken, eine ganze Dose voll. Und Lena plante bereits jetzt die gemeinsame Nikolausfeier, die bei ihr im Haus stattfinden sollte, Sibylle hatte keine Arbeit damit, durfte nur genießen. Da – er

reichte ihr eine Schmucknadel mit bunt angemalter Münze – dieses Schmuckstück aus dem Erbe seiner Großmutter schickte ihr Lena mit den besten Grüßen. Und da wollte sich sich beschweren?

Nein, wollte sie sich ja gar nicht. Einzig und allein störte sie sich an Joachims Ignoranz.

Um sich auf andere Gedanken zu bringen, machte Sibylle ihren Wunsch wahr und hielt Ausschau nach einer Reitmöglichkeit. Wenn sie im Augenblick auch Schwierigkeiten im Umgang mit Menschen hatte, mit Tieren würde sie sich vielleicht leichter tun.

Sie entdeckte einen Reitstall außerhalb der Stadt, von Feldern und Wiesen umgeben. Dort standen in schönen, modernen Boxen eine Reihe von Privatpferden, dort wurden aber auch stalleigene Pferde für den Unterricht vermietet. Der Stall machte einen guten Eindruck, alles war sauber und ordentlich gehalten. Eine wohlgenährte Katze dehnte sich und ließ sich von Sibylle streicheln, eifrige kleine Mädchen führten ein Pony auf der Koppel spazieren, und der Stallbursche, ein Jugoslawe, bedankte sich höflich, als ihm Sibylle eine Tüte mit gelben Rüben übergab.

Sie stellte sich dem Reitlehrer vor, einem jungen Mann mit krausem Haar. Der musterte sie unauffällig vom Scheitel bis zur Sohle, schien mit dem Ergebnis zufrieden zu sein, denn er fragte, wann sie mit den Reitstunden anfangen wollte.

»Am besten gleich.« Auf einmal konnte sie es nicht mehr erwarten, auf einem Pferd zu sitzen. Dieser typische Pferdestallgeruch, zusammengesetzt aus Ammoniak, Hafer, Pferdeschweiß und Sägemehl, der ihr bereits am Eingang des Grundstücks entgegenge-

schlagen war, kribbelte in der Nase, machte sie unruhig.
Martin Eggebrecht lachte. Die Antwort gefiel ihm. »Sagen wir morgen abend sechs Uhr, das ist der früheste Termin. Reitstiefel brauchen Sie nicht für den Anfang, es genügen Gummistiefel oder feste Turnschuhe. Und Jeans tun es auch. Warten Sie erst einmal ab, ob Ihnen Reiten überhaupt gefällt.«
»Aber selbstverständlich. Wäre ich sonst hier?« Das klang erbost. Doch er schien andere Erfahrungen gemacht zu haben, denn er erzählte ihr amüsiert von Damen der verschiedensten Altersgruppen, die piekfein mit maßgeschneiderten Breeches und Jagdstiefeln zur ersten Unterrichtsstunde antraten und dann äußerst ungnädig reagierten, wenn sie sich auf dem Sägemehlboden wiederfanden.
»Das erleben Sie bei mir nicht, ich meine, die Ungnädigkeit. Ich bin ziemlich hart im Nehmen.«
Sie verabschiedete sich und schlenderte zu ihrem Auto zurück. Eben wollte sie losfahren, da hielt ein Range Rover mit quietschenden Bremsen neben ihr. Sibylle schüttelte mißbilligend den Kopf. Sie hatte etwas gegen diesen Autotyp und seine Eigner, wenigstens soweit sie in der Stadt auftauchten, denn, Hand aufs Herz, was fing man im Großstadtverkehr mit einem Geländewagen an?! Reine Angabe! Doch diesmal mußte sie gerecht sein: Was da an männlichem Wesen mit kühnem Sprung aus dem Gefährt sprang, paßte sogar haargenau hinein. Fast zwei Meter groß und mit ausladenden Schultern, wirkte der Besitzer nicht weniger imposant als sein Wagen. Eisblau blitzten die Augen unter der Pelzmütze hervor, über den

Lippen kräuselte sich ein rötlicher Bart. Ein Mann wie aus einem Daphne du Maurier-Roman, also so etwa der Typ »schottischer Landjunker«, jedenfalls jemand – stellte Sibylle beeindruckt, wenn auch durchaus nüchtern fest –, wie man ihm nicht alle Tage begegnete. Nun, ihrer Erfahrung nach würde er sich dieser Tatsache sehr wohl bewußt sein und sich entsprechend arrogant benehmen. Wie gut, daß sie auf diese Art Männer nicht angewiesen war, sie hatte Gleichgutes (Joachim), nein, viel Besseres an der Seite. Leise lächelnd ließ sie den Motor an.
Der Landjunker, damit beschäftigt, einen Sattel aus dem Wagen zu heben, wandte sich bei dem Motorengeräusch um. Als er die junge Frau erblickte mit dem dickgestrickten rosa Schal um den Hals, der gerade Nase und Augen freiließ, hob er grüßend die Reitgerte. Sie grüßte mit leicht erhobener Hand zurück, dann gab sie Gas und fuhr rasch davon. Unterwegs begegnete sie ihrem Gesicht im Rückspiegel, dabei stellte sie zu ihrer Überraschung fest, daß sie rot geworden war. So etwas Dummes! Sie war doch kein Teenager mehr. Und jetzt mußte sie sich beeilen, in der Schule fand ein Basketball-Spiel statt, um das sie sich zu kümmern hatte.
Joachim freute sich über Sibylles Pläne. Aber warum gleich morgen die erste Reitstunde? Konnte sie nicht noch ein paar Tage warten? Er hatte es sich so schön vorgestellt, mit ihr in die Stadt zu gehen und sie von Kopf bis Fuß reiterlich einzukleiden. »Das Vorweihnachtsgeschenk für meine Amazone.«
Sie verbrachten einen schönen, langen Abend miteinander, ohne Georgina und weiteren Anhang, nur

sie beide, ganz allein. Sibylle servierte Tee in durchsichtigen Tassen, Joachim legte die Tannhäuser-Ouvertüre auf, dann setzten sie sich eng aneinandergeschmiegt in ihren einzigen Sessel und sahen in die blaue Dämmerung hinaus. Schneepünktchen glitzerten in der Luft. »Schnee, Schnee, Weihnachten!« Sibylle riß die Balkontür auf, daß ein Schwall kaltklarer Luft in das Zimmer strömte, und versuchte die Flokken mit den Händen zu fangen. Sie fühlte sich glücklich wie lange nicht mehr.
Später las ihr Joachim aus seinem Binding vor, er hatte die»Reitvorschrift« in einem Antiquariat gekauft. »Du magst dein Gewand reich, für gewisse Gelegenheiten prachtvoll wählen, aber du wirst es nicht auffällig wählen. Wie dein Reitkleid einfarbig sein soll, so soll auch dein Pferd einfarbig sein. Laß bunte Pferde, Füchse mit Blässen und viel Weiß an den Beinen Koketten und Kokotten. Du reite Pferde von reinem tiefen Braun, Schwarzbraun, Rot oder Gold.«
Sibylle hörte schwiegend zu, eines von Loraines Mandelplätzchen im Mund, die Wange an Joachims Pullover gedrückt. So wollte sie sitzen bis zum Ende ihrer Tage, seine Körperwärme bis unter die Haut spüren, ihn küssen. In solchen Augenblicken fühlte sie sich unendlich wohl. Ihr Mann, er war doch *ihr* Mann, und sie wünschte ihn so dringend für sich allein. War das zuviel verlangt?
»Du genügst mir«, murmelte sie in die himbeerfarbene Shetlandwolle hinein, »nur du und ich, mehr brauche ich nicht. Ich liebe dich nämlich.«
»Und ich dich noch viel, viel mehr«, gab Joachim zärtlich zurück und zupfte spielerisch an ihrem Haar.

»Trotzdem, mein Süßes, ist unsere Liebe kein Grund, um sich von dem Rest der Menschheit zu isolieren. Merke, wir sind nicht allein auf der Welt. Und es gibt Verpflichtungen, denen man sich nicht entziehen kann.«

Jetzt wäre genau der richtige Zeitpunkt gewesen, alles, was sich im Laufe der letzten Wochen bei Sibylle angesammelt hatte – und es war, wenn man es genau bedachte, eine ganze Menge. Neuerdings sprach Lena sogar von einem gemeinsamen Urlaub, und Joachim hatte nicht sofort und heftig abgewehrt! –, zur Sprache zu bringen, Joachim eindringlich klarzumachen, daß sie Georginas Bevormundung nicht länger duldete. Das Dumme war nur, sie traute es sich nicht. So zärtlich und verständnisvoll Joachim normalerweise war, so sehr er seine junge Frau vergötterte, da gab es einen Punkt (und dieser Punkt hing immer mit seiner Mutter zusammen), über den er nicht mehr diskutieren mochte. Damit wäre der schöne Abend verdorben. Nein, sie wollte die Zweisamkeit mit ihm genießen und morgen – ja, morgen wartete etwas ganz Besonderes auf sie. Das erstemal, daß sie auf einem Pferd saß.

Martin Eggebrecht begrüßte sie freudig am nächsten Abend. »Ah, meine neue Schülerin. Sehr aufgeregt? Heute sind Sie die einzige Anfängerin. Ihre Mitreiter haben schon ein paar Stunden hinter sich. Aber keine Angst, anfangen muß jede einmal. Ich werde Ihnen Mondblume geben, ein geduldiges Tier und lammfromm.«

Mondblume war eine hellbraune Stute mit etwas Weiß an den Fesseln und einer weißlichen Mähne, sie wirkte wie ein zu groß geratener Haflinger (hätte also Bindings Ansprüchen nicht genügt). Martin zeigte Sibylle, wie sie aufsteigen mußte, mit ihren langen Beinen fiel ihr das nicht schwer, dann führte er das Pferd am Zügel in die Halle, wo bereits einige Reiter ihre Runden drehten. Die Halle entsprach den klassischen Maßen, zwanzig mal vierzig, auf der Tribüne, die sich um eine Längs- und eine Breitseite zog, saßen ein paar Zuschauer und unterhielten sich. Mit einem raschen Blick vergewisserte sich Sibylle, daß sich der Landjunker von gestern nicht darunter befand. Das war ihr nur recht, denn es mußte nicht sein, daß er hier ihre ersten Stolperschritte miterlebte. Sicherlich war er ein exzellenter Reiter und besaß ein eigenes Pferd.

Martin, mit der langen Gerte in der Hand und damit ganz offiziell, stellte sich in die Mitte der Halle und gab seine Kommandos. »Zügel aufnehmen, sich gerade in den Sattel hineinsetzen, Absätze tief, Ellbogen zurück, Kopf hoch, Blick geradeaus, Schultern nicht hochziehen …«

»Soviel auf einmal«, seufzte Sibylle, die Mühe hatte, ihr Gleichgewicht auf Mondblume zu halten. Ein Pferd nach dem anderen überholte sie, die meisten Reiter hielten sich recht wacker darauf, wenn auch mit angespannten Mienen.

»Das ist erst der Anfang«, deutete Martin an. »Die elementarsten Grundbegriffe. Um die allerdings einigermaßen zu beherrschen, braucht es ein halbes Reiterleben. Manche lernen es auch nie. Nicht wahr, Franz?«

Er nickte einem braunlockigen, etwa fünfzehnjähri-

gen Burschen zu, der einen Falben ritt. Der Junge lachte. Sibylle bemühte sich, mitzulachen, aber das Lachen verging ihr rasch. Himmel, was war denn das? Mondblume hatte ihren Schaukelschritt abgelegt und setzte sich mit einemmal recht munter in Bewegung. »Terrrr…ab!« kommandierte Martin. »Das ist nun die zweite Gangart des Pferdes. Wir unterscheiden zwischen englisch oder leicht traben und ausgesessenem Trab. Um die Pferde zu lockern, beginnt man stets mit dem englischen Trab. Sie müssen versuchen, sich dem Rhythmus des Pferdes anzupassen. Also aufstehen, hinsetzen, aufstehen, hinsetzen … Ganz natürlich und ohne sichtbare Anstrengung.«
Er hatte gut reden. Sibylle strengte sich an, und man sah es auch. Schweißperlen liefen ihr übers Gesicht, sie atmete heftig. Nur nicht aufgeben, sprach sie sich selbst Mut zu, um nichts in der Welt aufgeben, kommt gar nicht in Frage. Wenn andere es gelernt haben, lernst du es auch. »Reiten aber ist kein Handwerk, sondern eine Kunst. Horche in dein Pferd hinein wie in ein kostbares Instrument«, zitierte sie ihren Binding vor sich hin. Mondblume spitzte die Ohren. Wenn sie die Worte auch nicht verstand, möglicherweise erkannte sie den guten Willen des Reiters, der auf ihr saß.
Als Sibylle nach der Stunde mit zitternden Knien vom Pferd stieg und es dem Stallknecht übergab, stand mit einemmal Joachim vor ihr. Das war nicht abgemacht. Die Hände tief in die Taschen seines Lodenmantels vergraben, den Kragen aufgestellt, musterte er sie aus zusammengekniffenen Augen. In diesem Moment sah er wie sein Vater aus, fand Sibyl-

le, die Maximilian Freihoff von den wenigen vorhandenen Fotos her kannte, erschreckend kühl und unnahbar. Und dazu ein klein wenig unbarmherzig, das wiederum erinnerte an Georgina. Gerade öffnete er den Mund, um etwas zu sagen, da trat Martin Eggebrecht auf seine Schülerin zu.

»Eines würde mich interessieren. Saßen Sie wirklich noch niemals auf einem Pferd?« Es schien ihm ernst mit der Frage zu sein, und Sibylle errötete vor Freude. Nein, versicherte sie, noch nie, kein einziges Mal, leider. Umso mehr Grund, das Versäumte schleunigst nachzuholen. Gleich morgen wollte sie die nächste Stunde nehmen.

»Es war wirklich nicht schlecht für den Anfang«, meinte Joachim später, als sie zum Auto gingen. »Nur würde ich dir empfehlen, das Kreuz nicht so gewaltsam durchzudrücken, das sieht unschön aus. Setz dich locker auf ein Pferd, so wie auf einen Stuhl oder ein Fahrrad.«

Für einen kurzen Augenblick ärgerte sich Sibylle. War es nötig, sie gleich beim erstenmal zu kritisieren? Sie hätte es nicht getan. Doch dann fiel ihr auf, wie stark er hinkte, und tröstend legte sie ihm die Hand auf den Arm. Armer Joachim! Wohl das erstemal, daß er sich ihr gegenüber unterlegen fühlte, keine einfache Situation für einen Mann wie ihn. Mit Lena und Loraine wäre ihm das nicht passiert, die strebten von vornherein keine Ziele an, die Joachim verschlossen blieben. Sie, Sibylle, mußte jetzt sehr diplomatisch vorgehen.

Zunächst jedoch tat sie, als sei alles in bester Ordnung. So bestürmte sie ihn im Laufe des Abends mit einer Flut von Fragen über Pferd und Reiter, die er ihr alle geduldig beantwortete.

13

1977–1978 München

Eigentlich hatte Sibylle nicht vor, Georgina von ihren Reitstunden zu erzählen. Weshalb auch? Es würde – dazu kannte sie ihre Schwiegermutter gut genug – in jedem Fall mißverstanden werden, sah nach zuviel Zeit und noch mehr Geld aus und forderte geradezu eine Reihe unsachlicher Kommentare heraus. Doch Joachim tat seiner Sohnespflicht Genüge und erstattete folgsam Bericht. »In unserer Familie war es stets üblich, sich alles zu erzählen«, seine Begründung. »Mama und die Großmama haßten Heimlichtuerei. Ich erinnere mich noch an die Aufregung, als Lena in ein Seebad fuhr und Mama erst zwei Tage vor der Abreise davon erfuhr. Das gab einen fürchterlichen Aufstand. Außerdem, ich bitte dich, warum sollst du nicht reiten?«

Die Reaktion war wie erwartet: Georgina zeigte sich leicht indigniert, daß sich eine Frau wie Sibylle auf ein Pferd setzen mußte. War sie mit ihrem Schulsport nicht genügend ausgelastet? Dann sollte sie ihre übrigen Kräfte doch besser ihrem Haushalt widmen und – der Sorge um ihren Mann. Bei der Mama damals in Würzburg war das etwas anderes gewesen, schließlich handelte es sich um eine Frau General, die sich auf Grund dieser Stellung ein paar Extravaganzen erlauben konnte. (Sie war damals Frau Hauptmann gewesen und nicht Frau General. Joachim mit seinem fotografischen Gedächtnis hatte die Daten exakt im Kopf, doch verzichtete er darauf, die Mama zu korrigieren. Sie brachte in letzter Zeit einiges durcheinander.) Aber heutzutage hatten sich ja – leider Gottes – die gesellschaftlichen Grenzen verwischt, sinnierte Georgina laut vor sich hin und zupfte sich die Manschetten zurecht. Alles spielte Tennis, jede Hausmeistersfrau jagte dem Federball nach, und jetzt hatte sich auch noch ihre Schwiegertochter das Reiten in den Kopf gesetzt. Nun ja.

»Ich freue mich über Sibylles Entschluß«, bekannte Joachim mutig. »Sehr sogar. Sibylle scheint mir ausgesprochen begabt für diesen Sport zu sein, außerdem macht sie sich mit ihrer hochgewachsenen Gestalt ausgesprochen gut auf einem Pferderücken. Ich bin stolz auf meine Frau.«

Das paßte Georgina nun ganz und gar nicht. »Vergiß nicht, du hast noch eine reizende Tochter«, konnte sie sich nicht verkneifen zu bemerken und dann, etwas leiser: »Hätte sich der sächsische Schmiedemeister auch nicht träumen lassen, daß seine Enkelin eines Tages hoch zu Roß daherkommt.«

Das war nun wirklich nicht fair, und Joachim erlaubte sich zu protestieren. Das erstemal nach der Versöhnung, daß es wieder zu einer Auseinandersetzung kam zwischen Mutter und Sohn. Georgina rückte nicht ab von ihrer Meinung, und Joachim ging verärgert nach Hause. Er erzählte Sibylle nichts von dem Streit, doch sie merkte, daß etwas nicht stimmte, denn er umtänzelte sie wie ein verlaufener Hund, der auf Umwegen wieder heimgefunden hatte. Zärtlich nahm er sie in den Arm. Bis sich dann unversehens die Situation veränderte – hatte Georginas Spitze doch getroffen? – und Joachim anfing, in der Küche herumzukritteln. Warum mußten es immer Pellkartoffeln sein? Nein, er stellte sich, so wie sich das in guten Familien gehörte, Salzkartoffeln zu der Zunge in Rotwein vor. Und bitte ein weißes Tuch auf den Tisch.

Also kochte Sibylle Salzkartoffeln und deckte weiße Tischtücher auf. Der gnädige Herr sollte bekommen, was er von zu Hause her gewohnt war, aber ja! Sie war zu sehr beschäftigt, um sich zu ärgern. Das Reiten nahm sie vollkommen in Anspruch, sie träumte Tag und Nacht davon, sehnte jede Reitstunde herbei. Inzwischen hatte sie erstaunliche Fortschritte gemacht, Eggebrecht war mit seiner Schülerin sehr zufrieden. Gewöhnlich waren es halbwüchsige Mädchen, die ihr Herz an die Pferde verloren und jede freie Minute im Stall verbrachten, hier jedoch handelte es sich um eine erwachsene, dazu vielbeschäftigte Frau. Das ehrte ihn, und er setzte seinen ganzen Stolz darein, aus Sibylle eine, wie er sagte, brauchbare Reiterin zu machen.

Sonntags ritten sie gewöhnlich in der Gruppe aus, vorbei an Feldern mit der Wintersaat, über die Wiesen und den Bahndamm hinauf. Nebel lag in der Luft, der Boden war gefroren, ein paar Fasane flatterten auf. Beim Galopp tauchte ein Pferd nach dem anderen in die milchweißen Schwaden ein, rannte wie in Panik dahin, um sich dann dampfend und schnaubend aus der Nebelwolke zu lösen, sichtlich erleichtert, wieder bei den anderen zu sein.

Einmal, es war der erste wirklich kalte Tag, ritt Sibylle Marschall, einen tiefschwarzen Rappen mit schier unerschöpflichen Kräften (er war früher auf der Rennbahn gelaufen). Eine Art Zweikampf entwickelte sich zwischen Pferd und Reiter, bei dem Sibylle sogar den Sieg davontrug. Doch nur – um bei der Wahrheit zu bleiben –, weil Martin, der neben ihr ritt, sich, als Marschall die Ohren verdächtig nach hinten legte, herüberbeugte und ihr kräftig in die Zügel griff. Hinterher flogen ihr die Hände, und sie nahm dankbar den Schnaps, den Martin ihr anbot.
Weit hinten auf einer Anhöhe tauchte ein Reiter auf. Wie ein Indianer auf Kriegspfad saß er unbeweglich auf seinem Pferd und spähte über das Land. An der Pelzmütze mit den heruntergelassenen Ohrenklappen erkannt Sibylle, daß es der schottische Landjunker war, Rüdiger Godefroy, sie wußte inzwischen seinen Namen. Unruhig nagte sie an ihrer Unterlippe und hoffte, er würde nicht näherkommen. Das hatte seinen guten Grund.
Einige Male waren sie sich inzwischen im Stall begegnet, hatten kurz Blick und Gruß ausgetauscht. Dabei war Sibylle zu ihrem Ärger jedesmal grundlos verlegen geworden, was diesen Godefroy nicht wenig zu amüsieren schien, denn er vertiefte prompt die Blikke. Unverschämt und andererseits typisch für diese selbstgefällige Sorte Mann, fand Sibylle und versuchte, ihm fortan aus dem Weg zu gehen. Das jedoch erwies sich als gar nicht so einfach. Einmal – er war in Begleitung eines Mädchens gewesen, eines sehr jungen, sehr knochigen und sehr aparten Wesens, das gewickelte Sahibhosen trug, was es noch knochiger

und noch aparter aussehen ließ – hatte er sie mit Absicht blamiert. Sie hatte sich etwas länger als notwendig in der Sattelkammer aufgehalten, in der Hoffnung, die beiden würden endlich verschwinden. Bis ihr das zu lange dauerte und sie mit hocherhobenem Kopf Godefroy und seiner Freundin entgegentrat. Da hatte er laut gelacht und mit einem Augenzwinkern gefragt: »Aber, liebe Frau Freihoff, verstecken Sie sich etwa vor *mir*?«

Wütend war sie davongerannt, wütend vor allem über sich selbst. Was bildete sich dieser Mensch eigentlich ein?! Glaubte er, eine seiner Püppchen vor sich zu haben, die er nach Belieben lächerlich machen konnte? »Nicht mit mir, lieber Herr«, murmelte Sibylle böse. Danach sah sie Godefroy einige Zeit nicht. Es hieß, sein Pferd sei an einer Gelenkentzündung erkrankt. Über zwei Wochen stand der Fuchs mit bandagierter rechter Hinterhand.

Inzwischen schien mit Kevin wieder alles in Ordnung zu sein, denn sonst wäre sein Besitzer nicht mit ihm ausgeritten. Und jetzt lauerte er also der Gruppe auf. Diesmal wurde Sibylle bei Godefroys Anblick nicht rot, dafür begann sie vor Ärger (und wohl auch vor Kälte) zu zittern. »Komm bloß nicht näher, hörst du? Laß mich in Ruhe«, führte sie stumme Selbstgespräche, während sie Marschall, der vor einem Graben scheute, zu beruhigen versuchte. Ihre Bitte wurde nicht erhört. Pferd und Reiter hatten sich bereits in Bewegung gesetzt und näherten sich im raschen Tempo der Gruppe. Sibylle konnte deutlich die hellblauen Augen unter der Wolfsmütze erkennen, sie schienen einzig und allein auf ihr verfrorenes Gesicht

gerichtet. Verwirrt senkte sie den Kopf. Machte er sich schon wieder lustig über sie?
Der Reiter hatte die Gruppe erreicht. »Guten Tag, Frau Freihoff, guten Tag alle miteinander. Wie geht's, Martin?« Nach einem letzten intensiven Blick auf Sibylle, die den Kopf abrupt zur Seite drehte, gesellte er sich zu Martin. Der freute sich über den Neuzugang und zog Godefroy in ein Gespräch.
Sibylle kämpfte gegen ein Zittern an. Lieber Himmel, was war nur mit ihr los? Lag es an den eisigen Temperaturen oder hatte Marschall sie tatsächlich überfordert? Das nächstemal würde sie um ein weniger temperamentvolles Pferd bitten. Sie versuchte, sich mit der Aussicht auf ein kochendheißes Bad und ihre gemütliche kleine Wohnung zu trösten. Hoffentlich hatte Joachim die Heizung voll aufgedreht.
»Der Wolf«, spottete Annette, ein eher unattraktives Wesen, das neben Sibylle ritt. »Genießt wieder einmal seine Außenseiterrolle.«
»Wieso Wolf?« fragte Sibylle, neugierig geworden. Irgendwie reizte es sie, mehr über diesen Mann zu erfahren, der sein freches Spiel mit ihr trieb.
»Nun ja, trägt am liebsten Wolfspelz, wie diese Mütze, und hat an der Oberlippe eine Narbe. Angeblich ein Wolfsbiß, wird gemunkelt. Allerdings – im Rudel jagt er nicht, schon eher allein. Doch warum erzähle ich Ihnen das alles, Sie scheinen sich ja zu kennen.« Daraus sprach unverhohlene Mißgunst.
»Kennen? Nein, das ist zuviel gesagt«, widersprach Sibylle. »Mein Mann und er hatten früher einige Male geschäftlich miteinander zu tun, das ist alles.« Die Lüge floß ihr leicht von den Lippen. Sie hätte sie sich

sparen können – Annette schien nun noch mehr verstimmt. Daß Sibylle verheiratet war, hatte sie nicht gewußt. Auf der Stelle wendete sie ihr Pferd und setzte sich ganz an den Schluß.
Es war ein trübseliger Nachhauseritt. Der Wind blies flach über die Felder, die Hecken aber waren zu niedrig gewachsen, um ihn aufzuhalten, und Bäume gab es weit und breit nicht. Langsam starben die Füße in den Stiefeln ab, wurden die Finger zu Eis. Hätte Martin wenigstens einen Galopp eingelegt! Aber nein, er dachte nicht daran, so vertieft war er in sein Gespräch mit Godefroy. Beide Männer rauchten.
Lustlos zockelte die Gruppe dahin. Sibylle, in merkwürdiger Erregung und gleichzeitig voller Niedergeschlagenheit, suchte und fand ihren Trost (ausgerechnet!) in der gewaltigen Wolfsmütze mit den wippenden Ohrenklappen, die da drei Pferdereihen vor ihr hin und herschaukelte, ein Symbol der Wärme und Behaglichkeit. Ihr Blick krallte sich daran fest, ließ die Klappe nicht mehr los, so war die Kälte noch am besten zu ertragen. Man konnte nur hoffen, daß sich die Mütze niemals umwandte, denn damit mußte sie sich auf neue Attacken gefaßt machen.
Sie wandte sich um, das war nach dem Absteigen, der Besitzer der abenteuerlichen Kopfbedeckung trat dicht an Sibylle heran, fragte, ob er sie zu einer Tasse Tee einladen dürfte. Erstens zum Aufwärmen und zweitens, um seinen dreisten Überfall wieder gutzumachen. Während er sprach, strömte eine starke Wolke von Pferd und Tabak zu ihr herüber, hüllte sie ein. Leicht benebelt hob sie den Blick, stellte eine schmale weiße Narbe genau über seiner Oberlippe

fest, fast wie ein Riß. Das mußte der angebliche Wolfsbiß sein.
Sie mußte niesen – das kam von der Tabakwolke oder auch von der Kälte –, nagte unschlüssig an den Fingerknöcheln. Natürlich hätte sie ohne weiteres ablehnen können (was drängte er ihr so andauernd seine Gegenwart auf?), andererseits ritten sie hier im gleichen Stall, waren sozusagen Sportskameraden, und Godefroy hatte sehr höflich gefragt. Sie entschloß sich zu einer freundlichen Absage. »Vielen Dank, aber mein Mann wartet auf mich.« So, damit waren die Verhältnisse wenigstens geklärt.
Er schien nicht beeindruckt. »Daß Ihr Mann auf Sie wartet, glaube ich Ihnen aufs Wort. Aber vielleicht leiht er seine Frau vorübergehend an einen Bewunderer aus? Es handelt sich höchstens um eine Stunde. Nein? Wirklich nicht?«
Das klang nun so bittend, fast drängend, daß sie zögerte. Immerhin: Joachim war mit Lena in der Stadt, Weihnachtsgeschenke besorgen. Wie sie Lena kannte, würde das dauern. Was sollte sie inzwischen allein in der Wohnung?
»Aber wohin?« drückte sie sich noch immer vor einer klaren Entscheidung herum.
»Das überlassen Sie ruhig mir. Setzen Sie sich vielleicht schon einmal in meinen Wagen, damit Sie nicht anfrieren, ich sehe inzwischen nach Kevin. Darf ich Ihnen den Schlüssel geben?« Ohne Zweifel, er bemühte sich redlich. Sibylles Abwehr bröckelte langsam ab. Möglicherweise hatte sie ihm wirklich Unrecht getan.
Godefroy lenkte den Rangerover in Richtung Stadt,

Sibylle saß an seiner Seite und hörte ihm zu. Er erzählte von Pferden und von Martin, den er noch aus der Zeit kannte, als Eggebrecht gerade mit dem Reiten anfing, das Radio spielte Country-music, auf dem Boden rollte ein Tennisball hin und her und eine Rotweinflasche, und Sibylle spielte mit ihren bereiften Sporen und fühlte sich zu ihrer Überraschung wohl. Heimlich musterte sie ihren Sitznachbarn von der Seite. Zweifellos – ein imponierender Mann, ein Einzelgänger, wie Annette gesagt hatte, einer, der sich getraute, sein Leben ganz nach seinen Vorstellungen einzurichten. Von falschen Rücksichten war der bestimmt nicht geplagt. Fest lagen die sommersprossigen Hände mit den stumpfgeschnittenen Nägeln um das Lenkrad, die Stiefelspitze drückte den Gashebel herunter, wechselte jedoch, als ein Hund unvorhergesehen über die Fahrbahn trottete, blitzschnell auf die Bremse über. Dabei lachte er, warf Sibylle einen vielsagenden Blick zu, der sie (wieder einmal) erröten ließ, kaute an seinem Schnurrbart.
Bis er – sie standen vor einer Ampel – die Kühnheit hatte, nach ihren Händen zu greifen, angeblich in der Absicht, sie zu wärmen. Auf der Stelle gefror sie zum Eisblock, rückte, so weit es nur ging, von ihm weg. Also doch! Die Playboy-Masche. Und sie war so töricht, so kindlich naiv gewesen, auf sein Kavaliersgetue hereinzufallen. Unverzeihlich für eine Frau ihres Alters! Aber er würde sich wundern. Mit frostiger Stimme forderte sie ihn auf, sie unverzüglich nach Hause zu fahren, ohne jeden Umweg und vor allem ohne Diskussion. Nein, nein – sie schüttelte ungeduldig den Kopf – um ihren Wagen brauchte er sich nicht

zu kümmern, das würde später ihr Mann tun. »*Mein Mann.*« Sie zog die beiden Worte übertrieben in die Länge, kostete jeden einzelnen Buchstaben aus.
Er verstand gar nichts. »Wieso denn? Wir wollten doch miteinander Tee trinken und jetzt wieder nicht? Oh, diese Frauen! Aber, bitte sehr, ganz wie Sie wünschen.« Ruhig schaltete er den Rückwärtsgang ein, wendete den Wagen mitten auf der belebten Straße, was unter anderem zur Folge hatte, daß Sibylle unwillkürlich gegen seine Schulter flog. Sie murmelte eine Entschuldigung. »Wahrscheinlich haben Sie sogar recht. Was Sie im Augenblick am dringendsten brauchen, ist ein heißes Bad. Mit Lavendelblüten als Zusatz oder einer Handvoll Latschennadeln. Die ganze Zeit wundere ich mich schon über Ihr Zittern. Das ist doch nicht normal.« Seinem Gesichtsausdruck war nicht zu entnehmen, wie er das meinte.
Die Situation schien total verkorkst. Hatte Sibylle sich eingebildet, Godefroy die längst fällige Abfuhr erteilt zu haben, so erwies sich das als Trugschluß. Er war es, der die Lage beherrschte. Mit Spitzengeschwindigkeit fegte er durch die Straßen, als könne er es kaum erwarten, sie loszuwerden, in diesem Tempo war er vorher nicht gerast. Sibylle wurde von Minute zu Minute kleinlauter, diese Entwicklung hatte sie nicht vorausgesehen. Aber das kam davon, wenn man sich mit fremden Männern einließ, noch dazu berufsmäßigen Frauenjägern. Die drehten alles und jedes zu ihren Gunsten. Für die Zukunft wußte sie jedenfalls Bescheid.
Sie hielten vor der rosa Villa, in der Sibylle mit Joachim das Dachgeschoß bewohnte. Godefroy öffnete

nicht unfreundlich, aber mit sichtlicher Ungeduld die Wagentür, und Sibylle stieg aus. Einen kleinen Moment hoffte sie noch, er würde ihr die Hand drücken oder wenigstens etwas Freundliches sagen, aber nichts da – mit äußerster Konzentration kratzte er sich einen Schmutzfleck von der Hose. So murmelte sie mit abgewandtem Blick »Danke fürs Nachhausebringen«, klaubte ihre Reitutensilien zusammen und lief zum Haus. Das letzte, was sie hörte, war ein leises Lachen und ein »Adieu«.

Oben stand sie dann am Küchenfenster und beobachtete, wie Godefroy seinen Wagen rangierte (die Straße war fast zu schmal für ein so gewaltiges Gefährt). Jetzt würde die Flasche gegen das Gaspedal rollen, ging es ihr durch den Kopf, klick, klack. Godefroys Augen wanderten aufmerksam die Hausfassade entlang – Sibylle ließ hastig die Gardine fallen, das fehlte noch, daß er sie beim Spionieren ertappte –, dann brauste er mit triumphierendem Hupen davon.

Die Spannung fiel von Sibylle ab, sie schauerte. Natürlich, die Kälte, dazu kam der Ärger über ihr albernes Verhalten. Eilig ließ sie dampfendheißes Wasser in die Wanne laufen, streute zwei Handvoll grüne Kristalle hinein (wenn sie auch keine original Latschennadeln besaß, Fichtennadelextrakt war es immerhin), stieg dazu und stützte unglücklich das Gesicht in beide Hände. Daß dieser Nachmittag so enden mußte!

»So etwas Blödes, so etwas Blödes«, murmelte sie gedankenverloren vor sich hin, als Joachim die Tür aufschloß. Er brachte einen Berg Päckchen mit sich, die er in seinem Schrank verstaute, und viel gute Laune.

»Ich soll dich von allen grüßen«, rief er durch die angelehnte Badezimmertür.
»Von allen?« Vorübergehend erwachte Sibylle aus ihrer Grübelei. Wen meinte er mit alle?«
»Nun, von der lieben Mama, von Püppi und natürlich von Lena. Von wem sonst?« Es klang ungeduldig.
Sibylle horchte auf. »Heute morgen war nur von Lena die Rede«, stellte sie fest. »Daß sich die vereinigte heilige Familie zu einem Einkaufsbummel zusammentut, war mir unbekannt. Paßt mir auch nicht unbedingt.«
»Na, na, na«, tönte es leicht gereizt zurück. »Immer schön die Kirche beim Dorf lassen. Die einen setzen sich auf ein Pferd, um sich zu amüsieren, während sich die anderen durchs Gewühl kämpfen, um ihren Pflichten nachzugehen. Das sind die feinen Unterschiede. Aber genug von dem Thema. Soll ich Kaffee machen und ihn der gnädigen Frau in der Badewanne servieren?«
»Oh ja bitte.« Sibylle lehnte sich zurück und schloß die Augen. Warum sich nicht auch einmal verwöhnen lassen? Sie konnte es brauchen.
Joachim servierte den Kaffee vollendet auf einem Tablett, mit Serviette, Sahne, Würfelzucker und einem Glas Wasser. »Aber, Liebling, du zitterst ja.« Besorgt beugte er sich über seine blasse Frau. »Ich meine, du solltest beim Reiten eine Pause einlegen. Wenn du in diesem Tempo weitermachst, übernimmst du dich.«
»Eine Pause?« Sibylle sah ihm erstaunt ins Gesicht. »Aber nein, warum denn? Im Gegenteil. Ich muß schnellstens wieder in Ordnung bringen, was ich

heute vermasselt habe, allerschnellstens.« Temperamentvoll plantschte sie mit dem rechten Fuß in dem grünen Wasser herum. Genauso machte es Marschall immer, wenn sie durch die Isar ritten.
»Das muß ja ein schöner Ausritt gewesen sein«, murmelte Joachim vor sich hin, als er sich an seinen Schreibtisch setzte. Den ganzen Vormittag hatte er mit Besorgungen vertan, dabei wartete ein gutbezahlter Auftrag auf ihn. Außerdem wollte er schreiben, schreiben! »Die Mama hat recht, Sibylle soll sich mehr schonen. Immer diese Gewaltsamkeit bei allem, was sie sich in den Kopf setzt. Sie ist doch noch ein rechtes Kind.«

Die Reithalle war weihnachtlich geschmückt. Von der Mitte der Decke hing ein wagenradgroßer Adventskranz herunter, in allen vier Ecken glänzten silberne Kugeln und Lametta, und den Wänden entlang war eine bunte Lichterkette gespannt. Zuerst scheuten einige Pferde vor dem ungewohnten Schmuck – darunter Mondblume, die auch im Gelände vor jedem Zweig erschrak –, doch nach ein paar Runden (und ein bißchen beruhigendem Tätscheln) hatten sie sich daran gewöhnt. Martin Eggebrecht zündete in seiner Abendstunde die Lichter an, dazu ließ er Reitermärsche spielen. Die Gruppe formierte sich zu einer Abteilung. Rüdiger Godefroy gehörte auch dazu. In kerzengerader Haltung ritt er an der Tête, ihm zur Seite – Sibylle.

War das Martins Idee gewesen oder steckte Godefroy selbst dahinter? Sibylle wußte es nicht, es spielte auch keine Rolle. Genau genommen hätte eigentlich Annette an die Spitze gehört, sie ritt seit zehn Jahren und saß wie festgeschweißt im Sattel, doch nein, es war Sibylle, und sie machte ihre Sache gar nicht so schlecht. Sie ritten ja hier nicht nach Punkten oder um eine Medaille, sondern zum reinen Vergnügen, und wenn Sibylle – was zweimal vorkam – die Kommandos »durch die Länge der Bahn wechseln« und »durch die ganze Bahn wechseln« durcheinanderbrachte, so regte sich höchstens Martin auf. Aber auch nicht so sehr.

Eine Quadrille wirkt nicht nur festlich, sie hat einen weiteren Vorteil: Man muß sich so stark auf die Figuren konzentrieren, daß alles andere in den Hintergrund rückt. Das kam in diesem Fall Sibylle zugute. Sie vergaß ihre lächerliche Befangenheit und verhielt sich Godefroy gegenüber zum erstenmal ganz natürlich. Er hatte den Vorfall von neulich mit keiner Silbe erwähnt, und auch Sibylle ging nicht darauf ein. Vergeben und vergessen. Aus ihrer augenblicklichen Hochstimmung heraus – *sie* an der Spitze der Abteilung! – gestattete sie sich sogar einen kleinen Flirt. So trieb sie jedesmal, wenn sie sich nach dem paarweisen Reiten auf der Mittellinie beim Buchstaben C trennten, um sich bei A wieder zu treffen, ihr Pferd besonders heftig vorwärts, so wie auch er es tat; vergnügt lachend und mit kaum versteckter Ungeduld strebten sie aufeinander zu. Ihre Stiefel streiften sich beim Nebeneinanderreiten, einmal passierte es auch, daß sich ihre Sporen verhakten. Das, verteidigte sich

Sibylle vor sich selbst, war allein Godefroys Schuld. Warum drängte er auch so gewaltsam zu ihr herüber? Oder war es Kevin, den es zu Mondblume zog?
Auf der Tribüne, die im Dunkel lag, klatschte es laut. Dort saßen Joachim und Loraine, aßen Lenas berühmte Butterstollen. Sibylle machte die Männer nach der Stunde miteinander bekannt. Sie tat es nicht ausgesprochen gern, aber es mußte sein. Joachim hatte ja wohl noch das Recht zu erfahren, mit wem sie hier im Reitstall verkehrte, oder nicht? Und was ihren Reitkollegen Godefroy betraf, so schadete es seinem gewaltig übersteigerten Selbstbewußtsein ganz gewiß nicht zu sehen, mit welchem außergewöhnlichen Mann Sibylle verehelicht war. Vielleicht, daß er damit in Zukunft sein Interesse ein wenig zügelte. Die Männer gaben sich die Hand und wechselten ein paar höfliche Worte.
Wie sie so nebeneinanderstanden, war nicht zu übersehen, daß Joachim über zehn Jahre älter sein mußte als Godefroy, er wirkte feingliedriger, sensibler, auch reservierter. Eben ein halber Adelssproß, lächelte Sibylle und tastete in der Dunkelheit nach seiner Hand. Und was tat Loraine? Die brachte ihre Lippen gar nicht auseinander, sondern vergrub das Himmelfahrtsnäschen in der Häkelstola, die sie über dem ebenfalls gehäkelten Poncho trug. Auch nicht gerade das, was man sich unter dem Benehmen einer jungen Dame vorstellte. Aber da hatten sie wohl beide, Lena wie Joachim, versagt.
»Ich glaube, wir sollten besser gehen«, versuchte Sibylle der etwas wortkargen Stimmung ein Ende zu machen. »Loraine will noch Schlittschuhlaufen auf

dem Hinterbrühler See. Wenn wir uns nicht beeilen, machen sie uns dort die Lichter aus. Wie wär's, hätten Sie nicht Lust mitzukommen?« wandte sie sich aus einer plötzlichen Laune heraus an Godefroy, der aufmerksam das Familienidyll beobachtete. Was dabei hinter seiner Stirn vorging, konnte Sibylle nicht ergründen, seine Augen waren durch die Reitkappe halb verdeckt.

»Zum Schlittschuhlaufen?« Er lachte laut. »Aber nein, das hat mich bisher wenig interessiert. Obwohl das gnädige Fräulein«, er deutete gegenüber Loraine eine leichte Verbeugung an, die diese staunend, aber nach wie vor stumm entgegennahm, »bestimmt eine entzückende Figur auf dem Eis abgibt. Ich bleibe bei meinen Pferden. Trotzdem viel Vergnügen. Gute Nacht.« Damit verschwand er im Stall.

»Ein bemerkenswerter Mann«, stellte Joachim fest, während er sich rechts und links bei seinen beiden Frauen einhakte. Zu dritt schlitterten sie dem Auto entgegen. »Solche ausgesprochenen Mannsbilder haben in der heutigen Zeit Seltenheitswert. Leider. Früher, bei meiner Kompanie, da gab es Dutzende von ihnen. Die fürchteten weder Tod noch Teufel.«

»Wolf«, sagte Sibylle vor sich hin.

»Wieso Wolf? Trägt er diesen Spitznamen? Stimmt, paßt sogar, irgendwie hat er etwas Ungezähmtes an sich. Und eigenwillig scheint er mir auch. Der geht«, Joachim schmunzelte, »keiner Frau so schnell auf den Leim. Jedenfalls gefällt er mir, und ich freue mich, Liebling, daß du in deinem Reitstall so netten Anschluß gefunden hast. Wirklich.« Das sagte Joachim mit solch ehrlicher Herzlichkeit, daß Sibylle stehenblieb, ihm beide Arme um den Hals legte und mitten auf den Mund küßte. Sie mußte es einfach tun. Loraine sah diskret zur Seite.

Am Hinterbrühler See verwandelte sich Sibylles gute Laune dann unvermittelt in leichte Gereiztheit. Warum, lieber Himmel, spazierte sie hier in sibirischer Nacht auf einer spiegelnden Eisfläche herum, noch dazu in dünner Reitkleidung, und fror sich halb die Nase ab?

»Um Loraine zu bewundern«, versuchte Joachim zu erklären. »Erst haben wir dich beklatscht, jetzt ist Püppi dran. Nicht daß du glaubst, ich wüßte mir zu dieser Tageszeit nichts Besseres vorzustellen«, zärtlich drückte er ihren Arm, »aber Mama hat ausdrücklich darum gebeten. Püppi braucht ein bißchen Selbstbestätigung. Komm, schluck deinen Mißmut herunter, wir trinken einen Glühwein.«

Er hatte recht, und sie nahm sich zusammen. Im Laufe des Abends trank sie nicht nur einen Glühwein, sondern zwei und den Rest aus Joachims Pappbecher, außerdem einen Schnaps, und versuchte, sich die Zeit zu vertreiben, indem sie den Eisstockschützen bei ihrem Spiel zusah. Einmal zuckte sie zusammen. War das dort hinten nicht eine Pelzmütze mit Ohrenklappen, wie Godefroy sie trug? Ihr Herz schlug schneller. Zuzutrauen war es ihm, daß er ihr bis zum See gefolgt war, mit dem Ziel, sie wieder einmal in Verlegenheit zu bringen. Aber nein, in Joachims Gegenwart wagte er das wohl nicht, außerdem – die Pelzmütze dort gehörte wahrlich zu einem unscheinbareren Typ.

Durch den Lautsprecher tönte der Gold- und Silberwalzer. Loraine, mit weißen Ballettstulpen zu einem bunten Norwegerpullover, versuchte sich im Dreivierteltakt zu drehen. Es blieb ein klägliches Gehopse, Joachims Tochter war hoffnungslos unsportlich. Ihr Vater schien das sehr wohl zu merken, denn seine heitere Miene veränderte sich zusehends. Abrupt wandte er sich dem Würstlmann zu, der heiße Pfälzer aus einem Kessel verkaufte.

»Du hast recht, ich weiß wirklich nicht, weshalb wir hier so lange herumstehen«, hörte ihn Sibylle murmeln. »Ausgerechnet jetzt, wo ich das ersehnte Romanthema habe und mir die Zeit auf den Nägeln brennt. Diese Großmütter mit ihrer blinden Liebe! Und wehe, man stimmt in den Jubel über die Enkel nicht mit ein.«

Damit war Georgina gemeint. Eine Gelegenheit für Sibylle, ihm beizupflichten und nebenbei ein paar Dinge zur Sprache zu bringen, die ihr mehr denn je auf der Seele lagen – der Weihnachtseinkauf mit Lena zum Beispiel, er hatte sich wiederholt. Lena ließ keine Gelegenheit aus, sich an Joachim zu hängen, und er gab in seinem Mitleid nach. Sie ließ es sein. Nach Diskussionen war ihr nach diesem langen Tag nicht mehr zumute. Zudem tat ihr die kleine Loraine leid, die sich nach Kräften abzappelte, um ihrem Vater zu imponieren. Wenn sie auch, dozierte Sibylle ein wenig schulmeisterhaft, vor Godefroy etwas mehr Benehmen hätte zeigen können. Es gehörte sich einfach. Aber hallo, was war denn das? Ein Mann, nicht viel größer als Loraine, in korrekter Bügelfaltenhose und mit einem flatternden Schal um den Hals, hatte sich des Mädchens angenommen, führte es an der

Hand über das Eis. Sibylle stupste ihren Mann an. »Da schau, deine Tochter.«
Er blickte überrascht zu ihr hin. »Ein Mann, wirklich und wahrhaftig ein Mann an der Seite von Püppi. Ich fange an, wieder an den Weihnachtsmann zu glauben. Während meine junge Frau – wie ich hoffe, glücklich verheiratet – mit stattlichen Männern Quadrille reitet, stapft mein Töchterlein mit seinen inzwischen achtzehn Jahren mutterseelenallein durch die Welt.«
»Pst!« Sibylle legte ihm einen gefrorenen Finger an den Mund. »Wie rührend, die beiden.« Sie wollte Joachim hindern, das Thema weiterzuspinnen. Von Godefroy war nun genug geredet.
Nächtliche Winteridylle am Hinterbrühler See. Ein voller Mond stand ruhig am Himmel, ließ schwärzliche Wolkenfetzen über sich hinwegsegeln, ohne von seinem Glanz zu verlieren. Im Hintergrund lagerte die dunkle Masse des Waldes. Totenstille, wären da nicht das Donnern der Eisstöcke gewesen, ab und zu dröhnendes Gelächter und vor allem die uralten Schlagermelodien, die aus dem Lautsprecher, eine nach der anderen, blechern tönten. »In einer kleinen Konditorei«, »Rote Rosen, rote Lippen« und wie sie alle hießen. Allmählich begannen die Schlittschuhläufer die Eisfläche zu verlassen, nur Loraine und der junge Mann drehten sich noch. Bis ein dreimaliges Lichtzeichen ankündigte, daß der Betrieb für heute beendet war.
Loraine schlenderte mit ihrem Kavalier heran, beide hatten sie sich die Schlittschuhe um den Hals gehängt. Verlegen stellte sie ihn vor. Sibylle trat einen

Schritt näher. Nicht unbedingt ihr Fall, der junge Mann, den sich Loraine da an Land, beziehungsweise aufs Eis, gezogen hatte. Etwas gedrungen, die Haare so lang, daß sie rückwärts auf den Kragen stießen, dazu ein blasierter Zug um den Mund. Der Prototyp des zu kleingeratenen Mannes, der seine fehlenden Zentimeter durch ein Übermaß an Arroganz auszugleichen versucht.
Als er seinen Namen nannte, horchte sie auf. »Klaus Egon von Metzkow.« Donnerwetter. Da hatten sich ja die Richtigen gefunden. Eine größere Weihnachtsfreude als diese Eroberung konnte Loraine der Großmama gar nicht machen.

Es schneite und schneite und wurde ein Winter voller Frost und Schnee. »Ein Jahrhundertwinter« jubelten die Zeitungen und brachten Fotos von eingeschneiten Bergdörfern und meterhohen Schneedecken auf Dächern und Zäunen. Mit dem Ausreiten war es für die nächste Zeit jedenfalls vorbei. Martin ließ seine Schüler brav in der Halle ihre Runden drehen, während sich diejenigen, die ein eigenes Pferd besaßen, nicht das Vergnügen nehmen ließen, immer wieder einmal in die weiße Pracht hinauszugaloppieren. Schneeüberstäubt und voll der abenteuerlichsten Geschichten kehrten sie zurück. Das erstemal, daß Sibylle bedauerte, auf Schulpferde angewiesen zu sein.
Nachdem die Schule wieder angefangen hatte, blieb ihr für das Reiten nicht mehr soviel Zeit. Die Zeugnis-

se standen vor der Tür, da hatte sie alle Hände voll zu tun, die letzten Noten zusammenzutragen. Zwei- oder dreimal begegnete sie Godefroy, er behandelte sie höflich, aber unverbindlicher, als es bisher der Fall gewesen war, manchmal schien es fast, als ginge er ihr aus dem Weg. Eine Folge der Begegnung mit Joachim? Vielleicht. Trotzdem fühlte Sibylle einen leichten Stich.
Bis er eines Samstagnachmittags von allein auf sie zukam. Sibylles Stunde war vorbei, sie hatte ihre ersten Sprünge gewagt, jetzt mühte sie sich ab, ihrem Pferd – wieder einmal Mondblume – die Hufe auszukratzen.
»Ich habe einen Vorschlag.« Er stand auf der anderen Seite von Mondblume und rieb, während er mit Sibylle sprach, dem Pferd mit einem Strohballen die schweißnasse Flanke. »Dafür brauchen Sie allerdings zweierlei, nämlich Zeit und Mut. Wie steht's damit?«
»Zeit habe ich nie, das heißt, nie genug, und Mut?« Stöhnend richtete sie sich auf. Hufeauskratzen, so kam es ihr vor, war anstrengender als die ganze Reiterei. »Daran fehlt es, glaube ich, nicht. Warum?«
»Da wäre eine Stute zu reiten, Edelka, sieben Jahre alt und zur Zeit rossig. Seit zwei Tagen ist sie nicht aus ihrer Boxe gekommen, Fräulein Meinhard, die Besitzerin, ist verreist. Ich habe versprochen, mich ein bißchen um das Pferd zu kümmern. Natürlich könnte ich es am Zügel nehmen und hinter Kevin herlaufen lassen, aber das scheint mir nicht sehr originell. Was ist, trauen Sie sich die brünstige Stute zu?«
Sie versuchte, den rüden Ausdruck zu überhören, und nickte. »Es käme auf einen Versuch an. Schwieri-

ge Aufgaben, mein Mann kann es bestätigen, üben einen unwiderstehlichen Reiz auf mich aus. Wenn es auf ein paar Minuten nicht ankommt, ich will nur schnell zu Hause Bescheid sagen, daß es bei mir später wird.« Sie packte den Hufkratzer und das Schüsselchen mit Huffett und eilte davon.
Beim Hinausführen des Pferdes begannen die ersten Schwierigkeiten. Edelka weigerte sich, ihre Boxe zu verlassen. War ihre »Brünstigkeit« oder die ihr unbekannte Sibylle schuld, jedenfalls stampfte sie aufgeregt mit den Füßen, zerrte am Zügel, riß den Kopf ungebärdig hin und her. Wie ein Peitschenhieb fuhr Sibylle ein dickes Büschel Mähne ins Gesicht, quer über die Wange. Das brannte wie Feuer, doch sie wich und wankte nicht. Nicht jetzt, nicht vor Godefroy, ein zweitesmal würde sie nicht die Überempfindliche spielen.
Sie schafften es schließlich gemeinsam. Edelka stand im Freien und trug auch einen Sattel, nervös scharrte sie mit den Hufen. Das Aufsteigen gestaltete sich noch einigermaßen abenteuerlich – jedesmal, wenn Sibylle das rechte Bein nachziehen wollte, machte die Stute einen Schritt zur Seite –, doch dann war es soweit: In gemäßigtem Tempo schritten sie dahin, Godefroy auf Kevin, Sibylle auf Edelka, hinein in eine dickgepuderte Zuckerwelt.
Edelka tänzelte. Sollte sie. Sibylle ließ sie gewähren. Mit geschlossenen Augen warf sie den Kopf zurück, atmete tief die frostklare Luft ein. Ihr war so schwer und gleichzeitig so leicht zumute. Dies hier war ein Abenteuer, und sie ließ sich mit offenen Augen darauf ein. Nein, nicht ein, sondern zwei Abenteuer: das

eine, Edelka zu bändigen, das andere, Godefroy zu imponieren, ja, vielleicht sogar ein klein wenig zu verwirren. Falsch, widersprach sie sich, nicht zu verwirren, ganz im Gegenteil, ihn so weit wie möglich von sich zu halten. Denn sie hatte ja Joachim, den vielgeliebten Joachim …

»Wollen wir traben?« Nicht der vielgeliebte Joachim, Godefroy, der Mann auf dem Pferd neben ihr, war es, der fragte. Wie ein sibirischer Kosakengeneral sah er heute aus. Eisstückchen hatten sich in seinem Schnurrbart festgesetzt, die Fellmütze aber war unter der Last des von den Zweigen gestreiften Schnees so tief in die Stirn gerutscht, daß die Augenbrauen darunter verschwanden. Das gab ihm einen finsteren Ausdruck. Achtlos hielt er die Zügel in der einen Hand, die andere war in die Hüfte gestützt. Kevin schien sein volles Vertrauen zu besitzen.

Edelka trabte sehr zierlich. Eine anmutige Dame, die kleine Braune mit der Blässe quer über der Stirn. Inzwischen hatte sie sich einigermaßen beruhigt, nur ab und zu wagte sie noch einen übermütigen Sprung, der ihre Reiterin in arge Bedrängnis brachte. Sibylle biß die Zähne zusammen.

»Immer diese kapriziösen Stuten. Hätte ich ein eigenes Pferd, müßte es unbedingt ein Hengst sein.«

»Ein Hengst?« Seine Augen ruhten mit einem unergründlichen Ausdruck auf ihr. »Wirklich?«

»Ich meine natürlich einen Wallach«, verbesserte sie sich hastig, »jedenfalls ein männliches Wesen. Mit ihnen komme ich seit jeher besser zurecht.«

»Interessant, interessant.« Er machte eine Pause. »Wissen Sie, im Grunde ist die Sache ganz einfach.

Mit den Stuten ist es wie mit den Frauen. Sie spielen die Geheimnisvollen, sind meistens recht hübsch und für eine Überraschung gut. Die Hauptsache aber: sie möchten umschmeichelt werden. Wer bei ihnen etwas erreichen will, sollte das beherzigen. Während die Männer, respektive die Hengste … Da ist es bekanntlich der Trieb, der ihr Handeln bestimmt. Ich hatte vor Kevin einen Schimmelhengst …«

Sibylle ließ ihn reden. Für sie war es besser, bei derart delikaten Themen den Mund zu halten. Wie sie ihn einschätzte, brachte er sie noch dazu, Dinge zu sagen, die sie kaum je dachte, geschweige über die Lippen brachte.

Sie hatten die freien Felder erreicht. Über der Landschaft stand eine bleiche Januarsonne, die nur dekorativ aussah, weiter nichts, die Kälte milderte sie kaum. In der Ferne ästen Rehe, ein Bild, wie mit einer feinen Kupfernadel in den Horizont eingraviert. Sie ließen sich von den herantrabenden Pferden nicht stören, ruhig zupften sie weiter an den kahlen Sträuchern, tauchten die Nasen suchend in den Schnee, Godefroy hatte einen Galopp kommandiert. Das war nicht ungefährlich hier, wo die Welt unbegrenzt war, doch Sibylle wollte es darauf ankommen lassen. Sie schob das Kinn in den Pelzkragen und verstärkte den Schenkeldruck. Augenblicklich flog Edelka los, wie eine Windsbraut stob sie über die gefrorene Erde. Schneebällchen schossen nach rechts und links, Krume wirbelte auf, wiehernd warf die Stute den Kopf zurück und verstärkte das Tempo. Sibylle ließ sie rennen. Was sollte ihr schon passieren? Godefroy war ja da.

Hinterher war Edelka wie ausgewechselt. Sie benahm sich ruhig, beinahe gehorsam, und versuchte, mit Kevin anzubandeln. Schmeichelnd rieb sie ihre Nüstern an seiner Mähne, schnappte mit entblößten Zähnen nach einem Ohr, was er sich gelassen gefallen ließ.

»Ich würde sagen, eine Liebesgeschichte spinnt sich an«, kommentierte Godefroy mit einem Seitenblick.

»Irrtum«, gab Sibylle kühl zurück. Bis sie merkte, daß er von den Pferden sprach, da lachte sie wie befreit. »Ach ja, zwischen unseren beiden Schönen. Was wieder einmal der Beweis dafür ist, daß sich jedes Geschöpf nach Zärtlichkeit sehnt.«

»Jedes?« wiederholte er mit merkwürdiger Betonung. »Sie auch?«

»Natürlich.« Das klang fast so eisig wie die Luft, die sie atmete. »Warum, meinen Sie, wäre ich sonst verheiratet?«

Eine sehr klare, aber auch sehr uncharmante Antwort. Auf der Stelle schlug die Stimmung um. Godefroy schwieg, und Sibylle ärgerte sich still vor sich hin. Warum mußte sie auch immer dieses blöde Zeug reden! Daß sie einen Mann hatte, war hinreichend bekannt, unnötig also, darauf hinzuweisen. Nebenbei – was war eigentlich mit Godefroy? Hatte er eine Frau, womöglich Kinder, und womit verdiente er sein Geld? Vor lauter Mißverständnissen und Beschäftigung mit den Pferden waren sie nicht einmal zu diesen ganz selbstverständlichen Themen gekommen.

Immer noch schweigend näherten sie sich einem Krähenschwarm, der sich auf einem kahlen Feld niedergelassen hatte. Beim Anblick der Reiter flogen die Vögel auf, hockten sich auf das Nachbarfeld, nur eine Krähe rührte sich nicht vom Fleck. Zu emsig war sie damit beschäftigt, mit spitzem Schnabel auf einen zuckenden Gegenstand einzuhacken. Sibylle, die sich erschrocken herunterbeugte, erkannte einen gräulichbraunen Fellbalg.

»Was ist das?« fragte sie entsetzt.

»Das werden wir gleich wissen.« Godefroy hielt an. Mit einem Satz sprang er vom Pferd und übergab Sibylle die Zügel. Noch immer ließ sich die Krähe nicht stören, erst als der Mann ein paarmal kräftig in die Hände klatschte und Zischlaute von sich gab, hüpfte sie widerwillig zur Seite. Godefroy kniete sich auf den Boden nieder.

»Ein Hasenkind«, meldete er, »halb erfroren und ziemlich zugerichtet von diesem mörderischen Schnabel. Kein schöner Anblick.«

Sibylle war tief betroffen. Die Kälte, das lähmende Schweigen zwischen Godefroy und ihr und nun noch dieses Erlebnis. »Wie grausam«, stieß sie hervor, »einfach grausam. Warum fällt sie ausgerechnet über so ein wehrloses Wesen her.«

»Sie will leben«, gab Godefroy lakonisch zurück, »so wie wir alle. Das uralte Gesetz der Erde. Doch lassen wir das Philosophieren und konzentrieren uns besser auf das Nächstliegende. Was sollen wir mit dem Häschen anfangen? Es liegenlassen? Das wäre sein sicherer Tod, der hungrige Vogel läßt sich die Beute nicht entgehen. Nein, nein, es gibt keine Wahl, wir nehmen das Tier mit. Die Frage ist nur, ob es den Transport übersteht.«

Vorsichtig nahm er das Fellbündel in seinen Arm. Ohne den Blick davon zu lassen, bestieg er den Rappen, der sich nicht rührte, öffnete den Reißverschluß seiner Lammfelljacke und bettete das verletzte Tier an seine Brust. Das tat er mit soviel Zartgefühl und auch Zärtlichkeit, daß es Sibylle rührte. Diese Behutsamkeit hätte sie dem robusten Mann nicht zugetraut.

Im raschen Tempo ritten sie zum Stall zurück. Gesprochen wurde dabei kaum, alle Gedanken kreisten um die arme Kreatur. Godefroy machte den Vorschlag, in die Tierklinik zu fahren. Sibylle nickte, sie würde ihn begleiten. Dies hier war ihr gemeinsames Findelkind, da wollte sie schon wissen, was damit passierte.

Hellrotes Blut quoll hervor, als Godefroy im Behandlungsraum den Hasen aus seiner Jacke schälte, das Hemd war ein einziger Blutfleck, auch der Pullover war durchweicht. Godefroy achtete nicht darauf, so sehr war er mit dem verletzten Tier beschäftigt. Er preßte den reglosen Balg an seine Lippen, versuchte ihm den eigenen Atem einzuhauchen.

Der diensttuende Arzt, er war noch jung und wirkte unsicher, schüttelte den Kopf. »Das hat nicht viel Sinn. Lassen Sie mir das Tier hier. Ich gebe ihm eine Spritze, dann schläft es ein.«

»Kommt überhaupt nicht in Frage.« Ohne ein weiteres Wort ergriff Godefroy den Hasen, drehte sich auf dem Absatz um und stürmte hinaus. Sibylle rannte hinterher.

»So ein Idiot«, schimpfte sie. »Er hat sich ja nicht einmal bemüht. Meint wohl, bei einem Wald- und Wie-

senhasen lohne sich der Aufwand nicht. Eine feine Berufsmoral. Aber was machen wir jetzt?«
»Ich bringe das Häschen zu mir nach Hause, Nellie soll sich seiner annehmen. Die gute Nellie, sie hat ein großes Herz. Was ist mit Ihnen, kommen Sie mit?«
Godefroy saß bereits im Wagen und ließ den Motor an. Er wirkte ungeduldig.
Sibylle überlegte blitzschnell. Es dämmerte bereits, Joachim wartete seit Stunden auf sie, und sie folgte so einfach einem fremden Mann in seine Wohnung. Außerdem – Nellie. Wer war Nellie? Das Mädchen damals mit der Sahibhose, nebenbei vielleicht Frau Godefroy? Ach was, entschied sie, hier ging es um das Leben eines hilflosen Tiers, da mußten alle Bedenken in den Hintergrund treten. »Ja, beeilen wir uns.«
Während er fuhr, hielt sie das Hasenjunge im Schoß. Es hatte die Augen geschlossen und zeigte zwei lange weiße Zähne. Vorsichtig streichelte sie den blutverkrusteten Kopf. Da ging ein abgrundtiefes Seufzen durch den kleinen Körper, das Tierchen streckte alle vier Läufe von sich und zitterte mit den Ohren. Gleich darauf dämmerte es ein.
Vor einem dunklen Holzhaus außerhalb der Stadt hielt Godefroy. Bei dem Geräusch des heranfahrenden Wagens begann ein Hund zu bellen. Es war ein schottischer Hüterhund, der sich hinter dem Haus aufgehalten hatte und jetzt mit hängender Zunge heranhechelte, um seinen Herrn zu begrüßen. Godefroy tätschelte ihn liebevoll.
»Das ist Nellie, die gute Seele meines Hauses, außerdem meine beste Freundin. Sie wird sich um das Häschen kümmern, in diesen Dingen hat sie Erfahrung.

Letzten Sommer erst hat sie eine Wildente großgezogen, das Jahr davor war es sogar ein kleiner Fuchs. Die einzige Gefahr bei Nellie ist ihr Gewicht. Man muß höllisch aufpassen, daß sie ihre Schützlinge nicht vor lauter Liebe mit ihren beinahe fünfzehn Kilos erdrückt. Nicht, Nelliemor of Kirkforth?«

Er nahm Sibylle den Hasen ab und durchquerte den Garten. Sibylle folgte zögernd. Dies hier war Godefroys Welt, eine sehr individuelle und vor allem sehr männliche Welt, da wollte sie nicht stören. Mit dem Ellbogen öffnete er eine Scheune, in der es nach Heu und fauligem Obst roch, eine Kinderschaukel, Gartengeräte und auch ein nagelneues Motorrad standen herum. Nellie beobachtete ihren Herrn mit aufmerksamer Miene, sie versuchte zu erraten, was Godefroy von ihr wollte. Als er das Häschen auf eine Decke bettete und anfing, es von allen Seiten dick mit Heu zu bepacken, kam die Hündin näher. Neugierig schnupperte sie an dem fremden Wesen herum, jaulte aufgeregt.

»Nellie!« Godefroy baute sich mit erhobenem Zeigefinger vor ihr auf. »Hör mir mal gut zu, altes Mädchen. Dies hier ist ein armes, krankes Tier, und du bist ein großer, vernünftiger Hund. Ich vertraue dir den Jämmerling an. Wehe aber, du enttäuschst mich und nützt deine Überlegenheit aus. Dann ist Schluß mit unserer Freundschaft. Hast du kapiert?«

Die Hündin wedelte demütig mit dem Schwanz, ihre braunen Augen blickten sanft. Gleich darauf wandte sie sich wieder dem Heubündel zu, begann eifrig zu scharren und zu kratzen. Godefroy ließ Nellie keine Sekunde aus den Augen, eine falsche Bewegung, und er hätte eingegriffen. So verging etwa eine Viertelstunde. Endlich war die Hündin mit der Begutachtung fertig. Sie drehte sich ein paarmal im Kreis herum, dann streckte sie sich neben dem reglosen Hasen aus, so dicht, daß keine Hand, ja, nicht einmal ein Strohhalm zwischen beiden Platz gefunden hätte. Mit den Augen suchte sie den Blick ihres Herrn. Der nickte anerkennend.

»So, im Moment können wir nicht mehr tun. Die beiden brauchen Zeit und Ruhe, um sich aneinanderzugewöhnen, wir stören dabei nur. Später hole ich das Kleine ins Haus, und sollte es die Nacht überstehen, sehe ich mich morgen nach einem Arzt um.« Er schloß die Scheunentür bis auf einen Spalt, wobei er die Gelegenheit benützte, Sibylle, die neben ihm stand, wie selbstverständlich einen Arm um die Schultern zu legen. »Was ist, Mitstreiterin? Nehmen wir gemeinsam nach alledem einen Schluck?«

Nun kam es schon nicht mehr darauf an, mußte sich Joachim eben noch ein kleines Weilchen gedulden. Sie würde ihm später diese Kette von unvorhergesehenen Ereignissen ausführlich erklären, sich entschuldigen. Und Joachim, da war sie sich sicher, würde verstehen, war sein Mitleid gegenüber Tieren doch nicht weniger groß. Einen winzigen Schluck nur ... Das durfte doch nicht verboten sein.

Godefroy führte sie in den Wohnraum, der das ganze Untergeschoß einnahm und unaufgeräumt wirkte. Felle lagen auf dem Boden, daneben stapelten sich Bücher und Zeitschriften, Couch und Sessel waren mit naturfarbenem Leder bezogen. Vor dem Kamin, der in eine quadratische Vertiefung hineingebaut war, lehnte eine Gitarre, mit bunten Bändern geschmückt, was sich in dieser nicht gerade jungmädchenhaften Umgebung etwas überraschend ausnahm. Überraschender noch waren die Bilder an den Wänden, feine, sehr ungewöhnliche Grafiken in hellen Pastelltönen, die man eher in einem Salon vermutet hätte als in dieser Jagdhütte.

Godefroy holte Gläser und eine Whiskyflasche.

»Glenfiddich«, buchstabierte Sibylle. »Das ist schottischer Whisky, nicht wahr? Paßt alles zusammen. Kevin, der schottische Hüterhund ...«

»Nellie ist ein Sheltie.« Godefroy goß die Gläser halbvoll. »Die lustigste, humorvollste und kinderfreundlichste Hunderasse der Welt. Prost!« Er hob ihr sein Glas entgegen und leerte es in einem Zug. »Tut gut, wärmt aber nur von innen. Widersprechen Sie nicht, uns ist beiden kalt. Kein Wunder. Bleibt nichts übrig, als ein Feuer zu machen. Es sei denn, ich darf Sie umarmen.«

Da sie nur abwehrend den Kopf schüttelte, begann er, sich mit dem Kamin zu beschäftigen, kratzte mit dem Schürhaken Asche heraus. Sibylle hatte in einem der Ledersessel Platz genommen. So etwas Verrücktes! Der Whisky zeigte bereits seine Wirkung, sie spürte es deutlich. Wie zum Trotz nahm sie einen zweiten Schluck. Das hätte sie lieber bleiben lassen sollen, in sanften Kreisen begann sich der Raum vor ihr zu drehen.

»Ist das Ihre Gitarre?« examinierte sie den Hausherrn, der ihr den Rücken zugekehrt hatte. Er ließ sich Zeit mit seiner Antwort, schichtete bedächtig Holzscheite auf den Rost, eines neben das andere.

Zwischendurch langte seine Hand nach dem Glas, die Abstände wurden immer kürzer.
»Ja und nein. Mir gehört sie, aber gespielt wird sie von Sonia.« Seine Stimme klang undeutlich, Godefroys Kopf steckte fast ganz in der Kaminöffnung.
»Sonia«, wiederholte Sibylle und nahm einen dritten Schluck, »Sonia also. Das überschlanke Mädchen in der Sahibhose. Ihre Frau?« Der Alkohol hatte ihr Mut gemacht.
Er lachte. »So, so, Sahibhose nennt sich das. Das muß ich Sonia sagen. Nein, meine Frau ist sie nicht. Obwohl ich, um Ihre Worte zu gebrauchen, nicht weniger als jedes andere Geschöpf, Sie eingeschlossen, zärtlichkeitsbedürftig bin, habe ich es bisher zu keiner Ehefrau gebracht. Sehr enttäuscht?« Nun endlich brannte das Feuer. Ein Buchenscheit stand in hellen Flammen, ein zweites entzündete sich daran. Würziger Duft breitete sich im ganzen Zimmer aus. Sibylle, die trotz Whisky immer noch fröstelte, streckte ihre Beine in den Reitstiefeln der Wärme entgegen.
»Aber die Kinderschaukel«, bohrte sie weiter.
»Was Frauen so alles ins Auge fällt.« Immer noch lachend nahm er auf ihrer Sessellehne Platz. »Es gibt doch auch Nichten und Neffen und Kinder von Freunden und Nachbarskinder, alles mögliche. Dies hier ist ein gastfreundliches Haus, müssen Sie wissen.« Jetzt saß er so dicht neben ihr, daß sein Arm ihre Schulter berührte. Sibylle lehnte sich steif zurück. Nein, nein, so leicht kam er bei ihr nicht zum Ziel, was immer er sich auch darunter vorstellen mochte. Ohne Zweifel, er war ein verführerischer Mann, besonders verführerisch sogar, und früher hätte sie

nicht gezögert, sich von ihm erobern zu lassen (oder ihn für sich zu erobern), doch das war früher, sehr viel früher. Inzwischen war sie dank ihres tiefen Gefühls für Joachim gegen jeden anderen männlichen Einfluß gefeit, harmlose Flirts ausgenommen. So, fünf Anstandsminuten noch, dann wollte sie endgültig aufbrechen.

Geschickt nahm sie das Gespräch wieder auf. »Und womit, die letzte Frage einer hoffnungslos neugierigen Frau, unterhalten Sie dieses gastfreundliche Haus? Mit Viehzucht, Landwirtschaft oder Whiskyschmuggel?«

Das sollte ein Witz sein.

»Weder mit dem einen noch mit dem anderen, leider«, stellte er bedauernd fest und stopfte sich eine Pfeife. »Aber was nicht ist, kann noch werden. Ich habe in dieser wie in anderen Beziehungen wenig Skrupel. Inzwischen handle ich mit allem, was mir in die Hände kommt. Grundstücke zum Beispiel. Manchmal verkaufe ich auch ein Pferd.«

»Roßhändler also«, ging es Sibylle durch den Kopf, und sie kicherte. Hätte es Georgina nicht so ausgedrückt? Eine Situation wie aus einem Hintertreppenroman. Ein Roßhändler und eine Schmiedemeistersenkelin saßen zusammen und kippten Whisky, während die hochwohlgeborene Loraine und ein gewisser von Metzkow bei der noch viel hochwohlgeboreneren Großmama mit spitzen Fingern ihre Teetassen balancierten. Und Joachim Freihoff? Der saß mit gekrümmtem Rücken und übermüdeten Augen über einem Manuskript, das er seit kurzer Zeit in Arbeit hatte. Ein Roman sollte es werden, so hatte er

glücklich angedeutet, ein Liebesroman aus guter, alter Zeit. Hoffentlich hatte er über dem Schreiben nicht das Essen vergessen, der Träumer, das kam in letzter Zeit öfter vor.
Godefroys Tabakduft stieg Sibylle angenehm in die Nase. Bestimmt wieder eine angelsächsische Sorte – ein Mann wie er blieb seinem Image treu –, Plum and Rum, Cherry and Sherry oder wie sie alle hießen. Sie wandte den Kopf zur Seite, um mehr davon einzuatmen, dabei trafen sich ihre Blicke. Sie leuchteten tatsächlich eisfarben, Godefroys Augen, eisfarben wie ein sehr kalter Ozean, aber frostig – nein, frostig waren sie deshalb noch lange nicht. Im Gegenteil – diese gewisse winzige goldene Flamme tanzte darin, die sie – sechs Jahre waren es her – das letztemal bei Joachim entdeckt hatte. Damals auf der Roseninsel, als er ihr von Sissy und dem Märchenkönig erzählte, dieses unverkennbare Flämmchen des »du gefällst mir, du gefällst mir sogar sehr ...« Joachim. Und jetzt mußte sie gehen, auf der Stelle gehen. Pflichtvergessene Ehefrau!
Entschlossen erhob sie sich und ging zur Tür. Godefroy machte keine Anstalten, sie zurückzuhalten. »Ob ich noch einen Blick auf den Hasen werfe?« überlegte sie laut.
Er schüttelte den Kopf. »Nein, besser nicht. Tiere brauchen ihre Ruhe. Ich sehe später noch einmal nach dem Rechten. Sind Sie mir sehr böse, wenn ich Sie nicht selbst heimbringe, sondern ein Taxi rufe? Ich erwarte in der nächsten Stunde einen dringenden Anruf.«
Aha, wohl von Sonia. Natürlich war sie nicht böse,

wenn auch eine Spur enttäuscht, doch sie ließ es sich nicht anmerken und streckte ihm freundlich die Hand entgegen. »Danke für den Whisky und den schönen Nachmittag. Und alles Gute unserem Findelkind.«
Er wollte etwas sagen, aber da war es schon zu spät, durch die Dunkelheit blitzten die Scheinwerfer des Taxis auf. Godefroy sagte leise etwas zu dem Fahrer, einem bärtigen Studenten. Als Sibylle später zahlen wollte, winkte er ab. Alles bereits erledigt. Das war nun wirklich sehr aufmerksam von Godefroy, wenn auch absolut unnötig, doch Sibylle hatte keine Zeit, weiter darüber nachzudenken. Erst einmal zu Joachim, dem so sträflich Vernachlässigten! Sie hatte sich wirklich rücksichtslos benommen, es sollte niemals wieder vorkommen. Vor Aufregung nahm sie drei Stufen auf einmal, stolperte über ihre eigenen Füße. Heu und Schneebrocken fielen ihr von den Sohlen, sie kümmerte sich nicht darum, hastete weiter. Alles, alles später.
Joachim saß nicht – wie erwartet – mit gekrümmtem Rücken an seinem Schreibtisch, sondern im hellblauen Armsessel, trug seinen beigefarbenen Shetlandpullover mit den Lederflecken, die sie ihm eigenhändig aufgenäht hatte, und las in seinem Manuskript. In dieser Stellung erinnerte er ein ganz klein wenig an einen zufriedenen Großvater, aber wirklich nur ein ganz klein wenig.
»Mein Mädelchen!« Liebevoll streichelte er ihre Arme, mit denen sie ihn von rückwärts umfaßte, bedeckte ihre Handgelenke mit kleinen Küssen. »Mein vielbeschäftigtes kleines Mädelchen. Ist endlich wie-

der an den heimatlichen Herd zurückgekehrt. Na, gottseidank, ich habe mir schon Sorgen gemacht. War es denn wenigstens schön? Komm, erzähl mir von dir.« Er legte das Manuskript beiseite und sah sie erwartungsvoll an.

»Ja, sehr schön oder, besser gesagt, sehr ereignisreich.« Sie rieb ihre Nase an seinem Hals. Wie wunderbar, wieder seine Haut zu spüren, die ihr vertraut war wie die eigene und schwach nach Sandelholz roch. »Ich werde dir von Anfang an berichten. Also ...« In diesem Augenblick entdeckte Sibylle die beiden Weingläser, die vor Joachim auf einem kleinen Mahagonitisch standen, jedes davon mit einem Bodensatz. Ein wachsamer Ausdruck trat in ihre Augen. »Du hattest Besuch?«

»Ja, Lena war da.« Das klang wie die selbstverständlichste Sache der Welt. »Um meine Einsamkeit zu teilen. Aufmerksam, nicht wahr? Loraine ist mit ihrem jungen Kavalier bei der Mama zum Tee, du warst mit deinen geliebten Pferden unterwegs, und ich verbrachte den Nachmittag mit Lena. So war die ganze Familie auf angenehme Art beschäftigt, wie es sich für einen Samstagnachmittag gehört.« Er schien tatsächlich zu glauben, was er da sagte.

Sibylle holte tief Luft. Toleranz hin und her, Familiensinn in allen Ehren, dies hier war wirklich allehand. Konnte man denn nicht, verdammt nochmal, einen Augenblick aus dem Haus gehen – aufgeputscht durch den Whisky, untertrieb sie schamlos, was ihre Person anging –, ohne daß sich eine der Gahlen'schen Frauenpersonen in das eigene Heim einnistete? Wie viele Ehefrauen besaß Joachim nun

eigentlich? Eine, zwei und dazu viele Nebenfrauen? Das hätte sie doch zu gern einmal gewußt.
»Und *wie*, wenn die Frage erlaubt ist, habt ihr euch die Zeit vertrieben?« Noch bemühte sie sich, Haltung zu bewahren.
»Die Frage ist natürlich erlaubt. Ich habe Lena aus meinem Manuskript vorgelesen.« Joachim schaute völlig unschuldig.
»Aus deinem Manuskript? Aber das ist doch *mein* Buch. Du schreibst es ausschließlich für *mich*, deine Frau, wenigstens hieß es noch bis gestern so.« In Sibylle braute sich ein Sturm zusammen.
»Ja, mein Mädchen, es ist dein Buch, aber in deiner ständigen Hektik und Zeitnot bist du nicht ein einziges Mal auf meinen Wunsch eingegangen, dir daraus vorzulesen. Ein Schriftsteller aber, besonders einer, der wie ich am Anfang steht, braucht Kritik.« Er sprach mit ihr wie mit einem Schulkind.
Ungeheuerlich, das Ganze! Sibylle holte tief Atem. Einen Moment lang war sie versucht, Joachim das Manuskript aus der Hand zu reißen und Blatt für Blatt im Zimmer zu verstreuen, so verraten fühlte sie sich. Was sie gerade noch davon abhielt, war das eigene schlechte Gewissen. So ganz unrecht hatte Joachim nicht, sie war zu wenig auf ihn eingegangen, das machte das Reiten. Sie versuchte es ein letztesmal in Güte.
»Ist es dir recht, wenn ich im Schnellkochtopf Weißkohl aufsetze? Wir könnten in einer knappen Stunde essen.«
»Nicht nötig«, winkte Joachim ab. »Für das Abendessen ist bereits gesorgt. Lena hat ein Huhn ins Rohr

gestellt, ich glaube, bei mittlerer Hitze. Vielleicht siehst du einmal nach, ob es inzwischen durch ist. Dazu gibt es Fenchelgemüse.«

Jetzt war es mit Sibylles Geduld endgültig vorbei. Wild gestikulierend stellte sie sich mitten im Zimmer auf und ließ ihrem Zorn freien Lauf, so laut, daß das Ehepaar unter ihnen protestierend die Fenster schloß. Sibylle hörte das Klirren.

»Lena hat mit dir Wein getrunken, Lena hat sich dein Manuskript vorlesen lassen, Lena hat für uns vorgekocht, Lena hat wahrscheinlich auch schon den Tisch gedeckt, mit Damast und Kerzen und Blumen, wie es sich in ihren Kreisen gehört. Lena hier und Lena dort. Und morgen ist es die Mama, die sich an dich hängt, und übermorgen Loraine. Nein, die wohl nicht mehr, denn, gelobt sei der Himmel, sie hat inzwischen einen Abnehmer gefunden. Aber nicht die anderen, die bleiben uns erhalten. Bis zum Ende aller Zeiten. Ja, schließ dich doch ein mit deinen beiden hochheiligen Damen in ein hochheiliges Damenstift, dann habt ihr alle drei, was ihr braucht. Aber ohne mich, ich verzichte dankend!« Ihre Stimme überschlug sich.

»Mein liebes Kind.« Joachim, der zunächst schweigend, fast staunend zugehört hatte, sprang auf, kreideweiß im Gesicht. »Bist du ganz von Sinnen oder was ist mit dir los?« Er faßte sie an den Schultern, zog sie näher an sich heran. »Oh, Alkohol, habe ich mir doch gedacht. Du hast dich betrunken und das am hellichten Tag. Das habe ich gern, sehr gern. Läßt mich den ganzen Nachmittag warten, mein Eheweib, trinkt mit fremden Leuten Alkohol und setzt sich dann in den Kopf, mir eine Szene machen zu müssen. Aber nicht mit mir, mein Kind, nicht mit mir! In unserer Familie macht man keine Szenen. Merke dir das und zwar ein für allemal!« Das klang endgültig.

»Nein, denn ihr seid ja fein und übt Haltung, wo es nur geht. Dafür nehmt ihr auf Empfindungen herzlich wenig Rücksicht. Auch eine Art, seine Vornehmheit zu beweisen. Aber mich zerstört ihr nicht, das schwöre ich. Vorher nehme ich meine Sachen und gehe!« Mit dieser Drohung, der ungeheuerlichsten, die sie Joachim gegenüber je ausgesprochen hatte (sie erschrak selbst. Wie weit war es mit ihnen gekommen!) rannte sie in die Küche und schlug die Tür hinter sich zu. Nur allein sein, nur jetzt Joachim nicht mehr ins Gesicht blicken müssen. Dabei schmerzte ihr das Herz vor Wut und Enttäuschung.

Qualm kroch aus dem Backofen, es roch angebrannt. Das Huhn, natürlich! Lenas wichtigtuerische, völlig überflüssige Vorkocherei, jetzt hatte sie, Sibylle, die Bescherung. Außer sich vor Zorn riß sie das schwarzgekohlte Geflügel aus der Röhre, feuerte es angewidert ins Spülbecken. Dabei verbrannte sie sich nicht nur den Daumen, sondern stieß zu allem Überfluß noch mit dem Kopf gegen den Küchenschrank. Die Folgen des Alkohols! Trübte das gesamte Reaktionsvermögen. Aber nein, an diesem Unglück war nicht das bißchen Whisky schuld, sondern einzig und allein Joachims Familie. Daran und an allem anderen.

Eine Stunde später. Verzweifelt (Joachim hatte trotz sehnsüchtigen Wartens kein Zeichen von sich gegeben, er grollte) preßte Sibylle die Nase gegen die mit winzigen Froststernen übersäte Küchenscheibe und

starrte in die funkelnde Nacht hinaus. Ein Sternenhimmel wie in den Bergen.
»Godefroy«, dachte sie und seufzte. »Godefroy? Was tust du in dieser Minute? Hältst unseren Hasen im Arm oder die hübsche Sonia? Und ich? Ich sitze verlassen in der Küche und habe mich mit meinem Mann völlig zerstritten.«
Es fehlte nicht viel, und sie wäre aus dem Haus gerannt.

14

1978–1979 München

Der Frühling ging ins Land, launisch, verregnet, der Sommer kam – zögernd erst, bis dann das Getreide auf den Feldern flammte und eine gnadenlose Sonne die Erde verbrannte. Doch da war es bereits August, und die Abende waren kurz und kühl.
Sibylle lebte in heftigem Zwiespalt mit sich selbst. Zwiespältig deshalb, weil sie mit einem Mann verheiratet war, der sie von ganzem Herzen liebte, ohne sie deshalb glücklich zu machen. In seinem jungenhaften Trotz, seiner Abhängigkeit von der übermächtigen Mama, seinem Wunsch nach Frieden, seiner unseligen Sentimentalität, weigerte sich Joachim hartnäckig, zur Kenntnis zu nehmen, daß sich Sibylle das Leben mit ihm anders vorstellte. Was wollte sie eigentlich? Ihr fehlte doch nichts. Besaß sie nicht einen verliebten Ehemann, einen unermüdlichen Bewunderer ihrer Person, der, wäre es nicht zu absurd gewesen, ihre Fußspuren geküßt, sie, die Vielschö-

ne, Heißbegehrte, auf einem weißen Schimmel über einen diamantenen Berg in ein funkelndes Schloß geführt hätte. (Seine dichterische Phantasie ging mit ihm durch.) Na also. Und da beklagte sie sich?
Aber nein – mit einem schmerzlichen Lächeln schüttelte sie den Kopf – darum ging es doch nicht. Seiner Liebe war sie sicher, hundertprozentig sicher sogar, was sie störte, war die allgegenwärtige Familie. Sie hatte doch ihn, nicht seine Exfrau geheiratet, ohne Lena aber (und Georgina und hin und wieder auch Loraine) fand kaum ein Theaterbesuch mehr statt, ein Ausflug am Wochenende. Lena vorn im Wagen, neben Joachim, sie, Sibylle, dahinter, die langen Beine eingezogen, damit sie Loraine nicht behelligte. Langsam machte man sich in Sibylles Freundeskreis schon lustig über die »Großfamilie«. Ein Machtwort von Joachim, und diesem Zustand wäre ein Ende gesetzt. Doch – und das war für Sibylle das Unverständliche und gleichzeitig Verletzende – er dachte nicht daran, dieses Machtwort zu sprechen. Warum auch? Es hatte sich doch alles so schön eingespielt.
Sibylle gab nicht auf.
»Ich bitte dich, nein, ich flehe dich an«, wandte sie sich mit wachsender Verzweiflung an ihren Mann, wenn sie wieder einmal fünftes Rad am Wagen gespielt hatte, »hör auf, diese Ehe zu mehreren zu führen. Ich will das nicht. Obwohl ich mich notgedrungen füge, will ich das nicht. Dafür haben wir doch nicht so viele Jahre gekämpft, oder? Du machst einen Fehler, einen riesengroßen Fehler. Wenn du nicht aufpaßt, wenden sich die Dinge eines Tages gegen dich.« Wie hilfesuchend drängte sie sich

an ihn, an die warme, vertraute Gestalt, sah ihm beschwörend in die Augen.
»Soll das eine Drohung sein?« fragte Joachim mit ungläubigem Lachen und machte sich los. So sehr er auch ihre Jugend liebte, ihre Spontaneität (und natürlich ihren jungen Körper), ein bißchen mehr Reife wäre schon erwünscht. Ihr ging doch nichts ab, wenn er sich hin und wieder um den anderen Teil der Familie kümmerte.
Er konnte nicht wissen, weshalb Sibylle so kämpfte. Doch da gab es Godefroy, und dieser Godefroy drängte sich immer stärker in den Vordergrund. Wäre in ihrer Beziehung zu Joachim alles in Ordnung gewesen, hätte er sich nicht andauernd gegen sie gestellt und Georgina damit unbewußt den Rücken gestärkt, sie hätte Herrn Rüdiger Godefroy kaum mehr als einen flüchtigen Blick geschenkt, nein, wirklich nicht. Doch – das Fatale – es war eben zwischen Joachim und ihr nicht mehr alles in Ordnung, und so gab sie sich – widerstrebend zunächst, doch dann mehr und mehr überzeugt von der Rechtmäßigkeit ihres Handelns – allmählich ihren Gefühlen hin. (Trieb Joachim sie nicht gerade dazu?) So sehr sie sich auch dagegen wehrte: Rüdiger Godefroy gefiel ihr, gefiel ihr sogar sehr. Das war nicht nur oberflächliches Interesse, das war mehr.
Sibylle sprach mit ihrer Mutter darüber. Die hörte aufmerksam zu und dachte lange nach. Dann gab sie ihre Meinung dazu ab. »Nee, Billchen, Ehebruch, das will mir nicht in den Kopf, beim besten Willen nicht. Ist irgendwie schmutzig, paßt nicht zu uns. Na klar, ich kann mir deinen Schwarm schon vorstellen,

glaub mir, ich war auch mal jung, und da gab es einen Hans-Hermann. Wenn der mir heute gegenübersäße, ich würde noch verlegen wie 'ne Rotzgöre. Aber da ist dein guter Vater, und der verdient das nicht. Eine Frau muß wissen, wo sie hingehört. Vergiß nicht, Joachim ist ein Goldschatz, ein hochanständiger Kerl, mit dem haste Mordsdusel gehabt. Das ist nur die Mutter, die dazwischenpfuscht. Ob ich der nicht doch mal kräftig die Leviten lese?« Ihre Augen funkelten angriffslustig.
Sibylle schüttelte mutlos den Kopf. Das brachte gar nichts, im Gegenteil. Die Mutter, von des Alters Weisheit noch weit entfernt, entpuppte sich immer mehr als hochexplosiv. (»Dynamit ist gar nichts dagegen«, seufzte manchmal der Vater, der nicht viel zu lachen hatte.) Was Haltung und die berühmte Contenance betraf – aber nur darin! – war sie Georgina hoffnungslos unterlegen. Die hätte ihr nach dem ersten Lamento kaltlächelnd die Tür gewiesen, was Marlene veranlassen würde, nun erst recht in breitestem Sächsisch loszudonnern. Die Folge: ein Familieneklat und eine auf ihrem Thron bestätigte Georgina. Nein, nein, darauf konnte Sibylle verzichten. Lieber traf sie sich mit Godefroy.
Sie sahen sich jetzt häufiger, das hatte der kleine Hase fertiggebracht. Unter Nellies aufmerksamer Fürsorge war er gesund und kräftig geworden, hechtete wie ein Sprinter mit gesunden Läufen durch den Garten und nagte alles an, was ihm zwischen die langen Zähne kam, elektrische Leitungen eingeschlossen. Godefroy hatte ihn Amor getauft.
»Amor?« wunderte sich Sibylle.

»Wie sonst? Er hat den berühmten Pfeil, wenn auch ohne sein Wissen, abgeschossen. Oder, sagen wir, den letzten aus dem Köcher.«
Ein Kompliment, beziehungsweise eine halbe Liebeserklärung, die Sibylle gerne hörte. Sie unterließ es, darauf zu antworten, denn was, um alles in der Welt, hätte sie sagen sollen? Godefroy erwartete es wohl auch nicht, er zeigte sich erstaunlich geduldig. Die Entscheidung über sie beide lag allein in ihrer Hand. Eine belastende Situation.
In diese gespannte Stimmung hinein – Sibylle schlief schlecht, trank zuviel Wein, explodierte bei jeder Kleinigkeit – platzte die Nachricht von Loraines Verlobung. Klaus-Egon von Metzkow hatte bei Joachim um die Hand seiner Tochter angehalten. Keine schlechte Partie. Die Zukunft des jungen Mannes schien gesichert – Klaus-Egon arbeitete in einer Anwaltskanzlei, seine verwitwete Mutter besaß etwas Vermögen –, Loraine war bis über beide Ohren verliebt, demnach stand dem väterlichen Jawort nichts im Weg. Und da war ja noch, nicht zu vergessen, der Adelstitel!
»Heutzutage gar nicht so einfach, in die richtige Familie hineinzuheiraten«, dozierte der Brautvater am Abendbrottisch. »Alles hat sich nivelliert, jeder stellt sich mit jedem auf eine Stufe, fühlt sich berufen, überall mitzureden. Dabei gibt es, das wirst du mir als intelligente Frau bestätigen, nach wie vor Unterschiede, was Herkunft und Erziehung betrifft, gibt es und wird es immer geben. Ich jedenfalls erkenne jemanden aus gutem Haus auf den ersten Blick.«
»Geht das gegen meine Mutter und mich?« forschte

Sibylle mißtrauisch. »Nur heraus mit der Sprache, ich höre gespannt.«
»Schau, schau, mein angebetetes Weib leidet an Komplexen«, versuchte Joachim die Sache ins Lächerliche zu ziehen. Aber auf der Gästeliste, die er mit Hilfe seiner Mama und Alix von Metzkow aufstellte, tauchte dann außer Sibylle kein Mitglied der Familie Kugler auf. »Jetzt haben wir ein Kennenlernen zwischen unseren beiden Müttern so lange vermieden, jetzt lassen wir es auch dabei.« Joachims etwas banale Erklärung.
Die Verlobung wurde auf den zehnten Oktober festgesetzt, der gleiche Tag, an dem Georgina ihren fünfundsiebzigsten Geburtstag feierte. Ein ganz besonderes Ereignis. Seit Wochen sprach sie von nichts anderem mehr. ›Für sie die große Gelegenheit, mir in erlauchtem Kreise meine, wie sie glaubt, Nichtswürdigkeit zu zeigen‹, argwöhnte Sibylle, während sie die endlosen Diskussionen über Ablauf der Feierlichkeiten, Menüfolge und Tischordnung – Georgina hatte zu diesem Zweck die engere Familie in ihre Wohnung gebeten – an sich vorbeirauschen ließ. Neben ihr saß Lena, die eifrig mitschrieb und Sibylles gelangweilte Miene genau registrierte. Das würde Gesprächsstoff für Tage geben. »Soll sie doch.«
Es machte ihr in der Tat nichts mehr aus, seit kurzer Zeit war sie unverletzlich. Das Unerhörte, alles Verändernde hatte sich ereignet: Godefroy und sie waren ein Liebespaar.

Es passierte in den letzten Spätsommertagen, und es mußte so kommen. Alles andere wäre eine Lüge gewesen. Entweder die beiden hätten sich konsequent und für immer aus dem Weg gehen müssen oder aber sie fanden zusammen. Das Schicksal entschied sich für die zweite Möglichkeit.

»Nach einem Jahr Ehe«, stellte Sibylle zutiefst beschämt fest. Aber nein, versuchte sie sich zu beruhigen, so durfte sie nicht rechnen. Fünf volle Jahre hatten Joachim und sie um ihre Liebe gekämpft, das zählte doppelt. Damals waren sie noch das glücklichste Paar unter der Sonne gewesen –, ein ewig schnäbelndes Taubenpärchen, hatte Joachim es einmal treuherzig beschrieben –, das Dilemma (für Sibylle) begann mit dem Tag, als Georgina sich in ihr Leben mischte.

Um bei der Wahrheit zu bleiben, so war Godefroy nicht einmal unbedingt der Verführer gewesen. Gewiß, er versäumte keine Gelegenheit, der Reiterkollegin seine Verehrung zu zeigen, die weiß Gott nicht ausschließlich geistiger Natur war, dazu war Sibylle zu attraktiv und er zu sehr ein »Frauentyp«, sparte auch nicht mit Blicken und anzüglichen Bemerkungen, trotzdem wahrte er Abstand. Sibylle war eine verheiratete Frau, eine Tatsache, die er respektierte. Daß in ihrer Ehe nicht alles zum Besten stand, war allerdings unschwer aus ihren Andeutungen zu entnehmen. So seufzte sie einmal: »Mütter von Söhnen, eine besondere Spezies. Sie verkraften es einfach nicht, wenn ihr Liebling sein Herz für eine andere Frau entdeckt. Es sei denn, es ist ein graues Mäuschen. Haben Sie noch eine Mutter?«

Als er nickte, entschuldigte sie sich hastig. »Das gilt natürlich nicht für alle Mütter. Meine Mutter zum Beispiel läßt den Zwillingen jede Freiheit. Aber wenn ein Sohn in blindem Gehorsam erzogen wurde, Sie wissen schon, nach dem alten Reglement ...« Eine Bemerkung, die eindeutig zu Lasten von Joachim ging.

Nein, entschuldigte Sibylle ihren Liebhaber, er war – so gut kannte sie ihn inzwischen – trotz seiner ausgeprägten Lust am Flirten nicht der Typ des Berufsverführers, der danach lechzte, sich wieder eine neue Trophäe an seine Wolfsmütze zu stecken. Da gab es Sonia, deren Name immer wieder fiel (was Sibylle jedesmal einen Stich gab), außerdem andere Frauen. Godefroy führte – und das war ihr klar – ein abwechslungsreiches Liebesleben. Und doch suchte er hartnäckig ihre Nähe.

Sie hatten an einem sehr heißen Augustnachmittag zusammengefunden, es geschah während eines Ausritts, als sie ein Kettchen an ihrem Hals vermißte. Es war aus silbernen Trensen zusammengesetzt und bedeutete ihr viel. Sie mußte es verloren haben, als sie um die alte Scheune galoppierten, die abseits der abgeernteten Felder stand. Also kehrten sie dorthin zurück, im stechenden Licht der Vier-Uhr-Sonne, die gnadenlos von einem wolkenlosen Himmel brannte, begannen sie zu suchen. Die Pferde führten sie dabei am Zügel, er seinen Kevin, sie Edelka.

Sibylle stolperte nun schon zum fünftenmal, sie war nervös. Das hatte nicht nur mit dem Kettchen zu tun, obwohl sie der Verlust schmerzte – Joachim hatte den Schmuck in einem Antiquitätengeschäft erstanden

und ihn ihr am Nikolaustag in den Stiefel gesteckt –, es war die Hitze und dann Godefroy. An diesem Tag trug er hochschäftige Jagdstiefel, dazu ein erdbeerrotes Polohemd, die Arme waren bis zu den verfärbten Zwirnhandschuhen herunter sonnenverbrannt und von Dornen zerkratzt. Konzentriert suchte er den Boden mit seinen Augen ab, kaute an seinem Schnurrbart, sprach leise mit Kevin. Der spitzte die Ohren.
»Godefroy«, sagte Sibylle vor sich hin. Nur so, sie mußte einfach etwas sagen.
»Ja?« fragte er, ohne den Blick zu heben, und gleich darauf noch einmal: »Ja?«
»Woher kommt die Narbe an Ihrer Lippe. Ein Wolfsbiß?«
Er lachte. »Wer hat Ihnen denn das erzählt? Nein, es war ein ganz normaler Hund, ein Spitz. Warum?« In diesem Augenblick bückte er sich und hielt ihr ein silbernes Etwas entgegen. »Hier, ist es das?«
Ihre Köpfe stießen zusammen, sie lachten und entschuldigten sich, rieben sich die schmerzenden Stellen. Dabei trafen sich ihre Blicke, sekundenlang, es war wie ein stummer Dialog. Bis Sibylle die Augen niederschlug und wie entschuldigend über seine zerkratzten Arme strich. »Tut es sehr weh? Das haben Sie Edelka zu verdanken, die sich partout in einen Dornenbusch verziehen mußte. Wir machen Ihnen schon viele Ungelegenheiten, wir beide.«
Er hielt sie fest, legte ihr das Trensenkettchen um den Hals. Dazu zog er die Handschuhe aus. Sie zitterte, als sie die kühlen Finger auf ihrer Haut spürte, die dort verharrten, schloß die Augen.
Sie fand sich in Godefroys Armen wieder. Das war in

der Scheune, wo sie vor Schwüle fast umkam und ihr der betäubende Duft der gelagerten Heuballen Tränen in die Augen trieb. Trotzdem erlebte sie jede Sekunde mit wachen Sinnen.
Schläge donnerten gegen die Tür. Edelka begehrte Einlaß, die zornige Stute, die sich langweilte und bei Kevin auf wenig Gegenliebe stieß, doch Sibylle meinte, es käme jemand, um sie wegen Ehebruchs zu verhaften. Bis sich ihre Angst löste, sie ihren Irrtum erkannte und lachte. Es klang gepreßt.
»Georgina«, dachte sie bitter, »nun hast du es geschafft. Dein alleiniges Werk. Zufrieden?« Den Gedanken an Joachim schob sie vorerst beiseite. Vor ihr stand Godefroy, und seine Gegenwart vertrug keine Konkurrenz. Sein Polohemd, feucht von Schweiß, zeichnete akkurat jeden Muskel seines Oberkörpers nach. Mit den Fingerspitzen fuhr sie nachdenklich darüber.
An diesem Abend hatte sie Angst, ihrem Mann gegenüberzutreten. Etwas, was sie nie gedacht, nicht im entferntesten erwogen, geschweige denn jemals herbeigesehnt hätte, war eingetreten: sie hatte Joachim, ihren Joachim betrogen. Wie sollte sie ihm jemals wieder in die Augen sehen? Mit zitternden Knien tastete sie sich die Treppe hoch. Und wenn er ihr die Schuld auf den ersten Blick vom Gesicht ablas – was war dann? »Entschuldige, entschuldige, entschuldige«, murmelte sie wie in Trance vor sich hin, während sie die Tür aufschloß. Niemals hatte sie sich elender gefühlt.
Joachim kam ihr strahlend entgegen, heute war ein Glückstag für ihn. Sein Roman war zu zwei Dritteln

fertig, er war damit zu einem Verlag gegangen und hatte auf Anhieb Erfolg gehabt. Man machte ihm ein Angebot. Jetzt brütete er über einer zündenden Idee für den Schutzumschlag.
»Wenn du mir den Buchtitel sagst, kann ich vielleicht helfen«, stieg Sibylle dankbar in das Thema ein – guter Gott, wie war ihr das Schicksal doch gnädig! –, während sie eilig Suppentassen und Besteck aufdeckte. Auf dem Herd schmorte eine Tomatensuppe. Hinterher gab es kalten Braten.
Joachim schüttelte trotzig den Kopf. »Titel und Inhalt sollen eine Überraschung sein.« Er barg das Manuskript an seiner Brust, als handle es sich um ein neugeborenes Kind.
»Ach so? Nun, ganz wie du willst. Dabei, sei nicht beleidigt, kann ich mir den Titel sogar denken. ›Es waren zwei Grenadiere‹ oder ›In Treue fest‹ oder ›Ich hatt' einen Kameraden‹ ...« Das »Mutter, Mutter über alles« verkniff sie sich, obwohl es ihr auf der Zunge brannte.
»Sei still, du Bestie.« So ganz falsch schien sie mit ihren Tips nicht zu liegen, denn er hielt ihr den Mund zu, den er gleich darauf küßte. Seine Lippen waren warm und weich. Sie küßte zurück, küßte ihn immer wieder, bis er erstaunt fragte, was denn mit ihr los sei. Hatte er ausnahmsweise Vorrang vor den Pferden?
In den kommenden Wochen führte Sibylle ein Doppelleben, sie, die von ihrer Mutter, Marlene Völkchen, von klein auf zu Mut und unbedingter Aufrichtigkeit erzogen worden war. Wie bisher ging sie in die Schule, organisierte Sportveranstaltungen und Wett-

kämpfe, führte den Haushalt, umsorgte Joachim, hörte sich mit Engelsgeduld seine immer gleichen Geschichten aus Jugend und Militärzeit an, kümmerte sich, soweit man es von ihr erwartete, um die Schwiegermutter und Lena und – traf Godefroy. Sie konnte nicht von ihm lassen, er hatte eine unwiderstehliche Anziehungskraft auf sie.

Sie sahen sich beim Reiten oder in seinem Haus, Restaurants zu besuchen, wagten sie nicht. Sibylle war glücklich und todunglücklich zugleich, sie verachtete sich, klagte sich hundertmal an, stürzte sich in Selbstvorwürfe, um im nächsten Augenblick die Hauptschuld für diese Entwicklung Joachim und seiner Mutter (der vor allem) anzulasten. Hatte man sie nicht geradezu in Godefroys Arme getrieben? Alles drehte sich nur um die Familie, immer nur um die Familie, während man auf ihre, Sibylles, Bedürfnisse nicht die kleinste Rücksicht nahm. Stumm ließ sie die nicht endenwollenden Diskussionen über Loraines Verlobungskleid über sich ergehen (bodenlang oder kurz, mit Ausschnitt oder ohne), über die Mitgift, die Joachim nach Meinung der Familie seiner Tochter schuldig war (»woher nehmen?« fragte sich Sibylle und verübelte es ihrem Mann, daß er seine keineswegs rosigen Verhältnisse nicht offen auf den Tisch legte. Nein, lieber verkaufte er eine wertvolle Ordensammlung aus dem Familienbesitz. Wieder so ein Beispiel von falschem Stolz!), über die tausend Probleme und Problemchen rund um Georginas Ehrentag.

Sie quälte ein ganz anderes Problem. Wie würde es mit Godefroy und ihr weitergehen? Was sollte sie ihm antworten, wenn er sie eines Tages bat, für immer zu ihm zu kommen? Noch hatte er das Thema nicht berührt, doch einiges deutete darauf hin, daß er sich Gedanken über eine gemeinsame Zukunft machte. Konnte sie Joachim sich selbst überlassen, beziehungsweise seiner Familie (und auch – wollte sie es)? Einerseits – Georgina würde jubeln und Joachim nicht einmal so unglücklich sein, hatte er doch vielleicht längst selbst erkannt, daß er im Schoß seiner »alten Familie« am besten aufgehoben war –, andererseits: so durfte eine große Liebe doch nicht zu Ende gehen. In dieser alles andere als erheiternden Stimmung bereitete sich Sibylle auf das Familienfest vor.

Die »sächsische Stute« – Sibylles nachhaltigste Erinnerung an den großen Tag. Alles andere rangierte bei ihr unter »ferner liefen« oder auch »bis zum Überdruß bekannt«. Dazu gehörte eine Georgina, die mit ihrem pfingstrosenfarbenen Kleid um die Wette prunkte, die Dauerfotografin Lena, Loraine, die in einem seltenen Anfall von Temperament ihren Bräutigam umarmte und abküßte, was der sich mit seiner übertrieben aristokratischen Blasiertheit gefallen ließ, und ein Joachim, der sich äußerst familienbewußt gab. Halt! Zu seiner Ehrenrettung sei bemerkt, daß er sich immerhin eine geschlagene halbe Stunde neben Sibylle setzte, dort tapfer aushielt. Dabei versäumte er es nicht, sie nach allen Seiten hin als »meine Frau Sibylle« vorzustellen, was an diesem Tag, immerhin Georginas Ehrentag, fast einer Heldentat gleichkam. Doch Sibylle fühlte sich nicht in der Stimmung, dies zu würdigen, dazu hatte sie die Äußerung »sächsische Stute« zu sehr verletzt.

Abends erzählte sie Joachim davon. Der zuckte mit den Achseln, gähnte, meinte, während er seine Taschenuhr aufzog, die »sächsische Stute« klinge wie der Titel eines Romans, wobei er wieder bei seinem augenblicklichen Lieblingsthema war. Als sie daraufhin entrüstet schrie: »Schöner Roman! Für mich ist das eine Unverschämtheit, eine Beleidigung allerersten Ranges, die ich, das verspreche ich dir, eines Tages heimzahlen werden«, machte er besänftigende Bewegungen wie ein Orchesterchef, der ein Adagio dirigiert.

»Laß doch die Mama, du änderst sie nicht mehr. Der Giftzahn wächst den Frauen zuerst, das müßtest du doch am besten wissen.« Was wieder einmal sein »Fingerspitzengefühl« gegenüber den Frauen allgemein und seiner Frau im besonderen bewies.

Godefroy erzählte sie ebenfalls von der »sächsischen Stute«. Das war bei einem Essen nach einem Kinobesuch, beides hatte Sibylle aus einem gewissen Trotz heraus vorgeschlagen. Godefroy lachte auf seine unbändige Art. Ohne Zweifel, die gnädige Frau Schwiegermutter sei eine exakte Beobachterin, so falsch läge sie gar nicht mit ihrem Vergleich aus der Hippologie. Sibylle hätte durchaus etwas Stutenhaftes mit ihren langen Beinen, nur bitte, nicht so zickig werden wie Edelka! Er bestellte neuen Rotwein, argentinischen. Kein Zufall an diesem Abend: sie saßen in einem argentinischen Restaurant. Godefroy hatte es ausgesucht, er war seit einiger Zeit Stammgast hier, um sich, wie er sagte, auf den südamerikanischen Kontinent einzustimmen. Sibylle hatte es mit Schrecken vernommen: ihr Geliebter plante eine Argentinienreise. Immer wieder brachte er die Rede darauf. Irgendwo in dem Riesenland wollte er Grund und Boden erwerben, soviel er bekam und bezahlen konnte, zunächst als Kapitalanlage, später, um sich unter Umständen dort endgültig niederzulassen. Ihm behagte das enge Klima in Deutschland nicht mehr.

»Aber in Argentinien?« fragte Sibylle, die von Südamerika recht Widersprüchliches gehört hatte.

»Argentinien ist ein weites Land. Dort kann ich mich davon unabhängig machen. Ich brauche Luft zum Atmen, ich brauche meine Freiheit.« Entschlossen spießte er ein gewaltiges Stück Fleisch mit seiner Gabel auf.

Sibylle liebte das Thema Argentinienreise nicht. Nicht nur, daß es eine längere Trennung bedeutete, es war dabei mit Sicherheit eine Frau im Spiel. Sonia zum Beispiel, die mit ihrer Sahibhose allerdings besser nach Bengalen gepaßt hätte als auf argentinische Pampas. Pst! Sie legte sich selbst einen Finger auf den Mund. Jetzt wurde sie fast so bissig wie Georgina, sie mußte aufpassen. Um sich abzulenken, biß sie kräftig in eine kleine graue Frucht, die noch auf ihrem Teller übriggeblieben war.

»Weißt du«, fuhr Godefroy in seiner Erklärung fort, »allmählich wird mir hier alles zu eng, ich ersticke. Überall Vorschriften, überall Verbotsschilder. Denk nur einmal an unsere Ausritte. Tag für Tag quälen wir uns auf den immer gleichen Wegen dahin, sind jedem Spaziergänger ein Dorn im Auge. Und tritt dein Pferd aus Versehen auf ein bestelltes Feld, mußt du froh sein, wenn dich die Bauern nicht verfolgen. Lange genug habe ich das mitgemacht, jetzt mag ich nicht mehr. Aber«, er beugte sich zu Sibylle herüber, »deswegen brauchst du doch nicht gleich zu weinen.«

»Peperoni. Ich habe eine Peperoni erwischt«, japste Sibylle und tastete nach einem Taschentuch.

»Und ich dachte schon, du weinst mir nach.« Während er vielsagend ein Auge zukniff, nahm er ihre Hand zwischen seine Hände. »So wie sich das für ein liebend Weib gehört. Oh, du sibyllinisches Geschöpf du, meine kleine Pythia, ich bin sicher, Argentinien wird dir gefallen.«

»Wie bitte?« Sie zuckte zurück. O nein, nicht das, das wollte sie nicht. Mit Argentinien hatte sie nichts zu tun. Sehr schmeichelhaft für sie, daß er seine Zukunft mit ihr plante (und nicht etwa mit Sonia oder einer anderen Schönen), aber doch nicht so zielstrebig und vor allem – nicht so rasch. Von heute auf morgen konnte sie ihre Probleme nicht lösen.

»Hör auf, die Überraschte zu spielen, das nehme ich dir nicht ab.«

Blitzschnell hatte Godefroy seine überhebliche Landjunkermiene aufgesetzt, eine Miene, die Sibylle fürchtete. Und nicht nur das – wie einen Gegenstand, den man nicht mehr brauchte, legte er ihre Hand auf die Seite, zündete sich eine Zigarette an. Erst als er ihren verletzten Gesichtsausdruck sah, lenkte er ein. »Sibyl, du hast doch Phantasie oder täusche ich mich? Liebende Frauen haben immer Phantasie. Also, mach die Augen zu und stell dir eine einsame Hazienda vor auf einer mit, sagen wir, feuerroten und zitronengelben Blumen überwucherten Anhöhe. Zu der Hazienda gehört ein quadratischer Innenhof, wo die Sonne niemals hinkommt und ein Springbrunnen plätschert. Dorthin zieht man sich zur Siesta zurück, trinkt seinen Tee. Kannst du mir folgen? Ja? Also weiter. Über die Sierra, die sich quadratkilometerweit um den Besitz erstreckt, galoppieren Gauchos, schöne, schlanke, bronzefarbene Gauchos, die dir das Herz höher schlagen lassen. Schüttle nicht den Kopf, ich kenne euch Frauen. Sie beaufsichtigen Pferde, Hunderte von Pferden, schwarze, weiße, lohfarbene, kastanienbraune, Stuten und Hengste, mit schmalen Köpfen und schlanken Beinen, sanftem Blick und teuflichem Temperament. Wir suchen uns die beiden herrlichsten aus, zähmen sie ...«

»Ich muß in die Schule«, sagte Sibylle schwach.

Das hätte sie besser nicht sagen sollen, auf der Stelle schlug seine Stimmung um. »Erspar dir deine ewigen Ausreden. Sie sind mir zu kindisch, hast du verstanden?« Seine Stimme klang schneidend. »Langsam solltest du wissen, was du eigentlich willst. Schule – lächerlich! Soweit mir bekannt ist, sind im September die bayerischen Schulen geschlossen, deshalb habe ich die Reise auf den Herbst verlegt. Aber lassen wir das, es ist nicht so wichtig. Ich bringe dich besser nach Hause.«

Mit einem frostigen »gute Nacht« verabschiedete er sich hundert Meter vor ihrem Haus von ihr. Sibylles

Herz brannte, doch sie ließ sich nichts anmerken. Sie war wütend. So ließ sie nicht mit sich umspringen. Glaubte er, eines seiner willenlosen kleinen Mädchen vor sich zu haben, die auf Befehl sprangen, wenn der gnädige Herr nur mit den Fingern schnippte? Da sollte er sich aber getäuscht haben. Voll Zorn (und innerer Unruhe) ging sie schlafen.
Am nächsten Tag schrieb sie ihm einen Brief, in dem sie ihn heftig beschwor, sie in Ruhe zu lassen. Es hätte keinen Zweck mit ihnen beiden, sie gehörte zu ihrem Mann. Schlimm genug, daß sie sich habe hinreißen lassen, ihre Ehe so leichtfertig aufs Spiel zu setzen. Aber damit sei jetzt endgültig Schluß. Hinterher redete sie sich ein, das einzig Richtige getan zu haben, fühlte sich befreit, voller Zweifel, niedergeschlagen, sterbenselend (in dieser Reihenfolge), ließ das Abendessen ausfallen und verkroch sich ins Bett. Joachim, der, in ernsthafter Sorge, sich anbot, ihr einen von Lenas Gesundheitstees zu kredenzen, wurde gereizt aus dem Zimmer geschickt. Nein, nein, keine Hexentränklein, bloß so etwas nicht – Sibylle redete sich in Hysterie – das beste sei, man kümmere sich gar nicht um sie. Morgen sei sie schon wieder in Ordnung.
Das war sie nicht, aber das Leben ging weiter. Und siehe da, sie kam auch ohne Godefroy zurecht. Mit Vernunft ließ sich vieles regeln, redete sie sich selbst gut zu, außerdem – jedes Strohfeuer erlischt einmal. Voller Eifer wendete sie ihre ganze Fürsorge Joachim zu, doch der winkte nervös ab. Sein Buch! Fünfundzwanzig Seiten noch! Jetzt war ausnahmsweise er derjenige, der Ruhe brauchte. Aber – er zog sie auf

sein Knie – wollte sie der Mama nicht vielleicht einen kleinen Besuch machen? Seit ihrem Geburtstag fühlte sie sich von der Schwiegertochter ein wenig brüskiert. Die beste Gelegenheit, dieses Mißverständnis aus dem Weg zu räumen.
Sibylle warf ihrem Mann einen flammenden Blick zu, der seinen Zweck jedoch verfehlte – Joachim saß bereits wieder über seinem Manuskript. So ging sie ins Wohnzimmer, strich unruhig um das Telefon herum, um sich schließlich in eine gewaltige Bügelaktion zu retten. Der große Nachteil dabei: ihre Gedanken konnten ungehindert wandern.
Am sechsten Tag glaubte sie es nicht länger auszuhalten. Wenn schon Trennung (was sie nach wie vor für das beste hielt), dann doch Trennung in Frieden und Freundschaft. Während sie mehr und mehr diesem Gedanken nachhing – es war in der Turnhalle beim Bockspringen mit einer der unteren Klassen –, klopfte es an die Tür. Ein Junge mit Schirmmütze trat ein, überreichte Sibylle einen Henkelkorb. Als sie ihn öffnete, schaute ihr Amor ganz verängstigt entgegen, sie erkannte ihn sofort an seinem Knick am rechten Ohr. Um den Hals hatte er eine rote Schleife mit einem Zettel gebunden. Sibylle entzifferte: »Einladung zu einer Kohlsuppenparty. Datum darf selbst bestimmt werden. Absagen werden nicht akzeptiert. Gruß G.«
Sie war so überrascht, daß ihr der Hase entwischte. Mit wilden Sprüngen hechtete er über den Linoleumboden, versteckte sich unter den Turnmatten, hangelte den Bock hinauf. Dort hockte er dann kläglich und ließ sich von den begeisterten Kindern herunter-

nehmen. Sibylle sah sich inzwischen nach dem Botenjungen um. Der hatte brav vor der Tür gewartet und nahm den Korb mit dem Hasen wieder in Empfang. Diesmal hatte sie eine Nachricht – auf der Rückseite der Einladung – geschrieben: Sonntag, neunzehn Uhr, S. Sonntag hatte Lena zu ihrem berühmten und von Joachim so außerordentlich geschätzten Apfelstrudel eingeladen, da mußte sie nicht dabei sein. Die Familie würde es überleben.
Godefroy nahm sie sofort an der Tür in seine Arme, er schien aufrichtig erleichtert. Zur Begrüßung hatte er Mariachi-Musik aufgelegt. Sie knabberten gelbe Rüben, Kohlrabi und Selleriestengel, aßen scharf gepfefferte Kohlsuppe und Ziegenkäse mit Knoblauch, während die hellen Trompeten triumphierend durch den Wohnraum schmetterten; es war eine Musik, die ebenso fröhlich wie wehmütig machte. Das sei zwar Original-Musik aus Mexiko, erklärte Godefroy, während er die Korbflasche mit der »Seleccione Lopez« schwenkte, aber so furchtbar weit sei Mexiko ja nicht von Argentinien entfernt.
»Nein, nur so weit wie Deutschland von Nowosibirsk«, sagte Sibylle, die in den letzten Tage einigemale den Weltatlas gewälzt hatte, und beide lachten.
Godefroy brachte von sich aus das Thema nicht mehr auf die Reise, seine Spekulation ging wohl dahin, daß Sibylle davon anfing. Die ließ sich Zeit. Erstmal war April, also noch lange hin bis zum Herbst. In fünf Monaten konnte eine Menge passieren.
Von Trennung war nicht mehr die Rede, im Gegenteil. Sie sahen sich jetzt fast jeden Tag, wenn auch meistens nur für Minuten, und es wurde ihnen nicht

zuviel. Einmal – ganze sechsunddreißig Stunden waren seit dem letzten Treffen vergangen – hielt Sibylle es in ihrer Unruhe nicht mehr aus. Sie machte sich auf, Godefroy in seinem Büro aufzusuchen, was bisher nicht vorgekommen war. Dabei entdeckte sie vor dem Geschäftshaus Georgina, in Lodenkostüm und Trachtenhut, die in eine Straßenbahn stieg. Das Herz klopfte Sibylle bis zum Hals, und sie versteckte sich in einem Ladeneingang, bis die Bahn um die Ecke gebogen war. Erst dann stieg sie die fünf Treppen bis zu Godefroys Büro hinauf.
Ein zierliches Mädchen mit goldenen Ohrreifen, in denen Plastikpapageien schaukelten, und schwarzer Ponyfrisur öffnete ihr. Höflich führte sie Sibylle in Godefroys Zimmer, das ganz anders eingerichtet war, als sie sich das vorgestellt hatte, nämlich mit Möbeln aus Plexiglas und einem grobgewebten Teppich, auf dem Sibylle um ein Haar ausgerutscht wäre. Auch Godefroy hatte den Landjunker abgelegt, er trug einen anthrazitgrauen Anzug mit Weste und hatte das Haar glatt zurückgekämmt.
Es hätte ja sein können, daß er ärgerlich war über diesen Überfall (bei Godefroy wußte man nie), aber nein, er freute sich ganz außerordentlich. Während er die Arme um ihre Schultern legte und sie an sich preßte, hatte Sibylle Zeit, ein Plakat zu studieren, das Werbung für Argentinien machte. Es zeigte ein unbekümmert lachendes Mädchen mit einer Rose im Haar, das »Viva Argentina« in einen azurblauen Himmel hineinrief. Damit stand das heikle Thema wieder im Raum. Aber – im Ernst – führte überhaupt noch ein Weg daran vorbei?

Sie tranken Sherry, und Godefroy telefonierte. Einmal sprach er spanisch, fließend, wie Sibylle feststellte, und es störte sie, kein Wort davon zu verstehen. »Muchas gracias«, sagte auch das Mädchen mit der Ponyfrisur, als es seine Unterschriftenmappe entgegennahm, und Godefroy antwortete mit eigenartiger Betonung: »Ma con placer, Connie«, während seine hellen Augen aufmerksam auf ihren schlanken Fesseln ruhten.
Alles in Godefroys Umgebung sprach von Argentinien, dachte Argentinien und lebte darauf hin, während sie selbst, seine Freundin ..?
Nun, zunächst einmal mußte sie vorsichtig herausbringen, wie Joachim sich ihren gemeinsamen Sommerurlaub vorstellte. Vorher konnte sie gar nichts entscheiden.

Ablenkung von dem Dilemma versprach der Besuch von Onkel Wölfchen, dem jüngsten Sohn aus der Völkchen-Familie. Nach langer Zeit tauchte er wieder einmal in München auf. Elise hatte damals in ihrem mütterlichen Stolz recht gehabt, in Wölfchen steckte etwas Großes, und so hatte er es auch am weitesten von seinen Geschwistern gebracht. Während Marie, Linchen und Riekchen nach wie vor in Eilenburg beziehungsweise Leipzig lebten, von wo aus sie Marlene mit Jammerbriefen bombardierten (»Ich wünsche mir dunkle Wischtücher, Klosterfrau Melissengeist und Stoff für einen leichten Übergangsmantel ...«),

und Franz sich mit seiner Familie nach Thüringen verzogen hatte, drängte es den strahlenden Helden Wolfgang in die Welt hinaus. Seine sportlichen Ambitionen hatte er aufgegeben, auch sein Haar leuchtete nicht mehr weizenblond, sondern war ergraut und stark gelichtet, doch hatte er es geschafft, wie ein Komet in der internationalen Wirtschaftswelt aufzusteigen. Inzwischen stand er mit an der Spitze eines großen deutschen Kamerawerks, lebte nacheinander in Tokio, Brüssel, Toronto und – seine vorläufig letzte Station – in Rio. Wenn das keine Bilderbuchkarriere für den Sohn eines sächsischen Schmiedemeisters war ...
Eloise, seit über dreißig Jahren seine Frau, hatte – laut Marlene – an Überspanntheit noch kräftig zugelegt. Als Frau Direktor sah sie ihre vornehmste Aufgabe darin, ihre drei (reizenden) Töchter in verschiedene Schweizer Internate abzuschieben, die Garderobe grundsätzlich in Paris zu bestellen und – das Wichtigste – Wölfchen von seinen Geschwistern fernzuhalten. Die waren jetzt nicht mehr fein genug. Ein Dünkel ähnlich dem der alten Broich. Marlene schäumte, wenn sie nur daran dachte (und das tat sie eigentlich alle paar Tage, Wolfgang war doch ihr Lieblingsbruder.) Wie gut, daß die Mutter das nicht mehr erlebte. Bei den Völkchens hatte man zusammengehalten, in guten wie in schlechten Zeiten, und da wagte es die Tochter eines Sektvertreters, den bewunderten Bruder ... Aber nun war er ja da, auf Stippvisite in München, in direktem Flug von Rio. Die Mutter beeilte sich, Sibylle davon in Kenntnis zu setzen. Wölfchen sollte nur sehen, daß sie auch eine hübsche Tochter

hatte. Die Zwillinge konnten nicht vorgezeigt werden. Willy, der als Computerfachmann Karriere machte, besuchte einen Lehrgang in den USA, während Richard junior mit seiner Verlobten irgendwo in der Ägäis kreuzte.
Die Mutter hatte Wölfchens Lieblingsgericht gekocht, saure Eier mit Pellkartoffeln, das hatte es früher zu Hause jeden Freitag gegeben. Zur Feier des Tages war sie beim Friseur gewesen, trug ihr weißes Haar in adretten Wellen, dazu ein altrosa Strickkostüm und erinnerte mit ihrem hübschen Lächeln noch immer an die kleine Marlene aus der Torgauer Straße. Aufgeregt umschwirrte sie ihre Tochter.
»Hilfste mir, die Augen anzumalen?« bettelte sie, »nur so ein bißchen, damit Wölfchen nicht meint, das könnte nur seine Thusnelda. Aber was ist denn mit dir los? Kämm dir augenblicklich die Haare aus der Stirn, du siehst ja aus wie ein Zottel. So'n Blödsinn! Bei wem haste denn das abgeguckt? Bei der feinen Lena?«
Es war bei der flotten Connie, Godefroys Sekretärin, gewesen, aber das ging die Mutter nichts an. Bereitwillig kämmte sich Sibylle die Haare zurück, dann nahm sie sich Marlenes Augen vor. Aber nein, da wurde nichts daraus, das Blau verkleckste. Die schmalen Völkchen-Augen waren ungeeignet für Make-up, hatten es gar nicht nötig, ihre Wirkung war da – auch ohne kosmetische Nachhilfe. Dafür besprengte sich die Mutter reichlich mit Chanel No. 5, damit verband sie auch eine Jugenderinnerung: Lenchen hatte es getragen, als sie sich mit Edgar verlobte.
Wolfgang kam, riesengroß und lärmend, er füllte den

ganzen Flur aus. Ein klein wenig wie der klassische Onkel aus Amerika, der sich im heißen Dschungel von New York vom Tellerwäscher bis zum Dollarmillionär emporgeschuftet hatte, dachte Sibylle und ließ sich umarmen. Allerdings trug er kein kariertes Jakkett und auch keinen Stetson, dafür einen maßgeschneiderten Anzug aus Flanell und eine französische Krawatte (wohl Eloises Einfluß). Sein Sächsisch dagegen war freiwillig und – ausgeprägter denn je.
»Gucke mal da, die kleine Puppine, Marlenes Billchen.« Mit seinen kräftigen Händen packte er die Nichte an den Schultern, hielt sie weit von sich, um sie dann anerkennend zu mustern. »Ist nun auch schon ein ausgewachsenes Frauenzimmer und was für eins! Nu, ich habe gleich drei von der Sorte. Ach, Schwesterchen, wenn daß unsere Mutter wüßte! Wäre mächtig stolz auf ihre Enkel.« Seine Augen wurden feucht.
Marlene nickte schluchzend. Ach ja, die Mutter! Der Bruder hatte genau das richtige Thema angetippt, im Handumdrehen schmolz das Eis. Wäre ja auch eine Schande gewesen bei den vielen gemeinsamen Jahren. Immer noch leise schluchzend bat sie zu Tisch.
Nachdem er dreimal nachgefaßt hatte, rückte Wölfchen mit einem Anliegen heraus. Natürlich war er in erster Linie nach München gekommen, um seine Schwester wieder einmal zu sehen – er blinzelte ihr zu –, aber ganz nebenbei gab es da noch einen anderen Grund. Richard Kugler, der in braver Strickweste und mit rosigem Lächeln seinem Schwager gegenübersaß, nickte. Hatte er doch gleich vermutet. Ein erfolgreicher Manager, wie Wolfgang es zweifellos

war, verband selbst familiäre Besuche mit Geschäften, das hatten Kaufleute so an sich. Also, was wollte der Schwager? Seinen fachmännischen Rat wegen eines in Japan entwickelten Verfahrens beim Kopieren von Filmen? Konnte er haben, gleich nach dem Nachtisch (rote Grütze aus dreierlei Beeren). Die beiden Männer zogen sich in das Arbeitszimmer des Hausherrn zurück, während Sibylle der Mutter in der Küche half. In ihrer Aufregung gingen gleich mal zwei Teller zu Bruch.

Aber hinterher hatte der große Bruder und Onkel tatsächlich nur noch Augen – und ganze zwei Stunden Zeit – für die Damen des Hauses. Das Jackett hinter sich über die Stuhllehne gehängt, die Hemdsärmel aufgekrempelt, eine dicke Havanna im Mundwinkel, löffelte er einen halben Igel mit Mandelsplittern in sich hinein und erzählte. Von seinen Geschäften, von seinen Reisen, die ihn um die halbe Welt geführt hatten, und vor allem von Rio, der nach seiner Meinung schönsten Stadt der Welt. Drei Jahre lebte er jetzt dort und er hoffte, es würden noch zehn weitere werden. Sie ließen es sich gut in Brasilien gehen, die Völkchens.

»Zwei Hausmädchen, einen Gärtner und einen Chauffeur«, zählte der Onkel mit dröhnender Stimme auf, »und das ist nicht mal Luxus, gehört sich in gewissen Kreisen einfach so. Eloise spielt Tennis und hat so 'ne Art europäischen Frauenclub gegründet – überflüssig wie Hühnerdreck, aber mit irgendwas muß sie sich ja beschäftigen. Die Mädchen studieren, das heißt, nur die beiden jüngeren, Annika ist mit 'nem Engländer verheiratet, Rechtsanwalt, tüchtiger

Kerl. Im Herbst trifft sich die ganze Klidasche in unserem Ferienhaus. Liegt mitten im Urwald und wächst jedes Jahr mehr zu, ohne Machete kommt man da gar nicht mehr hin. Rings herum Kolibris und Lianen und Affengebrülle, schlimmer als im Zoo, aber auch sehr schön. Was ist, juckt's euch nicht, das mal zu sehen?«

»Nee, danke«, wehrte die Mutter ab. »Mich bringt keiner in ein Flugzeug. Bei uns ist es doch auch wunderhübsch.«

»Aber du, Billchen. Pack deinen Schulkram beiseite, schick deine Bälger nach Hause und mach dich 'ne Zeitlang zu uns herüber. Platz ist genug und die Cousinen freuen sich. Worauf warteste denn? Alt wirste von alleine.« Er lachte, daß die Asche von seiner Zigarre stäubte.

»Sibylle ist verheiratet«, erinnerte die Mutter, »und wie ich Joachim kenne, wird der nie ...«

»Ich kann auch allein kommen«, sagte Sibylle schnell. »In den Schulferien. Warum eigentlich nicht? Die interessantesten Erfahrungen in seinem Leben hat Joachim doch auch ohne mich gemacht.« Kriegszeit, erste Ehe, Kind, zählte sie stumm auf. Und jetzt will er bloß noch seinen Frieden. Aber ich doch nicht.

»Ausgemacht, du kommst zu uns«, bekräftigte der Onkel. »Keine Widerrede. Es wird mir eine ausgesprochene Ehre sein, meiner schönen Nichte den südamerikanischen Kontinent zu zeigen. Überwältigend. Klar, Elend gibt es auch und nicht zu knapp, aber daran können du und ich nichts ändern. Wir fliegen nach Peru, nach Argentinien ...«

»Argentinien.« Sibylle horchte auf.
»Ein herrliches Land. Vier Jahreszeiten wie hier bei uns und in jeder Himmelsrichtung 'ne andere Landschaft. Wälder, daß du aus dem Staunen nicht herauskommst. Dazu diese Weite! Hör mal, Marlenchen, krieg ich noch 'nen Kaffee? Aber do Brasil, wenn ich bitten darf, nich so 'ne olle Plempe wie früher bei unserer Paula.«
›Ich komme, Godefroy.‹ Sibylle sprach mit sich selbst, während sie im Büfett nach den alten Tassen mit Goldrand suchte. ›Ich glaube, ich fahre mit dir nach Argentinien. Wenn es da sogar einen Völkchen in der Nähe gibt ...‹
Trotzdem war sie ihrer Sache nicht so sicher. Erst als ihr Joachim noch am gleichen Abend erzählte, daß es Lena gelungen sei, ein Ferienhaus für sie alle zu mieten – am schönen Main in der Nähe von Würzburg, wo die liebe Mama ihre Jugend verlebt hatte und Joachims Großeltern begraben waren –, stand ihre Entscheidung fest. Nein, danke, nicht mit ihr, sie machte da nicht mit. Sollte sich die Familie doch im verkleinerten Kreis gegenseitig beweihräuchern.
Erleichterung stellte sich bei ihr dennoch nicht ein. Im Gegenteil – unruhig und mit zwiespältigen Gefühlen starrte sie auf Joachims Rücken, der sich so ausdauernd über seine Manuskriptseiten krümmte, und sie fragte sich zum aberhundertstenmal, was ihn bewog, so hartnäckig gegen sie zu sein. Rücksicht, Feingefühl gab es nur der Familie gegenüber. Sibylle brauchte es wohl nicht. Sie war stark genug, wenigstens in seinen Augen.

15

Der Vormittagsunterricht war beendet, Sibylle hatte Pause. Da fünfzig Minuten nicht ausreichten, um in die Stadt zu laufen, dort eine Kleinigkeit zu essen oder ein bißchen herumzubummeln, blieb sie wie die meisten der Kollegen im Lehrerzimmer. Das Fenster war weit geöffnet, so daß milde Juniluft den düsteren Raum durchflutete, von der Straße drang Verkehrslärm und Lachen herauf.
Joachim legte als echter Bayer Wert darauf, abends warm zu essen, also begnügte sich Sibylle mittags mit einer Kleinigkeit. Sie rührte Weizenkleie in einen Becher mit Fruchtjoghurt, dazu trank sie zunächst Buttermilch und dann ein Glas Weinschorle (man sollte den Gesundheitsfimmel nicht übertreiben). Nebenbei durchblätterte sie flüchtig die Boulevardzeitung, die ihr Dirk Martin, Mathematik- und Physiklehrer, wie jeden Tag an den Platz gelegt hatte. Ein stillschweigendes Abkommen zwischen den beiden, Sibylle revanchierte sich gelegentlich mit einem Stück Torte.
Alles wäre friedlich, sommerlich heiter, ja, fast schon ferienhaft gewesen, hätte es nicht diese quälende Unruhe gegeben, von der Sibylle seit Tagen nicht mehr loskam. Sie mußte mit Joachim sprechen, auf der Stelle. Die Unterredung hätte längst stattfinden müssen, vertrug keinen Aufschub mehr. Aber wie, um Gotteswillen, einem grundanständigen, in seiner Gutgläubigkeit fast naiven und dazu nach wie vor geliebten Ehemann beibringen, daß seine Frau sich mit dem Gedanken trug, ihn zu verlassen? Er würde aus

allen Wolken fallen, nichts begreifen. Nur – so ganz naiv war er eben nicht, Sibylle hatte sich lange genug von seiner so herausfordernd zur Schau getragenen Blauäugigkeit beeindrucken lassen. Ging es um sein Seelenheil und – vor allem – das seiner Familie, konnte er überraschend starrköpfig sein, entwickelte die Sturheit eines Kampfpanzers.

Sollte sie es ihm heute sagen oder besser erst morgen? Godefroy hatte inzwischen die Flugkarten nach Buenos Aires besorgt, sie waren auf den 13. August datiert, Onkel Wölfchen erwartete seine Nichte dann vierzehn Tage später in seinem Urwaldhäuschen. Natürlich, sie konnte sich auf den Onkel herausreden und Godefroy aus dem Spiel lassen, das würde Joachim weniger verletzen und ihm die Trennung erleichtern, aber war es eine Lösung? Im Grunde nein, denn damit ging das Lügentheater (die Schwindelkomödie) weiter, unwürdig für eine Frau in ihrem Alter und niederträchtig gegenüber Joachim. Es führte kein Weg daran vorbei, sie mußte den Mut aufbringen, ihm die volle Wahrheit zu sagen. Das war sie sich und ihrer Selbstachtung schuldig.

Also besser heute oder morgen? Nervös schlug sie die Seite mit dem Tageshoroskop auf. Da hieß es lapidar für die Jungfrau-Geborenen: »Vermeiden Sie heute Auseinandersetzungen. Achtung, eine Person meint es gut mit Ihnen.«

Es klopfte. Dirk Martin, beschäftigt, einen Apfel zu schälen, schlenderte ohne Eile an die Tür. Flüstern. Dann schlenderte er ebenso bedächtig – die höhere Arithmetik hatte ihn gegen jede Art von Hektik immun gemacht – zu Kollegin Sibylle. »Eine

Dame für Sie, liebste Freundin. Eine gewisse Frau Broich.«

Broich, Broich, den Namen kannte sie doch. Die Mutter einer Schülerin? Der Schluck Weinschorle hatte bereits seine Schuldigkeit getan, Sibylles Gedanken verhedderten sich. Bis es ihr unvermittelt und siedendheiß einfiel: Das war ja Georgina.

Ihre Schwiegermutter. Was wollte die hier? Aus welchem Grund war sie in die Schule gekommen, unter dem schlichtesten Namen, der ihr zur Verfügung stand? Das mußte mit Joachim zusammenhängen, konnte gar nicht anders sein. War er verunglückt oder was? Nein, das nicht, bitte, das nicht, flehte Sibylle, während sie sich von der Schreibtischkante gleiten ließ. Nicht verunglückt. Eine solche einfache Lösung ihres Konflikts erstrebte sie nicht. Aber wenn ihm etwas zugestoßen war, wenn er sie brauchte, würde sie natürlich bei ihm bleiben, ihn gesund pflegen und umsorgen, ohne Frage, sie liebte ihn doch. Ihre eigenen Probleme konnten warten. Godefroy mußte das einsehen, würde es auch.

Georgina hatte sich stadtfein und junifein gemacht. Grüngetupftes Kleid mit feinem Rankenmuster, weiße Schuhe, helle Strümpfe, grüne Ohrclips und ein dicker Armreif, der bis über den Ellbogen geschoben war. Die Lippen leuchteten rot wie Geranien. An ihrem Handgelenk baumelte eine Lacktasche, außerdem der Griff eines Sonnenschirms. Sie sah blaß aus, wenn auch durchaus hoheitsvoll, wirkte merkwürdig gefaßt.

»Ist Joachim etwas passiert?« fragte Sibylle sofort. Dabei fiel ihr ein, daß sie noch immer ihren Turnanzug trug. Joachim hätte das nicht gestört, er liebte sie in Hosen, seine Mutter empfand es sicherlich als unschicklich. Aber in dieser Beziehung war sie ja bei ihrer Schwiegertochter einiges gewöhnt.

»Guten Tag«, sagte Georgina. Es klang wie eine Zurechtweisung und war sicherlich auch als eine solche gemeint. Mit starrem Lächeln setzte sie hinzu: »Joachim etwas passiert? Um Gotteswillen, beschwör es nicht! Aber es *könnte* etwas passieren, deshalb bin ich hier. Doch darüber sollten wir uns nicht zwischen Tür und Angel unterhalten. Hast du eine Viertelstunde Zeit für mich?«

Sibylle nickte. Hatte sie. Ihr war beklommen zumute, so ernst und gleichzeitig zum Äußersten entschlossen hatte sie Georgina noch nie erlebt. Kam sie, um Sibylle zu bitten, diese Ehe zu lösen, gegen die sie von Anfang an gewesen war? Wurde sie vielleicht sogar von Joachim geschickt? Sibylle stieg das Blut in den Kopf, diese Demütigung hätte sie nicht ertragen. Aber sie wollte sich nicht zu früh ereifern. Erst einmal brauchten sie einen Platz, wo sie ungestört waren. Der Fotokopierraum, wo auch die Landkarten aufbewahrt wurden, fiel ihr ein. Die Klassenzimmer kamen weniger in Frage, sie waren über Mittag abgesperrt oder wurden von den Schülern in Beschlag gelegt.

Sie zeigte Georgina den Weg. Hochaufgerichtet schritten sie hintereinander durch den Korridor, wo es seit Generationen nach Bohnerwachs roch, außerdem nach Angst, Tinte und bröckliger Kreide, eben der typische Schulgeruch; Sibylle in ihren Turnschuhen, Georgina auf niedrigem, geschweiftem Gesundheitsabsatz. Ein Mädchen mit blauer Igelfrisur kam ihnen entgegen, grüßte. Sibylle grüßte zurück. Die Schwiegermutter hob nur vielsagend die Augenbrauen. ›Turnschuhe und Igelhaar, paßt alles zusammen‹, drückte ihre Miene aus.

Der Fotokopierraum befand sich am äußersten Ende des langen Korridors. »Bitte sehr.« Sibylle wies auf den einzigen vorhandenen Stuhl. Sie selbst blieb am Fenster stehen, alle Sinne angespannt, auf dem Sprung wie ein Katze, die Gefahr wittert.

Georgina kam ohne große Umschweife zur Sache. »Dieser Besuch, das darfst du mir glauben, ist mir nicht eben leicht gefallen.« Unruhig fingerte sie an ihrem Armreifen. »Trotzdem muß es sein, ich bin es meinem Sohn schuldig. Joachim hat in seinem Leben soviel für mich getan, jetzt bin ich an der Reihe.«

Sie machte eine Pause, dann fuhr sie fort, den Blick ausdruckslos auf die fleckige Wand ihr gegenüber geheftet: »Es geht um dich und ihn, eure Ehe. Wie ich aus sicherer Quelle erfahren habe, beabsichtigst du, Joachim zu verlassen ...«

»Wer sagt das?« fuhr Sibylle auf, wie von einer Tarantel gestochen. Spionierte man ihr nach? Das wurde ja immer besser.

»Der Name der Person spielt dabei keine Rolle, ich werde ihn dir trotzdem sagen. Sonia heißt die junge Dame. Wußtest du nicht, daß sie eine Metzkow ist?«

Sibylle schüttelte den Kopf. Darauf wäre sie nie gekommen.

»Klaus Egons Cousine. Ich lernte sie vor Monaten bei einem Abendessen kennen. Eine sehr aparte Person, in Salem erzogen, mit der man sich – was heutzutage

eine Seltenheit ist – ausgezeichnet unterhalten kann. Gestern suchte sie mich nun auf und vertraute mir an, daß du drauf und dran bist, ihr den besten Freund auszuspannen.« Das Wort »ausspannen« sprach Georgina mit aller ihr zur Verfügung stehenden Verachtung aus, sie zischte es förmlich durch die Zähne.
Sibylle schwieg. Was gab es darauf zu sagen?
»Ein gewisser Gottfreund oder Gottfried, ich weiß seinen Namen nicht mehr. Wünsche ihn auch gar nicht zu erfahren«, beeilte sich die Schwiegermutter zu versichern. »Jedenfalls scheint er dir so gründlich den Kopf verdreht zu haben, daß du bereit bist, meinen Sohn ins Unglück zu stürzen.« Ihr Blick senkte sich, mit der Spitze ihres Sonnenschirms malte sie einen Sonnenkringel auf dem staubigen Boden nach.
Sibylle lachte auf. Ein herrlicher Witz, den ihr Georgina da servierte. »Ins Unglück?« gab sie bitter zurück. »Aber nein, liebe Schwiegermutter, doch nicht ins Unglück. Im Gegenteil, ich gebe ihm seine Freiheit wieder, führe ihn zurück in die Arme seiner eigentlichen Familie, womit dir ein Herzenswunsch in Erfüllung gehen dürfte. Damit hast du erreicht, was du von Anfang an anstrebtest, nicht wahr? Und Joachim? Um den ist mir nicht bange. Drei um sein Wohl besorgte Frauen stehen bereit, ihn an ihr liebend Herz zu drücken. Besseres kann ihm gar nicht passieren. Fazit: Die Irrfahrten des guten Joachim sind vorüber, die sächsische Stute ergreift die Flucht, die Familie hat den verlorenen Sohn zurück. Hurra!« Sibylle hielt inne, ihre Stimme zitterte. Ein Wort mehr, und sie hätte losgeheult. Immerhin ging es um ihre Ehe, das was ihr nach wie vor auf der Welt am

meisten am Herzen lag. Aber diesen Triumph wollte sie Georgina nicht gönnen.
»Und wenn es ausgerechnet die – sächsische Stute ist, nach der Joachim am meisten verlangt?« drang Georginas volle Stimme an ihr Ohr. Keine Zurechtweisung, nichts, sogar die Anspielung mit der Stute hatte sie ohne ein Wimpernzucken geschluckt. »Ich habe es lange Zeit nicht wahrhaben wollen, wünschte es vielleicht auch nicht, mag sein. Ein Fehler, für den ich mich an dieser Stelle entschuldige. Inzwischen weiß ich es von meinem Sohn selbst: Er liebt dich, einzig und allein dich, kann sich ein Leben ohne dich nicht mehr vorstellen. Wenn es nicht so abgedroschen klingen würde, müßte ich sagen: Du bist unentbehrlich für ihn.«
»Er hat mich immer geliebt«, gab Sibylle trotzig zurück. »Wir sind, wie man so schön sagt, füreinander geschaffen. Mit Lena war er nie glücklich.«
»Das kannst du nicht beurteilen«, fuhr Georgina auf, wieder ganz die alte. »Die beiden führten eine sehr gute Ehe, bis ... ja, bis du dazwischenkamst. Du hattest kein Recht, in die Familie einzubrechen, noch dazu, wo ein Kind da war, das gehört sich nicht.« Die Erinnerung an Marianne Niedermayr tauchte in ihr auf, überwältigte sie. Mühsam versuchte sie Fassung zu bewahren. Hier ging es um Joachim, um sein Glück, da mußten die eigenen Gefühle in den Hintergrund treten. »Aber nun ist es einmal passiert, und jetzt hängt Joachim hoffnungslos an deiner Angel.« Sie versuchte ein Lächeln, es mißglückte.
Mit großen Schritten lief Sibylle auf und ab, die Arme über der Brust verschränkt. »Er liebt mich, sagst du?

Gut, das mag stimmen, aber mit dieser Art Liebe kann ich nichts anfangen. Ich bin keine Frau, die wer weiß wie große Ansprüche an ihren Mann stellt, aber eines verlange ich: das unbedingte Bekenntnis zu mir. Es genügt nicht, daß Joachim mich geheiratet hat, ich will ihn für mich allein. Zu Beginn unserer Ehe war es so, wir lebten wie im Himmel, waren das glücklichste Paar unter der Sonne, ja, in der Tat, bis du kamst und deine Bedingungen stelltest. Du machtest das sehr geschickt, o ja, du packtest ihn nämlich bei seiner Ehre, seiner Ehre als Mann und Offizier, damit konntest du alles erreichen. Um vor sich bestehen zu können, ist Joachim, das weißt du ebenso gut wie ich, zu den absurdesten Kompromissen bereit. Aber ich bin anders, ich lasse mich nicht so einfach in die Knie zwingen, gebe mich für jeden Kuhhandel hin, kommt gar nicht in Frage! Darin bin ich wie meine Mutter. Lieber ziehe ich die Konsequenzen und gehe.« So, jetzt hatte sie ihre Mutter auch noch mit ins Spiel gebracht. Weshalb auch nicht? Sie brauchte auf niemanden mehr Rücksicht zu nehmen.
Kein Muskel rührte sich in Georginas Gesicht, nur die Haut unter der dicken rosa Puderschicht war noch um ein paar Nuancen blasser geworden. Ganz schön dreist, was sich die Schwiegertochter da erlaubte. Unter anderen Voraussetzungen hätte sie sich diesen Ton verbeten, so sprach man nicht mit seiner Schwiegermutter, andererseits – hatte die junge Frau nicht sogar in einigen Dingen recht? Einfach war ihre Stellung in der Familie nicht gewesen, von Anfang an nicht, wenn sie das auch – Georgina richtete sich auf – in der Hauptsache sich selbst zuzu-

schreiben hatte. Immerhin bemühte sie sich um einen versöhnlicheren Ton.
»Du wirst Joachim in Zukunft für dich allein haben, ich verspreche es dir. Loraine ist versorgt, die braucht ihren Vater nicht mehr, um Lena werde ich mich kümmern. Vielleicht sollte sie sich eine Beschäftigung suchen, damit sie mehr unter Leute kommt. Und was mich betrifft ... ich bin eine alte Frau, die gelernt hat, sich zu bescheiden. Wenn ich meinen Sohn ein-, zweimal im Monat zu Gesicht bekomme, bin ich zufrieden. Wichtig ist nur, daß du bei Joachim bleibst. Das tust du doch, nicht wahr? Ich bitte dich aus tiefstem Herzen darum. Er ist doch mein Junge, und ich ertrage es nicht, ihn unglücklich zu sehen.«
Das erstemal, seitdem sie sich kannten, daß Georgina den Blick der Schwiegertochter suchte. Angst stand in ihren dunklen Augen, große Angst. Sie schreckte auch nicht davor zurück, wie eine Stummfilmdiva die Hände zu ringen, was seine Wirkung nicht verfehlte: Sibylle war beeindruckt.
Eine wirklich große alte Dame, stellte sie fest, diese Georgina Broich, geborene von Gahlen. Machte sich auf, um bei der ungeliebten Schwiegertochter Hilfe zu erbitten, überwand ihre Aversionen, demütigte sich fast und verlor doch dabei keinen Augenblick ihre königliche Haltung – das mußte ihr erst einmal jemand nachmachen. Da konnte die Mutter wettern, wie sie wollte, die gute Familie, die erstklassige Erziehung prägten eben doch den Charakter, hinterließen ihre Spuren, wenn beides auch keine Garantie für Herzensgüte waren. Doch das war eine andere Sache.

»Heute sprichst du als Joachims Mutter«, sagte Sibylle leise. »Das habe ich oft bei dir vermißt. Immer drehte sich alles nur um Lena und Loraine, um ihre Wehwehchen, ihre Seelennöte, nach Joachims Gefühlen hast du nie gefragt. Hauptsache, er funktionierte. Schade, es hat mich so vieles enttäuscht.« Nachdenklich betrachtete sie die Spitzen ihrer Turnschuhe, durch die sich – es war nicht länger zu übersehen – links wie rechts der große Zeh bohrte. Joachim hatte ihr die Schuhe gekauft – es sollte eine Überraschung sein –, leider eine Nummer zu klein. Warum tat Joachim so oft das Falsche und meint es dabei so gut?
Georginas Schultern strafften sich unter der grünen Seide. Recht und schön, was die Schwiegertochter da vorbrachte, sicherlich war auch manches Richtige dabei, doch jetzt ging es um Wichtigeres, Lebensentscheidendes. Was sie brauchte, war eine feste Zusage. »Um auf deine Absicht zurückzukommen, mit diesem Herrn Gottfried zu verreisen«, nahm sie hartnäckig den verlorengegangenen Faden wieder auf.
»Darüber kann und möchte ich an dieser Stelle ...«
Das Klingelzeichen ersparte Sibylle den Rest ihrer Rede, wie eine Sirene schrillte es durch den Raum. Ein Uhr, die Pause war beendet. Auf dem Korridor wurden Schritte laut, Türen knallten, es herrschte wieder normaler Betrieb.
Sibylle lächelte entschuldigend. »Tut mir leid, Schwiegermutter, aber die Pflicht ruft. Der Direktor versteht, was Pünktlichkeit betrifft, keinen Spaß. Ich muß zum Unterricht. Es war nett, dich hier einmal zu sehen, du hättest früher kommen sollen. Eines jeden-

falls verspreche ich dir fest in die Hand: ich werde mir alles, was Joachims und meine Zukunft betrifft, noch einmal gründlich durch den Kopf gehen lassen. Glaubst du, ich will, daß er unglücklich ist?«

Georgina erhob sich. Da war wohl im Augenblick nichts mehr zu machen, jetzt hieß es Geduld haben und das Beste hoffen. Eines jedoch wollte sie der ungestümen jungen Frau, die ihre Schwiegertochter war, noch mit auf den Weg geben. »Joachim liebt dich, Sibylle, liebt dich über alles, du bist – seine eigenen Worte – die Frau, auf die er ein Leben lang gewartet hat. Eigentlich müßte ich dir dafür dankbar sein. Und, ob du es mir nun glaubst oder nicht, ich bin es auch. Ein bißchen spät, nicht wahr?« Sie zauberte ein schiefes Lächeln hervor.

»Ein bißchen spät«, wiederholte Sibylle. Lieber noch hätte sie gesagt: »Ein bißchen sehr spät.«

»Und noch etwas«, Georgina drängte sich wie schutzsuchend an ihre Schwiegertochter heran. Auf einmal war sie nichts weiter als eine verängstigte alte Frau. »Joachim würde einen Treuebruch niemals verzeihen, er paßt nicht in seinen Ehrenkodex. Das ist es vor allem, was mich beunruhigt. Weißt du, daß er eine Pistole besitzt?«

Sibylle nickte. Natürlich, eine Erinnerung an seine Zeit als Offizier. Aber was hatte das mit ihren Eheproblemen zu tun? Doch da standen sie schon vor dem Schulportal, Sibylle öffnete die schwere Tür einen Spalt, und blendende Helligkeit schlug ihnen entgegen. Draußen mußte ein Bilderbuchwetter sein, der erste richtige Sommertag in diesem Jahr. Die beiden Frauen gaben sich die Hand, dann schritt Georgi-

na, mit spazierstockgeradem Rücken, wie es der Papa sie gelehrt hatte, aber (in militärischem Sinne) unvorschriftsmäßig gesenktem Kopf die Straße hinunter. Den Sonnenschirm vergaß sie aufzuspannen.
Erschöpft lehnte sich Sibylle gegen die Tür, sie war vollkommen durcheinander. Mit diesem Besuch hatte sie am allerwenigsten gerechnet. Georgina, die kam, um für ihren Sohn zu bitten, Georgina, die versprach, sich künftig aus Joachims Ehe herauszuhalten, Georgina, die sich sogar – man höre und staune – dazu überwand, leise Anzeichen von Sympathie für die Schwiegertochter zu zeigen. Was hatte das alles zu bedeuten und, vor allem, was fing man damit an?
»Da sind Sie ja, liebste Kollegin.« Sibylle schreckt auf. Dirk Martin stand hinter ihr, ein Stoß Hefte unter dem Arm, auf Kreppsohlen war er herangeschlichen. »Ich habe Sie gesucht wie die berühmte Nadel im Heuhaufen. Hören Sie zu, etwas gar Wunderbares ist geschehen: unser beider Nachmittagsunterricht fällt aus. Turnhalle und Physiksaal sind wegen Theaterproben belegt. Wäre das nicht eine ausgezeichnete Gelegenheit, sich bei einem Eiskaffee in die Sonne zu setzen?«
Sibylle starrte traumverloren vor sich hin. Hinter ihrer Stirn arbeitete es heftig. »Fällt aus? Ist das auch wirklich wahr? Nein, Dirk, keine Eiskaffee, danke, nicht heute, vielleicht ein andermal. Im Augenblick habe ich Besseres, nein entschuldigen Sie, Wichtigeres vor. Oh, wenn Sie wüßten, wie wichtig es ist! Mein ganzes Leben hängt davon ab, meine Zukunft. Dramatisch, nicht wahr? Aber nicht einmal übertrieben. Tschüs bis morgen. Und bitte nicht böse sein.«

Ein um Verzeihung bittender Blick aus wie im Fieber glänzenden Augen, und sie ließ ihn stehen.
Joachim, Godefroy, Joachim, Godefroy, hämmerte es Sibylle im dumpfen Stakkato durch den Kopf, während sie zu ihrem Fahrrad eilte, das im Schulhof abgestellt war. Godefroy, Joachim, Godefroy ... Beide hielten sie sich, so nahm sie wenigstens an, zu Hause auf, der eine wollte bei gutem Wetter seine Weide stutzen und dem Hasen ein Gehege zimmern, der andere feilte vermutlich zum soundsovielten Mal an seinem Manuskript herum. Und beide würden sie sich freuen, Sibylle bei sich zu haben (zumindest hoffte sie das). Godefroy, um ihr mehr noch von Argentinien zu erzählen, Joachim, der, wie er sagte, sie immer in der Nähe wissen wollte. Aber teilen konnte sie sich leider nicht. Außerdem – ›Godefroy, verzeih, ich weiß auch nicht, was mit mir los ist‹ – verlangte ihr Herz im Augenblick vor allem nach Joachim, sie konnte es kaum erwarten, ihn heftig zu umarmen. Das hatte die Schwiegermutter fertiggebracht. ›Er liebt dich, er liebt dich über alles‹ und ›Du bist unentbehrlich für ihn‹ – Georginas Worte, die sie wohl kaum – nein, nicht Georgina! – über die Lippen gebracht hätte, entsprächen sie nicht der Wahrheit. Das wundervolle Liebesbekenntnis eines Mannes, *ihres* Mannes. Konnte sich eine Frau Schöneres wünschen?
Sie mußte ihn sehen, auf der Stelle, ihm in die Augen blicken und fragen, warum er seine Liebe zu ihr in letzter Zeit so geschickt verbarg? Verlangte es wirklich ein solches Maß an Zivilcourage, sich lautstark und vor aller Welt zu ihr zu bekennen? Mit Schei-

dung und Heirat allein war es eben nicht getan. Aber noch wußte er nichts von einem anderen Mann, noch war nichts verdorben, nichts endgültig entschieden. Wenn sie sich auch – sie schüttelte den Kopf – ein Leben ohne Godefroy kaum mehr vorstellen konnte. Doch erst einmal wollte sie zu Joachim.

Sie sah auf die Uhr. Dreizehn Uhr vierzehn. Wenn sie sich beeilte und wie ein Weltmeister strampelte, schaffte sie den Weg bis nach Hause in fünfzehn Minuten. Um diese Zeit waren die Straßen leer.

Sie schaffte es in zwölfeinhalb. Hinterher klopfte ihr Herz wie rasend und das Haar ringelte sich und klebte feucht an den Schläfen, aber was machte das schon aus? Keuchend lehnte sie das Rad gegen die Hauswand, es fiel um, einmal, zweimal. Blieb es eben liegen, verdammt nochmal, sie mußte es sowieso neu streichen. Zartrosa, hatte Joachim vorgeschlagen, zartrosa so wie das von Loraine. Joachim …

»Joachim, Joachim«, rief sie ungeduldig, während sie die Treppe hinaufjagte, »Joachim, du, hör mal zu …«

Kein Joachim, nichts. Kein Schreibmaschinenklappern, kein Räuspern, nicht einmal das berühmte Schnaufen, wenn er den Rauch seiner Zigarette mit aller Kraft durch die Nase stieß, gar nichts, die Wohnung war leer. Alles wirkte sorgfältig aufgeräumt, nur die Hausschuhe mit den abgelaufenen Sohlen standen dort herum, wo sie eigentlich nicht hingehörten, mitten im Korridor nämlich. Einmal würde sie noch darüber fallen und sich beide Beine brechen, sie hatte es oft genug angedroht. Natürlich, sie stolperte darüber, kein Wunder, das hatte er nun davon.

Aber wo war er bloß, der Missetäter? Vielleicht in der Stadt, trank an ihrer Stelle Eiskaffee, mit Lena als trautem Visàvis. Doch damit würde ja Schluß sein, Georgina hatte es versprochen.
Mit wachsender Unruhe wanderte Sibylle vom Badezimmer in die Küche, sah in jedem der kleinen Mansardenräume nach, warf sogar einen Blick in die Abstellkammer. Kein Joachim, auch keine Nachricht von ihm. Da stimmte doch etwas nicht. Hoffentlich war Sonia nicht bei ihm gewesen, hatte ihm ihre pikanten Neuigkeiten ins Ohr geflüstert? Es wäre ihr zuzutrauen. Eifersucht spornt zu allem an. Das wäre das Ende, das unwiderrufliche Ende, ein Mann wie Joachim verzieh keinen Ehebruch. Georgina hatte es auch gesagt. Angst schnürte Sibylle die Kehle zu, mit weichen Knien lehnte sie sich gegen die Fensterbank, kaute – es sah ja niemand – verzweifelt an ihren Fäusten. Da kam ihr ein Gedanke, ein fürchterlicher.
Wo, um Himmelswillen, hatte Joachim seine Pistole versteckt? War es im Wäschefach oder bei den Pullovern gewesen, irgendwo war sie doch kürzlich darauf gestoßen. Mit fliegenden Fingern zog Sibylle die Schubladen auf, tastete den Inhalt mit den Händen ab, räumte schließlich jedes einzelne Wäschestück heraus. Keine Pistole, weder da noch dort. Aber, versuchte sich Sibylle zu beruhigen, das mußte nichts bedeuten, wirklich nicht, es gab so viele Verstecke in dieser verschachtelten Wohnung mit den Unmengen von Möbeln – die Werkzeugtruhe zum Beispiel oder das Mahagonitischchen neben dem Telefon. Sie stürzte darauf zu.
Wieder keine Pistole, dafür – wenigstens – ein kleiner

gelber Zettel. Er war so fest unter das Telefon eingeklemmt, daß eine Ecke hängenblieb, als sie ihn voller Panik an sich riß. Der Zettel stammte von Joachims Notizblock und war eng beschrieben – sie kannte seine exakte Handschrift nur zu gut. Sie las staunend: »… groß genug wäre die Insel, um darin irgendeinen Kummer zu begraben, auch groß genug, zwei Herzen aufzunehmen, die jetzt in der süßesten und glücklichsten Schwärmerei ihrer Seele nichts bedürfen als sich selbst und nichts wünschen als Gebüsche, ihr Glück vor den Augen des Neids zu verbergen. (Lorenz Westenrieder)« Darunter stand noch eine persönliche Nachricht von Joachim:
»Mein süßer Liebling, es ist mir eine besondere Freude, Dich heute nachmittag auf meiner, was sage ich, auf *unserer* Roseninsel willkommen heißen zu dürfen. Nimm Du bitte die S-Bahn, ich habe das Auto.«
Die Roseninsel. Natürlich! Wie konnte sie das vergessen! Gestern erst war davon die Rede gewesen, hatte Joachim sie gebeten, sich ausnahmsweise für den Nachmittagsunterricht vertreten zu lassen, da er sie an den Starnberger See entführen wollte. Von einer Überraschung oder Ähnlichem war die Rede gewesen, sie wußte es nicht mehr genau. Wie so oft in der letzten Zeit war sie mit den Gedanken woanders gewesen (woanders? Bei Godefroy!), hatte nur mit einem Ohr zugehört. Außerdem, hatte sie Joachim etwas unwirsch entgegengehalten, vertreten lassen wollte sie sich nicht, das war bei den Kollegen nicht gern gesehen. Doch Joachim hatte in seinem berühmten Trotz darauf beharrt. Beinahe wäre es zum Streit gekommen. Bis Sibylle sich durch Haarewaschen

einem längeren Disput entzog, für sie war das Thema erledigt. Aber Joachim mußte fest mit ihrem Einlenken gerechnet haben, sonst läge dieser Zettel nicht hier.

Wie gut, daß der Unterricht ausgefallen war, wie gut, daß sie das Telefonschränkchen untersucht hatte, und was für ein Glück, daß sie sich nicht bei Godefroy aufhielt! Joachim war wirklich ein Meister in Überraschungen, das liebte sie an ihm, zu Weihnachten erst hatte er Sibylle auf der Suche nach einer Reitjacke per Schnitzeljagd durch die ganze Wohnung gehetzt (sie kam dann unter Joachims Bademantel zum Vorschein). Und nun hatte er sich etwas Neues einfallen lassen, zwischen Rosen und blühenden Büschen. »Es dauert nicht mehr lange, mein Bester«, flüsterte sie vor sich hin, »höchstens eine Stunde noch, sagen wir anderthalb, dann bin ich bei dir. Ich eile, ich fliege.«

Joachim hatte wirklich an alles gedacht, unter dem Telefon klemmte noch ein Fahrplan. Rasch überflog sie die Abfahrtszeiten. Vierzehn Uhr achtundzwanzig, das konnte sie schaffen, wenn sie jetzt nicht länger herumbummelte, sondern, im Gegenteil, beide Beine in die Hand nahm. Aber nein, sie hielt inne, so schnell ging das auch wieder nicht. Einen kurzen Augenblick war sie versucht, Godefroy anzurufen, ihn auf morgen zu vertrösten. Aber sie verwarf den Gedanken. Erst einmal mußte sie Joachim sehen, er wartete doch auf sie. Ihn durfte sie jetzt nicht enttäuschen. Godefroy kam dann später dran.

So, jetzt schön eines nach dem anderen, damit sie nicht noch mehr Zeit vertat. Also heraus aus dem Turnanzug und hinein in den roten Rock, den glei-

chen, in dem sie Joachim kennengelernt hatte, sieben Jahre waren es her. Aus Sentimentalität hatte sie ihn aufbewahrt. Er saß noch genauso locker um die Taille wie damals, wirkte mit seiner tiefangesetzten Taille nur ein bißchen wie von gestern. Ja, ihre Figur war noch die gleiche, nur die Gefühle, die hatten eine Wandlung durchgemacht. Aber kam das im Leben nicht öfter vor?
Vierzehn Uhr zwanzig, zweiundzwanzig, vierundzwanzig, siebenundzwanzig, *achtundzwanzig*.
»Vorsicht, zurücktreten!« tönte es aus dem Lautsprecher, die Türen schnappten zu, die Bahn surrte davon, mit einer völlig erschöpften Sibylle im letzten Abteil. Drei Stationen brauchte sie, um zu Atem zu kommen, dann begann sie ungeduldig die Haltestellen zu zählen. Planegg, Stockdorf, Gauting, Mühltal – ja, hörte die Fahrt denn niemals auf? Wenigstens hatte sie einen Sitzplatz, konnte die Nase gegen die Scheibe pressen, als der Starnberger See nach einer kleinen Ewigkeit auftauchte, eine blauglitzernde, mit bunten Segeln getupfte Fläche. Wie ein Meisterwerk des Pointillismus, ging es ihr durch den Kopf.
Feldafing. Sie stand auf dem Bahnhof, die Sonne schien warm auf sie herunter, sie blinzelte, kramte die Sonnenbrille hervor. Um sie herum tummelten sich Ausflügler, vorwiegend ältere Damen mit hellen Sommertaschen und Strickjacken über dem Arm. Alle strebten sie in Richtung See. Sibylle kannte eine Abkürzung, die sogenannte Himmelsleiter, die mit unendlich vielen schmalen Stufen zum Strand hinunterführte – die zog sie der breiten Straße vor. Jetzt quer über den Golfplatz – Vorsicht vor den Bällen, die

mit Riesengeschwindigkeit heranschwirrten, überall wiesen Warntafeln darauf hin –, ein Stück die Uferpromenade entlang, und da lag sie in sanftem Nachmittagsdunst, die grüne Wildnis der Roseninsel.
Sie hatte es geschafft, war in Joachims Nähe, die kleine Verspätung mußte er entschuldigen. Aber wie, bester Joachim, unverbesserlicher Romantiker, noch dichter an dich herankommen, wo uns ein so tiefes Wasser trennt?! Das hast du bei aller Umsicht nicht bedacht. »Es waren zwei Königskinder«, »Paul und Virginie« – der literarischen Beispiele gab es viele, doch jedesmal endete die Überwindung des feuchten Elementes mit dem sicheren Tod.
Das beabsichtigst du doch nicht, Joachim Freihoff, hielt Sibylle stille Zwiesprache mit ihrem Mann, wenigstens hoffe ich das. Oder hast du mich mit süßen Versprechungen an den See gelockt, um fürchterliche Rache an der Ungetreuen zu üben? Wenn du ein König bist und ich deine Prinzessin, so wie wir uns das früher oft ausgemalt haben, dann schicke mir doch à la Lohengrin einen Schwan herüber, golden gezäumt und mit edlen Steinen geschmückt. Godefroy – sie schluckte, der Gedanke an ihn tat weh – Godefroy hätte es fertiggebracht.
Aber was war das – Sibylle rieb sich die Augen, war sie nun völlig überdreht oder träumte sie –, da schwebte doch wahrhaftig ein Gefährt auf sie zu, zwar kein goldstrotzender Schwan und auch kein Lustboot, aber reizend sah sie trotzdem aus, die Gondel, die von einem Mann vorwärtsgetrieben wurde, geradewegs auf sie zu. Überrascht trat sie näher ans Ufer heran, fragte: »Bringen Sie mich auf die Insel?«

Der Mann nickte bedächtigt. »Dazu bin i da. Aber a paar Minuten müssen's Eahna schon gedulden, mit grad' oanem Gast lohnt sich die Fahrt fürs Engerl nicht.«
Richtig, das Engerl, die selbstgebaute Gondel eines Kunstschnitzers, die zwischen Roseninsel und Festland verkehrte, Joachim hatte ihr davon erzählt. Schon lange wollten sie einmal gemeinsam damit übersetzen, doch immer war etwas dazwischengekommen, die Familie, das Reiten ... Nun, jetzt hatte Sibylle Gelegenheit. Vorsichtig nahm sie auf der Holzbank Platz, rückte wenig später zur Seite, als zwei jener besagten Damen mit hellen Sommertaschen als Fährgäste dazustießen. Die Gondel stieß ab – endlich! Aufatmend zog Sibylle eine Hand durchs Wasser. Brrr! Ganz schön kalt, höchstens sechzehn Grad. Damals bei ihrem ersten Treffen waren es schon um ein paar mehr gewesen.
Die Insel ist klein, kaum zweitausend Hektar groß und übersichtlich angelegt, heute kam sie Sibylle wie ein gigantischer Irrgarten vor. Mit wachsender Nervosität durchstöberte sie das Eiland. Wo hatte er sich bloß versteckt, ihr lieber Mann? Nicht bei den Brutstätten der Seevögel, nicht am Bootssteg, nicht am Verwalterhäuschen, auch nicht bei den Bänken für die Besucher, nein, nirgends erspähte sie seine schmale Gestalt. Das Blut stieg ihr in den Kopf, sie krempelte die Ärmel ihrer Bluse hoch, zog schließlich die Schuhe aus, um schneller vorwärtszukommen. Der Wunsch, Joachim zu sehen, ihn voller Zärtlichkeit in die Arme zu schließen, sich mit ihm auszusprechen, nahm überdimensionale Ausmaße an,

trieb sie immer rascher vorwärts. Kaum jemals hatte sie ihn mehr herbeigesehnt.
Und dann sah sie ihn, gegenüber vom Schlößchen. Natürlich, sie hätte es sich denken können. An genau dieser Stelle hatte er damals über die Liebe zwischen dem Märchenkönig und seiner Sissy philosophiert. Joachim blieb seinen Gewohnheiten treu. Er lag bis zur Taille entblößt auf dem Bauch, den Kopf auf die verschränkten Arme gebettet, schlafend, auf seinen Schultern loderte ein heftiger Sonnenbrand. Neben ihm war eine vollgepackte Leinentasche abgestellt, außerdem ein Klappstuhl, Servietten lagen herum, Butterbrotpapier war sauber zusammengefaltet. In dieser selbstgewählten Idylle, weitab von jedem Trubel, wirkte er so friedlich, der Welt entrückt, daß Sibylle nicht wagte, ihn zu stören. Behutsam ließ sie sich nieder und zog ein Stück Hemd über die verbrannten Schultern – die Haut warf bereits Blasen. Joachim rührte sich nicht. Wie ein unschuldiger Engel schlummerte er weiter, atmete regelmäßig und tief, als könnte er niemandem wehtun. Und hatte sie doch zwei Jahre hindurch andauernd verletzt.
Erst als sie aus einem heftigen Bedürfnis heraus begann, seinen Nacken zu küssen – die Haare wuchsen zu weit herunter, er mußte dringend zum Friseur –, wachte er auf. Blinzelte, rieb sich gähnend die Augen, streckte sich. Dabei fiel sein Blick auf Sibylle, die für einen Moment nachdenklich geworden war – Joachim hatte von einer Überraschung gesprochen. Was meinte er damit? Hoffentlich doch nicht Lena als Picknickgast? Der Gedanke war ihr gerade gekommen. Sie sah sich vorsichtig um –, und er strahlte.

»Mein süßes, kleines Mädchen.« Zärtlich griff er nach ihrem Arm. »Hat unsere Verabredung nicht vergessen. Mein Kompliment.«
»Der Nachmittagsunterricht ist ausgefallen«, gab Sibylle wahrheitsgemäß zu. »Sonst – ich weiß nicht. Du hättest nicht so fest mit mir rechnen dürfen.«
»Ich rechne immer fest mit dir, immer«, beteuerte er. »Genauso wie du mit mir rechnen kannst. Das ist doch das Schöne an unserer Liebe. Aber entschuldige, sicher hast du Durst. Darf ich dir einen Begrüßungsschluck anbieten? Roter Sekt.« Mit sichtlichem Stolz kramte er eine Flasche und zwei Gläser hervor. Roter Sekt war nun etwas, was sie gründlich verabscheute, er war ihr zu schwer und zu süß (Godefroy hätte es bedacht), doch sie wollte ihm nicht die Freude verderben, also nickte sie. Wie komisch, daß Joachim so wenig von ihr wußte? Aber ging ihm das bei Lena und seiner Tochter nicht ebenso? Er hatte einfach kein Gefühl für Frauen, würde es nie bekommen. Nur – war das im Grunde so wichtig?
Wie nicht anders zu erwarten, schenkte er ihr das Glas voll bis unter den Rand (das mochte sie abermals nicht, aber irgendwie rührte es sie), dazu reichte er selbstgefertigte Schinkenbrote. Die Butter tropfte herunter, denn sie hatten zu lange in der Sonne gelegen.
»Willst du mir nicht verraten, was wir hier eigentlich feiern?« erkundigte sich Sibylle nach einer kleinen Weile, während sie sich die Hände mit einer Serviette trocken rieb.
»Eine Premiere.« Die vielsagende Antwort.
»Eine Premiere?« wiederholte sie. »Die Premiere un-

serer Liebe, unserer Ehe? Nun, das kann wohl nicht sein, so taufrisch ist beides nicht mehr.« Es sollte ein Scherz sein.

»Die Premiere meines Romans.« Er sagte es verlegen und gleichzeitig stolz. Ein rascher Griff in die Tasche, und an die zwei Pfund Manuskript, in einen gelben Aktendeckel eingeheftet, sackten Sibylle auf die Knie. »Er ist endgültig fertig. Vierhundertachtundsiebzig Seiten, anderthalbzeilig geschrieben. Eine Sisyphusarbeit, aber die erste seit Jahren, die mir wirklich Spaß gemacht hat. Dafür möchte ich mich bei dir bedanken.«

»Bei mir?« fragte Sibylle erstaunt. »Wieso denn bei mir? Ich habe mich doch oft genug beschwert, wenn du bis nach Mitternacht auf der Maschine klappertest und ich deshalb nicht einschlafen konnte« (und fürchtete, Godefroy am nächsten Tag todmüde entgegenzutreten, vollendete sie stumm).

»Ohne dich hätte ich die innere Ruhe für diese Arbeit nicht gehabt.« Er beugte sich ganz nah zu ihr herüber und sah ihr eindringlich in die Augen, die im hellen Grau von Möwenflügeln schimmerten. »Ja, mein Liebling, das ist die Wahrheit. Über die Hälfte meines Lebens mußte ich warten, bis eines schönen Septembertages eine Nixe aus dem Starnberger See stieg, ihren Fischschwanz unter einem roten Rock verbarg und mich im allerschönsten Sächsisch fragte, wann denn der nächste Dampfer ...«

»Wie heißt dein Buch?« unterbrach ihn Sibylle. Joachim fing an, eine Liebesgeschichte zu erzählen, die in dieser paradiesischen Unschuld nicht stattgefunden hatte. Das Leben läßt solche Geschichten in der

Regel nicht zu. Doch das wußte nur sie, er brauchte es nicht zu erfahren. »Jetzt kannst du es mir ja sagen.«

»Der Titel ist ›Am Tag der Rosen im August‹.« Unverkennbar der Stolz in seiner Stimme. Joachim schien ganz von seinem Werk erfüllt zu sein. »Ein Soldatenlied aus dem ersten Weltkrieg. ›Am Tag der Rosen im August, da hat die Garde fortgemußt ...‹«

»Ach, Joachim.« Sibylle lachte halb amüsiert, halb enttäuscht. »Immer das gleiche Thema. Treue, Ehre, Vaterland. Du änderst dich auch niemals. Weißt du nichts anderes zu erzählen?«

»Hör doch erst mal zu, bevor du urteilst«, wurde sie belehrt. »Der Roman ist eine Liebeserklärung an dich, an die Tugenden einer vergangenen Zeit, an die Familie, aus der ich komme, an verschüttete Werte, eben alles, was mir im Leben etwas bedeutet. Ist das so schwer zu verstehen? Im Mittelpunkt der Handlung aber steht ein großes, starkes Mädchen, wagemutig wie ein Mann, doch durchaus mit weiblichen Vorzügen gesegnet. Ich habe sie Franziska genannt.«

Er stütze sich auf beide Handflächen und begann laut vorzulesen. Seine wohlmodulierte Stimme klang angenehm an Sibylles Ohr. Wohlig bettete sie ihren Kopf an Joachims Knie und betrachtete das baufällige Schlößchen gegenüber, das in der Abendsonne badete. Ein Bild voller Charme. Gar nicht mehr lange hin, dann war es August, und die Rosen blühten auf der Insel. Joachim hatte den Ort für seine kleine Premiere gut gewählt. Joachim, dem es ein Herzensbedürfnis war, seine Liebe zu ihr auf vierhundertachtundsiebzig Seiten niederzuschreiben. Welcher Mann tat das schon. Godefroy? O nein. Der machte es sich leichter. Kaufte eine Flugkarte, erzählte von einer weißen Hazienda auf einem Hügel ... Halt, ganz so stimmte es nicht. Sibylle wußte, daß sie ihm unrecht tat, aber irgendwie erleichterte es ihren Schmerz.

Jedenfalls, so weit glaubte sie ihn zu kennen, würde er an einer Trennung nicht zerbrechen, nicht Rüdiger Godefroy, dieser Fels von einem Mann, den nichts so schnell aus dem Gleichgewicht brachte. Natürlich, er würde verwundert sein über Sibylles plötzlichen Sinneswandel, vielleicht auch gekränkt, würde sie verachten ... In einem jäh einsetzenden Anfall von Schmerz preßte Sibylle die Lippen zusammen. Der Gedanke an Godefroy peinigte sie, trieb ihr die Tränen in die Augen. Sie wollte ihm schreiben, gleich morgen, versuchen, ihm ihre Entscheidung verständlich zu machen. »Godefroy, Godefroy«, flüsterte sie sehnsüchtig vor sich hin. Bedenkenlos wäre sie ihm bis ans Ende der Welt gefolgt, hätte an seiner Stelle noch einmal neu angefangen, wäre da nicht Joachim, ihr Mann, gewesen.

»Du bist unentbehrlich für ihn, Sibylle«, hatte Georgina gesagt und sich damit wohl das schwerste Bekenntnis ihres Lebens abgerungen. Eine erstaunliche Frau, diese Georgina von Gahlen! Regierte die Familie unerbittlich wie eine Fürstin aus dem Mittelalter, setzte ihren Sohn unter Druck, schreckte dann aber, wenn die Situation es erforderte, auch vor einem Kniefall nicht zurück. Die Tugenden einer vergangenen Zeit? Ob sie wohl Wort hielt, was Lena betraf? O ja, sie würde, mußte ganz einfach, wußte sie doch nur zu gut, daß Sibylle in dieser Beziehung nicht nachgeben würde. Eine Ehe ohne ständigen Familienanhang, nur Joachim und sie, darauf würde sie bestehen, jetzt und in alle Ewigkeit. Es kam dann nur noch auf Joachim an.

»Über ihnen hing ein schwerer, unheilvoller Nachthimmel, darunter wetterleuchtete die Front«, drang Joachims Stimme an ihr Ohr. »Der Kanonendonner trug ihnen die Gewitter über die vorderen Linien entgegen.« Er las ausdrucksvoll und mit wachsender Begeisterung.

»Einen Moment bitte«, unterbrach Sibylle ihn mit einer entschuldigenden Geste. »Du kannst gleich weiterlesen – das Buch gefällt mir übrigens wirklich gut –, mir ist da nur etwas eingefallen. Wo hast du eigentlich deine Pistole?«

»Meine Pistole?« Joachim rückte seine Brille zurecht. Er schien etwas aus dem Konzept gebracht. Zudem schmerzten ihm die Knie. Zu gern hätte er die Lage seiner Beine verändert, doch damit hätte er Sibylle gestört. »Oh, die liegt in einem sicheren Versteck, einem sehr sicheren sogar. Muß sie ja wohl bei einer so temperamentvollen Frau im Haus. Wenn ich an deine letzten Auftritte denke. Richtig zum Fürchten! Aber damit ist es hoffentlich vorbei?« Es klang fast ängstlich.

»Es ist vorbei«, versprach Sibylle feierlich. »Allmählich lernen wir alle dazu. Und nun, bitte, lies weiter.«

Mit dem Kanonendonner im Ohr – Joachim beschrieb ihn über mehrere Seiten ausführlich – dämmerte sie ein, die Hände fest um Joachims Arm geklammert. Es tat ihr wirklich leid, sie wollte ihren Mann nicht enttäuschen und hätte die Leseprobe gern bis zum Schluß gehört, doch die Müdigkeit erwies sich als stärker. War das ein Wunder nach einem solchen Tag?

Joachim ließ das Manuskript sinken. Nachdenklich blinzelte er in die untergehende Sonne, die Bäume und Büsche vergoldete, es war, als stände die ganze Insel in Flammen. Gold lag auch auf Sibylles Gesicht, es strahlte und glänzte. War sie ihm eingeschlafen, sein großes, kleines Mädchen, hatter er sie überfordert. In Zukunft mußte er wohl behutsamer mit ihr umgehen, sogar die Mama hatte darauf hingewiesen. Wie wundgekaut ihre Handrücken waren! Behutsam strich er darüber hin. Langsam wurde es Zeit, daß sie sich diese Unart abgewöhnte.